살인자의 숫자

THE LAST COMMANDMENT

By Scott Shepherd

스콧 셰퍼드 장편소설

유혜인 옮김

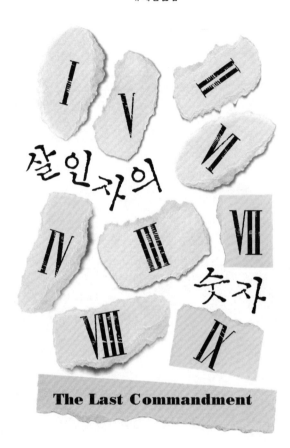

살인자의 숫자

The Last Commandment

하빌리스

홀리에게,
당신이 있어 단 하루도
외롭지 않았기에

차
례

제자리에
준비

On
Your
Marks

I

그는 매일 같은 시간에 사랑에 빠졌다.

밤 10시 50분.

그 시간이 되면 밴드 블라스퍼머스의 리드 보컬 빌리 스트리트는 블라스퍼머스의 유일무이한 히트곡 '나로는 부족한 거야Ain't I Good Enough for You'를 부르기 시작했다. 빌리가 밤마다 사랑에 뛰어들 준비를 하기 시작하면 취한 관객들이 정신을 차렸고 웅성거리던 대화 소리도 차츰 잦아들었다.

이 곡을 수천 번은 불렀고 특별한 이변이 없는 한 성공적이었다. 앞사람을 밀치고 무대 바로 앞까지 나오는 여자가 언제나 한 명은 있었기 때문이다. 가죽 바지 차림으로 다리를 쫙 벌리고 선 빌리의 아래쪽에 자리를 잡은 여자는 펜더 텔레캐스터(펜더사社에서 생산하는 일렉트릭 기타 - 옮긴이)를 열정적으로 연주하는 빌리를 욕망과 동경이 뒤섞인 눈으로 올려다봤다.

오늘 밤 행운의 주인공은 아주 타이트한 다이아몬드 패턴 레깅스에, 이보다 더 타이트하게 몸에 달라붙어 풍만한 가슴을 끌어안은 AC/DC 로고 티셔츠를 입었다. 여자는 블라스퍼머스가 공연 때 부르는 노래의 가사를 다 알고 있었다. 덜 알려진 곡과 미발매곡까지 모조리 다. 둘 중 하나였다. 밴드 멤버들과 어떻게든 자 보려고 기를 쓰는 극성팬이거나, 런던 클럽계가 (안타깝지만 음반 시장도) 오래전에 버린 밴드의 전곡을 외울 만큼 시간이 남아도는 딱한 인생이거나.

빌리는 어느 쪽이든 상관없었다. 지금은 이 여자를 위해 연주할 뿐이었다. 그만의 AC/DC녀, 그만의 팬을 위해. 히트곡을 부른 후에는 어김없이 블라스퍼머스 공연의 엔딩을 장식하는 커버곡으로 넘어갔다. 공연 내내, 세상살이에 찌든 록 가수의 눈은 오늘 밤을 위한 욕망의 일회용품이 될 여자에게서 떠날 줄을 몰랐다.

II

"끝이에요?"

AC/DC녀는 실망한 기색이 역력했다.

빌리는 마지막으로 끙 하는 신음을 내뱉었다. 그녀가 뭘 기대했건 간에, 둘의 결말은 배스에서 오붓한 주말을 보내거나 빌리의 허름한 집—그의 집은 혼자 살기에도 매우 비좁았다—으로 가는 것은 아니었다. 평상시 빌리의 성격대로라면, 눈을 똥그랗게 뜨고 달콤한 말을 속삭이는 여자와 아침을 맞이하느니 차라리 손목을 긋겠다고 했을 것이다.

"그런 것 같다, 꼬맹이." 빌리가 중얼거렸다. 그는 여자를 밀어내고 운전석에서 몸을 비틀며 가죽 바지의 지퍼를 올렸다.

MG 컨버터블을 개조한 차는 일을 치르기에 썩 좋은 장소가 아니었다. 하지만 클럽 우튼의 대기실은 청소부 벽장만 했고 거기서 죽치는 밴드 멤버들이 금방 일어날 것 같지도 않았다. 그러니 AC/DC녀를 골목으로 데리고 나와 차에 태울 수밖에 없었다. 빌리는 여자가 기껏해야 3분 전에 벗어 던졌던 빨간색 다이아몬드 레깅스를 내밀었다.

"그만 가 봐."

면전에서 굴욕을 당한 AC/DC녀가 티셔츠를 내렸다. 30초 전만해도 빌리의 관심을 독차지했던 출렁거리는 가슴 위로 AC/DC라는 밴드명이 길게 펼쳐졌다. "난 아직…… 못 느꼈는데…… 그거."

빌리가 여자의 엉덩이를 가볍게 두드렸다. "그래도 어디 가서 자랑할 거리는 생긴 거 아냐?"

"와, 내가 20초도 못 참는 남자 때문에 속옷을 내렸다고?"

"그렇게 길었나?" 빌리가 빈정거렸다.

"에이씨, 이 새끼 완전 쓰레기네?" AC/DC녀가 욕을 퍼부었다. 그러면서도 순순히 차 밖으로 기어 나가서 레깅스를 입었다.

"그 정도는 욕도 아니다."

빌리는 더 심한 욕도 들어 봤다는 듯 대꾸했다.

초창기에는, 그러니까 블라스퍼머스가 제대로 된 음반 계약을 처음이자 마지막으로 따냈던 시절에는 얘기가 달랐다. 데뷔 앨범 '나로는 부족한 거야'는 그야말로 대히트를 쳤다. 그 덕에 후속 앨범 두장은 그럭저럭 잘 팔렸다. 판매량이 데뷔 앨범의 반에도 미치지 못했을지언정. 다음 앨범들의 성적은 보통 이하로 떨어졌다. 음반 회사는 계약을 해지했고, 블라스퍼머스를 데리고 다시 잘해 보겠다는 레이블은 지구상에 단 한 군데도 없었다.

20년이라는 세월이 흐른 지금, 블라스퍼머스는 우튼 같은 싸구려 클럽에서나 겨우 공연하는 신세로 전락했다. 빌리는 클럽 우튼이 붙어 있는 피커딜리 서커스의 골목에서 극성팬을 낚아 욕구를 해소했다. 바로 지금처럼.

환상이 깨진 AC/DC녀는 흐트러진 옷차림으로 울분을 참으며 빌리에게 가운뎃손가락을 들어 보이고는 씩씩대며 자리를 떴다. 하이힐이 자갈길을 리드미컬하게 밟는 소리와 함께 여자는 안개 낀 런던의 밤거리로 사라졌다.

빌리가 글러브 박스를 열어 반쯤 해치운 부시밀 위스키 병을 꺼냈다. 그러고는 마개를 따고 호박색 술을 쭉 들이켰다.

쿵.

뭔가가 자동차 뒤편을 강타했다.

"에이씨!" 빌리의 화려한 실크 셔츠에 위스키가 쏟아졌다. 처음에는 방금 전 그 여자라고 생각했다.

"볼일 끝났다고! 집에나 가!"

차가 다시 덜컹거렸다.

누군가가 트렁크를 열었다.

모욕을 당했다고 분노하는 여자의 다양한 모습이 머릿속을 스쳐 지나갔다. 타이어 지렛대로 은밀한 곳부터 신체 부위를 하나씩 가격하는 모습. 또 빌리가 애지중지하는 펜더 기타를 때려 부수는 모습. 그건 더 끔찍했다. 빌리가 차에서 후다닥 뛰어내렸다.

"끝이라면 끝인 줄 알아, 이년아! 말귀 못 알아들어?!"

대답이 없었다. 그러고 보니 자갈길을 되돌아오는 여자의 하이힐 소리를 듣지 못했다.

안개 속에서 튀어나온 사람이 익숙한 물체를 휘둘렀다.

펜더 텔레캐스터였다.

케이스에서 스스로 걸어 나온 기타가 갑자기 주인을 공격했다. 곧

이어 한물간 로커는 런던 심장부에 위치한 골목의 자갈길에 쓰러져 피를 흘렸다.

위에 서 있던 범인은 빌리가 10시 50분의 여자들에게 그랬던 것처럼 그의 배에 올라탔다. 그러고는 왕의 지팡이로 유혹이라도 하듯 기타를 흔들어 댔다. 일순간 그 사람도 열정적으로 솔로 연주를 하려는 건가 싶었다. 하지만 그는 금속 기타 줄 하나를 거칠게 잡아 뜯었다.

기타 줄이 빌리의 목에 감겼다.

빌리는 생명이 빠져나가는 것을 느끼며 살인자가 나직이 부는 '나로는 부족한 거야' 휘파람 소리를 들었다.

정말이지 빌리는 그 노래가 싫었다.

III

햄스테드 히스.

오스틴 그랜트는 여전히 일요일이면 예배를 마치고 그곳에서 산책을 했다. 1년 전부터는 홀로 그 길을 거닐었다. 햄스테드 히스는 그와 그의 아내가 가장 좋아하는 장소였다. 런던이 내려다보이는 언덕 위에 떡하니 자리한 넓은 공원에서 30년 전 그랜트는 앨리슨에게 프러포즈를 했었다.

그들은 보라색 라일락, 분홍색 수국, 연분홍색 장미가 만발한 봄날의 눈부시게 찬란한 오후에 결혼식을 올렸다. 앨리슨이 연애 한 달 만에 한 청혼을 받아들였을 때 그랜트는 의외라고 생각했다. 게다가 돌아가신 장인어른은 앞길이 창창하지 않은 놈에게 외동딸을 넘겨줄 분이 아니었다. 무슨 조화인지 그랜트의 진가를 알아본 앨리슨은 그를 남편으로 받아 줬고 그랜트가 경력을 쌓는 내내 곁에서 응원을 아끼지 않았다.

그 경력이 이제 끝을 보이고 있었다.

12월의 찬바람을 맞으며 잘 닦인 길을 걷는 동안, 그랜트는 일을 그만두라는 앨리슨의 제안을 귓등으로 들었던 5년 전의 자신을 원망했다.

앨리슨이 내민 팸플릿에 겨우 눈길을 줬던 때가 언제더라? 앨리슨이 병들기 한 달 전이었나? 이탈리아 토디에 있다는 작은 집은 북동쪽의 로마와 차로 1시간 거리였고, 무성한 포도밭에 둘러싸여 평화롭고 느긋한 삶을 보낼 수 있는 곳이었다. "여름에 이 집을 빌리는 거야." 앨리슨이 말했었다. "당신이 견딜 수 있는지 보자고. 책도 읽고, 낮잠도 자면서. 저녁 먹기 전에 술도 마실 수 있어. 굉장하지?"

그랜트는 내키지 않았다. 그는 예외 없이 1년에 딱 2주만 쉬었고, 휴가를 즐겨야 하는 상황에서도 매일 업무 전화를 손에서 놓지 않아 앨리슨을 미치게 만들었다. 일에 신경을 끄지 못해 여행을 갔다가 포기하고 돌아온 적도 한두 번이 아니었다. 그랜트는 이런 나날들에 대해 나중에 반드시 보상해 주겠다고 약속했다.

'보상'의 날은 영영 오지 않았다. 앨리슨이 병에 걸려 다시는 일어나지 못했으니까.

하이게이트 묘지는 앨리슨의 마지막 안식처로 당연한 선택이었다. 무덤을 이곳으로 정해야 옆에 함께 잠들기 전까지 그랜트가 마음 편히 찾아올 수 있을 거라는 앨리슨의 말을 들었을 때 그랜트는 가슴이 찢어지는 줄 알았다. 실제로도 이곳의 철제 벤치는 그랜트가 마음의 안정을 찾을 수 있는 유일한 장소였다. 앨리슨을 추모하기 위해 작년에 기증한 벤치는 툭하면 비가 오는 런던 날씨에 벌써 여기저기 녹이 슬었다.

그랜트는 이번 일요일에도 잊지 않고 앨리슨이 생전에 제일 좋아했던 연분홍색 장미를 무덤 앞에 내려놓았다. 겨울에 찾기 힘든 꽃이지만 그랜트는 결혼식 날 두 사람을 에워쌌던 꽃으로 사랑을 증명할 작정이었다. 그리하여 그는 런던 시내에 있는 한 꽃집과 합의를 봤다. 꽃집 주인이 1년 내내 연분홍 장미를 가져다 놓는다면 터무니없이 비싼 가게 앞 주차 요금을 특별히 감면해 주기로. 그랜트에게 아직 그 정도 특권은 남아 있었다.

'앨리슨 리베카 그랜트, 사랑하는 딸이자 아내이자 어머니'.

짤막한 묘비명을 볼 때면 그랜트의 생각은 레이첼에게로 흘렀다. 어떻게 지내고 있을까, 어쩌다 이 지경이 됐을까 궁금했다. 장례식 이후로 딸을 한 번도 보지 못했다. 레이첼은 앨리슨이 폐암 진단을 받자마자 뉴욕에서 날아와 자기 엄마와 침실에 틀어박혀 지냈다. 그러다 다시 뉴욕으로 떠날 때까지 그랜트에게 말 한마디하지 않았다. 대화를 시도했지만 레이첼은 딱 잘라 말했다.

"엄마가 죽어 가는데 무슨 말이 필요해요."

왜 자신을 피하는지 그랜트는 이해할 수 없었다. 이메일에 답장이 끊긴 지도 한참 됐고 휴대폰 번호마저 바뀌었다. 〈뉴요커〉나 〈뉴욕 타임스 매거진〉에 가끔 가다 실리는 레이첼의 기사를 보지 않았다면 딸이 이 세상에서 증발했다고 생각했을 것이다.

그랜트는 묘비명을 손가락으로 어루만지며 아내의 마지막 날들을 떠올렸다.

최후의 기억은 죽을 때까지 그를 쫓아다니며 괴롭힐 터였다. 병원에 실려 가는 모습을 보고도 앨리슨을 만질 수 없었다. 그 순간에는 아내를 다시 보지 못하고 작별 인사조차 못한다는 사실을 미처 알지 못했다.

그랜트는 한숨을 쉬고 30년째 차고 있는 태그호이어 손목시계를 힐끗 봤다. 화면의 작은 창으로 날짜를 확인했다.

8일.

23일만 지나면 올해도 끝이었다. 3주하고 이틀만 더 버티면 아침에 일찍 일어나지 않아도 되고 어디 가지 않아도 됐다. 다른 데는 몰라도 이탈리아 토디에 가서 집을 빌릴 생각은 없었다. 혼자서는 싫었다.

결국에는 여기 이 빌어먹을 벤치로 돌아올 것이었다. 그래도 골치 아픈 문제들에서 해방되고 올해 초의 플레밍 사태 같은 일을 처리하지 않아도 되니 그것으로 충분했다.

"총경님?"

그랜트는 순간적으로 깜빡 잠이 든 줄 알았다. 그것 말고는 홀리의 목소리가 들릴 이유가 없었다.

뒤를 돌아보니 정말로 홀리가 무덤 사이의 길에 서 있었다. 바짝 긴장했고 조금은 초조해 보였다. 일과 건강을 위해서라도 군살을 빼라고 누누이 말했거늘 여전히 과체중이었다.

"여기서 뭐 해, 홀리?"

"휴대폰을 안 받으셔서요, 총경님."

"일요일이잖아. 그리고 휴대폰 안 갖고 왔어."

"저, 일요일마다 여기 오시는 거 압니다."

"그건 또 어떻게 알아?"

홀리가 대답을 못하고 머뭇거렸다. 그랜트는 그런 그가 왠지 안쓰러웠다. 홀리는 아직도 그랜트를 어려워했다. 상관과 부하로 일한 지 벌써 10년이 넘었는데도 말이다.

"여기 간다고 알려 주셨었잖습니까." 홀리가 간신히 입을 열었다. "총경님께 반드시 연락을 드려야 할 때…… 그러니까 중요한 일이 터진 경우를 대비해서요."

"그렇다면 아주 중요한 일이 생겼단 거네?"

홀리가 몸을 앞뒤로 들썩였다. 그랜트의 허락이 떨어져야 말을 할 듯한 기세였기에 그랜트가 아까보다 좀 더 부드럽게 말했다. "무슨 일인지 말해 봐, 홀리 경사."

"또 나왔습니다."

오싹한 전율이 그랜트의 등줄기를 타고 흘렀다. "세 번째?"

"피커딜리 서커스에 있는 클럽 뒤편 골목에서요. 이번에도 같은 표식인데…….'

"선이 하나나 둘이 아니라 셋이다."

"맞습니다, 총경님."

"우리 대신 숫자를 세 주다니 고마운 녀석이군." 그랜트가 우울하게 말했다.

그랜트는 앨리슨의 묘를 마지막으로 한번 더 돌아보고 다음 일요일에 또 보러 오겠다고 속으로 약속했다. 그러고는 홀리에게 앞장서라고 말했다. 하이게이트 묘지를 걸어 나가며 최근 입버릇처럼 외우는 주문이 그랜트의 머릿속을 스쳐 지나갔다.

빨리 새해나 돼라. 그럼 런던 경찰청을 영원히 떠날 수 있다.

IV

그랜트는 우튼이라는 클럽이 존재하는지도 몰랐다. 런던 중심부의 거리마다 지하 클럽이 있던 시절에도 클럽을 드나들지 않은 그였다. 당연히 빌리 스트리트며 그가 속한 블라스퍼머스라는 밴드 이름은 들어 본 적이 없었다.

그랜트가 홀리 경사와 현장에 도착했을 무렵, 수사팀은 1시간 전부터 도착해 현장을 살펴보고 있었다. 클럽과 인접한 골목은 건물과 건물 사이가 가까워 경차나 피해자의 고물 MG쯤 돼야 차를 긁지 않고 지나갈 수 있었다. 그저 쓰레기를 버리거나 뒷문으로 나와 담배를 피우는 공간이었다. 아니면 나이 든 로커를 조물주에게 보내 버리거나. 일요일이라 빌리 스트리트의 시신은 인근 주민이 반려견더러 용변을 보게 하려고 골목에 들어왔을 때에서야 발견됐다. 주머니에서 나온 운전면허증으로 신원을 확인해 경찰 시스템에 이름을 넣고 돌리자 전날 저녁 그의 밴드가 우튼에서 공연을 했다는 정보가 나왔다. 그랜트가 차량에 접근하는 사이, 휴대폰을 꺼내 든 홀리는 타임라인을 맞춰 보기 위해 클럽 사장과 블라스퍼머스 멤버들에게 연락을 취했다.

경찰청 소속 법의관 제프리스는 시신의 신체 치수를 측정하고 메모를 하고 있었다. 40대 중반이지만 20년은 더 늙어 보이는 제프리스는 (시체들과 살다 보면 그렇게 될 법도 하지, 그랜트는 생각했다) 청바지와 스웨터 위에 두툼한 패딩을 입었다. 그랜트처럼 주말에 쉬다가 나온 듯했다.

"일요일 아침부터 죄송합니다, 총경님."

"내가 더 미안하지." 그랜트가 말했다. "더 큰 문제가 우리 앞에 떨어진 것 같은데."

"그러게 말입니다." 법의관도 같은 생각이었다.

그랜트는 제프리스의 어깨 너머로 죽은 로커를 슬쩍 내려다봤다. 사후 경직이 시작된 빌리 스트리트의 시신은 《크리스마스 캐럴》에서 스크루지를 찾아온 동업자 말리의 유령보다 더 창백했고 훨씬 고통스러워 보였다. 기타 줄에 감겨 불룩해진 목도 보기 딱했다. 하지만 그랜트의 관심은 피해자의 이마에 쏠려 있었다. 염색한 눈썹 바로 위에 세로로 길게 상처가 나 있었다.

"어디서 많이 본 거네?" 그랜트가 물었다.

"검시소로 돌아가 굳이 비교하지 않아도 알겠습니다. 동일범입니다." 제프리스가 대답했다. "상처의 너비와 길이가 똑같습니다. 사용한 칼도 비슷하고요. 다른 점이 하나 있다면……."

"……표식의 개수겠지." 그랜트가 대신 말을 맺었다. "이 자식은 우리가 숫자를 못 센다고 생각하나 봐."

"범행 정보가 유출됐을 가능성은 없을까요?"

"신문에 나가지 않게 막았고 텔레비전에도 보도된 적이 없어." 그 랜트는 로마 숫자 3을 가리켰다. "외부로 정보가 새 나가지 않도록 단속했네. 두 번째 시신을 발견한 후로는 더 철저했고."

"언제까지 막을 수 있다고 생각하세요?"

"알아봐야지. 상세한 보고서를 받아 보려면 언제가 제일 빠르겠나?"

"오늘 저녁쯤 괜찮으세요? 오늘이 일요일이라 다행입니다. 조용하잖아요."

"얼마 못 갈 거야." 그랜트가 힘없이 말했다. 그는 확신에 차 단언했지만 자기 말대로 되지 않길 바랐다. 그러나 폭풍 전야처럼 불길한 예감이 들었다.

이번 주에만 세 건의 살인 사건이 발생했다.

새로운 사건이 터질 때마다 수법은 더 잔인해졌다.

V

첫 번째 시신은 12월 2일에 발견됐다.

그랜트에게는 외우기 쉬운 날짜였다. 앨리슨의 생일이었으니까. 그래서 그날은 사건이 터지기 전부터 기분이 우울했다.

옥스퍼드대학교의 그리스 신화 전공 초빙 교수가 전날 저녁 영국 도서관에서 강연을 마치고 학교로 돌아오지 않았다. 경찰청에 신고 가 들어와 몇몇 순경이 도서관으로 출동했고 수색 끝에 3층 뒤쪽 계 단 옆 화장실 칸 안에 처박혀 죽은 남자를 발견했다.

라이어널 프레이 교수는 강연이 끝나고 화장실에 갔다가 살아서 밖으로 나오지 못했다. 범인은 불을 끄고 문고리에 '고장'이라는 팻 말을 걸어 뒀다. 칼로 목을 그어 프레이 교수를 죽이고 목의 상처에 맞춰 이마에도 세로선을 하나 새겨 준 후였다.

매우 대담한 범행 수법으로 말미암아 총경인 그랜트도 수사에 뛰 어들어야 했다.

그랜트의 남동생이자 옥스퍼드대 철학과 교수인 에버렛은 프레이를 하늘의 높은 대학에 보내 버린 사람에게 감사해야 한다고 말했다. 일평생 그리스 신들을 연구한 프레이는 그리스 신화를 믿지 않는다고 하면 덮어놓고 무시부터 하는 '오만한 멍청이'였다.

에버렛처럼 노골적으로 말하지 않았을 뿐 다른 동료 교수들 역시 라이어널 프레이의 죽음을 애도하지 않는다는 인상을 줬다. 굳이 런던까지 와서 2시간 강연을 듣고 비좁은 화장실 칸에서 프레이를 죽일 동기가 있는 사람도, 그를 죽여서 이익을 얻을 사람도 없어 보였다.

그랜트는 자연스럽게 다른 방향으로 추정해 봤다. 프레이가 바람을 피우다가 상대방에게 일방적으로 이별 통보를 했나? 아니면 거주지가 런던인 누군가에게 원한이라도 산 걸까? 하지만 프레이의 일정, 신용 카드 사용 내역, 부인의 진술에 따르면 프레이는 지난 반년 동안 런던 땅을 밟지도 않았다. 그 밖의 다른 가설도 나왔지만 두 번째 살인이 발생하면서 전부 무의미해졌다.

멜라니 키튼.

이스트 엔드에서 나름 잘나가는 조각가였던 키튼은 그녀의 작업실에서 발견됐다. 시신을 처음 발견한 사람은 조각상을 구매하고 싶어서 그날 아침 작품을 보러 가기로 했던 토머스 시먼스였다. 시먼스는 닷새 전 화이트 채플에 있는 키튼의 작업실로 느긋하게 걸어 들어갔다가 목이 베인 채 바닥에 쓰러진 키튼을 발견했다. 시먼스에게 보여 주려 했던 조각상 여섯 개가 시신을 둘러싸고 있고 나무로 된 조각상들의 머리가 잘려 있었다.

멜라니 키튼의 이마에 꼼꼼히 새겨진 표식들을 보고 (그렇다. 표식이 아니라 '표식들'이었다. 이제는 한 줄이 아니라 '두 줄'이었기 때문이다.) 영국 도서관 화장실 변기에서 죽음을 맞은 옥스퍼드대 교수의 이마에 난 상처를 떠올린 순경이 있어 그랜트도 이스트 엔드로 호출을 받았다.

머리가 잘린 조각상들이 현장에 도착한 그랜트의 눈길을 사로잡았다. 등에 검은 깃털로 된 날개가 돋아나 있고 검은 얼굴은 흑단보다도 새까맸다. 키튼 밑에서 일하던 직원 말로는 최근 작업 중이던 대천사 시리즈란다. 비슷한 풍의 조각들이 작업실을 가득 채우고 있어 흑마법 의식이 벌어지는 곳에 잘못 들어왔나 하는 착각마저 들었다. 살해당한 옥스퍼드대 교수도 비슷한 취향이 있는지 확인해 보기로 하고 주변 사람들을 한바탕 심문했지만 며칠 전 벌어진 영국 도서관 사건처럼 아무 정보도 나오지 않았다.

전날 밤부터 작업실에 틀어박혀 있던 멜라니 키튼을 봤다는 사람이 없었다. 그랜트는 시먼스에게 영국 도서관에 간 적이 있는지 물었지만 괜한 질문이었다. 시먼스는 지난달에 폴란드 출장을 갔다가 이제 막 돌아왔다는 말로 그가 12일 1일 밤 영국 도서관 3층에 있었을지 모른다는 의혹을 잠재웠다.

그랜트는 그리스 신화를 연구하는 옥스퍼드대 교수와 대천사를 만드는 화이트 채플 조각가 사이에서 아무 연관성도 발견하지 못하고 작업실을 나왔다. 두 사람 다 이마에 상처가 새겨져 있다는 점만 빼고. 다만 멜라니 키튼에게 새겨진 숫자는 라이어널 프레이에게 새겨져 있던 것보다 1이 더 컸다. 피해자를 살해한 후에 남긴 상처라는 법의관의 결론에 그랜트는 가슴이 더 답답해졌다. 그 말인즉슨 살인범이 메시지를 보내려 한다는 뜻이었기 때문이다. 누군가 그랜트와 런던 경찰청을 의도적으로 조롱하고 있었다.

잡을 수 있으면 잡아 보라는 듯.

VI

피커딜리 서커스의 사건 현장을 벗어난 지 몇 시간이 흐른 뒤에도 명쾌한 단서는 나오지 않았다. 그로부터 며칠이 지난 지금도 수사에는 별다른 진척이 없었다.

옥스퍼드대 교수, 이스트 엔드 예술가, 퇴물 로커. 이들에게는 어떤 공통점이 있을까? 정말이지 거지 같은 수수께끼였다. 유일하게 답을 아는 사람은 그 답을 알려 줄 생각이 전혀 없어 보였다.

빌리 스트리트의 밴드 멤버들에게 진술을 받고 나니 더욱 막막해졌다. 이 친구들은 블라스퍼머스에 가입한 지 얼마 되지도 않았다. 원년 멤버들은 알코올 중독에 빠졌거나 공연 횟수가 적은 데 불만을 품고 탈퇴했다. 현재 활동 중인 세 사람은 리드 보컬에게 별다른 악감정이 없었다. 블라스퍼머스는 빌리의 원 맨 밴드나 다름없었다. 다른 멤버들은 단순 반주자에 불과했다. 죽은 빌리를 기리기 위해 추모 밴드를 결성한다는 얘기가 오갔지만 그리 좋은 생각 같지는 않았다. 경의를 표할 곡이 달랑 하나인데 무슨.

단서는 리사 고스든에서 또 끊겼다. 법의관 제프리스가 골목에 있던 자동차에서 빌리가 살해되던 날 밤 여자와 있었다는 증거를 발견했고, 그랜트의 수사팀은 곧바로 고스든이라는 여자를 추적해 냈다. 빌리의 마지막 공연을 봤다는 고스든은 그날 밤 빌리와 클럽에서 함께 나왔다고 마지못해 털어놓았다.

그랜트가 보기에 리사 고스든이라는 여자는 로커의 목에 기타에서 제일 두꺼운 6번 줄을 감을 수 있을 만한 인물이 아니었다. 일주일 만에 옥스퍼드대 교수와 조각가까지 사람을 셋이나 해치울 수도 없어 보였다. 고스든은 더듬거리며 빌리와의 만남을 자세하게 설명했고 무능한 하룻밤 상대였다며 불만을 토로했다(그랜트는 이런 거까지 알고 싶지는 않았지만). 그러면서 차에 탔을 때도, 관계 후 찰스 스트리트로 민망하게 퇴장할 때도 누가 지켜보고 있는 것 같지는 않았다고 진술했다.

목요일 밤 그랜트는 사건이 더 깊은 미궁 속으로 빠져 버린 듯한 찝찝함을 안고, 동생 에버렛과 저녁을 먹고 체스를 두기 위해 햄스테드로 향했다. 앨리슨을 떠나보내고 얼마 후부터 에버렛의 끈질긴 제안으로 매주 목요일이면 에버렛네 집에서 저녁 식사를 같이하고 있었다. 그랜트는 형을 돕겠다고 먼저 손을 내밀어 준 동생이 그저 고마울 따름이었다.

"형이 폐인이 되는 꼴은 절대 못 봐." 경야經夜를 치를 때 에버렛이 말했다. "우리 학교에 와이프 먼저 보내고 망가진 노인네들이 얼마나 많은지 알아? 인생 다 산 것처럼 하고 다닌다니까."

에버렛도 앨리슨이 그리울 거라고 했다. 사실 에버렛은 그랜트가 앨리슨을 만나기 전부터 그녀와 아는 사이였다. 에버렛이 옥스퍼드대 4학년 방학 때 리버풀 집에 앨리슨을 데려와 인사를 시켰었다. 앨리슨은 에버렛과 잠깐 만나다가 곧 그랜트에게 마음을 빼앗겼다. 앨리슨은 농담처럼 말했다. 학계의 떠오르는 천재 신학자와 만나기에는 자신의 지적 능력이 많이 달린다고. 이 말에 그랜트가 친동생을 향한 열등감을 슬쩍 내비쳤고, 앨리슨은 '바보 같은 생각'하지 말라는 한마디로 그의 우려를 일축시켰다. 그랜트에게는 그보다 훨씬 중요한 평범한 일상과 속마음을 얘기할 수 있다면서.

형제가 처음 체스를 뒀을 때는 지금 같지 않았다. 초반에 가볍게 두어 번 두던 게 몇 달 사이에 경쟁적으로 변모했고, 이제 그랜트는 동생과 체스 두는 걸 손꼽아 기다리게 됐다. 체스를 두며 에버렛과 수사에 관한 대화도 나눴다. 에버렛은 형의 고민을 잘 들어줬고 참신한 시각으로 사건을 분석했다. 때로는 문제를 처음부터 끝까지 설명하는 것만으로도 고민이 해결됐다. 소리 내어 말하다 보면 한참을 찾아 헤매던 퍼즐 조각이 눈에 보이곤 했다.

그런데 이번만은 예외였다.

"'숫자광' 말이야……." 에버렛이 말문을 열었다.

"웃기는 별명이지." 동료 하나가 썩 기발하지 않은 별명을 생각해 냈는데 하필이면 그것이 범인의 별칭으로 굳어졌다.

"글쎄, 내가 봤을 때 이 남자, 아니면 여자는…… 여자는 아닐 것 같긴 하지만, 아무튼 범인은 경찰이 별명을 지어 줬다고 좋아할걸."

"무슨 말이야?" 그랜트가 물었다.

"과시할 의도가 없다면 왜 피해자에게 표식을 남기겠어? 자기 작품이 알려져야 하는데 경찰이 언론 보도를 막고 있어서 답답할 거야. 만약 이 사건이 언론에 유출된다면 정보를 흘린 자는 범인일 거라고 봐."

짜증이 난 그랜트가 검정 비숍에 손가락을 얹었다. "환장하겠네. 만에 하나 그런 일이 일어난다 하더라도 나는 출처를 '익명'으로 발표해야 할 거 아냐. 범인이 본인 신원을 밝히겠냐고. 나만 원점으로 돌아가는 거지."

"원점이 뭔데?" 에버렛이 약을 올렸다.

"나야 모르지!" 그랜트가 외쳤다. 그는 비숍을 대각선으로 세 칸 옮긴 검정 네모 자리에 놓았다.

에버렛이 딱하다는 눈길로 형을 한번 보고 자신의 룩을 옆으로 옮겼다. "미안한데 체크메이트입니다, 형님."

처음에는 영문을 몰랐다. 그러다 앞으로 네 칸 더 이동하면 치명적인 실수가 기다리고 있음을 깨달았다. 그랜트는 자리에서 일어나 에버렛의 서재를 초조하게 서성거리기 시작했다. 형제는 불꽃이 잦아들고 있는 난로 옆에 체스 판을 펼쳐 놓고 있었다.

"도저히 집중이 안 돼."

"그럼 생각을 좁혀 봐." 에버렛이 제안했다. "형의 직감은 뭐라고 하는데?"

"'묻지 마 살인'은 절대 아니라고."

"왜?"

그랜트가 제자리에 멈춰 섰다. "아니면 뭐 하러 수고스럽게 피해자를 선택했겠어."

"이유가 있어서 그 사람들을 골랐을 거란 말이지?"

"응. 근데 왜, 왜 하필 아무도 관심 없는 신화에 대해 지루하게 떠벌리는 교수, 이상한 조각상을 만드는 조각가, 음악 같지도 않은 음악을 하면서 하느님의 이름을 욕되게 하는 퇴물 뮤지션이야? 아무리 생각해도 모르겠어."

에버렛이 갑자기 벌떡 일어났다. "다시 말해 봐."

"아무리 생각해도 모르겠다고."

에버렛이 고개를 저었다. "아니. 그거 말고. 하느님의 이름 부분."

"모욕한다는 거? 그 얘기?"

"그래. 그게 무슨 말이야?"

"빌리 스트리트의 밴드 이름이 블라스퍼머스(우리말로 신성 모독자라는 뜻 - 옮긴이)야."

에버렛이 다급히 책장으로 갔다.

"뭐 해?" 그랜트가 의아한 얼굴로 물었다.

에버렛은 대꾸하지 않고 책장만 이리저리 훑었다. 그러던 그의 시선이 새까만 장정본에서 멈췄다.

"아, 여기 있다."

에버렛이 두툼한 책을 들어 올렸다. 킹 제임스 성경이었다.

그랜트의 눈이 휘둥그레졌다. "그거 아버지가 우리한테 한 권씩 주신 거 아냐?"

"알아보다니 제법인데." 에버릿이 웃으며 말했다. "형 거는 어느 먼지 소굴에 처박혀 있겠지, 이 쓸모없는 이단자야."

"하다 하다 이젠 성경 구절도 인용하는 거야? 이놈의 인생, 갈 데까지 갔네."

에버렛은 그저 말없이 페이지만 넘겼다. "아, 찾았다. 출애굽기 20장 1절. 한번 들어 봐. '이 모든 말씀은 하느님께서 하신 말씀이다. 너희 하느님은 나 야훼다. 바로 내가 너희를 이집트 땅의 종살이를 하던 집에서 이끌어 낸 하느님이다. 너희는 내 앞에서 다른 신을 모시지 못한다.'"

에버렛이 고개를 들었다. "다른 신들에게 일생을 바쳤던 라이어널 프레이와 정반대지. 그리스 신 말이야. 야훼든 뭐든 성경에서 섬겨야 한다는 신이 아니라⋯⋯."

"에버렛⋯⋯."

에버렛은 눈빛으로 그랜트의 입을 막고 성경 구절을 계속 읽었다. "두 번째. '너희는 위로 하늘에 있는 것이나⋯⋯ 그 모양을 본떠 새긴 우상을 섬기지 못한다.' 형이 본 대천사 조각상처럼."

"장난하지 마."

"나 진지해." 에버렛이 성경 구절을 손가락으로 두드렸다. "세 번째. '너희는 너희 하느님의 이름 야훼를 함부로 부르지 못한다.' 어디서 들어 본 얘기 아냐?"

에버렛이 책을 내리고 형을 쳐다봤다. 그랜트의 입이 헤벌어져 있었다.

"설마 블라스퍼머스?" 그랜트가 어이없다는 듯 물었다.

"아무래도 연결 고리를 찾은 것 같아, 형."

그랜트는 믿을 수 없어 고개를 저었다. "사건들이 십계명이랑 상관 있다고?"

"숫자까지 하나하나 세 주고 있잖아. 이마에 떡하니."

그랜트는 믿기지 않는다는 듯 절레절레하며 중얼거렸다. "십계명대로 살인을 한다."

"이거 말고 다른 그럴듯한 아이디어라도 있어?" 에버렛이 물었다.

그럼 좋겠지만.

지금 그랜트의 머릿속에는 그보다 더 끔찍한 생각이 스쳐 가고 있었다.

그럼 셋 죽었고. 이제 일곱 남은 거네.

VII

그랜트는 그런 생각을 먼저 하지 못한 스스로에게 화가 났다. 종교에 대한 그릇된 열정으로 살인을 저지른다니 정말 완벽한 추리였다. 누군가 런던을 돌아다니며 처벌받아 마땅한 죄인을 임의로 지목하고 그에게 심판을 내리고 있었다. 그 이유라는 것이 허무맹랑하고 실제로는 죄가 아닐 뿐이었다. 범인은 정신 이상자가 분명할 테니 정상적인 사고를 하는 사람이라면 왜 그런 선택을 했는지 이해하려 애쓸 필요도 없었다. 재판장, 배심원, 사형 집행인을 자처하는 미친놈의 머리에서나 말이 되는 이야기였다.

범인을 이해하는 일은 아버지가 '똑똑한 녀석'이라 불렀던 동생에게 맡기는 게 여러모로 나을 것 같았다. 다만 십계명 이론이 진짜라면 그랜트가 범인을 잡아서 감옥에 처넣는다 한들 에버렛은 자기 덕분이라고 평생 으스댈 것이었다.

"내가 성경 내용을 잘 몰라서 그러는데 네 번째 계명이 뭔지 읽어 줘 봐."

에버렛은 다시 킹 제임스 성경을 보고 해당 구절을 찾았다. "'안식일을 기억하여 거룩하게 지켜라. 엿새 동안 힘써 네 모든 생업에 종사하고 이렛날에는 너희 하느님 야훼 앞에서 쉬어라. 그날 너희는 어떤 생업에도 종사하지 못한다.'" 에버렛이 책을 덮었다.

"기가 막히는군. 일요일에 일하는 사람을 보호해야 한다는 거네."

"유대법을 따르면 토요일도 들어가. 하지만 영국의 유대교인 수는 기독교인의 100분의 1도 안 되니까 지금은 일요일만 안식일로 봐도 될 거야."

"우리가 찾아야 하는 사람이 런던에 몇 명 있는지 알아?"

"형 부하들보다야 훨씬 많겠지. 정확히 어떤 사람들 얘기야?" 에버렛이 물었다.

"바텐더, 웨이터, 레스토랑이나 카페, 술집 주방에서 일하는 사람들. 극장 매표소 직원, 노팅 힐이나 메릴본 상점에서 일하는 여자들도 수백 명이야. 지하철 역무원, 택시 기사, 우버 기사, 박물관 안내원…… 계속할까?"

"형이 줄줄이 읊어 대는 게 재밌긴 하지만 그만해도 돼. 아무튼 앞으로 고생 좀 하겠네." 에버렛이 웃음을 터뜨렸다. "어디서 시작하면 좋을지 생각해 봤어?"

"아, 모르겠다고!"

그랜트는 답답한 마음에 동생의 손에서 성경을 빼앗아 페이지를 넘기다 바로 책을 덮어 버렸다. "내가 지금 뭘 하는 건지. 여기에 무슨 답이 있는 것도 아니고."

"성경에서 답을 찾으려 한 사람이 형만 있는 건 아냐. 옥스퍼드의 탤벗 신부님도 우리가 성경 공부를 게을리한다고 매주 꾸짖으시지."

그랜트가 어떤 반응을 하려다 멈칫했다. "그거야."

에버렛이 한쪽 눈썹을 추켜세우며 물었다. "무슨 말이야? 그거라니?"

"성직자." 그랜트가 대답했다. "그거라고. 맞지?"

에버렛이 대답할 틈도 주지 않고 그랜트는 다시 일어나서 서성이기 시작했다. 도서관 화장실에서 프레이 교수의 시신이 발견된 이후 처음으로 온몸에 활기가 도는 기분이었다. 그랜트는 동생을 돌아보고 책장에서 진실의 분수처럼 해답이 솟아오른 듯 성경을 손가락으로 가리켰다.

"저기서 안식일에 일하는 걸로 정의된 사람이 누구야? 비가 오나 눈이 오나 매주 일요일 아침 런던 사람들 앞에 서는 사람이 누구냐고?"

"동네에서 늘 보는 교구 신부." 에버렛이 말했다. "범인이 성직자를 노린다고 생각해?"

"비정상적이고 구체적인 게 네 이론이랑 딱 맞아떨어져."

"런던에 사제, 목사, 신부가 몇 명인지 알기나 해?" 에버렛이 물었다.

"많아도 너무 많지."

VIII

성직자의 수는 그랜트의 예상보다 훨씬 많았다. 영국에는 기독교 사제만 수천 명이었고 그중 최소 4분의 1이 런던 지역에서 활동했다. 생각해 보니 복사服事, 보좌 신부 등도 배제할 수 없었다. 이들도 안식일에 일을 했고 네 번째 계명에서 말하는 기준에 부합했다.

다행히 아직 금요일이라 그랜트의 수사팀에게는 이틀 정도 시간이 남아 있었다. 그랜트는 우선 경찰청에서 총경 업무를 대신하고 있는 프레더릭 스테빈스 청장을 찾아가 보고했다. 에버렛의 십계명 이론이 현재 제일 중요한 (또 유일한) 단서임을 상관이 이해할 수 있게 열심히 설득했고, 경찰의 코앞에서 네 번째 살인이 일어나지 않게 막을 최선의 계획을 구상했다.

런던의 모든 교회에 순경을 한 명씩 배치하는 방법은 현실성이 떨어졌다. 두 사람은 대규모 혼란을 일으키지 않고 말을 퍼뜨릴 방법을 궁리했다. 〈데일리 메일〉이나 〈데일리 미러〉가 호들갑스러운 헤드라인으로 칼 든 정신병자가 당신들의 일요일 예배나 아기의 세례를 망치려 한다고 소문내는 일만큼은 사양이었다.

결국에는 그랜트의 수사팀이 교회에 일일이 연락을 돌려 아주 분명하게 경고해야 한다는 결론이 나왔다. 연쇄 살인범이 성직자를 노리고 있다는 말보다, 다가오는 일요일에 성직자 한 명을 해치겠다는 익명의 협박이 경찰청에 들어왔다는 말을 전달하는 걸 기본 방침으로 정했다. 어디든 추가 순찰을 할 것이며, 일요일에 인적 없는 곳에 들어가지 말고 수상한 낌새가 있으면 곧바로 신고하라고도 당부했다. 그랜트도 직접 전화를 돌리며 이 사실을 당사자만 알고 있으라고 경고했다. 신도들이 단체로 공포에 휩싸이는 상황은 원하지 않았기 때문이다.

이의를 제기하는 신부나 목사는 단 한 명도 없었다. 하느님의 사람들로서 공공의 이익을 위해 고통을 감내하는 훈련을 받은 덕분일까? 예배를 취소해야 하느냐고 묻는 사람도 많았다. 그랜트는 각자의 선택에 맡기겠지만 나쁜 생각은 아니라고 답변했다.

천만다행으로 언론은 토요일 저녁까지 냄새를 맡지 못했다.

하지만 런던 교회 수백 곳에 전화를 돌리고 막 집으로 가려던 그랜트는 사무실 앞에서 〈데일리 메일〉의 베테랑 기자 몬티 퍼거슨과 마주쳤다. 꼬장꼬장한 안경을 쓰고 몇 가닥 남지 않은 헝클어진 머리를 필사적으로 붙들고 있는 퍼거슨은 정중하지만 끈질긴 남자였다. 경험상 퍼거슨을 대할 때는 신중해야 했다. 그동안의 거래가 순탄하지는 않았다. 그랜트는 퍼거슨이 원하는 정보를 충분히 내주지 않았고, 퍼거슨은 기회만 생겼다 하면 그랜트에게서 필요 이상의 정보를 빼내 갔다. 최근 플레밍 사태가 터지고 퍼거슨이 일요일 자 신문에 그랜트를 비난하는 기사를 쓴 적도 있었다. 그때 입은 상처가 아직도 쓰라렸다.

"토요일 밤인데 놀러 갈 곳이 그렇게 없어요, 기자님?" 그랜트가 사무실 불을 끄며 물었다.

"아침에 교회에 가는 것보다는 나은 거 같은데요." 몬티 퍼거슨이 실실 웃으며 응수했다.

"그거야 설교에 따라 다르겠죠."

"글쎄요, 저희 교구는 맥기네스 신부님이 예배를 취소하셔서."

"다행이라고 생각해요."

"그분만 그런 게 아니던데요." 퍼거슨이 덧붙였다. "알아보니 문을 닫을 예정인 교회가 열 곳도 넘더라고요."

퍼거슨이 메모를 적어 둔 수첩을 확인했다. 퍼거슨은 최신 기술을 거부하는 부류로 곧 죽어도 아이폰 같은 기계의 경이로운 기능을 사용하지 않았다. 그랜트 역시 기계를 썩 좋아하지 않아서 그 심정이 십분 이해됐다. 그러면서 퍼거슨이 혼자 리스트를 만들었을 정도면 캐낼 만한 정보는 다 캐냈겠다는 생각이 들었다.

"성수에 무슨 문제라도 생겼나 봐요." 그랜트가 혀를 찼다. 퍼거슨의 시선을 다른 쪽으로 돌리려는 최후의 발악이었다.

"아니면 오늘 아침 교회에 협박이 들어왔다는 경찰청 전화를 다 같이 받았던가."

끝났네.

"누가 그랬는지 물어봐도 안 알려 줄 거죠?" 그랜트가 물었다.

퍼거슨은 지금 장난하나 하고 신경질을 내는 듯한 눈빛으로 그랜트를 쳐다봤다.

"원하는 게 뭐예요, 기자님? 내가 그런 주장을 확인해 줄 리 없다는 거 알잖아요."

"제가 이 기사를 내일 아침 〈데일리 메일〉에 싣거나 지금 당장 온라인 판에 올리지 않을 이유를 말씀해 주시면 어떨까요?"

"런던에 집단 공포를 일으키기 싫다는 이유면 되겠습니까?"

퍼거슨이 어깨를 으쓱했다. "저야 월요일 기사가 더 풍성해지고 좋죠."

그랜트는 퍼거슨에게 정보를 내줘야 했다. 이 작자는 일단 먹잇감을 입에 물려 주면 누구보다 다루기 쉬웠다. "내가 뭘 주면 내일 아침 전에 기사 안 쓸래요?"

"단독 기사 같은 거요?"

"이를테면?"

"별일 없이 지나가면 협박이 들어왔었다고 인정하는 성명을 내일 밤 발표하세요. 공격이 일어나면 독점 인터뷰로 자세히 설명해 주시고요."

"그 정도는 약속할 수 있겠네요."

그랜트는 그를 똑바로 바라보는 퍼거슨의 시선을 느꼈다. "이거 너무 쉬운데요." 퍼거슨이 말했다. "쉬워도 너무 쉬워요. 왜죠?"

"피곤한 하루였어요. 내일은 더 피곤해질 거고요. 가능할 때 잠을 좀 자 두고 싶군요."

그랜트는 퍼거슨을 지나치려다 그가 몸을 트는 바람에 걸음을 멈춰야 했다. "몇 시예요?"

"몇 시라뇨?"

"내일 몇 시에 얘기할까요?"

"월요일 오전으로 합시다."

"아까 내일 밤이라고 했잖아요."

"그럼 자정이겠네요. 일요일에 한다는 공격이 언제 발생할지 몰라요."

"그렇게 되면 독점 기사는 화요일에나 나간다고요."

"하지만 우리가 대화를 시작하자마자 온라인에 당신 이름으로 기사를 올릴 거 아닙니까."

그랜트는 퍼거슨이 곰곰이 생각하는 모습을 지켜봤다. 마침내 퍼거슨이 고개를 끄덕였다.

다행이었다. 퍼거슨은 유능한 기자답게 최소한 자기가 들은 이야기가 진실이라고 판단하는 줏대는 있었다.

그랜트가 복도를 절반쯤 지났을 때 퍼거슨이 외쳤다.

"저 내일 예배 빠져야 할까요? 어떻게 생각하세요, 총경님?"

"알아서 판단해요. 재수 없게 나한텐 선택권도 없으니까."

IX

그랜트는 아내가 세상을 떠난 후에도 매주 교회를 나갔다. 처음에는 집에서 유일하게 교회를 다녔던 아내를 위해 한 행동이었다. 하지만 몇 주, 몇 달이 지나니 그랜트도 교회에 있으면 마음이 무척 편안해졌다. 은퇴를 앞둔 시점에서 외로운 탓이라 생각하고 싶지는 않았다. 그보다는 세인트 매튜스 교회가 일요일 아침마다 그를 맞아 주기 때문이라고 믿었다. 50년보다 1년 사이에 더 많은 것이 변한 세상에서 그 시간만큼은 변하지 않고 존재했다.

그런데 이번 주 일요일 아침은 달랐다. 그랜트는 온 신경을 곤두세우고 있었다. 그가 다니는 교회에서 일이 터지지는 않을 것 같았지만, 신부님의 말씀을 듣는 동안 신도들의 일거수일투족을 주시하며 평소와 다른 점이 있는지 찾아보는 일을 멈출 수 없었다. 다행히 아무 일도 일어나지 않았고 길 신부도 성한 몸으로 예배를 마쳤다.

그랜트는 예배가 끝나고 길 신부를 찾아갔다. 어젯밤에도 길 신부에게 전화를 걸어 일요일에 특별히 몸조심하라고 전했었다. 그러면서 자정이 지나면 피차 숨을 돌릴 수 있을 것이라 말했다.

"아무 일 없으면 다음 일요일에도 똑같이 해야 하는 겁니까?" 길 신부가 물었다.

그 생각은 미처 못했다.

"일단은 이번 일요일만 생각하려고요." 그랜트가 대답했다.

신부는 그랜트에게 와 줘서 고맙다는 인사를 하고 다른 신부들과 교회 안으로 들어갔다. 침착한 태도를 고수하며 신도들에게 헌신하고 신에게 봉사하는 모습을 보자 감탄이 절로 나왔다. 그랜트도 그처럼 순수한 믿음을 가져 보고 싶었다. 하지만 경찰로 일하는 30년 간 끔찍한 꼴을 너무 많이 봤다.

그 역시 은퇴를 결정한 이유 중 하나였다.

이번 주는 앨리슨의 묘에 들르지 않는 대신 다음에 더 오래 있겠다고 앨리슨에게 약속했다. 조금만 있으면 시간적 여유가 생길 테니까. 그랜트는 순찰대의 보고를 받고, 런던 전역에 있는 교회의 상황을 확인하고, 성직자란 성직자는 모조리 찾아내 연락을 취하며 남은 하루를 보냈다.

시간이 흐를수록 속이 까맣게 타들어 갔다. 범인은 그랜트와 동료들을 고문하는 게 분명했다. 마지막 순간까지 뜸을 들이다가 칼을 꺼내 들고 뻔한 표식을 남기는 방법으로 그랜트와 런던 경찰청을 대혼란 속에 내던질 셈이었다.

드디어 자정이 됐다. 그리고 아무 일도 일어나지 않았다.

"내가 틀렸나 봐. 다행이다." 12시가 지나자마자 전화를 걸어 온 에버렛이 런던의 모든 성직자가 무사하고 실종자도 없다는 소식을 듣고는 말했다.

"그러게 말이다." 그랜트가 말했다. 런던 마이다 베일 지구에 있는 집에 도착한 그가 문 옆에 놓여 있는 탁자에 열쇠를 툭 던지고 현관문을 닫았다.

"이제 어떻게 되는 거야? 다음 일요일에도 똑같이 하나?" 에버렛이 물었다.

"지금은 그냥 자고 싶은 마음뿐이네." 그랜트가 대답했다.

X

3시간쯤 잠들었나 싶었다.

전화벨이 울린 시각은 4시 15분이었다. 그랜트가 전화를 받았다. 잠이 완전히 달아났다. 경험상 새벽 4시 15분에 걸려 온 전화는 절대 좋은 소식이 아니었다.

런던 경찰청 총경에게 온 전화라면 더더욱.

"그랜트입니다."

멀리서 쉭쉭하는 잡음이 들리고 말을 주고받는 데 약간의 시간차가 있는 것으로 보아 국제 전화였다.

"오스틴 그랜트 총경님?"

상대방의 목소리가 귀에 박혔다. 말투가 좀 거들먹거린달까. 다른 건 몰라도 영국인은 확실히 아니었다.

"네. 누구십니까?"

"저는 NYPD의 존 프랭클 형사입니다. 주무시는데 죄송합니다. 이른 시간이라는 거 압니다."

"괜찮습니다. 무슨 일로 전화하셨죠?"

아주 간단한 질문이었다. 불길하게도 그랜트는 답을 알 것 같았다.

"강력 사건 시스템을 통해 총경님께서 담당하시는 영국의 연쇄 살인에 관한 보고서를 보고 이렇게 연락을 드리게 됐습니다. 목을 베고 이마에 표식을 새기는 사건이요."

"그러시군요." 그랜트가 대답했다. "제가 담당하는 사건 맞습니다."

"그게 저희 쪽에도 똑같은 수법의 DB가 나와서요."

"DB요?"

"죄송합니다. 시신Dead Body 말입니다. 영국에서는 다른 용어를 쓰나 보네요. 저희 쪽 피해자는 세인트 패트릭 대성당 제단에서 십자가에 박힌 채로 발견됐습니다."

그랜트는 입이 바짝 말랐다.

"혹시 피해자가 성직자인가요?"

"애덤 피터스 신부님이라고, 40년 넘게 세인트 패트릭 대성당에 계셨어요."

"이마의 표식은 어때요? 대문자 I와 대문자 V입니까? 로마 숫자 4처럼?"

수화기 반대편에서 프랭클 형사가 숨을 헉 들이마시는 소리가 들렸다.

"숫자였군요. 이제야 몇 가지 의문이 해소되네요. 저희는 누군가 글자를 쓰다 말았다고 생각했습니다. 이름 같은 글자 말입니다." 프랭클이 헛기침을 하고 목을 가다듬었다. "운 좋게 맞히신 건 아니죠?"

"아니요. 운이 좋긴요." 그랜트가 한숨을 쉬었다. "운은 절대 아닙니다."

리틀 타운
블루스

Little
Town
Blues

1

그랜트는 높은 곳을 싫어했다.

집에서 키우던 고양이 프리스키와 남동생 에버렛 때문이었다. 프리스키가 에버렛의 실수로 집을 나가 새를 잡는다고 거대한 느릅나무에 올라간 적이 있었다. 당시 아홉 살 소년이었던 오스틴 그랜트는 프리스키를 쫓아 무작정 나무를 탔고 정신을 차려 보니 지상에서 족히 15미터는 올라와 있었다. 그랜트가 나무 꼭대기에 다다랐을 즈음 프리스키는 무사히 땅을 밟았고 그랜트만 나뭇가지를 붙든 채 허공에 남았다. 소리를 지르던 그랜트는 나뭇가지를 놓쳐서 6미터가량을 추락하다가 간신히 다른 나뭇가지를 잡았다. 아버지가 집에서 달려 나와 구해 주지 않았더라면 계속 나무에 대롱대롱 매달려 있었을 것이다. 어린 그랜트는 감정을 주체하지 못하고 밤새 엉엉 울었다. 다음 날 아침에 울음은 그쳤지만, 이후로 높은 데서 느꼈던 공포와 메스꺼움이 시도 때도 없이 찾아왔다.

그래서 런던 경찰청의 오스틴 그랜트 총경은 히스로 공항을 출발

해 JFK 공항에 도착하는 영국 항공 777기를 예약하며 일부러 통로 쪽 좌석을 선택했다. 유능한 공학자들이 만든 최첨단 기계에 안전하게 앉아 있다는 사실을 머리로는 잘 알았다. 비행기 추락 사고보다는 교통사고로 죽을 확률이 천배는 높다는 사실도 알고 있었다. 문제는 비행기 창문 너머로 1만2천 미터 아래에 있는 대서양이 여전히 보인다는 것이었다. 그랜트는 손때 묻은 기내 잡지 쪽에 시선을 고정하고 앞좌석 뒤에 달린 모니터로 지루한 로맨틱 코미디 영화만 보고 있었지만 전혀 아쉽지 않았다.

JFK 공항에 도착한 후에는 탑승교 바닥에 입이라도 맞추고 싶은 충동을 억누르며 후들거리는 다리로 터미널에 들어섰다. 머지않아 비행기를 타고 또다시 바다 건너로 돌아가야 한다고 생각하니 심란했다. NYPD 프랭클 형사가 불러서 오기는 했지만 있어 봐야 얼마나 오래 있겠는가.

택시 승강장에 도착했을 때까지도 바깥은 아직 캄캄했다. 아침 비행기를 타고 시계를 5시간 전으로 돌려놓은 보람이 있었다. 롱아일랜드 고속 도로(택시 기사는 '세계에서 제일 큰 주차장'이라고 표현했다)를 지날 무렵, 맨해튼의 커다란 빌딩 숲 뒤에서 태양이 떠오르기 시작했다. 모네가 그린 수련의 색깔을 본뜬 듯한 분홍빛이 도시를 물들였다.

초고층 건물들을 보자 놀라움에 입이 떡 벌어졌다. 그랜트는 이 그림에서 무엇이 빠졌는지 단번에 알아차릴 수 있었다. 쌍둥이 빌딩. 굉음과 함께 무너지며 세계사를 바꾼 지 20년이 다 돼 가지만 지금도 쌍둥이 빌딩 없는 뉴욕은 상상하기 힘들었다. 그랜트는 2000년경 일찌감치 은퇴를 고려했다가 9·11 테러 이후 마음을 고

처먹었다. 맨해튼 꼭대기에서 일어난 비극의 날을 계기로 가족과 영국 국민을 안전하게 지키는 소임을 끝까지 다하자는 결심이 섰기 때문이다. 만약 세계 무역 센터가 아직 이 자리에 우뚝 서 있었다면 두 도시를 공포로 몰아넣으려는 미치광이를 쫓아 뉴욕으로 향하는 지금의 그랜트는 없었을지도 모른다.

차가 도로 위의 구멍을 지나며 덜컹거리는 바람에 그랜트는 과거의 상념에서 깨어났다. 그사이 택시는 도심의 교통 체증 속에 들어와 있었다. 그랜트는 러시아워가 24시간 내내 계속된다면 시민들이 얼마나 불편할까 싶은 마음에, 한 덩치 하는 흑발의 브롱크스 출신 기사에게 도로 상태가 늘 이러느냐고 물었다.

"무슨 일이라도 생긴 건지 난들 압니까?" 기사가 버럭 했다. "5번 가에서 또 염병할 제3 세계 놈들이 시위라도 하나 보죠." 그러더니 갑자기 택시를 세우고 차에서 뛰어내렸다. 기사가 누군가에게 고함을 치는 소리가 들렸다. 중간에 끊지도 않고 한 문장으로 욕설을 줄줄이 뱉는 능력이 대단했다. 잠시 후 기사가 다시 차에 탔다.

"빌어먹을 쓰레기차 같으니라고. 저 미친놈이 도로 절반을 차지하고 커피를 사러 가잖아요." 기사가 백미러를 힐끔 보다가 그랜트와 눈이 마주쳤다. "영국 사람들도 이런 일을 보면 가만히 안 있죠?"

"당연하죠." 그랜트가 상류층의 억양을 최대한 흉내 내며 대답했다. "저런 인간이 있으면 우린 트래펄가 광장의 단두대에서 참수시켜 버려요."

"진짜요?"

"관람석 표도 팔아요. 표값은 여왕 폐하의 자선 단체에 전액 기부되고요."

"지금 나 놀리는 거요?"

그랜트가 미소를 지었다. "아주 살짝?"

"여보쇼, 여기서 우리 하는 게 맘에 안 들면 왔던 데로 그냥 돌아가요."

뉴욕에 오신 것을 환영합니다. 그랜트가 속으로 중얼거렸다.

❖❖❖

그랜트는 오늘 아침에 급하게 출국 준비를 하며 세인트 패트릭 대성당 근처에 있는 숙소를 검색했다. 검색 결과에 한 호텔 이름이 뜨자 꼭 신의 계시 같아서 집 떠나 묵을 곳으로 그 호텔을 선택했다.

"런던 호텔에 오신 것을 환영합니다." 도어맨이 문을 열어 주며 인사했다. 그랜트는 조금 놀랐다. 친절한 미소도 의외였지만(조금 전까지 1시간 동안 영국을 비난하는 이야기와 욕설을 들었기 때문이다) 도어맨의 짙은 색 옷은 전혀 예상하지 못한 스타일이었다. 호텔 이름이 런던이면 직원들도 영국 느낌이 나는 옷을 입을 줄 알았다. 근위병 제복까지는 아니어도 전통적인 정장을 갖춰 입는다든가 하는 식으로 말이다.

이렇게 오스틴 그랜트는 미국에 적응하기 시작했다. 누군가 '예술'이라고 칭하는 거대하고 추상적인 조각이 삐죽 튀어나온 로비는, 레이첼이 어렸을 때 일요일마다 세 식구가 차를 마시러 갔던 편안한 곳들의 분위기와 완전히 딴판이었다. 흡사 그랜트를 태워다 준 택시 기사가 영국 여권을 신청하는 꼴이라고나 할까.

안내 데스크에 다가가자 담당 직원이 체크인 서류와 '재생 효능이 있는 허브 혼합물'에 적신 따끈한 수건을 내밀었다. 그랜트는 수건으로 가볍게 얼굴을 닦고, 해로즈 백화점 쇼윈도의 완벽한 마네킹 대신 서 있는다 해도 감쪽같을 여직원에게 도로 수건을 건넸다.

"저희 호텔에 일주일간 묵을 예정이시죠?"

"확실히 모르겠습니다." 그랜트가 대답했다. "당장 내일 떠날 수도 있고, 연장할 수도 있어서요. 떠나는 날을 따로 안 정할 수는 없습니까?"

직원이 보라색 매니큐어가 깔끔하게 발린 손가락으로 키보드를 두드렸다. "죄송하지만 그건 어려울 것 같습니다, 손님. 크리스마스가 얼마 남지 않아 제일 바쁜 시기라서요. 곧 새해이기도 하고요."

"그럼 더 오래 체류해야 한다면 어떡하죠?"

"죄송하지만 다른 방법을 알아보셔야 할 것 같습니다. 저희가 다른 숙소를 알아봐 드릴 수도 있는데 서두르셔야 할 거예요. 사람들이 뉴욕으로 모여드는 시기라서요. 혹시 체크아웃 예정일 전에 손님의 용무가 마무리되지 않을까요?"

살인범이 자백할 준비를 하고 예쁜 리본에 묶여 위층 호텔방에서 기다리고 있을지도 모른다는 뜻인가? 산타클로스와 함께? 그랜트는 속으로 한숨을 쉬고 서류에 서명한 다음 열쇠를 받았다.

"두고 보면 알겠죠. 고맙습니다."

"영국에 있는 가족 품으로 돌아가는 게 손님께도 더 좋지 않을까요." 직원이 비밀스러운 진리를 귀띔해 주려는 듯 그랜트 쪽으로 몸을 기울였다. "크리스마스 즈음에는 되도록이면 뉴욕을 피하세요. 사람들이 좀 이상해지거든요."

그랜트가 고개를 끄덕였다.

이미 그런 사람을 하나 알고 있지.

◆◆◆

방은 상상 이상으로 좁아서 캐리어를 들고 들어가니 남는 공간이 없었다. 벽은 환한 색이었다. 그랜트는 어둠 속에서도 벽에서 빛이 나는지 조명을 꺼 보고 싶었다. 창문으로 걸어가 블라인드를 올렸다. 측면 도로 너머의 벽돌 건물이 훤히 보였다. 아니, 여기는 디럭스 룸이었다. 수당 쓰는 김에 사치 좀 부려 볼까 하는 생각으로 선택한 방이었단 말이다. 디럭스 룸이 이 정도면 스탠더드 룸의 뷰는 어떨지 상상조차 되지 않았다.

신경이 곤두서서 잠을 잘 수 없었다. 비좁은 방에서 괜히 왔다 갔다 하다가 넘어지기라도 할 것 같아 그랜트는 나가서 산책이나 하기로 했다.

일단 밖으로 나오니 안내 데스크 직원의 말뜻을 이해할 수 있었다. 월요일 밤 9시인데도 도시에 크리스마스 노래가 쩌렁쩌렁했다. '크리스마스 광고'라고 해야 하나? 모든 상점의 쇼윈도가 다가오는 연휴를 알리고 기념하고 강요하고 있었다. '크리스마스 폭탄 세일' 부터 대형 어드벤트 캘린더(12월 1일부터 25일까지 각 날짜의 칸에 선물이 들어 있는 캘린더 – 옮긴이)까지, 루돌프 풍선부터 산타 옷을 입은 마네킹까지. 가게 앞을 지나치는 소비자의 시선을 사로잡고 지갑을 털기 위해 다들 경쟁에 뛰어들었다.

그랜트는 문득 깨달았다. 이제는 앨리슨에게 완벽한 크리스마스 선물을 사 주려고 머리를 쥐어짤 필요가 없었다. 12월마다 아내가 원하는 선물을 사기 위해 남을 밀치고 또 남에게 떠밀리는 일은 고역이었다. 하지만 크리스마스 아침, 쓸데없이 과대 포장된 선물을 풀며 환해지는 앨리슨의 얼굴을 보면 고생한 기억이 싹 사라졌다. 앨리슨이 세상을 뜨고 외동딸이 선물은커녕 이메일도 받아 주지 않는 지금, 그랜트의 크리스마스 선물 목록은 텅 비어 있었다. 왜 많은 사람이 크리스마스 주간을 '1년 중 가장 끔찍한 시기'라고 부르는지 알 것 같았다.

그 순간 행복한 얼굴로 라디오 시티 뮤직 홀에서 우르르 나온 사람들이 그랜트를 집어삼켰다. 대부분 단란한 가족이었고, 개중에 우스꽝스럽게 발차기를 하는 사람도 있었다. 공연장 건물의 전광판은 '월드 스타 로케츠 출연 크리스마스 특집 쇼'를 홍보하는 중이었다. 그랜트는 군중에 휩쓸려 50번가로 향했다. 생전 처음 보는 커다란 크리스마스트리가 휘황찬란하게 빛을 내뿜었고 그 아래의 빙판에서는 많은 사람들이 원을 그리며 스케이트를 탔다.

그랜트는 그 광경을 눈에 담으며 크리스마스 분위기에 빠져 보려 했다. 하지만 아무것도 모르는 뉴욕 시민들을 공포에 빠뜨릴 목적으로 대서양을 건넌 악마의 존재를 알고 난 뒤라 쉽지 않았다.

메리 크리스마스! 메리 잉글랜드(영국의 옛 별명 - 옮긴이)의 악마로부터!

그랜트는 크리스마스 조명을 뒤로하고 천천히 걸음을 옮겼다.

❖❖❖

세인트 패트릭 대성당은 5번가를 옆에 끼고 50번가와 51번가 사이에 위치해 있었다. 그랜트가 위풍당당한 건물을 올려다봤다. 영국의 교회들 또한 장식과 크기 면에서 뒤지지 않았고 더 뛰어난 곳들도 있었지만, 세인트 패트릭 대성당의 주변 환경에는 감탄을 자아내지 않을 수 없었다. 비행기 안에서 이곳의 역사를 읽었는데, 19세기 초 폐교한 예수회 대학이 공동묘지로 바뀌었다가 마이클 커런이라는 의욕적인 신부가 기금을 모아 1858년에 대성당으로 재건했단다. 완공 후에는 천주교 뉴욕 대교구의 주교좌성당이 됐고, 베이브 루스, 로버트 케네디, 에드 설리번 같은 유명한 뉴요커들의 축하 행사, 결혼식, 추도 미사가 치러지기도 했다.

그리고 이제는 맨해튼의 범죄 현장이 됐다.

남아 있던 경찰은 대부분 가고 없었다. 경찰차는 어디에도 보이지 않았고 지역 방송국의 밴 한 대 앞에서 기자 하나가 이리저리 돌아다니며 짧게 후속 보도를 하는 중이었다. 경찰들은 다음 범죄 현장으로 넘어간 듯했다. 그랜트에게는 외려 잘된 일이었다. 프랭클 형사는 내일 아침에 만나기로 했고, 이렇게 하면 비공식 자격으로 성당을 찬찬히 살펴볼 수 있었다.

월요일 밤 10시인데도 열 명이 넘는 사람들이 성당 안을 돌아다니고 있었다. 긴 나무 의자에 몇 명이 드문드문 자리했고, 몇 명은 자그마한 측면 제단에서 초에 불을 붙였다. 관광객도 일부 들어와 뒤편을 어슬렁거리며 교회의 역사와 중요한 순간을 상세하게 기록한 가이드북을 꼼꼼히 읽었다.

익숙한 노란 테이프가 제단으로 올라가는 계단 주위를 막고 있는 앞쪽에 대부분의 사람들이 모여 있었다. 제단 위에 걸린 대형 십자가에 투명한 비닐을 씌워 놓았다. 앞을 지키던 제복 경찰이 호기심을 보이는 사람들에게 가까이 오지 말라고 손짓했다.

"머리가 완전히 잘려서 아직 찾고 있다던데." 갈색 코트를 입은 여자 관광객이 경찰에게 말을 걸었다. "진짜예요?"

'말씀드릴 수 없습니다'가 경찰의 유일한 대답이었다.

"안에 머리가 굴러다니면 우리를 들여보내 줬겠냐고. 안 그래요?" 우람한 몸에 시러큐스대학교 스웨트 셔츠를 걸친 일행 하나가 투덜거렸다.

그랜트는 시러큐스 남자가 자신에게 질문한 것을 깨닫고 당황했다. "글쎄요, 그럴 것 같기는 하네요."

갈색 코트를 입은 여자가 눈을 동그랗게 떴다. "영국에서 오셨어요?"

그랜트가 아무리 노력해도 억양은 잘 감춰지지 않았다. "오늘 저녁에 막 도착했습니다. 시차 적응이 안 돼서 걸으며 구경이나 할까 하고 나왔어요."

"그러다 우연히 범죄 현장에 들어오셨군요."

"어쩐지 이상하다 했어요." 그랜트가 대답하며 노란 테이프를 가리켰다. "정확히 무슨 일이에요?"

꼭 필요한 순간이 오기 전까지 배지를 숨기면 아주 많은 정보를 얻을 수 있었다. 사람들에게는 경찰만 보면 입을 다무는 경향이 있기에. 여자는 질문에 흔쾌히 답을 해 줬다.

"신부가 목이 잘려서는 저 십자가에 못 박혔대요."

"목은 안 잘렸어, 말라. 당신은 범죄 드라마를 너무 많이 봐서 탈이야."

"찰스!"

"범죄 드라마는 중독성이 있어서 끊기 힘들죠." 그랜트가 공감한다는 듯 응수했다. "범인은 잡았답니까?"

찰스가 고개를 저었다. "그랬다면 아마 지금쯤 뉴스에 나왔겠죠? 근데 시체는 한참 전에 들려 나갔어요. 안 그랬음 입장이 불가능했을 거예요."

의자에 앉아 있던 사람 중 겨울 코트를 입은 30대 중반의 남자가 짜증스럽게 일어나는 모습이 보였다. 그랜트는 기도하는 신자들을 방해할까 봐 목소리를 낮췄다. "사람이 대체 어떤 정신 상태면 그런 짓을 할까요?"

"제가 생각한 이론이 있어요." 말라라는 이름의 여성이 적극적으로 의견을 피력했다.

"참, 재밌기도 하겠다." 찰스가 중얼거렸다.

말라가 음모를 꾸미는 사람처럼 목소리를 낮췄다. "예전에 있던 복사 중 한 명이 분명해요. 학대 같은 걸 당해서 복수한 거죠. 그런 신부들이……."

"말라! 당신이 뭘 안다고 그래!" 찰스의 얼굴이 새빨개졌다. "이분은 당신이 상상하는 이론 따위에는 관심 없으셔. 게다가 그건 고인에 대한 모욕이야." 찰스가 제단 앞에서 말라를 끌어당겼다. "죄송합니다, 선생님."

"괜찮습니다." 그랜트가 찰스를 안심시켰다. "듣고 보니 저도 혹하는걸요."

"봤지!" 말라는 반항하면서도 찰스의 손에 이끌려 나갔다. 찰스는 겨울 코트를 입은 남자에게도 꾸벅하며 사과했다.

그 남자는 고개를 끄덕하고는 출구로 걸어가는 부부를 쳐다보다가 그랜트에게로 고개를 돌렸다. "흥미로운 이론이긴 했죠?"

그랜트가 대답하려다 멈칫했다. 어디서 들어 본 목소리였다.

"하지만 저희는 알잖아요. 범인이 단순히 성직자를 노린 사건이 아니라는 걸. 안 그렇습니까, 총경님?"

그랜트가 눈을 가늘게 떴다. "프랭클 형사군요."

"런던 경찰청에서 어쩌다 그렇게 대단한 직함을 얻게 되셨는지 알겠네요." 프랭클이 웃었지만 호의적인 느낌은 아니었다. "전화를 주시지."

"그러는 형사님이야말로 오늘 밤 어디에 있을지 알려 주지 그랬어요."

"뭐, 이렇게 만났으니 됐습니다." 프랭클이 말했다. "그럼 본격적으로 얘기를 나눠 보실까요?"

2

아스트로 다이너의 여종업원이 좁고 길쭉한 유리잔에 초콜릿 밀크셰이크 절반을 부어 프랭클 형사 앞에 내려놓았다. 나머지 셰이크가 든 금속 믹서 용기는 긴 스푼을 꽂은 채로 그냥 됐다.

"고마워요, 필리스."

"뭘요, 형사님. 악당 체포하는 일은 어떻게 돼 가요?"

"아직 조사 중이에요."

일흔은 돼 보이고 평생을 커피숍에서 일한 듯싶은 필리스가 고개를 끄덕였다. "해내실 거예요. 믿습니다." 필리스가 그랜트를 돌아봤다. "차 더 드릴까요?"

"괜찮습니다. 영국식 아침 식사 메뉴가 있어서 참 좋네요."

필리스는 빈 카운터로 가서 행주로 상판을 닦았다. 프랭클은 셰이크를 크게 한 모금 마시고 반응이 오기를 기다렸다. 그는 그랜트가 보는 앞에서 몸을 부르르 떨며 살짝 목이 막힌 소리를 내더니 헛기침을 하고 이마에 손가락을 댔다.

"찬 거 마셨더니 골이 아파서요." 프랭클이 설명했다. "맨날 이래요."

"여기 자주 와요?"

"형사 생활한 뒤로 쭉 단골입니다. 15년쯤 됐죠."

그랜트가 유리잔을 가리켰다. "올 때마다 그거 마셔요?"

"제 기억으로는요."

"그런데도 체중이 25스톤을 찍지 않았다?"

"많이 나가는 거예요?" 프랭클이 정말 몰라서 물었다.

"미국 파운드로 바꾸면 340, 350 정도(약 155킬로그램 – 옮긴이)."

"어쩌겠습니까? 원래 대사가 잘되는 몸을 타고난 걸."

단걸 좋아하는 혀도 타고났겠지. 그랜트는 속으로 중얼거리며 프랭클을 유심히 관찰했다. 패션 감각이 좋은 친구였다. 영국에서 방영하는 미국 드라마 속 경찰처럼 폴리에스터 소재 옷을 입지 않았다. 여자들이 좋아할 만한 호감형 얼굴이되 남자들이 경계할 만큼의 미남은 아니었다. 키는 180센티미터가 조금 넘었고, NYPD 두발 규정에 아슬아슬하게 걸릴 듯한 길이의 흑발을 하고 있었다. 영화배우처럼 상대를 꿰뚫는 파란 눈이 매력을 더했다. 다른 건 몰라도 그 눈빛으로 득 좀 보겠다는 생각이 들었다.

프랭클이 파란 눈으로 그랜트를 빤히 보며 유리잔을 내려놓았다. "왜 세인트 패트릭 대성당에 들른다는 얘기를 안 하셨는지 물어봐도 될까요?"

"시간이 좀 남아서 산책을 했어요."

"그러다 대서양을 건넌 목적인 범죄 현장에 우연히 들어가셨고요?"

"아까 타고난 사람들이 있다면서요. 나도 오늘 밤 운이 좋았어요."

프랭클이 웃었다. "설마 그 말을 믿으라는 건 아니시죠?"

"자정 미사가 시작하기를 기다렸다는 말을 나도 못 믿으니 당연하죠."

"그런 이유가 아니었다는 거 피차 알았네요." 프랭클이 말했다.

"뭘 기대하고 있었어요?" 그랜트가 물었다. "살인범이 범죄 현장에 다시 나타나는 거?"

"운이 그렇게까지 좋은 사람은 없어요." 프랭클이 투덜거렸다. 그는 유리잔을 비우고 남은 밀크셰이크가 들어 있는 용기를 가져왔다. "제 습관입니다. 사건이 벌어지고 난 후의 현장 속에 들어가 보는 거요. 별별 사람들이 구경하러 오거든요. 그 사람들을 완전히 통제하는 건 불가능합니다. 6중 추돌 사고 현장에 몰려드는 구경꾼들을 못 막는 것처럼요."

프랭클은 나머지 셰이크를 유리잔에 부었다. "생각한다는 이론들은 또 어떻고요? 얼마나 황당한지 몰라요. 총경님 오시기 30분 전에 한 남자는 하늘이 우리에게 복수를 하기 위해 내려보낸 대천사의 소행이라고 호언장담하더군요. 곧 있으면 우리 모두 영원한 천벌을 받게 된다면서요." 프랭클이 스푼을 깨끗하게 핥았다. "우린 아무것도 모른대요."

그랜트는 왠지 웃음이 나왔다. "학대 쪽으로도 조사해 봤겠죠? 당연히?"

"피터스 신부님은 만인의 사랑을 받는 분이었습니다. 정신적인 사랑을 베풀고 신성한 행동을 한다는 얘기 말고는 들어 본 적이 없습니다. 개인적인 원한 때문인 것 같지도 않고요. 런던에서 일어난 살인과 관련이 있다면 더욱 그렇겠죠.”

“그건 확실해요.”

“정신 나간 인간들이 판치는 세상이에요. 모방범일 수도 있습니다.”

“유출되지 않도록 우리가 철저히 막았어요.”

프랭클이 고개를 저었다. “유출을 완벽하게 막는 건 불가능하지 않습니까.”

그랜트는 굳이 정정하지 않고 차를 한 모금 더 마셨다. 잔이 가득 차 있었다. 그랜트가 보지 않는 사이에 잔을 채워 놓은 필리스가 카운터에서 싱긋 웃어 보였다. “성당에서는 내 억양을 듣고 알아봤죠?”

“그것도 그렇고, 위키피디아 페이지에서 사진을 봤습니다.” 프랭클이 말했다. “그나저나 옛날 사진인가 봐요. 나쁜 뜻은 아닙니다.”

“내가 올린 게 아니에요. 죽은 아내가 했지.”

“사모님께서 최근에 돌아가셨다고 들었습니다. 많이 힘드셨겠어요.”

어색한 침묵이 이어졌다. 주관이 확고한 남자 둘이 만나 상대가 어떤 사람인지 재 보는 순간 특유의 긴장된 분위기가 흘렀다.

“그래서 이 일을 어떻게 할까요?” 프랭클이 한참 만에 물었다.

“서로 협조하면 되지 않겠어요?”

“그게 문제입니다. 총경님이 담당한 살인 사건은 세 건인데 전 한 건뿐이라서요. 영국에서 일을 제대로 처리해 주지 않아서 이제 저희가 수습을 하게 생겼잖습니까.”

“그레이터 런던의 모든 교회를 폐쇄 조치했었어요.” 그랜트가 변명하듯 대꾸했다.

"아, 그러십니까. 피터스 신부님이 고마워하겠네요." 프랭클이 남은 셰이크를 끝냈다.

"범인이 목적지를 안 써 놓고 간 건 나도 유감이에요." 그랜트가 말했다.

"즐거운 명절 분위기를 어디에 퍼뜨릴지는 범인 마음이었겠죠."

"주요 항공사 탑승자 명단은 확인했어요?"

"가수가 사망하고 나서 런던에서 뉴욕으로 온 사람 전부요?" 프랭클이 물었다. "그 사람이 언제 죽었죠? 닷새 전?"

"엿새 전." 그랜트가 정확한 사실을 짚어 줬다.

프랭클은 자신의 말에 무게를 싣기 위해 스푼을 휘휘 저었다. "그 사이에 히스로에서 JFK로 날아온 사람이 몇이나 되는지 얘기해 봤자 입만 아픕니다. 범인은 개트윅 공항에서 출발했을 수도 있고, 뉴욕의 다른 공항으로 들어왔을 수도 있습니다. 처널(영국과 프랑스를 잇는 해저 터널 - 옮긴이)을 통과해 파리에서 비행기를 타고 추적을 피했을 가능성도……."

"무슨 말인지 알겠어요."

"다들 9·11 이후 우리 쪽 공항 보안이 엄청나게 강화됐다고 생각하지만 그만큼 기술도 급속도로 발전했어요. 이제는 아주 간단하게 서류 위조를 할 수 있어서 교통 안전청이라고 해도 알아낼 수 없단 말입니다."

"그래도 나라면 명단을 확인할 거예요."

프랭크가 슬며시 웃었다. "오늘 새벽에 전화를 끊은 이후로 줄곧 확인 중입니다."

또다시 침묵이 흘렀다. 필리스가 다가와 리필을 원하는 사람이 있냐고 물었다. 두 형사가 괜찮다고 하자 필리스는 날아가는 글씨로 계산서를 썼다. 그랜트가 계산서에 손을 뻗었다.

"제 구역에서는 안 됩니다."

프랭클이 지갑에서 20달러 지폐를 꺼내 여종업원에게 건넸다. 그리고 잔돈은 됐다며 내일이나 모레 다시 오겠다고 말했다. 필리스가 자리를 뜨자 그랜트는 프랭클에게 차 잘 마셨다며 인사를 했다.

"혹시라도 제가 총경님 쪽에 가게 될 날이 오면 그때 한잔 사 주세요." 프랭클이 말했다.

"내 구역에서 말이죠." 그랜트가 프랭크의 말을 따라 했다.

"네. 바로 그렇게요."

"여기서 손님은 나라니까 하는 말인데, 원래 약속대로 내일 아침 일찍 사무실에서 다시 시작하는 게 어때요?"

프랭클이 그랜트를 보고 고개를 끄덕였다. "새 출발 좋죠." 그러고는 일어나 그랜트의 두툼한 외투를 내밀었다.

"어디서 시작하면 좋을지도 알고 있습니다." 프랭클이 말했다.

"다섯 번째 계명?"

프랭클이 웃었다. "같이 있으면 골치 아프다는 말 들어 본 적 없으십니까?"

"맨날이요?"

3

'네 부모를 공경하라.'

이 조건에는 전 인류가 부합했다. 부모 없이 태어난 사람은 존재하지 않으므로. 물론 고아나 부모를 잃은 사람도 있지만 그런 사람도 얼마든지 자기를 낳아 준 부모를 욕보일 수 있었다. 부모를 공경하지 않는 행위란 정확히 무엇일까? 명령을 따르지 않는 것? 지혜로운 조언을 무시하는 것? 다른 사람 앞에서 욕을 하거나 폭력을 쓰는 것? 생일을 잊는 것? 다르게 해석하면 연로한 어머니나 아버지를 양로원에 보내는 행위도 가능했다.

그 외에도 가능성은 많았다.

그랜트는 한숨을 쉬며 룸서비스 테이블을 밀어냈다. 맨해튼에서 맞은 첫날 아침은 시작이 좋지 않았다. 정체 모를 허브 잡탕을 내온 호텔은 세 번째 시도 만에 제대로 된 잉글리시 브랙퍼스트 티를 가져왔다. 호텔 조리장은 스콘이 바위처럼 딱딱한 빵이라 생각하는 듯했고 포리지의 개념을 전혀 이해하지 못했다.

런던 호텔에서 겨우 여섯 블록 떨어진 미드타운 노스 관할 경찰서로 가는 길도 험난했다. 그랜트를 환영하듯 폭우가 내렸고 기온이 영하를 맴도는 탓에 빗방울은 따가운 얼음 덩어리가 돼 떨어졌다. 이런 날씨에 택시를 잡는 것은 무모한 행동이라는 생각이 들었다. 여섯 블록쯤이야 쉽게 걸어갈 수 있지 않을까?

10분 후 그랜트는 뼛속까지 비에 젖어(태풍같이 불어닥친 찬바람에 우산이 뒤집혔다) 그 질문의 답을 찾았다.

그랜트는 경찰서의 육중한 문을 양쪽으로 밀어서 열고 구겨진 우산을 쓰레기통에 버린 다음 젖은 우비를 벗고 물벼락을 맞은 대형견처럼 물기를 털어 냈다. 제복 차림의 순경을 따라 사무실로 가니 부리토와 뜨거운 커피로 대충 아침을 때우며 하루 일정을 바쁘게 계획하는 형사들이 보였다. 순경은 사무실 뒤편의 방으로 그랜트를 안내하고 문을 두드렸다.

"그랜트 형사님, 오셨습니다." 순경이 말했다.

그랜트는 이름 뒤에 붙은 호칭을 바로잡고 싶었지만 '총경'이나 '지휘관' 같은 직함은 왠지 잘난 척하는 느낌이라 두 남자의 호감을 사지 못할 것 같았다. 그래서 순경에게 고맙다고 꾸벅 인사만 하고 존 프랭클을 돌아봤다.

프랭클 형사는 책상에 발을 올리고 허벅지에 서류 더미를 쌓아 둔 채 파란색과 흰색 세로줄이 그려진 뉴욕 양키스 컵에 담긴 커피를 마시고 있었다. 프랭클은 그랜트를 위아래로 훑어보고는 대놓고 싱글거렸다.

"저희가 차로 모셔 올 수도 있었는데요, 총경님."

그 얘기를 이제 하냐.

"고작 여섯 블록 거리에 예산과 인력을 낭비하는 건 바보짓이라고 생각해서요."

"크리스마스 시즌에 미드타운 여섯 블록을 걷는 건 자살 행위로 보일 수도 있습니다."

"인격 수양이라고 칩시다, 프랭클 형사."

"존이라고 부르시고 말씀 편하게 하세요." 프랭클이 제안했다. "저도 오스틴이라 불러도 되죠?"

"그러시든가. 어차피 1월 1일이면 다들 그렇게 부를 테니."

"곧 은퇴하신다고 들었어요. 경찰청에서 얼마나 근무하신 거예요?"

"34년, 프랭클 형사." 그랜트가 바꿔 말했다. "아니, 존."

"작별 선물로 고약한 사건을 받으셨네요." 프랭클이 무릎에 놓인 서류를 흘끗 봤다. "다섯 번째 계명에 대해서도 똑같은 결론을 내리셨습니까?"

"의심의 여지 없이."

프랭클이 고개를 끄덕였다. "다섯 개 자치구에 사는 사람이 전부 피해자 후보니 어디서 시작해야 할지 막막합니다."

"범인이 맨해튼을 벗어나지 않는다는 보장은 없어. 나도 놈이 런던 중심에서만 움직일 거라고 잘못 짚었는걸."

"어디서 시작하면 좋겠습니까?"

"이미 아는 사실이지. 마지막 피해자." 그랜트가 대답했다. "그런데 범인이 어떻게 피터스 신부만 성당에 혼자 남게 했는지 통 모르겠단 말이야. 세인트 패트릭 대성당은 24시간 개방하는 곳 아닌가? 분명 목격자가 있었을 텐데."

"화재경보기를 작동시켰습니다. 그러고 나서 뻔뻔하게 현장을 빠져나갔고요." 프랭클이 키보드를 두드리더니 모니터를 돌려 줬다.

세인트 패트릭 대성당의 감시 카메라 영상이 재생됐다. 녹화 시간은 오후 9시 58분이었다. 성당 안을 돌아다니는 사람이 스무 명도 더 됐다. 프랭클이 영상을 빨리 감다가 방문객들이 갑자기 허둥지둥하는 부분에서 정지했다.

"경보기 소리가 나서 그렇습니다." 프랭클이 화면의 왼쪽 구석을 손가락으로 툭툭 쳤다. "이게 우리가 찾는 사람일 겁니다."

긴 망토를 걸치고 후드를 뒤집어쓴 사람이 옆문으로 들어왔다. 머리부터 발끝까지 꽁꽁 싸맨 그 사람은 출구 쪽으로 팔을 흔들며 사람들에게 거리로 나가라고 손짓했다.

"화질은 높여 봤지?" 그랜트가 물었다.

"당연하죠." 프랭클이 버튼을 몇 개 더 누르니 망토를 입은 사람이 화면을 가득 채웠다. "가면 같은 걸로 얼굴을 완전히 가렸습니다."

프랭클이 정지 화면을 띄웠다. 범인은 후드와 망토만으로 몸의 대부분을 가리고 있었다. 그리고 깊이 눌러쓴 후드 안으로 얼굴을 다 덮은 새까만 가면이 얼핏 보였다.

"영리하군. 가면을 이상하게 생각한 사람은 없었나?"

"당시에는 없었습니다. 사람 많은 건물에서 '불이야' 하고 외친 덕분이죠. 경보기가 울리고 망토를 입은 남자가 성당에 들어와서 건물 밖으로 나가라고 하니 다들 곧바로 뒤돌아서 거리로 뛰쳐나간 겁니다."

그랜트는 모든 방문객들이 대피하고 나서 망토를 입은 사람만 성당에 남는 모습을 지켜봤다. 그자는 주 출입구를 닫아 빗장까지 걸고 홀로 성당 안에 머물렀다. 그때였다. 남자가 안으로 이동하는 순간 프레임 가장자리에서 사람 하나가 나타났다.

"죽은 피터스 신부인가?" 그랜트가 물었다.

프랭클이 고개를 끄덕였다. "화재경보가 울렸을 때 사제관에 있었던 것 같습니다. 아마 잠을 자다가 나왔을 겁니다. 티셔츠에 운동복 바지 차림인 걸 보면. 바깥 상황을 살펴보려고 급하게 주워 입었겠죠."

영상 속에서 피터스 신부가 망토를 입은 남자에게 다가갔다. 신부가 남자를 향해 뭐라고 외친 듯했다.

"뭐라 했는지 알아냈고?" 그랜트가 물었다.

"가능성이 가장 큰 말은 '무슨 일입니까?'와 '거기서 뭐 하세요?'입니다."

프랭클이 확대 기능을 선택하고 피터스의 얼굴을 확대했다.

궁금해하던 표정이 겁에 질린 표정으로 바뀌었다.

"이때 가면을 봤나 보네." 그랜트가 추정했다.

프랭클이 다시 영상을 틀자 피터스가 망토를 입은 남자에게서 도망치는 장면이 나왔다. 신부가 붙잡히는 순간 신부와 범인 둘 다 프레임 밖으로 사라졌다. 빈 성당이 보이더니 화면이 지지직거리고 검은색으로 변했다.

"어떻게 된 거지?" 그랜트가 물었다.

"놈이 카메라 전원을 찾아서 끊은 모양입니다. 피터스 신부를 기절시킨 직후였을 겁니다."

그랜트는 가만히 고개를 끄덕였다. 범행이 어찌나 대담한지 다소 충격적이었다. "카메라를 끄고 문을 잠근 다음 경보를 해제하고 몹

쓸 짓을 시작했다?"

"맞습니다. 피터스 신부의 목을 베고 십자가에 매달기까지 끽해야 10분도 안 걸렸을 겁니다." 프랭클이 화면을 끄고 의자에 등을 기댔다.

"영상에서 범인을 알아볼 만한 다른 정보는 찾았나?"

"피터스 신부와 아주 가까이 있었다는 점을 고려하면 키가 180센티미터 정도라는 거요." 프랭클이 어깨를 으쓱했다. "물론 망토가 발을 가렸으니 신발에 깔창을 깔았거나 굽 있는 신발을 신었을 가능성도 배제하진 못합니다."

"그렇다면 맨해튼을 돌아다니는 남자 절반은 탈락이겠네."

"그러니까요." 프랭클이 말했다. "하지만 영국에서도 찾아봐야 하지 않을까요? 저희 쪽이 아니라 그쪽에서 시작된 일이잖습니까."

"맞아. 근데 난 범인이 영국 밖으로 나갈 줄은 꿈에도 몰랐어. 미국에 왔으면 다른 나라로 가는 것도 가능하다는 말인데."

프랭클이 그랜트에게 파일을 내밀었다. "런던 피해자들과 피터스 신부의 프로필을 대조해 봤습니다. 피터스는 옥스퍼드대에 가 본 적도 없고, 키튼이라는 죽은 여자의 작품을 수집하지도 않았습니다. 물론 아이튠스 목록에 블라스퍼머스 곡을 넣었을 리 만무하고요."

"범인이 피해자들 개개인을 연결하는 것 같진 않아. 십계명을 멋대로 해석해 살인을 계속할 작정이지."

"그나저나 왜 영국을 떠났을까요?" 프랭클이 의문을 제기했다. "영국에서 아직 주목을 받지도 않았잖아요."

"성직자를 노린다는 사실을 들키기는 했잖나. 우리가 자기를 막을 것 같으니까 다른 데서 쇼를 벌이기로 한 거지."

"왜 하필 뉴욕이죠?" 프랭클이 물었다. "돌아다니려면 유럽이 더 쉽지 않았을까요? 비행기로 이동할 필요도 없고 영국인이라고 눈에 띌 위험도 없을 텐데요."

"본인한테만 통하는 논리가 있었나 보지. 내가 궁금한 건 이거야. 왜 시작했고, 왜 지금인가."

"그냥 정신 나간 놈이라서 그런 거 말고요?"

"나름대로 어떤 완벽한 이유가 있을 거야." 그랜트가 고개를 저었다. "왜 프레이가 첫 타자였고, 왜 2주 전에 시작했을까? 왜 다른 교수를 6개월 전, 아니 6년 전에 죽이지 않고? 자꾸 그런 생각이 드네. 왜 하필 지금이냐고."

"혹시 총경님에게 미리 건네는 은퇴 선물 같은 건 아닐까요?" 프랭클이 지나가는 말처럼 중얼거렸다.

4

그랜트는 세인트 패트릭 대성당 살인 사건을 더 자세히 살펴보기 위해 경찰서 뒤편 한구석에 있는 작은 사무실을 빌렸다. 사무용 의자, 식물 화분(조화), 빈 사건 기록부, 파란색 파일럿 G2 펜 여러 자루가 꽂힌 컵, 1920년대 관할 지구대 경찰들의 단체 사진 액자가 놓인 사무실에 런던 경찰청 총경이 언짢은 기색을 하고 앉아 있었다.

진술서 내용은 대체로 간단명료했다. '목격자'를 몇 명 찾았지만 하는 이야기는 다 똑같았다. 화재경보가 울렸고, 후드를 쓴 수도사 같은 남자가 나타나 건물 밖으로 나가라고 했다고. 동부 해안의 유명 성당과 교회를 순회 중이던 오하이오 출신의 한 중년 부인은 망토를 입은 사람이 옆쪽 복도에서 들어오는 모습을 봤다고 증언했다. 그곳이라면 화재경보기가 있는 복도였다. 목격자는 가면 때문에 범인의 말소리를 알아듣기 힘들었다고 했다. 가면은 얼굴 전체를 덮고 있었다.

그랜트는 오하이오주 클리블랜드에서 온 셀마 킹 부인에게 전화를 걸어 다시 한번 진술을 요청했다. 그녀는 지금은 보스턴 백 베이에 있는 트리니티 교회를 구경하다 쉬는 중이라고 했다. ("……스테인드글라스가 멋지더라고요. 그런데요, 총경님, 솔직히 말하면 앞에 다른 성당 열다섯 군데를 보고 와서 그런지 그게 그거 같아요.") 그랜트가 셀마에게 주목한 이유는 화재경보가 울린 후에도 계속 세인트 패트릭 대성당 주변에 머무른 목격자였기 때문이다. 경보가 처음 울리고 12분 후 첫 번째 소방차가 도착했지만 연기의 흔적조차 보이지 않을 정도로 문이 굳게 잠겨 소방관들이 진입하지 못했다. 거대한 황동 문을 열지 못한 소방관들은 대성당 측면으로 달려가 옆문을 부수고 들어갔다.

셀마는 인도 한쪽에 서서 상황을 주시했다. 소방차가 더 많이 왔고 경찰차도 곧이어 대여섯 대 도착했다.

"살인이 일어났다는 사실은 언제 아셨습니까?" 그랜트가 물었다.

"여기서 조금, 저기서 조금 들었어요. 처음에는 안에 시체가 있다더라고요. 우리를 내보낸 수도사라고 생각했어요. 불을 못 피하고 죽은 줄 알았죠. 그러다 경찰 무전을 우연히 들었는데 죽은 사람이 그 피해자 신부님이라는 거예요."

그랜트는 망토를 입은 수도사를 언제 다시 봤냐고 물었다. 옆문으로 몰래 빠져나가지 않았을까? 하지만 수화기 너머로 셀마가 고개를 세차게 젓는 소리가 들리는 듯했다.

"성당에서 뛰어나온 후로는 본 적 없어요. 그 사람이 신부님을 죽였을까요?"

그랜트는 대답을 얼버무리고 아직 사실 관계를 파악하는 중이라고 말했다. 그런 다음 통화에 응해 줘서 고맙고 남은 여행도 즐겁게 하기 바란다고 전했다.

아침 시간은 그렇게 지나갔다. 그랜트는 환할 때 범죄 현장을 확인하고자 세인트 패트릭 대성당으로 향하기로 했다. 좁은 사무실을 벗어난다는 사실에 기분이 한결 나아졌다.

그사이 비가 그쳤고 맨해튼 빌딩 숲 위로 빠르게 날아오는 솜사탕 같은 구름 뒤에서 태양이 고개를 내밀었다. 축축한 거리는 런던과 다르지 않아 익숙했지만 바람이 초고층 빌딩과 허드슨강, 이스트강 사이를 통과하고 좁은 거리에 불어닥칠 때 나타나는 빌딩풍 현상은 새롭고도 유쾌하지 않은 경험이었다.

안타깝게도 벌건 대낮이라고 대성당에서 새로운 단서가 눈에 띄지는 않았다. 범인이 성당에 들어온 방법은 둘 중 하나였다. 일반인들 틈에 섞여 들어왔거나, 관리자용 뒷문으로 몰래 들어왔거나. 수도사 옷으로 갈아입는 모습은 감시 카메라에 찍히지 않았다. 화재 경보기를 작동하는 모습도 마찬가지였다.

그랜트는 우연이라고 생각하지 않았다. 새로운 살인이 터질 때마다 분명해졌다. 범인은 매 순간을 철저하게 계획했다.

그랜트와 프랭클은 세인트 패트릭 대성당의 주임 사제인 티머시 폴헤머스 신부의 사무실로 갔다. 머리가 하얗게 셌고 성찬 포도주를 고를 일이 많아서인지 뺨이 불그스름한 폴헤머스 신부는, 애덤 피터스 신부를 싫어하는 사람이 없었고 피터스 신부가 남을 해칠 성격도 아니라고 했다.

"신도들과 다툰 적은 없습니까?" 그랜트가 물었다.

"저는 괴팍하고 고집 센 성직자들을 많이 만나 봤습니다." 폴헤머스가 대답했다. "하지만 피터스 신부의 성품은 늘 한결같았습니다. 차분했고 언제나 좋은 말을 전하고 축복을 내려 주려고 했어요."

뜻밖의 정보는 아니었다. 피터스 신부에게 죄가 있다면 안식일에 일을 했다는 것뿐이었다. 그랜트는 폴헤머스의 사무실을 나서며 프랭클에게도 그렇게 이야기했다.

"그러니까 이 미친놈이 성직자라면 아무나 죽일 수도 있었다는 말씀이신 거네요."

"그럴 거야."

프랭클이 고개를 저었다. "골라도 하필 내 관할 구역을 고르나."

"다음 범행은 전혀 다른 곳에서 저지를지도 모른다는 게 걱정이지. 굳이 맨해튼에 남을 이유가 없어. 부모 없는 인간이 어디 있나. 정말 아무나 고를 수도 있어."

"사람 기분 좋게 하는 데 일가견이 있으십니다." 예배당에 들어서며 프랭클이 툴툴거렸다.

그랜트가 뭐라 답하기도 전에 프랭클의 휴대폰이 울렸다. 프랭클은 화면에 뜬 글자를 보더니 전화를 받아야겠다고 손짓했다. 프랭클이 전화를 받으러 간 사이 그랜트는 측면 제단으로 시선을 돌렸다. 호리호리한 남자가 초에 불을 붙이고 있었다.

"드디어 교구에서 죄가 많다고 내쫓겼어요?" 그랜트가 남자에게 다가가며 물었다.

몬티 퍼거슨이 허리를 펴고 그랜트와 마주 봤다.

〈데일리 메일〉 기자는 주말에도 봤던 헐렁한 정장 차림이었다. 취재할 때 주목받지 않으려고 매장에서 똑같은 정장, 넥타이, 셔츠를 여러 개 사서 돌려 입는 부류다웠다. 그렇게 하면 주변 배경에 녹아

들어서 절대 눈에 띄지 않으니 말이다.

"어제 전화를 안 주셨더라고요?" 퍼거슨이 따져 물었다.

그랜트는 미국으로 급하게 넘어오느라 퍼거슨에게 전화해야 한다는 사실을 까맣게 잊고 있었다. 비행기 안에서 뒤늦게 기억이 났지만 퍼거슨이라면 영국에서 세 사건 사이의 관계를 계속 조사하고 있을 줄로만 알았다.

허튼 착각이었다.

"상황이 달라져서요." 그랜트가 말했다. "물론 알고 있겠죠. 안 그러면 여기 와 있지도 않았겠지. 어떻게 알았어요?"

"제가 언제 정보 출처 밝히는 거 보셨어요, 총경님?"

그랜트가 고개를 가로저었다. "어제 전화해서 날 찾았을 때 홀리 경사가 말을 흘렸다는 건 알겠네요."

"그 문제는 부하와 따로 의논하시고요." 퍼거슨은 뉴욕으로 어떻게 왔는지 자세히 밝히고 싶지 않은 모양이었다.

그랜트도 별말 없이 넘기기로 했다. "나한테 원하는 게 뭡니까?"

"두 대륙을 넘나드는 연쇄 살인범을 쫓고 있다는 사실을 세상에 공개하지 않는 이유요."

"정말 그렇게 생각한다면 기사를 내지 그래요?"

"어떤 기사든 믿을 만한 소식통이 확인을 해 줘야 신뢰도가 올라가는 법입니다. 또 그동안 우리 사이가 좋지는 않았어도 전 총경님이 뻔한 거짓말을 절대 하지 않는 분이라 존경해 왔고요."

"내가 당신 이론을 확인해 줘야 할 이유는요?"

"열흘 사이에 일어난 세 건의 살인 사건 수사를 이끌던 분이 네 번째 살인을 조사하기 위해 바다를 건너지 않았습니까. 거기다 이번 피해자는 신부고요. 도저히 우연이라는 생각이 안 든단 말이죠. 총경님이 주말에 교회 문을 닫으라고 지시한 일도 있고요."

"그냥 재수 없는 시기라서 그럴 수도 있어요. 이맘때 사람들이 어떤지 당신도 들어 봤을 거 아닙니까."

"차라리 저기 있는 미국인 동료분과 얘기를 나눠 볼까 봐요." 퍼거슨은 아직 입구에서 통화 중인 프랭클을 가리켰다. "신부의 이마에 있는 표식에 대해 묻고 총경님이 영국에서 발견한 시신들과 일치한다고 말하면 어떨까요."

그랜트가 눈을 가늘게 떴다. 퍼거슨에게 허를 찔릴 줄은 몰랐다. 자세한 범행 내용이 밖으로 새 나가지 않게 엄중히 단속했다고 생각했다. 그랜트는 다음 말을 신중하게 골랐다.

"그 정보를 어디서 얻었냐고 물으면 기밀 정보라는 만능 방패를 내밀겠죠?"

"그동안 학습을 잘하신 걸 보니 기쁘네요." 퍼거슨이 대답했다. "네 개의 사체에 똑같은 표식이 있다는 사실을 부인하실 겁니까?"

표식이 번호순이라는 건 모르는군.

그렇다면 퍼거슨은 아직 십계명과의 관계를 모른다는 의미였다.

그랜트는 연쇄 살인범이 대서양을 사이에 두고 양국에서 범죄를 저지른다는 기사가 나가면 어떻게 될지 따져 봤다. 사람들이 낯선 이를 보면 조금 더 경계할 테니 손해는 아니었다. 자기 부모를 공경하지 않는 사람을 찾을 때까지는 도움이 될 것이었다.

"내가 그런 사람의 존재를 인정한다고 칩시다. 그러면 그 '표식'과 관련한 정보는 공개하지 않을 생각이 있어요?"

"그 정도는 가능하죠." 퍼거슨이 대답했다.

그랜트는 이미 결심했지만 거래를 할지 말지 고민하는 척했다. 그러고는 두 나라 한복판에 연쇄 살인범이 있다는 사실을 공식적으로 확인해 줬다. 흡족해하는 퍼거슨을 보내려는데 프랭클이 돌아왔다.

퍼거슨은 그랜트의 소개로 프랭클과 고개 숙여 인사를 나누고 성당을 나갔다. 그랜트가 합의를 깨기 전에 기사를 빨리 내보내고 싶은 모양이었다.

그랜트는 퍼거슨의 뒷모습을 빤히 보는 프랭클에게 저 기자가 수사에 도움이 될 수도 있다고 말했다. 프랭클은 떨떠름한 얼굴로 검시소에 가면서 얘기하자고 했다.

의아한 그랜트의 얼굴을 보고 프랭클이 설명했다. "검시관한테 온 전화였습니다. 부검이 끝났고 피터스 신부를 볼 준비가 됐답니다."

◆◆◆

검시소로 가는 택시 안에서 그랜트는 기자와 거래하기 잘했다는 프랭클의 말을 듣고 안심했다.

"우리가 거의 다 따라잡았다고 이 자식한테 알려 줄 때도 됐어요." 프랭클이 말했다.

그러더니 검시 전에 간단히 요기 좀 하겠는지 물었다. 그랜트는 속이 울렁거려서 끝나고 먹는 게 낫겠다고 했다.

차가운 부검대에 누운 애덤 피터스 신부의 시신을 보니 과연 옳은 선택이었다는 생각이 들었다.

살해당한 지 하루밖에 되지 않았음에도 피터스 신부는 벽장 안에서 몇 주는 썩은 모습이었다. 푸르스름한 얼굴은 눈썹에서 뺨까지 통통 부어 있었다. 범인이 목에 철사를 감아 생명 줄을 끊고 나서 그 철사로 신부의 몸을 중앙 제단 위 십자가에 매달아 놓은 탓에 목도 불룩 튀어나왔다.

40대 후반의 흑인 검시관 마커스는 그간 수백 명의 불운한 영혼이 부검대에 올라왔지만 성직자를 부검한 건 처음이라고 했다. 검시관은 희끗희끗한 턱수염을 문지르며 부검 결과를 들려줬다.

"처음에 뒤통수를 가격당했습니다." 그러면서 멍든 부위의 머리카락을 밀고 피부를 절개함으로써 드러난 두개골을 가리켰다.

"그게 사인입니까?" 프랭클이 물었다.

마커스가 고개를 저었다. "사인은 이따 말씀드리겠습니다."

마커스는 다양한 도구, 액체 봉투, 시신에서 채취한 샘플이 놓인 트레이를 가리켰다.

"분명 머리를 맞고 쓰러졌을 겁니다. 기절했을 가능성도 있고. 하지만 범인은 이걸 먹일 때까지 살려 두고 싶었던 것 같습니다."

그랜트와 프랭클이 문제의 물건을 응시했다.

동그란 은색 물체였다. 동전 같지만 그보다 조금 컸다.

"봐도 되겠습니까?" 그랜트가 장갑 낀 손을 내밀며 물었다. 마커스가 괜찮다고 고개를 끄덕이자 그랜트는 그 물건을 집어 들고 프랭클과 자세히 관찰했다.

"기념주화네요." 프랭클이 말했다.

그랜트가 무슨 말이냐는 눈빛으로 그를 쳐다봤다.

"런던에도 비슷한 게 있을 겁니다. 뉴욕에는 없는 데가 없습니다. 특히 타임스 스퀘어처럼 관광객이 많이 찾는 곳엔 다 있죠. 1달러 지폐 한두 장만 있으면 자유의 여신상, 센트럴 파크 같은 랜드마크가 그려진 나만의 뉴욕 기념물을 만들 수 있습니다." 프랭클이 그랜트에게서 동전을 받아 뒷면을 확인했다. "엠파이어 스테이트 빌딩이네요. 이렇게 원하는 장소를 택하고 반대쪽에 문구를 새길 수 있죠."

그랜트는 갑자기 실내 온도가 떨어진 줄 알았다. 하지만 깨닫고 보니 이 느낌은 다음 상황을 예감하고 신체가 먼저 보내는 반응이었다.

"이 동전에도 문구가 있겠군."

프랭클이 검지로 가리켰다. "9888."

그랜트가 마커스를 돌아봤다. "피터스 신부를 살려 뒀다가 이걸 삼키게 하고 죽인 겁니까? 우리더러 찾으라고?"

"제 추측은 그렇습니다." 검시관이 대답했다. "그게 어떤 의미인지는 잘 모르겠지만."

"이 새끼가 이제 진짜로 우리를 갖고 놀기 시작했다는 뜻이죠." 프랭클이 말했다.

그랜트는 미국인이 상황을 묘사하는 방식이 영국인과 참 다르구나 하는 생각이 들었다.

그런데 아무리 떠올려 봐도 그보다 좋은 표현이 없기는 했다.

5

　검시소 건물의 구내식당에 앉은 그랜트는 죽은 신부의 위장에서
나온 물건을 본 뒤로 음식을 떠올리기만 해도 속이 느글거렸다. 그
렇지만 프랭클은 아무렇지도 않은지 머스터드, 사우어크라우트, 케
첩을 듬뿍 올린 핫도그를 두 개나 해치웠다. 프랭클은 콜라를 쭉 들
이켜 두 번째 핫도그를 삼키고 입을 닦다가 자기를 빤히 보는 그랜
트의 시선을 의식했다.

　"압니다. 제 전처도 저보고 혹시 축사에서 자랐냐고 하더라고요."

　"이혼했는지 몰랐네." 그랜트가 말하며 프랭클의 손을 보니 왼손
약지에 살짝 녹이 슨 단순한 금반지가 있었다.

　"아, 이거요?" 프랭클이 손가락을 흔들었다. "2년 다 됐어요. 빼야
한다는 생각은 계속하는데 빼고 나서 어떻게 처리해야 할지 몰라서
요. 쓰레기통에 버리고 싶지는 않고, 변기에 흘려보내면 막히고. 서
랍에 처박아 두면 잊고 있다가 불시에 발견했을 때 열이나 받을 거
고. 줄리아와 잘 풀어 보지 못한 제 자신에게 말이에요."

"아내가 돌아오기를 바란다는 뜻인가?"

"그럴 일은 없어요. 아파트 관리인과 눈이 맞아서 떠났거든요. 하와이 빅 아일랜드 해변에서 둘이 술집을 운영하고 있어요." 프랭클이 고개를 저었다. "정신과 의사가 설명하기 싫으면 계속 끼고 있으라고 하더라고요. 반지를 빼면 괜히 이혼의 의미만 커진다고요." 프랭클이 나머지 핫도그를 콜라로 넘겼다. "아니면 완벽한 여자가 나타나서 반지를 빼 주길 기다리고 있을지도 모르죠."

그랜트는 어떻게 반응해야 할지 몰라 옛날 영국식대로 고개를 끄덕여 공감한다는 의미를 점잖게 전달했다. 효과가 있었는지 프랭클은 두 사람이 당면한 문제로 화제를 바꿨다.

"9888." 프랭클이 말했다. "저희가 뭘 찾아야 하는 걸까요?"

"일단 생각나는 건 위치 아니면 주소야." 그랜트가 의견을 냈다.

프랭클은 그새 아이폰을 꺼내 구글 지도를 찾아보기 시작했다.

"8번가 988번지는 58번가와 8번가 길모퉁이에 있는 아파트 건물이에요. 콜럼버스 서클에서 바로 남쪽이요."

"조사할 세대수나 세입자 수는 얼마나 되지?"

"가 봐야 알아요." 프랭클이 대답했다. "누구네 어머니와 아버지가 수두룩하겠죠."

"아들과 딸도." 그랜트가 말했다.

❖ ❖ ❖

프랭클이 잠복 차량의 운전대를 잡고 꽉 막힌 맨해튼 미드타운을 운전하는 동안, 그랜트는 스무 블록을 걸어가는 방법을 제안했다.

"어떤 날은 1시간에 두 블록을 못 가고, 또 어떤 날은 막힘없이 통과해요." 프랭클이 말했다. "전에는 위쪽이나 아래쪽 길로 돌아갔는데 우버랑 리프트가 생기고 나서 도로가 개판이 됐습니다. 웨이즈같이 최단 거리를 알려 주는 앱들도 일조했고요." 프랭클은 경적을 울려 대다가 포기하고 비닐에 싸인 휴대용 경광등을 찾아내 대시보드 위에 던지듯 올려놓았다. 사이렌의 전원을 켜자 귀에 거슬리는 삐용삐용 소리가 울려 퍼졌다.

"엄청 유용하네." 잠시 후 몇 센티미터도 나아가지 못하자 그랜트가 한마디했다.

"범인이 그 건물에 사는 사람을 죽일 계획이라면 녀석도 똑같이 도로에 묶여 있기를 빌자고요."

그랜트는 현재 위치를 확인하기 위해 뉴욕 지도를 봤다. 아까 프랭클에게 88번가에 관해 물었었다. 8번가 988번지가 아니라 이스트 88번가나 웨스트 88번가의 98번지면 어떡하냐고. 지도를 재빨리 훑어보니 이스트든 웨스트든 88번가 98번지는 교차로의 한가운데였다. 88번가는 양쪽 다 88번지에서 끝나 100번지로 이어졌다.

조사할 건물이 세 개가 아니라 하나라니 그나마 다행이었다. 다만 8번가 988번지에 있는 건물은 15층짜리였다.

프랭클은 '경찰의 특권'을 이용해 건물 앞에 차를 댔다. 그는 대시보드에 경찰 표식을 붙이고 그랜트에게 차에서 내리라고 손짓했다.

그랜트는 회색 건물을 올려다봤다. 아무런 특징이 없고 강한 폭풍우에 씻긴 흔적만 남아 있었다. 그랜트는 걸음을 옮기려다 말고 우뚝 서서 창문의 개수를 셌다.

"평생 걸리겠는데."

"저 사람이 도움이 되면 좋겠네요."

프랭클이 거대한 유리문 앞에 서 있는 도어맨을 가리켰다. 프랭클은 NYPD 배지를 내밀고 현재 상황을 간단히 설명했다. 건장한 라틴계 미남 도어맨인 조던 산체스는 일요일만 빼고 매일 퀸스에서 이곳으로 출근한다고 했다.

"왜 저희 주민을 노린다고 보십니까?" 조던이 물었다.

"죄송하지만 그건 알려 드릴 수 없습니다." 프랭클이 대답했다.

조던을 구슬려 최근 이 건물에 방문한 사람들에 대해 들을 수 있었다. 하지만 60세대가 넘다 보니 지난 며칠로 범위를 제한하더라도 방문자가 두 자릿수였다.

방문객에게 서명을 받고 확인하는 절차는 있지만 신분증 검사까지 요구하지는 않았다. 어디를 찾아왔는지 호수를 적으면 도어맨이 인터폰으로 입주민에게 방문 사실을 알려 주는 식이었다. 문제는 방문객이 그 호수로 직행한다는 보장이 없다는 점이었다. 즉, 다른 층도 얼마든지 들를 수 있었다.

배달도 문제였다. 음식을 배달해 먹고 온라인 쇼핑을 하는 입주민이 많아 배달원이 수시로 건물을 드나들었다. 조던은 그랜트와 프랭클에게 지난 사흘 동안의 방문자 명부를 건네고 건물 관리인을 만나게 해 줬다. 관리인은 건물 보안 시스템에도 접근이 가능해 여러모로 수사에 도움이 될 터였다.

관리인 조지 톰킨스는 이 건물과 함께 태어난 것 같았다. 적으면 일흔 살, 많으면 백 살까지도 돼 보여 나이를 가늠하기 힘들었다. 머리카락이 수정액처럼 새하얬지만 그 절반도 살지 않은 사람에게서 나올 법한 에너지를 뿜어냈다. 할아버지 헬 톰킨스가 1차 세계 대전 직후부터 이 건물 지하에 자리를 잡은 이래로 톰킨스 가문은 3대째 8번가 988번지 건물을 관리하고 있었다.

톰킨스는 일평생을 보낸 지하방으로 그랜트와 프랭클을 안내했다. 기념물로 가득한 방에 들어서니 1차 세계 대전 이후 맨해튼의 역사가 한눈에 보였다. 타임스 스퀘어의 전승 기념행사부터 21세기 초 9월의 어느 날 맨해튼 남부 상공에서 일어난 비극까지 모든 것이 담긴 공간이었다.

작은 선반에 감시 카메라 화면이 차곡차곡 쌓여 있었다. 톰킨스가 두 형사에게 영상 재생 방법을 가르쳐 줬다. 프랭클은 도어맨 조던의 업무 일지 내용과 영상에 표시된 시간을 나란히 놓고 건물을 드나드는 방문객들을 지켜봤다.

"입주민 투표를 했는데 복도에 카메라를 다는 데 대해 압도적인 반대표가 나왔습니다." 다른 영상은 없느냐는 질문에 톰킨스가 설명했다. "사생활 침해 같다나. 카메라 설치하는 데 관리비도 많이 들고."

프랭클은 영상을 앞으로 되감았다. 도움이 될 만한 장면은 전혀 보이지 않았다. 게다가 석 달 전 시먼스 부인이 사망한 이후로 이 건물에서 시신이 나온 적은 없다고 했다.

"건물에 들어올 수 있는 다른 방법이 있습니까?" 프랭클이 물었다. "정문 말고."

톰킨스는 58번가 쪽에 직원 전용 출입구가 있지만 열쇠를 가진 사람은 극소수라고 말했다. 그는 직원이 모르는 사람을 슬쩍 들여보냈을 리 없다면서도 직원들의 이름을 알려 줬다.

다음으로는 가장 수고스러운 과정인 입주민 면담을 할 차례였다. 그랜트와 프랭클은 웨스트사이드로 오는 동안 한참을 차 안에서 보내며(1.6킬로미터 정도가 꽉 막혀 있었다) 이 부분에 대해 의논했다.

"피해자가 될 법한 사람을 찾는 거죠? 범인이 아니라?" 프랭클이 경적을 빵빵 울려 대며 물었다.

"대담하게 우리를 끌어들이려고 한다지만 자기 집 주소를 줄 것 같지는 않아. 바다 건너에서 연쇄 살인을 시작해 놓고 구태여 자기 집으로 돌아와 범행을 계속하는 것도 말이 안 되고."

"확실히 부모 노선으로 가는 거고요?"

"더 좋은 아이디어 있나?"

프랭클은 없다고 했다.

그랜트는 입주민이 질문에 술술 답한들 확실한 정보라는 보장이 없다고 생각했다. 자기 가족에게 끔찍한 짓을 한 사람이 이 안에 있다손 치더라도 그런 죄를 순순히 인정할까 싶었다.

프랭클은 휴게실에 자리를 잡았고 그랜트는 건물 입구 쪽 라운지의 테이블에 앉았다. 빠르게 진행하기 위해 면담을 따로 한 후에 다시 만나 메모를 비교해 보기로 했다.

이른 오후 시간이라 첫 면담 대상은 주로 전업주부, 노령 연금 생활자, 재택 근무자였다. 건질 만한 사연이 있는 사람은 많지 않았다. 아이의 등록금을 대 주지 않은 부모와 절연한 사람이 하나 있었고, 구제 불능 알코올 중독자 아버지와 연락을 끊었다는 사람이 또 하나 있었다. 어머니는 10대 시절에 세상을 떠났단다.

"그 인간은 내가 좀 죽이고 싶네요." 한 주민이 그랜트에게 말했다. 그러다 곧바로 자기가 무슨 말을 했는지 깨닫고는 왈칵 울음을 터뜨렸고 그랜트는 그런 여자를 달래느라 10분을 더 허비해야 했다.

저녁때 8번가 988번지로 돌아온 직원들은 미국인 형사와 영국인 형사가 건물의 공용 공간을 차지한 모습에 당황한 기색이 역력했다. 대부분 면담에 흔쾌히 응했는데 자기 부모에 대해 나쁜 이야기를 하는 사람은 단 한 명도 없었다. 오늘은 이쯤에서 마무리해야 했다. 프랭클과 그랜트는 지금쯤 혼자 실실 웃고 있을 범인에게 농락당했다는 강한 예감에 사로잡혔다.

떠나기 전 관리인 톰킨스와 다시 마주 앉아 앞으로 연락할 입주민이 몇 명이나 남았는지 알아봤다. 오늘 많은 사람을 만난 덕에 남은 사람은 열 명 남짓이었다. 톰킨스는 뉴욕에 없는 사람이 있는지 확인하고 나머지 입주민의 연락처를 뽑아 주겠다고 했다.

건물을 나서며 프랭클이 남은 입주민 명단 사본을 그랜트에게 건넸고 두 사람은 명단을 반씩 나눴다. "아침에 호텔이나 서에서 연락해 보세요. 11시쯤 만나서 경과에 대해 말씀 나누시는 게 어떻겠습니까?" 프랭클이 물었다.

그랜트는 너무 피곤해서 간신히 고개만 끄덕였다.

그랜트가 가고 싶은 곳은 마이다 베일의 집뿐이었다. 새해가 될 때까지 침대에 틀어박혀 나오고 싶지 않았다.

❖❖❖

"주소가 아닐 수도 있어." 에버렛이 말했다.

그랜트는 터져 나오려는 한숨을 억눌렀다. 그런 생각을 안 해 본 건 아니나 남의 입으로 확인 사살을 당하니 더 참기 힘들었다. 그러지 않아도 8번가 988번지에서 10시간을 시달리고 왔는데.

"그렇게 시작이라도 해야지." 그랜트가 동생에게 말했다.

호텔로 돌아오니 시차 신경 쓰지 말고 전화해 달라는 에버렛의 메시지가 두 개나 와 있었다. 놀랄 일은 아니었다. 자칭 불면증 환자인 에버렛은 꼭두새벽까지 일하는 날이 많았다.

"송장 번호일 수도 있어." 그랜트가 덧붙였다. "우리가 모르는 지도 좌표인가?" 그는 답답한 마음에 항복하듯 양손을 들어 올렸다. "그렇게 따지면 끝도 없어."

"날짜라는 생각은 안 해 봤어?" 에버렛이 물었다.

얼핏 그럴 수도 있다고 생각했지만 9888을 날짜 형식으로 옮기면 1988년 9월 8일이 된다(날짜를 월-일-연도 순으로 읽을 경우 - 옮긴이). 순간의 만족을 추구하고 소셜 미디어가 판치는 요즘 세상에 30년은 너무나 까마득한 옛날 아닐까? 그랜트는 에버렛에게 이런 말을 하면서도 속으로는 한번 알아보자고 다짐했다.

"형 말이 맞을 거야." 에버렛이 대답했다. "어디서 뭘 찾아야 하는지 불분명하니까. 주기율표에서 칼리포르늄과 라듐의 원소 기호도 있고, 화씨로 정상 체온은 98도, 피아노 건반은 88개……."

"나보고 방사능 피아노를 찾으란 말이야?"

에버렛이 웃었다. "그 자식 생각을 누가 알겠어?"

그랜트도 웃음이 나왔다. 이런 일이 없었다면 내일 밤은 매주 그랬듯 동생과 보냈을 것이다. 그랜트는 에버렛과 마주 앉고 싶은 마음이 간절했다. 체스 말의 현란한 움직임에 정신을 차리지 못한다

해도 좋았다.

에버렛과 사건을 검토하다 보면 배울 점도 많았다. 동생이 그 날—겨우 일주일밖에 안 됐다니—밤 자신의 서재에서 범인이 구약 성경의 내용을 그대로 범죄에 적용하고 있다는 사실도 찾아내지 않았는가.

그랜트는 이번 사건에 관해 동생과 이런저런 이야기를 조금 더 나누다가 아까 들었던 음성 메시지를 떠올렸다.

"맞다. 중요한 용건 있으면 시차 신경 쓰지 말고 전화해 달랬지?" 그랜트가 말을 꺼냈다. "무슨 일 있어?"

에버렛은 망설이더니 목을 가다듬고 이런 말로 운을 뗐다. "잠깐 내 말 좀 들어 봐, 형."

어라, 불길한데. 그랜트는 생각했다. 어쨌든 일단은 들어 보기로 했다.

❖❖❖

처음에는 그랜트도 잠을 청해 보려 했지만 에버렛과 마지막으로 한 대화가 도무지 머릿속에서 떠나지 않았다.

그래서 주의를 돌릴 겸 1988년 9월 8일을 검색해 봤다.

그날은 옐로스톤 국립 공원이 문을 연 이래 최초로 대형 산불 때문에 폐쇄된 날이었다. 바트 지어마티가 만장일치로 메이저 리그 커미셔너에 선출된 날이기도 했다. 화재가 난 공원의 경비원이나 불만족스러운 투표 결과에 성이 난 야구 팬이 범인일까? 하지만 누군가를 죄인으로 지목하고 죽일 이유가 되기에는 부족했다. 무엇보다 두 사건 모두 부모를 공경하지 않는 행위와 관련이 없었다. 사건 기록부를 살펴보니 범죄가 끊이지 않는 미국답게 그날도 극악무도한 범죄가 여러 건 발생했다. 1988년 9월 8일, 세 개 주에서 무장 강도 사건이 세 건 발생했고 롱아일랜드에서는 무자비한 주거 침입 사건으로 부부가 사망했으며 센트럴 파크에서는 1시간의 추적 끝에 강간범이 체포됐다. 하나같이 끔찍한 범죄였지만 현재 사건과 연결 지으려니 갑절로 골이 쑤셨다.

애초에 에버렛의 아이디어를 무시해야 했다. 하지만 그랜트는 동생에게 꼼짝 못했고 자신보다 훨씬 똑똑한 에버렛에게는 왠지 반기를 들기 힘들었다.

그래서 아까 에버렛이 부탁한 일도 들어줄 수밖에 없었다.

❖❖❖

서리 호텔의 레스토랑은 런던 호텔의 카페와 느낌이 비슷했다. 고급 도자기, 은식기, 리넨을 사용했고, 테이블마다 올려진 꽃 장식은 소박하고 우아해서 대화에 방해가 되거나 입맛을 달아나게 하지 않았다. 벽에는 잘은 몰라도 명작이 분명한 듯한 인상파풍의 그림들이 걸려 있었다.

예약 여부를 묻는 질문에 '그랜트'라는 이름을 대자 지배인은 방금 일행이 도착했다고 전했다. 그랜트는 턱시도 차림의 지배인을 따라 어퍼 이스트사이드 주민들과 부유한 맨해튼 사람들이 오믈렛을 먹으며 계약을 체결하고 있는 레스토랑으로 들어갔다. 테이블이 가까워지자 긴장한 그랜트의 걸음이 느려졌다.

테이블에 앉아 있는 여자는 뒷모습만 봐도 매력적이었고 행동거지에서 만만치 않은 사람이라는 분위기를 풍겼다.

"식사 즐겁게 하십시오, 그랜트 씨." 지배인이 말했다.

뒤를 돌아본 여자가 입을 떡 벌렸다. 날카로운 턱이 땅에 닿을 정도였다.

"이게 무슨……?"

영국 억양이 예전 같지 않았다.

"내 잘못 아니다. 다 네 삼촌이 시킨 거야." 그랜트가 변명했다.

"시킨다고 하라는 대로 할 필요는 없잖아요, 아빠." 그랜트의 딸이 말했다.

6

그랜트와 앨리슨이 아무리 달래도 레이첼은 비명을 지르는 듯한 울음을 그칠 줄 몰랐다.

태어난 지 사흘 된 아기답지 않은 굉장한 폐활량이었다. 병실에서 앨리슨의 품에 안겨 있을 때나 신생아실 유리창 너머에 누워 있을 때는 삑 소리도 내지 않더니만.

택시를 타고 집에 갈 때를 위해 목소리를 아껴 두기라도 한 모양이었다. 그랜트는 귀청이 터질 것 같은 울음소리를 도저히 참을 수 없다며 택시 기사가 하이드 파크 코너에서 차를 세우고 내리라고 할까 봐 가시방석에 앉은 듯 불안했다.

아기는 집에서도 울음을 멈추지 않았다. 초보 부모는 어떤 방법으로도 아기를 달랠 수 없었다. 앞뒤로 흔들어 보고 속삭여도 봤다. 자장가도 불러 줬다. 그랜트는 어린 시절 들었던 전래 동요까지 들려줬다.

그러다 거실에 있는 큼지막한 휴대용 라디오를 켰다. 라디오를 아기 울음소리보다 크게 틀면 이웃이 아동 학대로 신고하는 일은 없을 테니까.

주파수는 앨리슨이 지겨워하는 올드 팝 전문 방송국에 맞춰져 있었다.

비틀스의 '그녀는 당신을 사랑해She Loves You'가 흘러나왔다.

레이첼이 울음을 뚝 그쳤다. 울음만 그친 것이 아니었다. 심지어 행복이 가득한 얼굴로 까르륵거리기 시작했다.

그랜트는 생각했다. 완전 뼛속까지 사랑스러운 영국 아가씨네.

레이첼은 세상에 태어난 순간부터 엄마 앨리슨과 특히 더 각별한 사이였다. 물론 그랜트도 존 레논과 폴 매카트니의 노래에 아기가 울음을 그쳤던 겨울 아침에 그를 사랑스럽게 올려다보는 하늘색 눈을 보자마자 심장이 멎는 것 같은 감정을 느꼈다. 질리지도 않고 몇 번이고 남들에게 그 이야기를 했고, 그때가 딸과 사랑에 빠진 순간이었냐는 질문을 받으면 미소를 머금고 이렇게 대답했다. "예, 예, 예yeah, yeah, yeah('그녀는 당신을 사랑해'의 가사로 말장난을 친 것이다 – 옮긴이)."

딸은 그야말로 눈에 넣어도 아프지 않은 존재였다. 비가 와도, 바람이 불어도, 햇볕이 쨍할 때도 더없이 행복한 마음으로 유모차를 밀었다. 연주회도 꼬박꼬박 참석했다. 수학이 점점 어려워져도 레이첼의 숙제를 열심히 도와줬다. 짝사랑하던 남학생에게 거절당하고 우는 레이첼에게 가장 먼저 어깨를 내준 사람도 그랜트였다. 레이첼이 자신처럼 60년대 록 음악 마니아라는 점도 좋았다. 부녀가 페툴라 클라크와 터틀스 노래를 따라 부를 때마다 앨리슨은 고개를 저으며 자리를 뜨곤 했다.

레이첼이 언론학 공부를 한다고 미국 유학을 떠났을 때 그랜트는 그리움으로 애를 태웠다. 레이첼은 아빠가 하는 일을 보면서 취재 기자가 되겠다는 꿈을 가졌다. 그랜트는 딸이 다치거나 죽을 위험이 있는 경찰을 직업으로 선택하지 않은 데 하늘에 감사할 따름이었다. 레이첼이 뉴잉글랜드의 소규모 신문사에서 처음 기사를 쓰기 시작했을 때는 뿌듯함에 가슴이 터질 것 같았다. 오랜 세월 변함없이 범죄 사건을 수사하는 아빠를 보며 사건의 진상을 규명하고야 말겠다는 의지를 키웠음을 알았기 때문이다.

레이첼이 6개월에 한 번씩 영국으로 돌아오면(크리스마스에는 당연히 왔고, 여름에는 뉴욕의 혹독한 더위를 피해 휴가를 썼다) 집에서는 축제가 벌어졌다. 앨리슨은 언제 정착해서 손주 다섯을 안겨 줄 거냐고 잔소리했지만, 이 시기에 세 식구는 그 어느 때보다 한 몸처럼 착 붙어 다녔다.

2년 전 모든 게 극단적으로 변했을 때 그랜트가 충격을 받은 것도 그 때문이었다.

권투 경기장에 억지로 떠밀려 올라간 사람이 글러브를 들기도 전에 양쪽에서 주먹이 날아오면 이런 기분일까. 앨리슨이 암 선고를 받았을 때 그랜트는 허리를 펴지 못할 정도로 복부를 세차게 얻어맞은 듯했고 패배를 직감했다. 설상가상으로 치명타까지 날아왔다. 그로부터 며칠 후 레이첼이 이유 없이 그랜트를 자기 삶에 존재하지 않는 사람인 듯 내쳤던 것이다. 앨리슨과 상담하고 싶지는 않았다. 안 그래도 눈앞에서 하루하루 시들어 가고 있는 사람이었다. 물론 몇 번 시도는 해 봤지만 앨리슨은 그 문제에 관해 대화를 거부했다.

이윽고 그랜트는 세상에 홀로 남겨졌다.

서리 호텔의 레스토랑 한가운데에 선 지금, 그랜트는 현실을 받아들이기 힘들었다. 이 여자가 그와 허먼스 허미츠 노래를 함께 불렀던 아이, 자기 전에 동화책을 읽어 줬던 아이, 뽀뽀하고 잘 자라고 이불을 덮어 줬던 그 아이라고?

지금 그녀는 남이나 마찬가지였다.

레이첼이 의자 등받이에 걸어 둔 가방을 집으려 했다. 그랜트는 조심스럽게 한 걸음 다가가 고개를 저으며 말했다. "부탁이다, 레이첼. 가지 마." 그러고는 애써 미소를 지어 보였다. "여기 아침 식사가 맛있다더라."

레이첼은 주위를 둘러보더니 이쪽을 쳐다보는 손님들을 의식하고 다시 자리에 앉았다. 그랜트는 소리 없이 안도의 한숨을 길게 내쉬었다. 레이첼은 그와 앨리슨의 딸답게 공공장소에서 소란을 피우지 않는 교양 있는 어른으로 잘 커 줬다.

그랜트도 의자를 빼고 딸의 맞은편에 앉았다. 그랜트의 식기가 맞은편이 아닌 옆자리에 놓여 있었다. 그랜트는 슬며시 식기를 그의 앞으로 가져왔다.

"왜요. 심문이라도 하시게요?" 레이첼이 물었다.

"내가 그런 짓을 왜 해."

그랜트가 지나가는 종업원에게 손짓했다. 가슴을 진정시키기 위해 빨리 차부터 마셔야 했다. 1년 전 아내를 땅에 묻은 후로 처음 딸과 만나는 자리에서 어색한 분위기를 깨려면 어떻게 해야 하는지 종업원에게 조언이라도 듣고 싶은 심정이었다.

레이첼은 어색한 분위기를 깰 마음이 전혀 없어 보였다.

"우리 여기 왜 온 거예요?" 레이첼이 물었다.

"그냥 에버렛이 좋은 뜻에서 그런 게 아닐까 싶은데."

"형이랑 동생을 바꿔치기하면서요?"

"나도 거짓말로 널 불러내면 안 된다고 했지. 근데 네 삼촌 말로는 자기가 아니라 날 만난다는 걸 알면 네가 나올 리 없다는 거야."

"틀린 말은 아니네요." 레이첼이 대꾸했다.

레이첼은 그랜트와의 관계가 틀어진 후에도 에버렛과는 연락을 주고받았다. 놀랄 일은 아니었다. 에버렛이 레이첼의 삶에 존재하지 않았던 적이 없었으니까. 에버렛은 공공연한 독신주의자로서(동생은 '나한테 여자는 앨리슨뿐이었다는 거 형도 알잖아'라며 장난스럽게 그랜트를 놀렸다) 전 세계를 돌아다니며 강의를 했기 때문에 해외 출장으로 몇 달씩 집을 비웠다. 하지만 영국에 돌아오면 제일 먼저 레이첼을 찾는 삼촌이었다. 머나먼 외국 땅에서 가져온 선물과 이야기보따리로 조카를 즐겁게 해 줬고, 입버릇처럼 레이첼은 '내 인생에서 딸 같은 사람'이라고 말했다. 그랜트는 질투 따위 하지 않았다. 에버렛이 레이첼에게 웃음과 행복을 준다면 그것으로 충분했다.

"직접 연락하지 않은 건 미안해." 그랜트가 말했다. "나도 뉴욕에 갑자기 왔어."

"세인트 패트릭 대성당에서 살해당한 신부 일 때문이요."

그랜트가 침통하게 고개를 끄덕였다. "삼촌이 또 뭐라고 해?"

"그게 다예요. 걱정 마요, 아빠. 난 그 기사 안 써요."

"너희 신문사에서 범죄 사건 담당 아니었어?"

"일요일 특집 기사 쪽으로 옮겼거든요. 원래는 하나 쓸까 했는데 아빠랑 관련 있다는 말 듣고 다른 기자한테 자료 다 넘겼어요."

그랜트는 몸이 움찔하려는 걸 억지로 참았다. "주제가 뭐였는데?"

"성당에서 일어난 살인 사건이요. 광적인 신앙과 엮으려 했죠. 그렇지만 아빠를 불편하게 만들기 싫더라고요. 가족 혜택 쓰는 것도 안 내켰고."

그랜트는 딸과 더 깊은 대화를 하고 싶어 슬그머니 몸을 앞으로 기울였다. "나 때문에 네 일이 지장받는 건 나도 원치 않아."

"내가 기사를 안 쓰면 되는 일이에요." 레이첼이 대답했다. 말투가 어찌나 단호한지 두 사람 사이에 있던 문이 쾅 닫히는 느낌이었다.

"내가 어떻게 했으면 좋겠니, 레이치?" 그랜트가 애정의 표시로 쓰던 딸의 애칭을 부르며 물었다.

"그냥 각자 인생을 살았으면 좋겠어요. 우리 사이에 바다가 있으니 얼마든지 가능할 거라 생각했는데."

생각한 것보다 상황이 심각했다. "아까도 말했지만 내가 원해서 온 게 아니야. 이번 일 마무리하면 새해부터는 나도 내 갈 길 갈 거다."

레이첼이 놀란 표정을 지었다.

"네? 정말로 은퇴하시게요?"

그랜트가 고개를 끄덕였다. "몇 달 전에 공식적으로 알렸어. 우리가 연락하는 사이였으면 너한테도 말했겠지만……."

"그런 사이는 아니었죠. 알아요."

그때 감사하게도 종업원이 차와 커피를 들고 돌아왔다. 따뜻한 음료는 부녀의 냉랭한 분위기를 녹여 주는 데 어느 정도 효과가 있었다. 적어도 음식을 주문하는 동안은 그랬다. 레이첼은 버섯 베이컨 오믈렛을 시켰다. 그랜트는 포리지나 훈제 청어가 없다는 말에 오버 이지 달걀프라이(달걀프라이를 할 때 양면을 굽되 노른자는 익히지 않는 것 - 옮긴이)를 주문하고 사이드 메뉴로 햄을 선택했다.

"영국인 티를 벗기가 쉽지 않나 봐요." 레이첼이 말했다.

"어차피 오래 있지도 않을 건데 뭐."

"그건 아빠가 찾는 사람의 행동에 달리지 않았나요?"

분하지만 딱히 반박할 말이 없었다.

결국 그랜트는 아침을 먹으며 딸과 이번 사건에 관해 이야기했다. 사적인 부분을 건드리지 않으면서 무난한 주제이기도 했고 쭉 말을 하다 보면 생각이 정리돼서 좋았다. 레이첼도 기자의 습성대로 간간이 의견을 내고 몇 가지 질문을 하며 경찰청에서 퇴근한 아빠가 자신과 엄마에게 사건에 대한 의견을 구하던 10대 시절의 익숙한 분위기에 젖어 들었다.

"퍼거슨에게 숨긴 이야기는 뭐예요?"

레이첼은 그랜트를 너무 잘 알기에 아빠가 손에 든 카드를 공개하지 않고 있을 때를 금방 알아차렸다.

그랜트는 고민하다가 큰 결심을 했다.

레이첼에게 십계명에 대해 털어놓았던 것이다.

왜 그랬는지는 모르겠다. 성가신 퍼거슨보다 레이첼이 먼저 기사를 쓰기를 바랐는지도 몰랐다. 아니면 규칙을 따를 마음이 없어졌기 때문일 수 있었다. 범인도 규칙을 지키지 않았으니까. 몇 주 후면 퇴직인데 경찰청에서 설마 정직 처분을 내릴까 싶기도 했다.

레이첼의 놀란 얼굴을 보니 에버렛이 십계명에 대한 언급은 하지 않았던 모양이다. 그랜트는 작은 기적에 감사했다.

다섯 번째 계명에 이르자 레이첼이 고개를 저었다. "누구나 피해자가 될 수 있어요. 부모 없는 사람은 없잖아요."

그랜트는 존 프랭클에 대해서도 살짝 언급했다. 무심결에 극찬이 한두 번 튀어나왔다. 소리 내어 말하고 보니 프랭클 형사가 그의 머리에 아주 좋은 이미지로 각인됐다는 생각이 들었다.

"몇 달 전쯤에 범죄 현장에서 만난 적이 있어요." 레이첼이 말했다. "아주 진지하고 일만 아는 사람 같더라고요." 레이첼이 커피를 한 모금 마시며 다른 뜻으로는 해석할 수 없는 묘한 눈빛으로 그랜트를 응시했다.

"나도 많이 들어 본 말이지." 그랜트가 인정했다.

"일을 잘한다는 뜻이에요."

딸 입에서 나온 칭찬은 뭐든 기분 좋게 받아들이는 그랜트가 레이첼에게 고마움의 표시로 고개를 끄덕였다. 그 참에 위험한 길로 조심스럽게 발을 들였다.

"그래, 어떻게 지내는지 물어봐도 되니?"

레이첼이 농담으로 받아넘기려는 듯 눈을 빛냈다가 바로 정색하자 그랜트는 내심 기대를 품었다.

"잘 지내요. 아주 잘. 일도 재미있고 좋은 친구들도 사귀었어요."

"난 네가 행복한지 그게 궁금해."

"그럭저럭 행복해요, 아빠."

딸의 눈에는 다른 사연이 있다는 기색뿐만 아니라 애원하는 기색도 섞여 있었다. 레이첼은 눈빛만이 아니라 말로도 그랜트에게 부탁했다.

"이런 얘기는 그만하면 안 돼요?"

"아빠는 네가 원한다면 뭐든지 해, 레이첼. 이제는 알 때도 되지 않았니?"

"고마워요." 레이첼이 중얼거렸다. 딸은 냅킨으로 입을 닦으면서 재빨리 눈가를 훔쳤다. 장담하건대 눈에 눈물이 고이고 있었다.

레이첼에게 비밀이 있는 게 분명했다. 그랜트는 그 비밀이 뭔지 짐작이 가지 않았다. 그러나 지금은 두 사람을 다시 집어삼키려는 어색한 침묵부터 메워야 했다.

"이번 사건에 관해 내가 한 말들 말이야……."

"걱정하지 마세요. 오프 더 레코드예요, 아빠."

"그런 뜻이 아니야."

"그런 뜻 맞을걸요? 아무튼 됐어요. 아빠가 쓰라고 하지 않는 이상 기사를 쓸 일은 없어요."

"고맙다. 언제 기사를 써 달라고 할 수도 있어."

그랜트는 의미심장하게 말을 흐렸다. 레이첼은 단번에 요점을 파악했다.

"내가 기사를 써서 사람 목숨을 구하고 아빠가 그 미친놈을 잡을 수 있다면 말씀만 하세요. 난 아빠 딸이잖아요."

넌 영원히 내 딸이야, 레이치.

"그래." 마음과 달리 간단하게 대답했다.

레이첼이 일어날 준비를 하기 시작했다. 그랜트는 식사가 끝났음을 깨닫고 자리에서 일어나 레이첼의 의자를 빼 줬다.

"떠나기 전에 다시 볼 수 있을까?" 그랜트가 불쑥 물었다.

"아빠가 결정해요. 에버렛 삼촌이 내 번호 알잖아요." 레이첼은 다 알면서 왜 물어보냐는 듯 말했다. "이번에는 삼촌 대신 직접 전화할 수도 있겠네요."

껴안을지 어깨를 두드릴지 고민할 새도 없이 레이첼은 출구로 향했다. 껴안는다고 해서 딸이 받아 줄지 어떨지도 알 수 없었다.

그랜트는 레스토랑을 떠나는 레이첼을 보며 밥 한 끼라도 같이 먹었다는 데 만족하기로 했다.

겨우 이뤄 낸 부녀 상봉의 계기가 미치광이 살인마라니 참으로 슬픈 현실이 아닐 수 없었다.

7

그랜트는 호텔이 아닌 경찰서에서 8번가 988번지 주민들에게
마저 전화를 하기로 했다. 경찰서 구석 사무실은 낡고 갑갑했지만
그곳에서는 필요하다면 NYPD의 모든 자원을 이용할 수 있었다.

그랜트가 연락을 다 돌렸을 즈음, 남은 입주민 절반을 책임진 프
랭클도 작업을 마쳤다. 두 형사는 휴게실에서 만나 서로의 메모를
비교했다. 그랜트는 프랭클에게 부탁했던 립톤 잉글리시 브랙퍼스
트 티가 휴게실에 한 상자 놓여 있어 기분이 좋았다.

하지만 실망스럽게도 전화 조사는 시간 낭비에 가까웠다.

면담을 한 600명 가까이 되는 주민 중에서 범인의 표적이 될 만
한 사람은 단 한 명도 눈에 띄지 않았다. 95퍼센트 이상은 이런저
런 이유로 자동 탈락됐고, 몇 명은 따로 조사해 봤지만 가능성이 희
박했다.

"저한테 말씀하시지 않은 중요한 단서가 있다고 해도 화 안 낼게
요, 총경님."

"나도 그랬으면 좋겠네." 그러면서 그랜트는 간밤에 에버렛과 의논한 아이디어들을 들려줬다. 프랭클도 그랜트의 이야기에 귀를 기울였지만 솔직히 쓸 만한 아이디어는 없었다.

그랜트가 찻잔을 다시 채우고 있는데 뒤에서 헛기침 소리가 들렸다. 두 남자가 돌아보니 젊은 형사가 아이패드를 들고 있었다.

"무슨 일이야, 모튼?" 프랭클이 물었다.

"이거 좀 보셔야 할 것 같아서요, 선배님." 모튼이 대답했다.

프랭클은 아이패드를 받아 들고 빠르게 훑어봤다.

눈이 멀지 않고서야 매서운 그의 눈초리를 무시할 수 없었다. "왜 그래?"

"일이 터졌어요." 프랭클이 답하며 아이패드를 건넸다.

5초 후 그랜트의 표정 역시 험악해졌다.

화면에 떠 있는 것은 〈데일리 메일〉 웹사이트였다. 헤드라인은 종이 신문처럼 대문짝만한 크기로 이렇게 외치고 있었다.

'연쇄 살인범의 해외 순방'.

기사를 쓴 몬티 퍼거슨의 이름은 헤드라인보다 아주 조금 작았다.

시끄러워지겠군. 그랜트는 생각했다.

잠시 후 그랜트와 프랭클은 NYPD 언론 담당관 리틀과 프랭클의 상관인 데스먼드 해리스의 호출을 받고 리틀의 사무실로 들어갔다. 머리를 박박 깎은 50대 흑인 남성인 해리스 서장은 프랭클이 친 사고의 뒷수습을 하느라 흰머리가 많아졌다고 말했다.

"이번 일처럼 말입니다." 해리스가 덧붙였다.

그러면서 벽에 걸린 평면 스크린을 가리켰다. 텔레비전은 조금 전 방송한 정오 뉴스를 다시 보여 주고 있었다. 핵심만 짚는 BBC

뉴스와 달리 미국 방송국들은 선정적인 보도를 당연시했고 그 모습에 그랜트는 경악했다. 패션모델 오디션의 탈락자처럼 생긴 현장 리포터 대여섯 명이 자치구마다 배치됐다. '폭풍 경보'나 '기상 특보' 같은 빨간 자막이 덕지덕지 붙은 화면에 마치 종말의 날이라도 선포하듯 '국제적인 연쇄 살인범 행방 묘연해' 같은 자극적인 문구가 도배됐다.

'영국 기자가 처음 보도했다'고 할 뿐 몬티 퍼거슨의 이름은 나오지도 않았다. 그래도 퍼거슨은 '최정예 보도팀이 다각도로 이번 사건을 취재했다'라는 식의 뉴스를 보고 입이 찢어졌을 것이다. 방송국들은 피터스 신부 외에 라이어널 프레이, 멜라니 키튼, 블라스퍼머스 빌리 스트리트의 사진까지 입수했다. 할리우드 미술팀이 포토샵을 했는지 피해자들의 인물이 실제보다 훨씬 좋아 보였다. 어느 방송국에서는 빌리의 히트곡 '나로는 부족한 거야'까지 캐내 현장 리포터들이 '뉴욕시를 먹이로 삼은 광란의 살인자' 소식을 전하는 동안 배경 음악으로 깔았다.

해리스가 리모컨의 음 소거 버튼을 눌렀다. "가뜩이나 골치 아픈데 기레기들의 자극적인 보도 때문에 일이 더 힘들어졌어요."

"저희가 이런 결과를 예상하고 영국 기자에게 기삿거리를 준 건 아닙니다." 프랭클이 말했다.

퍼거슨과의 거래에 대한 책임을 나눠 지는 말에 그랜트는 당황했다. 프랭클은 그저 그랜트의 의견에 동의했을 뿐이다. 본인이 하지 않은 일로 상관의 질책을 받게 둘 수는 없었다.

"사실 퍼거슨에게 기사를 써도 좋다고 허락한 사람은 접니다." 그랜트가 해리스에게 말했다.

"왜 그런 일을 하신 겁니까?"

"퍼거슨은 이미 며칠 전에 영국에서 기사를 낼 작정이었습니다. 신부가 살해당하기 전부터 말입니다. 당시에는 어찌어찌해서 막을 수 있었지만 피터스 신부 사망 이후에 바로 관련성을 눈치챈 것 같습니다. 일이 그리된 이상 아무도 못 말립니다."

해리스가 고개를 절레절레했다. "그 기자가 경찰의 확인을 받지 않고 멋대로 자기네 삼류 지라시에 기사를 썼다면 저희 쪽에서 사실이 아니라고 공표할 수도 있었습니다. 이제 전국에서 쏟아지는 기자들 질문을 막으려고 귀중한 인력을 몇 시간이나 낭비하게 생겼네요." 해리스가 리틀을 돌아봤다. "기사 나간 후로 전화가 몇 통 왔지?"

내내 잠자코 있던 리틀이 입을 열었다. "1시간 전 인터넷에 뜬 후로 서른 통이 넘습니다."

그랜트는 음 소거가 된 텔레비전을 다시 봤다. 그랜트의 직속 부하인 홀리 경사가 경찰청 앞 계단에 서서 우르르 몰려든 영국 기자들의 질문 세례를 손 하나로 저지 중이었다.

이래서 30분 전에 홀리가 부재중 통화와 음성 메시지를 남긴 거였군.

전화해서 홀리에게 사과해야 했다. 이곳에 모인 사람들도 통제하지 못할 지경으로 사태가 심각해지고 있었다.

"저나 언론 담당관 승인 없이는 퍼거슨이라는 기자와 다시 대화하지 마십시오." 해리스가 말했다. "알겠습니까?"

"네, 서장님." 프랭클이 대신 답했다. "그럼 질문을 받았을 때 부인한다는 작전은 버리고 '노코멘트' 작전으로 가야 합니까?"

"지금 농담할 때가 아니야, 프랭클 형사." 해리스가 말했다.

그랜트는 웃음이 터지려고 하자 성난 해리스에게 들키지 않도록 텔레비전으로 고개를 돌렸다. 다음 소식이 나오고 있었다. 빨간 머리 앵커가 의자를 돌려 다른 카메라를 응시했고 앵커의 푹 파인 네크라인 아래로 새로운 자막이 번쩍였다. '환영받지 못한 귀환'.

해리스가 말을 이었다. "지금부터는 추후 고지가 있을 때까지 전원이 참고해야 하는 메시지를 준비할 겁니다."

뉴스에서는 오래전 밤에 촬영한 범죄 현장의 영상이 흘러나왔다. 커다란 집에서 시신 두 구를 실은 이송 침대가 나오고 있었다. 그랜트는 시선을 돌리려다 화면 왼쪽 상단에서 뭔가를 발견했다.

또 다른 자막이었다.

보도가 끝나며 자막이 사라졌고, 빨간 머리 앵커가 날씨 예보를 하기 위해 화면에 다시 나타났다.

그랜트가 텔레비전을 향해 격하게 손짓했다. "잠깐, 잠깐만……."

짜증이 난 해리스가 그를 노려봤다. "뭡니까? 총경님은 이미 내 블랙리스트에 올랐다는 것만 알아 두세요."

그랜트가 리모컨을 손가락으로 가리켰다. "뒤로 돌려 봐요. 빨리."

"왜요? 우리가 다 아는 얘기일 텐데요? 저 멍청이들은 아무것도 모른다고요."

그랜트가 리모컨을 낚아채고 되감기 버튼을 눌렀다. 자글자글하게 움직이던 화면이 집에서 시신 두 구가 들려 나오는 옛날 영상에 이르렀다. 그랜트는 화면을 정지시켰다. 등줄기에서 익숙한 전율이 흘렀다. 그랜트가 프랭클의 어깨를 움켜쥐었다. "저거 봐."

프랭클이 영문을 몰라 물었다. "뭘요?"

"화면 위에 왼쪽 구석." 그랜트가 대답했다.

붉은 자막은 어느 날짜였다.

1988년 9월 8일.

"말도 안 돼."

다행히 프랭클은 이해가 빨랐다.

"이거 무슨 뉴스예요?" 프랭클이 물었다.

"어젯밤부터 나오고 있는 뉴스의 후속 보도입니다." 리틀이 말했다. "티머시 리즈 사건이라고요."

"티머시 리즈?" 그랜트가 물었다. "저는 처음 듣는 이름인데요."

"사람 둘을 죽이고 30년간 징역을 살다가 어젯밤에 출소했어요." 리틀이 설명했다.

"두 명을 죽였다고요?" 그랜트가 리틀의 말을 되뇌었다.

머릿속 깊은 곳을 갉작거리는 생각들이 한 덩어리로 모이고 있었다.

"롱아일랜드 어딘가에서 일어난 사건이에요." 리틀이 말하며 자막을 가리켰다. "저 날에요. 1988년 9월 8일."

범죄 사건 기록부다.

어제 그랜트는 밤늦도록 잠이 오지 않아 사건 기록부를 읽었다.

그 안에 있었어.

"맙소사." 프랭클이 말했다. 그는 그랜트만 쳐다보고 있었다. "출소한다는 얘기는 저번에 들었어요. 성인 되고 처음으로 세상에 나온다고 난리였거든요."

"왜……?"

"자기 부모를 죽이고 유죄 선고를 받았을 때 겨우 열일곱이었으니까요." 프랭클이 설명했다.

◆ ◆ ◆

주변 사람들은 티머시 리즈가 폭력적인 행동을 절대 하지 않는 얌전한 아이였다고 입을 모았었다.

하지만 1988년 9월 초 어느 밤, 리즈는 롱아일랜드 시더허스트에서 아버지의 엽총으로 부모를 쏴 죽였다.

평판이 좋고 전과가 없기 때문인지 리즈는 성인이 아니라 미성년자로서 재판을 받았다. 게다가 뉴욕주에서 사형 제도가 부활하기 전에 범죄를 저지른 행운으로 독극물 주사도 면할 수 있었다.

그 대신 50년 형을 선고받았지만 절반 넘게 복역한 후 첫 번째 가석방 공판에서 모범수로서 가석방 허가를 받았다.

수많은 의사, 심리 치료사, 경찰, 판사가 아버지와 어머니를 죽인 이유를 물었을 때 티머시 리즈는 늘 같은 대답을 반복했다.

"차를 못 빌리게 해서요."

메넨데스 형제 사건처럼 뻔뻔한 탐욕이나 부모의 잔인한 학대 같은 지저분한 사연은 없었다. 30년 전 티머시 앨런 리즈는 운 나쁜 하루를 보냈다. '과민한 아기'일 때부터 가족이 먹였던 항불안제를 빼먹은 그는 연상의 여자에게 잘 보이기 위해 아버지의 새 차를 빌리려다 실패하자 최악의 방식으로 행동했을 뿐이다.

경찰이 도착했을 때(롱아일랜드의 작은 마을에서 총성 두 발이면 당장 911 신고가 들어온다) 부모님의 시신 옆에서 흐느껴 울던 리즈는 그저 페라리를 빌리고 싶었다고 말했다. 범행을 부인하지 않왔고 미성년자임에도 어른스럽게 형량을 받아들였다. 이후 30년 동안 한 번도 거르지 않고 열심히 약을 복용했고 사회에 복귀해 평화롭게 살기를 바라는 남자가 돼서 출소했다.

안타깝게도 시더허스트의 생각은 리즈와 달랐다.

롱아일랜드의 상류층 사람들은 마을의 탕아를 두 팔 벌려 환영할 마음이 없었다. 리즈의 가석방 공판 소식이 알려지자 온라인 청원이 떴고 리즈가 석방된 순간부터 격렬한 반대 시위가 일어났다.

그리하여 마흔아홉이 된 리즈는 고향 마을에 돌아가 경험한 적 없는 삶을 다시 시작하고 싶었음에도 파 로커웨이의 사회 복귀 시설로 들어가게 됐다. 파 로커웨이는 부촌인 시더허스트와 엎어지면 코 닿을 거리였지만 상대적으로 중류층이 많이 사는 동네였다.

그랜트는 프랭클과 잠복 차량을 타고 롱아일랜드 고속 도로를 지나며 모든 정보를 머리에 집어넣었다. 새로운 소식에 따르면 리즈는 엊저녁 복귀 시설에 입소해 오늘 아침을 먹은 직후 외출했다.

그리고 아직 돌아오지 않았다.

티머시 리즈의 새 거처는 탁 트인 오션 뷰가 일품이었다. 낡은 건물은 허리케인 샌디가 휩쓸고 지나간 후 여전히 도시 계획 단계에 머물러 있는 허름한 해변 판잣길과 붙어 있었다. JFK 공항의 비행로와 직결되는 이 사암 건물에 마지막으로 페인트칠을 한 시기도 아마 존 F. 케네디 대통령의 임기 중이었을 것이다.

이 건물은 30년 넘게 별다른 제약 없이 일상생활이 가능한 출소자들을 수용하는 공간이기도 했다. 재범률이 5퍼센트도 되지 않는다고 하니 내부에 일을 똑바로 하는 누군가가 있는 듯했다.

두 사람은 건물 입구에서 반스라는 롱아일랜드 보안관과 만났다.

12월에 메이시스 백화점의 산타클로스로 일해도 어색하지 않을 만큼 하얀 콧수염과 턱수염을 기른, 세련돼 보이는 반스는 프랭클이 지역 경찰에 연락했을 때 전화를 받았던 인물이었다. 먼저 시설에 도착한 반스는 리즈의 행방을 알아내지 못하고 시설 운영자인 벤틀리 에드워즈와 나란히 서 있었다.

에드워즈는 그가 관리하는 입소자들을 감당할 수 있을 만큼 덩치가 좋은 40대 남자였다. 한편 부드럽고 따뜻한 초록색 눈은 필요할 때 의지하고 고민을 토로할 수 있는 상대라는 믿음을 줬다. 에드워즈는 리즈가 시설을 나가기 직전에 봤다고 했다. 프랭클은 이제 막 출소한 사람, 특히 리즈처럼 악명이 높은 사람이 자유롭게 돌아다녀도 되는지 궁금해했다.

"정해진 귀가 시간이 있습니다." 에드워즈가 설명했다. "저희 시설은 의료진과 교도소 관계자의 확인을 삼중으로 거치고 일상생활이 가능하다는 판단을 받은 분들이 오는 곳이에요."

"원장님께 따지려는 게 아닙니다." 프랭클이 말했다. "그저 상황을 완벽하게 파악하고 싶을 뿐입니다."

에드워즈는 리즈가 시설로 오게 된 과정을 간략하게 들려줬다. 싱싱 교도소는 출소가 원활하게 이뤄지도록 취재진을 한곳에 불러 모아 리즈가 중경비 교도소를 나오는 모습을 재빨리 촬영할 기회를 줬다. 그러고는 파 로커웨이까지 안전한 이동 경로를 확보했다(즉, 기자의 접근을 막았다). 입소 규정에 따라 에드워즈와 상담을 한 리즈는 이후 자기 방에서 저녁을 먹었다.

"KFC 치킨이 먹고 싶다더군요. 그래서 버킷으로 사다 줬고 만족하는 눈치였습니다." 에드워즈가 말했다. "30년간 다른 사람이 밤

새 비명을 지르는 곳에서 살다가 조용한 데서 잠을 자게 됐으니 그럴 만도 해요."

"오늘은 어땠나요?"

"해변 산책로를 걷고 바다에 발을 담그고 싶다고 했습니다. 거기다 대고 뭐라 할 수 있나요. 저라면 근처에도 가지 않겠지만요. 쓰레기가 어찌나 많은지 말도 못하거든요."

"바다로 갔다는 말씀이세요?"

에드워즈가 고개를 저었다. "그건 아닌 것 같아요."

"어째서요?" 프랭클이 물었다.

"공용 전화기로 전화를 한 통 받았대요. 아침 식사 때였다는데. 다른 입소자가 전화를 받고 부르러 간 모양이에요. 리즈는 몇 분 후에 나갔답니다."

"누군지 말하던가요?" 프랭클이 말했다.

에드워즈는 고개를 저었다. "형사님이 전화로 리즈를 찾기 전까지 전 그런 전화가 왔다는 사실도 몰랐어요. 방금 말한 입소자 이름이 쳇인데요! 쳇이 그러는데 어떤 기자가 인터뷰를 원한다면서 시간을 내주면 두둑이 사례를 하겠다고 했답니다. 리즈는 바로 떠났고요."

프랭클과 그랜트는 걱정스러운 눈빛을 주고받았다.

"쳇이 기자 이름을 듣지는 못했다고 하죠?" 그랜트가 물었다.

"네." 에드워즈가 대답하고는 그랜트를 유심히 봤다. "형사님이 그렇게 물어보시니 좀 신기하네요. 쳇 말로는 전화한 사람이 영국 억양을 썼대요."

8

상쾌한 공기가 티머시 앨런 리즈의 얼굴을 기분 좋게 간지럽혔다.
리즈는 30년 만에 싱싱 교도소의 장벽 밖에 서 있었다. 기온이
영하로 떨어지고 하늘이 불길한 뇌운으로 가득했지만, 술집까지 걷
는 시간이 복귀 시설의 키 작은 남자가 말한 시간보다 세 배 더 걸
렸지만 상관없었다.

이제 막 하루를 시작한 그는 벌써부터 짭짤한 수익을 기대하고
있었다.

천 달러. 기자는 그만큼을 약속했다.

교도소에 들어갈 때의 천 달러는 10대 반항아가 반년은 펑펑 쓰
고도 부족하지 않을 액수였다. 요즘에는 그 돈으로 입에 풀칠도 못
한다는 사실을 알았다. 하지만 엽총으로 부모를 화끈하게 쏴 죽였
다는 이력 말고 아무것도 없는 리즈는 이 기회를 놓칠 수 없었다.

사회에 보탬이 되는 구성원으로서 지루한 노동도 참고 할 각오
가 돼 있었다. 가로 3미터, 세로 6미터 감방에서 오직 그런 삶을 꿈

꾸며 살았다. 다만 자신이 매력적인 구직자는 아님을 리즈 본인도 잘 알고 있었다.

그래서 티머시 리즈는 주저하지 않고 그 남자를 만나러 코널리스라는 술집으로 향했다.

몇 킬로미터나 되는 해변의 양쪽에서 성난 회색빛 파도가 쏟아져 들어왔다. 30년간 철문과 때 묻은 돌벽만 본 그에게 힘찬 대서양의 물결과 텅 빈 백사장은 숨 막힐 정도로 아름다웠다.

술집이 있는 해변 도로에 이르렀을 즈음 리즈는 불안해졌다. 시내까지 차를 잡아타지 않고 걸어오는 바람에 일을 그르친 걸까? 코널리스는 연한 하늘색과 흰색으로 칠한 케이프 코드풍 건물 1층에 있어 창문으로 실내가 다 보였는데 사람이 하나도 없었다.

리즈는 후회 섞인 한숨을 내쉬었다. 어쩐지 비현실적인 제안 같더니 장난이었나 보다. 기자가 생각을 바꿨을 수도 있고. 리즈가 어디서 AK-47을 한 자루 구해 와 오래전에 중단한 활동을 재개할까 봐 겁을 먹었을지도 모르겠다.

그렇지만 리즈는 다른 사람을 해칠 마음이 없었다. 그날 밤 시더허스트에서 일어난 일은 그의 기억에 남아 있지 않았다. 마리안(아버지의 페라리를 타고 같이 '다이 하드'를 보러 가고 싶었던 여자)의 성도 기억나지 않았다. 모든 기억은 탄제린 드림(독일 출신의 전자 음악 밴드 - 옮긴이)의 음악을 닮은 몽환적인 연무煙霧 속으로 빨려 들어갔다. 그날 경찰이 도착했을 때도 리즈는 자기가 엽총으로 살해한 부모님 사이에 앉아 탄제린 드림의 앨범을 듣고 있었다.

기자가 나타나지 않아 차라리 다행이다 싶었다. 어차피 기자에게 줄 천 달러짜리 기억도 없었다.

뒤에서 빵하고 경적이 울렸다.

뒤를 돌아보니 속도를 줄이며 다가오는 미드나이트블루 색 현대 소나타가 보였다. 차가 멈추더니 조수석 창문이 내려갔다. "리즈 씨?" 전화로 들었던 영국 억양이었다. "죄송합니다. 도심에서 나오는 길이 짜증 나게 막히네요."

"바람맞은 줄 알았어요. 그래, 우리 거래는 여전히 유효한 거예요?"

"전 준비됐어요. 보시다시피."

리즈는 조수석 쪽으로 다가가 창문 안을 들여다보기 위해 몸을 숙였다.

운전석과 조수석 사이 콘솔 박스 위에 화려한 색깔의 지폐가 펼쳐져 있었다.

리즈가 눈을 깜박거렸다. "저게 다 뭐예요? 보드게임용 돈?"

"영국 돈 850파운드입니다. 환율로 따지면 이득이죠. 약속한 금액보다 100달러는 많을 거예요. 은행에서 환전하면 돼요."

"은행 계좌는 없는데요. 30년 만에 출소해서." 리즈는 갑자기 용기가 사라졌다. 바람이 거세지고 기온이 떨어지고 있기 때문만은 아니었다. "그냥 없었던 일로 하죠."

리즈가 허리를 펴고 소나타에서 돌아섰다.

"리즈 씨, 잠시만요." 간절한 목소리가 들렸다. "죄송합니다. 제가 제대로 준비를 못한 채로 미국에 막 도착했거든요. 다 제 불찰이에요. 저랑 은행에 가서 돈을 바꾸고 그다음에 계획대로 인터뷰를 하는 건 어때세요?"

리즈는 자동차 창문 앞을 쉽사리 떠나지 못했다. 달리 선택지가 있는 것도 아니었다.

"좋아요. 그렇게 하죠."

리즈가 조수석 문을 열고 차에 탔다. 남자는 안전벨트를 매는 리즈에게 콘솔 박스에 놓인 지폐를 가리켰다.

"원하시면 은행에 도착할 때까지 직접 갖고 있어요."

리즈는 돈에 손을 뻗었다가 고개를 저었다. "됐어요."

그러고 나서 고개를 든 순간 얼굴로 팔꿈치가 날아왔다.

❖❖❖

쳇 윌슨은 웬만한 건 다 털 수 있었다. 살림집이든 자동차 부품 가게든 은행 금고든 동네 술집 계산대든, 좀도둑에게 문을 따는 건 일도 아니었다.

다른 게 아니라 그의 실패 요인은 작업을 끝내고 그 자리에 머무는 습관 때문이었다. 그래서 세 차례 징역형을 받았고, 마지막으로 10년 형을 살고 6개월 전 출소한 후로 파 로커웨이에 있는 사회 복귀 시설의 협소한 방에 입소했다.

평가를 내리자면 창살 안의 삶이 더 편했다. 카메라가 일거수일투족을 지켜보는데 굳이 감방 문을 부수고 나갈 이유는 없었다. 하루 세 끼 배부르게 먹었고 돈 걱정도 할 필요가 없었다. 감옥 생활은 나름대로 장점이 있었다.

에드워즈는 이런저런 이야기를 들려주면서 그랜트와 프랭클을 시설 내부로 안내했다. 쳇은 휴게실에서 '더 토크(미국의 낮 시간대 토크 쇼 - 옮긴이)'를 보고 있었다. "쳇이 어떤 사람이냐 하면……

아주 솔직합니다. 입이 싸요. 입만 좀 무거웠어도 도둑으로 대성했을 거예요. 쳇의 말은 믿을 만하다고 봅니다."

그랜트는 쳇 윌슨을 보는 순간, 아버지를 따라 군수품 공장으로 터덜터덜 걸어가는 리버풀 청년들이 떠올랐다. 쳇은 낡은 청남방과 카키색 군복 바지를 입고 있었다. 하지만 옷차림이 비슷할 뿐, 검은색 도시락을 들고 우울한 표정으로 가난한 가족을 부양하기 위해 해가 뜨면 출근하고 해가 지면 퇴근하는 리버풀 청년들과 쳇은 달랐다. 전과가 있는 이 절도범은 복귀 시설에서 삼시 세끼 더운밥을 먹었고, 원탁에 둘러앉아 수다를 떠는 사람들이 나오는 토크 쇼에 정신이 나가 있었다. 오늘 방송의 주제는 '최고의 크리스마스 파티'였고 배우 사라 미셸 겔러가 게스트로 나왔다. 여러 해 동안 싸구려 에그노그나 마시고 불협화음 저리 가라 할 수준의 캐럴이 가득한 크리스마스만 경험했던 쳇은 텔레비전에 거의 코를 박다시피 했다.

두 형사는 티머시 리즈에 관해 질문을 던지기 전에 텔레비전 시청을 방해해 미안하다고 사과부터 했다.

"괜찮아요. 나중에 보면 돼요." 쳇은 텔레비전 소리를 죽이고 리모컨을 가리켰다. "DVR(디지털 비디오 녹화기 – 옮긴이)이라는 거 대단한 발명품이네요."

"전화로 그 남자와 어떤 이야기를 하셨는지 궁금합니다." 프랭클이 말했다.

"별 얘기 안 했어요. 티머시 리즈가 있냐고 하길래 알아보겠다고 했어요. 본 적은 없지만 어젯밤에 도착했다는 걸 모르는 사람은 없었으니까요. 뉴스에서 좀 난리를 쳤어야죠."

그랜트가 앞으로 나섰다. "전화를 건 사람이 영국 억양을 썼다고요?"

"형사님처럼 말했냐는 뜻이라면, 맞아요." 쳇이 대답했다.

"다시 들으면 목소리를 알아들을 수 있겠어요?"

"글쎄요, 미안하지만 영국 사람들 말투는 다 똑같이 들려서요. 통화한 사람이 형사님이라고 해도 몰랐을 거예요."

"리즈가 통화하면서 뭐라고 했는지 혹시 들으셨나요?" 프랭클이 물었다.

"프라이버시 보호를 해 줬습니다. 여기 있는 우리 다 사생활이라고는 없는 데서 살다 왔잖아요."

"그런데 기자를 만난다는 건 어떻게 아셨어요?" 프랭클이 의문을 제기했다.

쳇이 중앙 복도로 나가는 문을 가리켰다. "저기서 머리를 내밀고 코널리스까지 가려면 얼마나 걸리냐고 물어보더라고요."

"코널리스요?"

"95번가에 있는 선술집입니다." 에드워즈가 설명했다.

쳇이 고개를 끄덕였다. "걸어서 10분이라고 했죠. 그랬더니 기자가 인터뷰를 하면 돈을 준대서 만나러 간다고 했어요."

"낮에 코널리스에서 일하는 마일스를 압니다." 에드워즈가 말했다. "리즈 사진을 문자로 보냈는데 오늘 안 왔다고 합니다. 왔다면 몰랐을 리가 없다고요. 사실 해피 아워 전까지 파리만 날리는 곳이거든요."

"리즈에게 기자 이름은 들으셨어요?" 그랜트가 물었다. "혹시 몬티 퍼거슨이었나요?"

그러지 않아도 그랜트는 리즈가 기자의 전화를 받았다는 말을 듣자마자 퍼거슨의 휴대폰으로 전화를 걸었었다. 전화는 곧장 음성 메시지로 넘어갔다.

"아니요. 그냥 길을 알려 주고 행운을 빈다고 했어요. 싱싱에서 30년을 살다 나왔으니 그런 행운이 생기기도 하겠죠."

프랭클의 얼굴이 차갑게 굳었다. "자기 가족을 무참히 살해한 사람입니다."

"감옥에서 죗값을 치렀잖아요." 쳇의 말투가 자못 진지해졌다. "사람이라면 누구나 두 번째 기회를 가질 자격이 있어요." 세 번 유죄 판결을 받은 전과자가 말했다. "난 빌어먹을 네 번째 기회를 가지는 중이고."

❖❖❖

리즈는 눈을 떴다가 얼른 다시 감았다.

눈 속으로 모래가 쏟아져 들어왔다.

비명을 지르려 했지만 청 테이프가 입을 틀어막고 있었다. 양팔의 사정도 크게 다르지 않았다. 등 뒤로 꺾인 팔이 단단한 밧줄 매듭으로 묶여 있어 움직일 수 없었다.

그는 길게 뻗은 백사장 위로 질질 끌려가고 있었다. 얄궂은 운명의 장난이라면 조금 전 해변 풍경을 보고 감탄했던 그곳인지도 모르겠다.

"아, 정신이 드셨군." 익숙한 영국인의 목소리가 들렸다. 이제야 깨달았지만 애초에 저 목소리를 믿지 말았어야 했다.

남자가 리즈를 일으켜 세웠다. 몸을 완전히 결박당했고 예상치 못한 일격에 아직도 얼굴이 얼얼해 리즈는 납치범에게 굴복할 수밖에 없었다.

남자는 보기보다 힘이 셌다.

사실 남자를 제대로 볼 새도 없었다. 리즈의 머릿속은 혼란 그 자체였다.

모래가 바람에 날아가며 시야가 트이자 자신이 끌려가고 있는 커다란 건물이 보였다. 해변으로 떠밀려 온 회색 고래와 영화 '인디펜던스 데이Independence Day'에 나오는 외계인의 우주선이 교배하면 저런 건물을 낳을까. 교도소에 있을 때 독립 기념일(영어로 인디펜던스 데이라고 한다 - 옮긴이)만 되면 이상한 유머 감각을 가진 누군가가 그 영화를 틀곤 했다.

유리창이 다 깨지고 당장이라도 무너질 듯한 건물 주위의 땅은 황폐하기 짝이 없었다. 낡은 건물 입구 옆에 있는 표지판의 문구가 결정타를 날렸다.

'위험! 출입 금지! 너 말이야 너!'

어쩌면 그 문구는 이렇게 해석할 수도 있었다. '이곳에 들어온 자여, 모든 희망을 버려라.'

비명이 청 테이프에 막혀 들리지 않았지만 그럼에도 리즈는 계속해서 소리를 질렀다.

납치범이 그의 머리에 다시 주먹을 날리기 전까지.

◆◆◆

코널리스의 금발의 바텐더 마일스는 매일 새벽과 황혼 시간에 꺼내 드는 서프보드가 아주 잘 어울릴 것 같은 30대 남자였다. 오늘 오전에 이곳을 찾은 손님은 세 명뿐이라고 했다. 정오 직전에 어린 커플이 목을 축이러 왔는데 신분증을 확인하고 그대로 돌려보냈다. 또 길을 잃은 중년 여자 하나가 코니아일랜드가 어디 있는지 물었단다.

"이 남자는 확실히 아니에요." 에드워즈에게서 받은 사진을 들고 마일스가 말했다. 프랭클은 마일스에게 명함을 건네며 리즈의 흔적이 보이면 연락을 부탁한다고 말했다.

잠시 후 두 형사는 똑같이 답답한 심정으로 술집 앞에 섰다.

"시설로 걸려 온 전화들에 대한 정보를 모으고 있습니다. 퍼거슨과 일치하는지 보려고요." 프랭클이 그랜트에게 말했다.

그랜트에게도 딱히 좋은 의견이 없었다. 아까 퍼거슨의 번호로 또다시 통화를 시도해 봤지만 역시나 음성 메시지로 넘어갔다.

그들은 티머시를 목격한 사람이 있는지 보기 위해 코널리스 인근의 거리와 상점을 돌아다니기 시작했다. 한겨울이라 파 로커웨이에서도 이 동네는 유령 도시나 다름없었다. 겨울철에는 가게 대부분이 문을 닫았고, 1년 내내 가게 문을 여는 사람들도 영하의 날씨를 견딜 용기가 없어 오전에는 집에만 틀어박혀 있다고 말했다.

그랜트가 코너에 있는 조그마한 식료품점에서 따뜻한 차를 주문하는데 휴대폰이 울렸다.

화면에 몬티 퍼거슨의 이름이 떴다.

그랜트는 즉시 전화를 받았다. "아침 내내 뭐 하느라 전화를 안 받아요?"

"언론 인터뷰요. 신문. 텔레비전. 온라인 블로거들." 퍼거슨이 대답했다. "그거 아니면 내가 뭘 하겠어요? 혹시 오늘 뉴스 못 보셨나?"

"아, 봤죠."

"총경님을 불편하게 만들었다면 죄송합니다." 퍼거슨이 말했다.

거짓말하고 앉아 있네.

"티머시 앨런 리즈와 이야기하러 파 로커웨이로 가는 중이에요?"

"파 로커웨이요? 거기가 어딘데요?" 퍼거슨이 대답했다. "티머시 앨런 리즈는 또 누구고요?"

✦✦✦

이번에는 엄청난 고통이 티머시 리즈를 깨웠다.

이마 중앙에서 퍼지는 통증은 마흔아홉 해를 살면서 처음 느껴 보는 감각이었다. 양쪽 눈으로 피가 뚝뚝 떨어졌다.

손으로 피를 닦으려 했지만 손은 아직도 등 뒤에 묶여 있었다. 입에 단단히 붙은 청 테이프도 떨어지지 않았다.

리즈는 눈으로 흐르는 피를 떨궈 내려고 머리를 거칠게 흔들었다. 그러자 그의 얼굴과 불과 몇 센티미터 떨어진 납치범의 섬뜩한 형체가 드러났다.

남자는 비닐장갑을 낀 손에 피가 뚝뚝 떨어지는 칼을 들고 있었다. 리즈의 피였다.

"이러면 정신이 들 줄 알았지." 남자가 말하며 과장되게 칼을 흔들었다. "옛 추억이 떠오르지 않나?"

가장 먼저 돌벽과 철문이 보였다. 리즈의 몸이 주체할 수 없이 떨리기 시작했다.

"여기에 실제 감방은 없어." 납치범이 말했다. "그보다는 '문제아'를 가두는 방이었을 거야. 적절한 처사였지."

남자가 갑자기 리즈를 앉혀 놓은 회전의자를 180도 돌렸다.

리즈는 뒤편의 벽과 마주했다.

옛날 신문과 사진이 벽을 뒤덮고 있었다. 전부 리즈 아니면 그의 부모님, 부모님의 시신 사진이었다. 신문의 헤드라인은 리즈에게 호령하는 듯했다. '부모를 잔혹하게 살해한 10대 소년 리즈에게 50년 형 선고, 이것으로 충분한가?'

리즈가 청 테이프에 막힌 입으로 비명을 질렀다.

"미안. 무슨 말인지 못 알아들었어." 남자가 말했다. "근데 대충 알 것 같아."

남자는 전시된 사진들을 피 묻은 칼로 가리켰다.

"이해해. 재판을 받고 형사 법원에서 유죄 판결을 받았으니 죗값을 다 치렀다고 생각하겠지."

납치범이 뒤를 돌아 리즈를 정면으로 바라봤다.

"그렇지만 넌 이제 내 거야."

남자가 주머니에서 휴대폰을 꺼냈다. 장갑 낀 손가락으로 버튼을 몇 개 누르더니 뒤에 있는 테이블에 휴대폰을 올렸다.

흡족하게 고개를 까딱인 남자가 다시 리즈를 돌아봤다.

"그래, 이제 기도하고 싶어? 아니면 내가 할까?"

9

그랜트는 퍼거슨의 전화를 빨리 끊어 버리고 싶었다.

안타깝게도 퍼거슨은 통화를 빨리 끝낼 생각이 없었다. 질문 공세가 이어졌고, 이대로 전화를 끊으면 좋겠지만 그랬다가는 퍼거슨이 독 묻은 펜을 휘둘러 사태를 악화시킬 게 뻔했다.

"리즈라는 사람이 피해자 5호라고 생각하세요?"

그랜트는 선택지를 따져 봤다. 이미 뉴스에 쫙 깔린 리즈의 이름을 알려 줬으니 퍼거슨이 리즈에 관한 정보를 알아내는 것은 시간 문제였다. 부인해 봤자 역효과만 나고 리즈가 이마에 로마 숫자 V를 새긴 채로 나타나면 상황이 더 심각해질 터였다.

"그런 것 같네요." 그랜트가 사실을 인정했다. 그러면서 정보를 공개하지 말아 달라고 간청했다. 경찰의 포위망이 가까워졌다는 사실을 알게 되면 범인이 달아날지도 몰랐다. 리즈도 다르지 않았다. 자신을 피해자 후보로 지목하는 기사를 보면 경찰을 찾아와 보호를 요청하기는커녕 다른 곳으로 떠나 버릴 공산이 컸다.

퍼거슨은 당분간 입을 열지 않겠다고 약속했다. 하지만 퍼거슨이라면 리즈를 직접 찾아 나서고도 남을 위인이었다. 그랜트는 리즈에 관한 소식이 들어오면 자신이나 프랭클에게 연락해 달라고 당부했다.

"범인이 리즈를 지켜보고 있다면 기자님도 위험해질 수 있어요."

"명심하죠, 총경님."

딸깍하고 전화가 끊어졌다. 퍼거슨이 요구 사항을 하나라도 들어줄 확률은 50 대 50이었다. 고개를 돌리니 프랭클도 휴대폰으로 통화를 하고 있었다.

프랭클은 초조한 얼굴로 중얼거렸다. "통화 대기 중이에요."

그랜트는 퍼거슨과의 통화 내용을 간략히 들려줬다.

프랭클이 고개를 저었다. "국적은 중요하지 않습니다. 미국이나 영국이나. 언론의 자유인지 뭔지 뒤에 숨어서 진실만을 쫓는다고 하지만 기자들의 진짜 목적은 결국 자기 홍보라고요."

그랜트도 동감했다.

"만약에 리즈와 통화한 기자가 퍼거슨이 아니라면요. 다른 영국인 기자가 인터뷰를 하고 싶다고 연락했을 가능성이 얼마나 될까요?" 프랭클이 물었다.

"누구와 통화했는지 나도 알고 싶네."

"젠장." 프랭클이 갑자기 손을 들었다. 상대방이 다시 연결된 모양이었다. "그래. 있어. 잠시만."

프랭클은 주머니를 뒤져 수첩과 펜을 꺼냈다. 메모가 길어질수록 표정이 어두워졌다. 프랭클은 마지막으로 대충 감사 인사를 하고 전화를 끊은 후 수첩을 그랜트에게 들어 보였다.

"오늘 아침에 공용 전화기로 온 전화는 세 통뿐이랍니다. 하나는 조리사 어머니가 집 문이 잠겼다고 예비 열쇠가 필요하다는 전화였고, 다른 하나는 추적하니 입소자의 여자 친구였답니다."

"세 번째는?"

"대포 폰이랍니다. 30분 통화료를 선불로 냈고 등록된 사용자는 없고요."

누가 그 전화기를 구입했는지 그랜트도, 프랭클도 알 것 같았다.

"전원이 켜져 있고 작동 중이랍니다." 프랭클이 말했다. "위치를 확인하니 여기서 3킬로미터도 안 떨어진 곳의 주소가 나왔고요."

두 사람은 황급히 차에 올라탔다. "이번에도 허탕일 겁니다. 그 개자식이 근처에 전화기를 버리고 날았겠죠." 프랭클이 시동을 걸며 말했다.

"왜 그런 말을 하지?"

"그 건물은 30년 전에 버려졌답니다." 프랭클이 대답했다. "옛날에 정신 병원이었고요."

◇◇◇

네폰짓 요양원.

문을 닫은 지 수십 년이 지났지만 공식 명칭은 아직 남아 있었다. 원래는 네폰짓 비치 아동 병원으로 1900년대 초에 어린이 결핵 환자들을 치료하던 곳이었다. 당시만 해도 미국에서 제일 잘나가는 아동 병원으로서 이곳 환자들은 알파인 태양등을 이용한 최고의 치료를 받았고 인접한 대서양에서 의료진의 감독하에 수영도

할 수 있었단다.

2차 세계 대전 중에는 보건부가 결핵에 걸린 선박 승무원들을 치료하는 데 사용했다. 전쟁이 끝나고 예전처럼 아이들을 치료하던 병원은 1955년에 문을 닫았다. 그러다 1961년에 양로원으로 탈바꿈하면서 이름도 네폰짓 양로원으로 바뀌었다.

이후로 몇 십 년간 노인들의 건강을 책임지며 현재의 이름을 쓰게 됐다. 아래의 백사장과 그 너머로 보이는 장엄한 대서양의 풍경을 만끽하는 환자는 많지 않았다. 대부분 정신이 온전치 않고 알츠하이머병 말기 환자도 있었기 때문이다. 여기서 사나, 창문 없는 퀸스 건물에서 사나 차이를 느끼지 못할 사람들이 대다수였다.

티머시 앨런 리즈의 삶이 완전히 바뀐 날로부터 10년이 더 흐른 1998년 9월의 어느 날, 강력한 폭풍이 파 로커웨이를 강타하며 이 창문 없는 퀸스 건물로 모든 환자가 대피해야 했다. 순식간에 벌어진 일이라 이송 중에 환자 두 명이 사망했고 한 명은 몇 주나 실종됐었다.

병원 건물은 폭풍의 잔인한 공격을 이겨 냈지만 보건 당국은 건강상의 위험을 이유로 환자들의 복귀를 막았다. 건물주들이 바닷가라는 입지를 이용해 병원을 고급 리조트로 바꾸려고 일부러 한밤중에 긴급 대피를 시켰다는 음모론도 제기됐다. 하지만 그런 공사는 진행되지 않았다. 한 기자가 병원의 권리증 원본을 찾아서 확인했는데 해당 토지는 의료 시설이나 공원으로만 사용 가능하다는 조항이 있었다.

그렇게 건물은 20년이 넘도록 방치됐다. 겨울의 폭풍과 허리케인 샌디에 혹사를 당하고 나서도 붕괴 직전의 거대한 돌기둥처럼 파 로커웨이 백사장 위에 서 있었다.

프랭클은 매년 여름 술 취한 청소년이나 부랑자 몇 명이 건물 안으로 들어갔다가 끌려 나온다고 설명했다. 내기를 하다가, 조용한 파티 장소를 찾다가, 하룻밤 잘 공간을 찾다가 그곳에 들어간 이들은 하나같이 건물 안이 소름 끼치게 무서웠다고 했다. 벽의 균열을 통해 들어오는 바람 소리가 예전에 입원했던 환자의 겁먹은 비명처럼 들린다고도 했다.

'샤이닝'의 오버룩 호텔만큼 섬뜩하지는 않지만, 5층짜리 붉은 벽돌 건물이 주변의 하얀 콘크리트 바닥에 길게 드리운 그림자는 파멸을 예고하는 듯했다. 콘크리트 틈으로 삐져나온 잡초도 그 존재감 앞에서 고개를 숙였고 땅 밑으로 다시 들어가려는 듯 갈색으로 변해 시들었다.

자동차나 사람은 눈 씻고 찾아도 없었다. 프랭클은 건물과 가장 가까운 주차 구역의 가장자리를 확인하고 타이어 자국을 발로 툭툭 밟았다.

"최근 겁니다. 며칠 전 비가 왔는데 남아 있는 걸 보면요. 범인이 휴대폰을 버렸다면 근처에 있을 거예요."

프랭클은 녹슨 쓰레기통으로 향했다. 그랜트도 프랭클을 따라갔다. 쓰레기통에 깨진 유리병 몇 개와 구겨진 패스트푸드 포장지가 있었다.

주차장과 근처 모래밭도 수색했지만 버려진 대포 폰을 발견하지는 못했다.

그랜트는 주차장과 병원 부지를 가르는 울타리와 철조망 출입문을 유심히 관찰했다. "잠깐 들른 게 아닐 수도 있어."

그랜트가 손가락으로 가리킨 출입문 근처 땅바닥에 망가진 자물쇠가 떨어져 있었다.

프랭클은 코트 안에 손을 넣어 지금 무기를 꺼내고 그랜트를 쳐다봤다.

"아, 맞다." 프랭클이 말했다. "그쪽에서는 이런 거 안 들고 다니죠."

그랜트가 자기도 모르게 흠칫한 얼굴을 보인 모양이었다.

"전에 보니까 우리 쪽 살인율이 미국보다 한참 낮더군."

"이 미친놈이 영국에서 활동을 시작했다는 말을 굳이 또 꺼내야 합니까?"

"총은 안 썼잖아." 그랜트가 덧붙였다. "아직은."

"앞좌석 아래에 총이 하나 더 있으니 쓰셔도 됩니다."

그랜트는 고개를 저었다. "지금까지 총 없이도 잘 살아남았어."

"그럼 편하신 대로 하세요."

그랜트가 지원 요청을 제안했다. 프랭클은 타이어 자국을 가리켰다. "범인이 남긴 자국이라면 놈은 오래전에 가고 없다는 뜻이잖아요. 부질없는 일에 인력만 낭비할 겁니다. 여기까지 오는 데도 한참 걸리고."

쪽문을 통과하자 하얀 모래밭이 나왔다.

발자국 한 쌍이 건물로 이어졌다. 발자국 바로 뒤로 비좁은 길처럼 모래가 균일하게 쓸려 있었다.

"누가 뭘 끌고 간 거 같은데." 그랜트가 유심히 살피며 말했다.

"물건 아니면 사람이요." 프랭클도 같은 생각이었다.

자취를 따라 이동하니 모래밭이 커다란 콘크리트판과 만나는 지점이 나왔다.

어느새 둘은 병원의 안뜰이었던 곳으로 들어왔다. 콘크리트 양쪽에 붉은 벽돌로 지은 병동 두 채가 서 있었고, 창문의 절반이 나무판자로 막아져 있었다. 서쪽 건물 위로는 등대처럼 생긴 밤색 기둥이 삐죽 솟아올라 있었다. 그랜트는 철조망에 둘러싸인 원형 관측대를 보며 교도소 감시탑과 비슷하다고 생각했다.

병원 출입문이 눈앞에 나타났다. 문 일부를 판자로 막아 뒀는데 문짝 하나는 경첩에서 떨어져 한쪽에 서 있었다. 깊고 캄캄한 대서양 밑바닥에서 튀어나와 입을 쫙 벌리고 먹이를 기다리는 거대 괴물의 목구멍으로 들어가는 기분이었다.

"정말로 총 안 가져가실 겁니까?" 프랭클이 물었다.

1미터 앞에 있는 것도 못 맞힐 게 뻔한데. 그랜트는 속으로 중얼거렸다. *그렇다고 이런 얘기를 내 입으로 할 순 없지.*

그랜트가 고개를 저었다. "부질없는 일이라며?"

◇◇◇

그랜트는 병원 문을 닫은 이래로 청소부가 단 한 번도 이곳을 다녀가지 않았다고 확신했다. 쓰레기나 그라피티가 없던 건물 외관과는 완전히 딴판이었다. 프랭클은 이곳이 '옛 정신 병원'이었다는 사실만으로 문제가 된다고 했다. 그러면서 파 로커웨이 관광과가 뉴욕 사람들을 이곳의 백사장 해변으로 끌고 오려면 겉모습이라도 최대한 예쁘게 가꿔야 한다고 주장했다.

주 출입구는 쓰레기 처리장이라고 해도 무방했다. 종이와 빈 맥주 캔이 사방에 굴러다녔다. 아픈 환자에게 평온하고 고요한 느낌을 선사했을 하늘색 벽지는 바닥에서 천장까지 얼룩덜룩 지저분하게 벗겨졌다. 잔인하고 혹독한 세상으로 다시 기어 나가기 전에 부랑자들이 사용했을 매트리스 하나만 구석에 처박혀 있을 뿐 내부에 가구는 하나도 없었다.

거대한 쓰레기장을 통과해 출입문 뒤편에 다다른 두 형사는 직각으로 꺾인 복도 앞에 도착했다. 복도는 양쪽으로 뻗어 나갔고 좌우로 문이 주르륵 붙어 있었다. 앞은 거의 보이지 않았다. 방금 지나온 로비에서만 빛이 들어왔고 복도 끝에 있는 창문은 수십 미터는 더 떨어져 있는 것 같았다.

"어디서부터 시작해야 할지…… 돌아 버리겠네요." 프랭클이 투덜거렸다.

그랜트는 대꾸하려다 왼쪽 벽에서 뭔가를 발견했다. 그는 휴대폰을 꺼내 액정 화면으로 그곳의 벽을 비췄다.

왼쪽을 가리키는 화살표였다. 누군가 선혈로 그려 놓은 것이었다.

그랜트가 손가락으로 지시했다. "여기."

프랭클이 총을 조금 더 높이 들었고 그랜트는 프랭클이 앞장서도 말리지 않았다. 두 사람은 프랭클의 아이폰 플래시에 의지해 긴 복도를 천천히 걸었다.

살짝 열린 문도 있고, 닫힌 문도 있었다. 의료진이 담당 환자를 확인할 수 있도록 모든 문은 위에서 중간까지 유리로 돼 있었다.

먼저 확인한 10여 군데 방은 잠겨 있지 않으면 술 파티나 노숙한 사람들이 남기고 간 쓰레기로 가득했다.

복도에서 가장 어두운 곳으로 들어온 그랜트와 프랭클은 두 번째 메시지가 적힌 문 앞에 멈춰 섰다. 글자에서 선홍색 피가 흘러 내렸다.

'V'.

두 사람은 비통한 표정을 주고받은 후 말없이 문의 양쪽에 섰다. 혹시 소리가 들리지 않는지 귀를 기울였다.

프랭클이 유리창으로 안을 들여다봤다.

"젠장." 프랭클은 재빨리 아이폰으로 안을 비춰 보고 손을 내렸다. "이 미친 새끼."

그랜트가 뭐라 반응하기도 전에 프랭클이 문을 활짝 열었다.

방 한가운데에 놓인 낡은 의자에 한 남자가 앉아 있었다.

의자 뒤에 붙은 보닛형 헤어드라이어가 남자의 머리를 가린 상태였다. 불빛이 어두웠지만 그랜트는 아래의 피 웅덩이로 말미암아 남자가 이미 사망했음을 짐작할 수 있었다.

의자에 다가간 프랭클이 좀 더 자세히 보기 위해 헤어드라이어를 슬며시 올렸다.

남자의 머리가 목에서 굴러 그들의 발밑으로 툭 떨어졌다.

두 형사는 놀라서 뒷걸음질을 쳤다.

"맙소사." 그랜트가 중얼거렸다.

프랭클은 간신히 이성의 끈을 부여잡고 바닥에 떨어진 머리에 불빛을 비췄다.

이마 중앙에 'V'가 새겨진 티머시 앨런 리즈가 피가 가득 찬 공허한 눈으로 두 사람을 올려다봤다.

그랜트는 빠르게 뛰는 심장을 진정시키다 프랭클 뒤편의 벽을 발견했다. "존." 그랜트가 속삭이는 소리로 프랭클을 불렀다. "뒤로 핸드폰 좀 비춰 봐."

프랭클이 시키는 대로 했다.

벽 중앙에 있는 작은 나무 십자가에 불빛이 쏟아졌다.

프랭클이 플래시로 벽을 쫙 훑었다. 그러자 십자가 양쪽에 테이프로 다닥다닥 붙인 사진과 신문 기사가 드러났다.

전부 리즈에 관한 기사였다. 아니면 리즈가 30년 전 불과 몇 킬로미터 떨어진 곳에서 저지른 살인에 관한 기사이거나.

프랭클이 고개를 저었다. "리즈를 조물주에게 보내기 전에 이걸 마지막으로 보여 주고 싶었나 봅니다."

"우리한테 보내는 일종의 메시지 아닐까?"

"무슨 말씀이세요?"

"특정한 패턴으로 배치했잖아." 그랜트가 벽을 가리켰다. "착각일지 모르겠지만 내 눈에는 커다란 로마 숫자 7로 보이거든."

프랭클이 또다시 플래시로 벽을 비췄다.

정말 그랬다. 십자가 한쪽에 하나는 V, 하나는 I 형태로 사진과 기사가 붙어 있었다.

반대쪽에는 로마 숫자 I이 하나 더 있었다.

'VII'.

"근데 7이요?" 프랭클이 물었다.

그는 이마에 V가 새겨진 리즈를 내려다봤다.

"이건 로마 숫자 5잖아요." 프랭클이 그랜트를 올려다봤다. "7로 넘어간 거라면 6은요?"

10

파 로커웨이에 땅거미가 내려앉은 시각, 네폰짓 요양원은 수십 년 만에 사람들로 바글거렸다. 저번에 신부의 위장에서 꺼낸 맨해튼 기념물을 놓고 의견을 주고받았던 검시관 마커스가 범죄 현장을 지휘하고 있었다.

그랜트는 티머시 앨런 리즈의 입을 꼼꼼하게 들여다보고 있는 마커스의 옆에 가서 섰다. "피터스 신부 때처럼 우리에게 선물을 남겼을까 궁금해서요." 마커스가 말했다.

"이번에는 놈이 의사 선생 수고를 덜어 준 것 같습니다." 그랜트가 말하며 돌벽을 손으로 가리켰다. 플래시가 쉴 새 없이 터지며 사진과 신문 스크랩을 밝혔고, 그랜트는 환한 빛이 터질 때마다 살인자의 메시지가 코앞으로 날아오는 느낌을 받았다.

'VII'.

그랜트는 커닝 페이퍼 없이도 일곱 번째 계명을 외울 수 있었다.

'간음하지 마라.'

범인이 여섯 번째('살인하지 마라')를 건너뛰었나? 아니면 누군가를 이미 죽였는데 경찰이 발견하지 못했나? 어느 쪽이든 그랜트는 미쳐 버릴 것 같았다.

모든 사람이 부모가 있다는 조건 아래서 겨우 다섯 번째 피해자를 찾아냈다. 조사할 인원이 그것보다는 크게 줄겠지만 뉴욕시에 살며 간통을 저지르는 사람의 수도 만만치 않을 터였다. 먼저 나서서 입을 열 리도 만무했다. 간통이란 쌍방이 들키지 않으려고 최선을 다하는 행위 아니던가.

검시관 마커스가 벽에 전시된 사진들을 힐끔 쳐다봤다.

"저는 형사님들처럼 사는 건 사양하겠습니다." 마커스가 말했다. 그의 말에는 그랜트만이 아니라 마침 옆에 나타난 프랭클도 포함돼 있었다.

"나도 지금은 나로 살고 싶지 않네요." 프랭클이 반박의 여지가 없다는 듯 대꾸했다.

그랜트는 서글픈 미소만 지었다.

"지금까지 뭐 나온 거 있습니까?" 프랭클이 물었다.

"대단한 건 없습니다. 머리 양쪽에 멍 자국이 두 군데 있는데, 동시에 생긴 것 같지는 않습니다." 마커스가 멍을 가리키며 말을 이어 갔다. "주차장에서 끌려왔다는 이론과도 맞아떨어집니다. 어디를 먼저 맞았는지 알 방법은 없지만 사람을 이렇게 짐짝 취급하려면 몇 차례 제압이 불가피했을 겁니다. 두 번째 멍은 그래서 생겼을 거고요. 둘 다 치명타는 아닙니다."

"어떤 도구로 목을 잘랐을까요?" 프랭클이 물었다.

마커스는 고개를 저었다.

"일단 목이 잘린 부분의 상처가 일정하지 않은 걸 보면 공업용 톱 같습니다. 부검할 때 살해 도구에서 떨어진 흔적 물질 같은 게 나오지 않는 이상 브랜드를 식별하긴 힘듭니다. 부검을 해 봐야 알겠지만 이런 도구는 웬만해선 부서지지 않으니 큰 기대는 하지 마세요."

"톱으로 살해했다니 상상이 잘 안 가네요." 그랜트가 말했다. "그러니까 제 말은, 톱은 다루기가 좀 불편하지 않나 싶어서요."

"네. 맞습니다" 마커스가 대답했다. "여길 보세요."

마커스가 장갑 낀 손 하나를 리즈의 턱에 대고 반대쪽 손으로는 머리에 붙은 목 가장자리의 상처 두 개를 가리켰다.

"깊이 찌른 자국이 두 개입니다. 조금 전에 말한 일정하지 않은 상처보다 얇고 반듯합니다. 세인트 패트릭 대성당의 신부님 몸에서 발견한 상처와 아주 흡사합니다." 마커스가 그랜트를 돌아봤다. "아마 영국에서 발견된 세 구의 시체도 비슷할 겁니다."

"그 방면에 전문가가 아니라 잘 모르지만 제 생각에도 그럴 것 같네요."

"예리한 칼로 목을 찔러 죽였을 겁니다. 그런 다음에는 휴대용 톱이든 뭐든 가져온 도구로 수월하게 지저분한 작업을 할 수 있었겠죠." 마커스는 리즈의 머리를 비닐 시트에 조심스럽게 내려놓았다. "피터스 신부의 상처와 비교해 보겠지만 보나 마나 동일범의 소행이라는 결과가 나올 거예요."

그랜트는 벽에 오려 붙인 사진들을 다시금 눈에 담았다. 고개를 돌리니 프랭클도 벽을 보고 있었다. 메시지가 마치 네온사인처럼 번쩍이는 듯했다.

"네." 프랭클이 구시렁거렸다. "분명해요. 똑같은 새끼예요."

그랜트와 프랭클은 자정이 지나서야 차로 돌아왔다. 마커스의 팀원들이 리즈의 시신을 비닐 가방에 넣고 이송 침대에 실었다. 두 형사는 불과 몇 시간 전에 아이폰을 들고 살금살금 걸어왔던 복도를 지나 수십 년 전에 환자들이 대피한 후 처음으로 전깃불이 들어온(전력 회사 콘에드에서 대형 투광 조명등을 제공해 줬다) 병원 입구를 통해 시신이 나가는 모습을 지켜봤다.

프랭클은 롱아일랜드 고속 도로에 진입하며 그랜트에게 좀처럼 보기 힘든 기적이 펼쳐지고 있으니 꼭 봐야 한다고 말했다. 무슨 말인가 하니, 도로 위의 차들이 원활하게 움직이고 있었던 것이다. 심지어 제한 속도 이상으로 달리는 차도 있었다.

그랜트는 며칠 전 JFK 공항에서 택시를 타고 들어왔던 때를 떠올렸다. "세계에서 제일 큰 주차장에 갇힌 것보다는 낫네."

"이야, 좀만 더 있으면 진정한 뉴요커로 거듭나시겠는데요?"

"뉴요커나 마나 빨리 집에 가는 비행기표나 두 장 예약하고 싶을 뿐이야." 그랜트가 대답했다. "이 정신 나간 놈을 영국으로 데리고 가서 피고인석에 앉히고 무슨 짓을 했는지 답을 받아 내야지."

"그전에 싸워서 이기셔야 할 겁니다. 지금은 총경님이 3 대 2로 앞서는 중이지만요." 프랭클은 갑자기 핸들을 꺾어 다인승 전용 차선에 끼어들었다. "물론 동점인데 우리만 모르고 있을 수도 있고."

"여섯 번째 피해자를 이미 죽였다면 모를까. 여섯 번째를 건너뛰고 일곱 번째 계명으로 넘어갈 놈은 아니야."

"규칙을 바꾸고 있는 것 아닐까요? 우리에게 경각심을 주려고요."

그랜트가 고개를 저었다. "지금까지 아주 구체적인 패턴을 철저하게 따랐어. 수법이 갈수록 잔인해지고 있다는 게 문제지. 주기도 점점 짧아지고 있고. 여섯 번째 피해자가 이미 나왔다면 리즈를 해치우고 몇 시간 안에 죽인 거야."

"'살인하지 마라.' 그럼 누구를 찾아야 합니까? 다른 살인자?" 프랭클이 또다시 차선을 바꿨다. "어쩌면 그것도 리즈일 수 있습니다. 일거양득이 가능하다는 생각을 한 거죠. 자기 엄마 아빠를 죽인 살인자 아닙니까. 다섯 번째와 여섯 번째 계명을 다 어긴 겁니다."

"그랬다면 리즈의 이마에 V 말고도 로마 숫자 I을 더 새기지 않았을까?"

"전 그냥 그랬으면 좋겠다는 말씀을 드려 본 거예요." 프랭클이 말하고 대시 보드 아래에 있는 경찰 무전기를 가리켰다. "인근 세 개 주에서 살인을 저지르고 출소한 사람들을 시스템에서 찾아보라고 부하들한테 시켰습니다. 그중 실종자나 시신으로 발견된 자가 있나 해서요."

"유죄를 받고 구속됐다가 출소한 살인자로 국한할 필요는 없어. 살인을 하고도 처벌받지 않은 사람이 있을지도 몰라."

프랭클은 눈앞에 불쑥 솟아오른 맨해튼의 지평선을 응시했다.

"평소에는 뉴욕만큼 살기 좋은 곳이 없다고 생각했습니다. 그런데 오늘 밤 눈에 보이는 건…… 참 빌어먹게 큰 도시네요. 존재하는지도 모를 살인자의 시신을 여기서 어떻게 찾을까요? 바람 피우는 배우자는 또 어떻게 골라내고요. 골 아파 죽겠습니다."

그랜트의 귀에 작게 꼬르륵거리는 소리가 들렸다. 프랭클이 배를 문지르고 있었다.

"배에서도 난리가 났어요. 배 안 고프세요?"

그랜트는 마지막 식사가 언제였는지 기억을 더듬었다. 서리 호텔에서 레이첼과 아침을 먹은 후로 쭉 공복이었다. 그게 오늘이었다니 믿을 수가 없었다.

"지금 새벽 1시야."

"뉴욕을 '잠들지 않는 도시(프랭크 시나트라의 노래 '뉴욕, 뉴욕 New York, New York'의 가사를 두고 하는 말이다 - 옮긴이)'라고 하는 거 아시죠?"

"노래는 알지." 그랜트가 응수했다.

"거기에다 가사를 추가해야 된다니까요. '항상 먹는 도시'라고."

◇◇◇

최소 서른 명은 돼 보이는 줄이 53번가와 6번가의 남서쪽 코너를 둘러싸고 있었다.

흔히 '53번과 6번 사이'라 불리는 할랄가이즈는 1990년 뉴욕 힐튼 호텔 옆에 등장한 이래로 지금까지 쭉 뉴요커들에게 따뜻한 음식을 파는 푸드 트럭이었다. 영업은 매일 밤 7시에 시작해 새벽 4시에 끝났다. 프랭클은 그랜트에게 가장 인기 있는 메뉴를 먹어 보라고 강력히 추천했다. 치킨, 밥, 피타 빵에 그 집의 특제 '화이트소스'를 곁들여 먹는 음식으로, 이집트 출신 창업자는 화이트소스의 레시피를 죽을 때까지 공개하지 않겠다고 했단다.

천천히 움직이는 줄에서 30분을 기다리는 동안 프랭클은 원래 이곳이 맨해튼의 평범한 핫도그 가판대였다고 말했다. 그러다 가판대를 운영하던 모하메드 아부엘레네인이 프랑크 소시지로는 배가 차지 않는다며 지중해식으로 메뉴를 바꿨다고 한다. 광고는 일절 하지 않았다. 그곳의 인기는 순전히 입소문만으로 퍼져 나갔다. 2006년에 처음으로 뉴스에서 집중 조명을 받았는데, 트럭 앞에서 싸움이 나서 한 남자가 상대를 칼로 찔러 죽였기 때문이다. 싸움의 원인은 새치기였다.

"저는 고등학교 때부터 다녔어요." 프랭클이 가장자리까지 음식이 푸짐하게 담긴 알루미늄 용기를 들고 길을 건너며 말했다.

그랜트는 재료가 이것저것 섞인 음식물을 찬찬히 뜯어봤다. "배고파 죽겠어."

두 사람은 분수 가장자리로 가서 헌터대학교 맨투맨을 입은 어린 애들 옆에 앉았다. 프랭클은 포크로 음식을 찌르는 그랜트에게 소스를 듬뿍 묻히라고 조언했다.

"어때요?" 그랜트가 한입 먹자 프랭클이 물었다. "맛있죠?"

"괜찮네." 그랜트는 포크질을 하느라 바빠 긴 말은 하지 않았다.

"전국에 프랜차이즈를 냈답니다. 그래도 역시 본점만 한 데가 없죠."

"과도하게 전통을 중시하는 나라 출신이라 그 말에는 나도 동감해."

프랭클도 자기 음식을 퍼먹기 시작했다. 몇 분 만에 두 사람의 음식에 푹 파인 자국이 생겼다. 프랭클이 먹다 말고 말했다.

"영국 얘기가 나와서 말인데요. 새해가 되면 어떻게 할지 생각해 보셨어요?"

"아니. 그날이 오면 그동안 시간이 없어서 못했던 일들을 앨리슨과 하려고 생각했었지."

"당연히 그러셨겠죠. 죄송합니다." 프랭클이 미안한 듯 대꾸했다.

"무슨. 못 물어볼 걸 물어본 것도 아닌데." 그랜트는 애써 한숨을 참았다. "지금은 그전에 이 일이 다 끝나기를 빌 뿐이야."

두 사람은 다시 음식으로 시선을 돌렸다. 그러다 프랭클이 또 말을 걸었다. "정말 경찰청에 30년 계셨어요?"

"정확히는 만으로 34년 됐지."

"저보다 두 배 넘게 일하셨네요. 그렇게 오래 일하는 건 상상도 못하겠습니다."

"그쪽은 좀 달라." 그랜트가 마지막 한입까지 다 먹고 빈 접시를 가리키며 대꾸했다. "뉴욕 같은 데는 말이야. 사람들 말마따나 24시간 내내 쉬지 않고 움직이는 도시잖아. 속도가 워낙 빠르니 힘에 부치지. 영국은 조금 느긋한 편이거든."

"대학 졸업하고 친구 몇 놈과 여행을 간 이후로는 런던에 가 본 적이 없습니다. 펍에서 술만 마시다 왔는데도 뭔가 멋있는 게 많았던 걸로 기억해요. 요즘은 더 그렇다면서요."

"보고 싶으면 가서 보는 거지. 매 순간 눈앞에 있지 않을 뿐이야." 그랜트가 어깨를 으쓱했다. "나는 집에 틀어박혀서 재미있는 책을 보거나, 동생이랑 마주 보고 앉아서 체스를 두다가 돈을 뜯기는 삶에 만족해."

"다시 그렇게 살 수 있기를 기원하겠습니다." 프랭클이 접시 두 개를 근처 쓰레기통에 버렸다. 그들은 차를 주차해 둔 곳으로 돌아갔다.

몇 분 후 프랭클이 런던 호텔 앞에 차를 세웠다.

"파 로커웨이에서 나오기 직전에 해리스 서장님과 통화했거든요."프랭클이 차를 세우며 말했다. "오전 11시에 기자 회견을 하기로 일정을 잡았대요. 근데 저희 둘 다 꼭 참석해야 한답니다."

"피할 수 없겠지."

"아수라장이 될 겁니다. 총경님 친구 퍼거슨부터 시작해서."

"리즈를 찾은 후로는 찍소리도 안 하고 있어."

무슨 일인지 궁금하다는 듯 그랜트가 배를 문지르며 말했다. 안전 벨트를 푼 그랜트는 프랭클에게 늦은 저녁을 사 주고 호텔까지 데려다줘서 고맙다며 인사를 건넸다.

"편하게 주무셔야 할 텐데요."프랭클이 말했다.

"머리가 베개에 닿기도 전에 곯아떨어질 거야."

✦✦✦

2시간 후에도 그랜트는 여전히 깨어 있었다.

배 속을 휘젓고 다니는 치킨과 쌀밥이 불면증의 이유는 아니었다. 고급 레스토랑에서 다섯 가지 코스 요리로 배가 터지도록 먹은 날에도 '잘 자'라고 말할 틈도 없이 돌아누워 곯아떨어진다고 앨리슨이 혀를 내두를 정도로 그랜트는 소화력이 좋았다.

그랜트는 잠이 오지 않는 이유를 알았다. 사건의 심각성이 커졌고 시신의 수가 너무나 빠르게 늘어나고 있었기 때문이다.

첫 번째 실수는 티머시 앨런 리즈의 시신을 발견했다는 지역 뉴스 보도가 끝나기 직전에 텔레비전을 켠 것이었다. 앵커는 그랜트 처럼 잠을 이루지 못하는 동지들에게 NYPD가 아침에 기자 회견을 할 예정이고 자신들을 포함해 모든 방송국이 회견장에서 생중계를 한다고 전했다.

그러니 잠이 올 턱이 있겠는가.

그랜트는 어떤 기사들이 나왔는지 보려고 30분 동안 뉴스 블로그와 인터넷 사이트를 휘젓고 다녔다. 텔레비전 뉴스에 나오지 않은 정보는 없었다. 다만 영국 타블로이드의 퍼거슨 기자는 웬일인지 조용했다. 그랜트는 불안해졌다. 리즈에 관해 이미 알고 있는 퍼거슨이 가만히 있을 리 없는데. 언제 폭탄을 떨어뜨린다 해도 이상하지 않았다. 문제는 폭탄이 어디서 폭발하느냐는 거였다.

새벽 3시가 되자 그랜트는 밤새 홀로 괴로워할 수밖에 없겠구나 싶어 마음을 비웠다. 그러다 런던 시간으로는 오전 8시가 넘었다는 사실을 깨달았다. 그랜트는 휴대폰을 들어 전화를 걸었다. 신호가 가자마자 딸깍하는 또렷한 소리가 들리고 상대가 전화를 받았다.

"언제 연락이 오나 했다." 에버렛이 말했다.

"나라는 건 어떻게 알았어?" 그랜트가 물었다.

"발신자 표시 서비스의 신비지. 미국에서…… 거기 지금 몇 시지? 새벽 3시 반에 전화를 걸 사람이 형 말고 또 있어?"

"다 아는 척은." 그랜트는 침대 옆에 있는 디지털 알람 시계를 힐끗 봤다. 진짜로 새벽 3시 39분이었다. "내 전화는 왜 기다리고 있었던 거야?"

"아침 방송에 다섯 번째 살인 뉴스가 나오고 있거든."

"어쩐 일이야? 네 이론이 맞았다고 전화해서 자랑하지도 않고."

"거기는 한밤중인데? 바보 아냐?" 목소리를 들으니 에버렛은 소리 내어 웃지 않으려고 꾹 참는 모양이었다. "물론 형이 전화 안 했으면 내가 이따가 했겠지.”

그랜트는 동생에게 리즈가 어떻게 죽었고, 파 로커웨이에 있는 옛 병원 벽에서 무엇을 발견했는지 설명했다.

“이제는 형이나 뉴욕 경찰이나 공개적으로 십계명 얘기를 꺼내야 할지도 몰라. 대중도 알 권리가 있는데.”

“대대적인 혼란만 가중될걸.”

“이미 최대치로 혼란스러운 것 같은데.” 에버렛이 말했다. “어쩌면 수사에 도움이 될 수도 있어. 살인이나 간음을 하지 않은 사람은 안심할 거 아냐. 안 그래?”

“그렇게 생각할 수도 있겠네. 하지만 반대 경우는? 살인이나 간음을 했다면 말이야. 그 사람들은 어떡해?”

“걱정은 더 되겠지. 하지만 사람들이 상황을 잘 알고 있으면 범인이 잠재적 피해자에게 접근하기가 힘들어지지 않을까?”

그랜트는 동생의 말을 곱씹어 봤다. 일장일단이 있었다. “난 잘 모르겠다, 에버렛. 표식을 새긴다는 부분은 자백을 받을 때 진범과 모방범을 구분해 주는 중요한 정보라서.”

“그건 말 안 하면 되지. 십계명에 대해 얘기한다고 다른 정보까지 공개하란 말은 아니야.”

생각해 볼 만한 의견이었다.

에버렛이 레이첼과 아침을 잘 먹었는지 물었다.

“나를 보자마자 뛰쳐나가지는 않았어.” 그랜트가 말했다. “그럴까 고민은 한 것 같더라만.”

에버렛은 둘 사이를 멀어지게 만든 이유에 대해 레이첼이 힌트를 줬는지 궁금해했다. 그랜트는 레이첼이 떠난 후로 에버렛이라면 조카의 진심을 알아내지 않을까 기대하며 동생에게 도움을 요청했었다. 하지만 에버렛도 문제를 해결하지 못했고 그랜트만큼이나 당혹스러워했다.

"일부러 그 얘기는 안 했어." 그랜트가 말했다.

"다음 기회에 하면 돼."

"기회가 있다면 말이지. 그래도 싫진 않은가 봐. 참, 나 레이첼 번호 좀 받고 싶은데."

에버렛은 기꺼이 전화번호를 알려 줬고 형제는 4시가 넘은 시간까지 수다를 떨었다. 나중에 다시 연락하고 잠 좀 자라는 말을 마지막으로 에버렛이 전화를 끊었다.

하지만 여전히 잠은 오지 않았다. 그랜트는 일단 침대로 기어 들어가 짜증만 더해 줄 뉴스 방송은 되도록 피하며 채널을 획획 넘기기 시작했다.

결국에는 영화 채널에서 틀어 주는 '노팅 힐'로 정했다. 앨리슨이 DVR에 녹화해 둘 만큼 좋아했던 영화였다. 앨리슨은 이런 영화를 보면 힐링이 돼서 잠이 잘 온다고 했다. 침대에서 아이에게 읽어 주는 동화처럼 머리를 많이 쓸 필요가 없는 이야기라 보고 있으면 금세 스르르 잠이 들었다.

그랜트는 이런 유의 영화에 별 관심이 없었다.

아니, 관심이 없는 줄 알았다.

오랜 세월 침대 옆자리에서 얼마나 자주 들었는지 토씨 하나 빠뜨리지 않고 대사를 암기할 수 있었다. 이런 영화는 그랜트에게도 수면제가 됐다.

그랜트는 침대에 누워 영화를 보기 시작했다.

언제 잠이 들었는지도 몰랐다. 줄리아 로버츠가 휴 그랜트에게 이렇게 말하는 장면이 나왔다. "난 그냥 평범한 여자예요. 날 죽여 줄 남자를 찾고 있는."

순간 줄리아 로버츠가 고개를 돌렸고 십 수 개의 로마 숫자가 새겨진 이마가 드러났다.

악몽을 꾸던 그랜트가 숨을 몰아쉬며 벌떡 일어났다.

창밖을 봤다. 살짝 벌어진 커튼 사이로 아침 햇살이 들어오고 있었다.

끝내주네.

11

실내는 사람들로 가득했다.

한 사람 더 들어올 만한 공간도 없었다. 그곳은 평소 출근 확인을 하거나 형사들이 이따금 상관과 비공개 회의를 하는 사무실이었다. NYPD의 언론 담당관 리틀은 이 자리에 모인 기자단을 위해 의자를 추가로 50개 더 끌고 왔다. 그랜트는 붙어 앉은 기자들 사이에 틈이 없어서 질문 시간에 아무도 손을 들지 못했으면 좋겠다고 생각했다.

그랜트와 프랭클은 기다란 직사각형 책상의 앞자리에 앉았다. 남은 두 자리는 리틀과 해리스 서장이 차지했다. 지역 방송국들이 생중계를 하는 가운데 정시에 기자 회견이 시작됐다.

"많이 좁으시죠." 리틀이 말했다. "숨 돌릴 공간이 필요한 분을 위해 옆방에서도 생중계를 송출하고 있습니다."

그랜트와 프랭클은 눈빛을 주고받았다. 프랭클도 같은 생각인 듯했다. 갈 수만 있다면 기꺼이 옆방으로 가리라. 다른 건물이면 더 좋고.

리틀은 먼저 해리스 서장을 소개했다. 모두 발언에 새로운 정보는 없었다. 해리스는 'NYPD 경찰들'이 사건을 빠르게 종결시키기 위해 밤낮으로 뛰고 있다고 적극적으로 피력했다. "다음으로 수사팀을 이끄는 존 프랭클 1급 형사에게 마이크를 넘기겠습니다."

버스 밑으로 던지는 거겠지*throw under the bus*(자신의 이익을 위해 다른 사람을 희생시킨다는 의미의 관용구 – 옮긴이). 그랜트는 생각했다. 미국에 그런 말이 있었던 거 같은데? 문제는 그랜트도 몇 분 후면 프랭클과 함께 버스에 깔릴 처지라는 점이었다.

프랭클은 파 로커웨이의 오래전 문을 닫은 병원에서 발견한 시신이 리즈임을 확인해 줬다. 또 리즈가 런던에서 시작된 연쇄 살인의 다섯 번째 피해자라는 사실도 인정했다. 이어 다른 피해자들의 이름을 대고 시신이 발견된 날짜와 장소를 나열했다.

여기저기서 아이패드를 두드리고 키보드를 타닥타닥 치는 소리가 들렸다.

프랭클은 주변을 경계하되 평정을 유지해야 한다고 대중에 호소했다. 경찰로서 어쩔 수 없이 해야 하는 형식적인 요청이었다. 그랜트는 그런 말을 해 봐야 소용없다는 사실을 잘 알았다. 오히려 맨해튼 시민들의 공포심만 더 자극할 수도 있었다. 프랭클이 기자들의 질문을 받았다.

30초 정도 회견장 안의 모든 사람들이 질문이 있다고 외쳐 댔다. 리틀이 날카로운 휘파람을 불자 장내가 그럭저럭 조용해졌다. 그랜트는 리틀이 순식간에 혼란을 잠재우고 질서를 바로잡는 능력 덕분에 언론 담당관이 된 건가 싶었다. 리틀이 기자를 한 명씩 지목하기 시작했다.

첫 타자로 〈뉴욕 타임스〉 특파원이 한 질문은 예상 가능한 수준이었다. 에드 코흐가 뉴욕 시장에 당선된 1970년대 말부터 다섯 개 자치구의 범죄 사건 보도를 담당해 온 대머리 기자는 무슨 이유로 다섯 건의 살인이 모두 연결돼 있고 동일범의 소행이라고 판단하는지 물었다.

"다섯 건 모두 수법이 유사합니다." 프랭클이 대답했다. "자세한 부분까지 설명하진 않겠습니다. 다른 경우와 마찬가지로 공개하기 어려운 정보가 있어서요."

네 사람은 기자 회견을 준비하며 예상 질문에 그런 식으로 답변하기로 결정했다. 그럼에도 기자 대여섯 명이 같은 내용을 조금씩 변형시켜 질문을 던졌다. 질문이 날아올 때마다 프랭클이 조금씩 다른 반응으로 공격을 피하는 모습을 보며 그랜트는 감탄했다. 어떤 대답을 하든 범인을 잡으면 정보를 더 주겠다는 골자는 변함이 없었다.

이후로도 뻔한 질문들이 이어졌다. 그래서 그랜트는 몇 줄 뒤에서 익숙한 목소리가 들리리라고는 전혀 예상하지 못했다.

"그랜트 총경님께 질문 하나 해도 될까요?" 정중한 영국인의 목소리가 들렸다.

퍼거슨이었다.

〈데일리 메일〉 기자는 자리에서 일어나 그랜트를 똑바로 바라봤다. "모종의 이유로 리즈 씨를 다음 피해자로 예상했다는 게 사실인가요?"

장중이 술렁거렸다.

"가능성 중 하나로 고려하고 있었습니다." 그랜트가 대답했다. 옆을 힐끗 보자 프랭클이 잘했다고 말없이 고개를 끄덕이고 있었다.

"그런데 왜 경찰의 보호를 받지 못했습니까?"

그랜트가 대답하기 전에 프랭클이 선수를 쳤다. "리즈 씨가 저희 레이더망에 포착됐을 때는 이미 실종 상태라 소재 파악부터 해야 했습니다."

"그렇군요. 찾아내긴 했죠." 퍼거슨이 지적했다.

이 말에 기자석에서 폭소가 터졌고 리틀이 나서서 질책하듯 물었다. "요점이 뭡니까, 퍼거슨 기자님?"

"이번 사건이 터지고 그랜트 총경님이 뒷북을 친 게 처음은 아니라는 말씀을 드리는 겁니다." 퍼거슨이 대답했다. 그는 눈을 반짝이며 그랜트를 빤히 쳐다봤다.

시작됐군.

"지난 주말에 성직자의 안전을 우려해 런던 전역의 교회를 폐쇄하셨죠?"

사람들이 다시 웅성거리기 시작했다. 그랜트는 마이크를 잡고 좌중에 퍼지는 불안감을 가라앉히려 애썼다. "당시에 저희가 했던 추정으로……."

"추정이요?" 퍼거슨이 말꼬리를 잡았다. "결과적으로 추정이 아니었잖습니까. 엉뚱한 대륙에서 조치를 취했을 뿐이죠. 리즈 사건에서는 최소한 도시라도 맞히셨네요."

그랜트는 폭발 직전의 기자들에게 조용히 해 달라고 손을 들었다. "퍼거슨 기자님, 제 어떤 점이 부족해 보이는진 잘 알겠습니다만, 질문의 요지가 정확히 뭡니까?"

"총경님이 이번 수사에 부적합하지 않나 하는 생각이 들어서요. 지금까지 실적을 보면 마음이 놓이지 않는단 말입니다." 퍼거슨이 말했다. "총경님과 프랭클 형사님은 피해자의 신원을 짐작하게 하는 정보를 알고 있으면서도 제때 임무를 완수하지 못했습니다. 대중은 그런 정보를 알 권리가 있습니다. 경찰의 보호도 못 받고, 심지어 동료분 말처럼 주변을 경계하려고 해도 정확히 뭘 경계해야 하는지 모르지 않습니까."

프랭클은 그랜트를 보고 어깨를 가볍게 으쓱했다. 그 동작은 이런 의미였다. '어떤 말을 하든 제가 하는 말보다는 나을 겁니다.'

"십계명이죠?"

충격적이게도 제일 뒷줄에 레이첼이 서 있었다.

"범인은 십계명에 따라 사람을 죽이고 있어요." 레이첼이 조금 더 명확하게 말했다. "티머시 리즈가 다섯 번째였고 열 번째 피해자가 나오기 전까지는 끝나지 않을 겁니다. 그전에 범인을 잡지 않는다면요."

그와 동시에 회견장은 프랭클의 예언처럼 아수라장으로 변했다.

◆◆◆

"총경님 따님이요." 프랭클은 길게 말하지 않았다.

그 짧은 문장에는 여러 가지 의미가 함축돼 있었다. 그랜트는 프랭클에게 레이첼 이야기를 하지 않았을 뿐만 아니라 레이첼이 맨해튼에 사는 기자라는 말, 어제 서리 호텔에서 아침을 먹으며 이번 사건에 대해 의견을 주고받았다는 말도 하지 않았다.

"둘이 아는 사이라며." 그랜트가 상황을 무마하려 레이첼에게 말했다.

"오가다 몇 번 만났다고 했죠." 레이첼이 어제 한 말을 상기시켰다.

"총경님 따님이라는 건 몰랐습니다." 프랭클이 말했다.

그랜트와 프랭클, 그리고 해리스는 작은 폭동이 일어난 기자 회견장을 간신히 빠져나와 그랜트의 비좁은 사무실로 들어갔다.

레이첼이 기자들 사이에 폭탄을 떨어뜨린 덕분에 세 사람은 한쪽 구석에서 비상 회의를 해야 했다. 더 이상 연쇄 살인과 십계명의 관계를 부인할 이유가 없다는 결론이 빠르게 도출됐다.

이후 그랜트는 지금까지 나온 피해자와 하느님의 다섯 가지 법칙 사이의 유사점을 기자들에게 설명했다. 리즈 차례가 돼서 리즈가 30년 전에 저지른 범죄로 범인에게 형벌을 받았다는 대목에 이르자 기자들은 단어 하나도 놓치지 않으려는 태세로 그랜트에게 완전히 집중했다.

그랜트는 과정을 다 밝히지는 않고 경찰의 철저한 수사로 리즈를 발견했다는 말에 힘을 실었다. 범인이 경찰을 겨냥해 죽은 신부의 위장이나 옛 정신 병원의 벽에 메시지를 남겼다는 사실을 언론에 알려 봤자 대중의 혼란에 기름을 끼얹는 꼴밖에 되지 않을 터였다.

모든 사람이 스마트폰으로 구약 성경을 찾아보고 있었다. 그랜트와 프랭클에게 여섯 번째 계명에 관한 질문 공세가 쏟아지기까지는 몇 초도 걸리지 않았다.

'살인하지 마라.'

"범인이 리즈처럼 출소한 살인자를 노리고 있다고 생각하세요?"

"아직 알려지지 않은 살인을 저지른 사람이 있다면요?"

그랜트는 가능성을 고려 중이라고 답했다.

여섯 번째 피해자가 벌써 나왔을지 모른다. 경찰이 배우자를 두고 외도하는 사람을 찾고 있다는 말은 하지 않았다.

기자들은 범인에 관한 질문으로 넘어갔다. 남자가 확실한가? 여자일 수 있지 않나? 광신도의 짓인가?

그때까지 의자를 데우며 회견장이 무질서 상태로 빠지는 모습을 말없이 보고만 있던 해리스 서장이 자리에서 일어났다. 그는 경찰이 범인의 심리 프로파일링을 진행하고 있다는 말로 상황을 정리했다. 프로파일링을 하고 있다는 사실은 그랜트도 알았지만 실제로 언론에 공개하는 날이 올지는 의문이었다.

감사하게도 해리스가 기자 회견을 끝냈다. 해리스는 NYPD와 다른 기관들(그랜트는 '런던 경찰청도 그중 하나입니다'라는 뼈 있는 말을 흘려듣지 않았다)이 반드시 가해자를 법의 심판대에 세워야 한다고 말했다.

회견이 끝나자마자 그랜트는 뿔뿔이 흩어지는 기자들 틈으로 들어가 레이첼을 찾았다. 다행히 레이첼은 뒷문으로 빠져나가지 않고 그 자리에 있었다.

레이첼이 말했다. "아빠, 난 그냥……."

그랜트가 눈빛으로 딸의 입을 막았다. "일단 따라와. 얘기할 시간은 많지만 여기서는 안 돼." 그랜트가 딸에게 단호한 말투를 사용한 것은 이번이 처음이었다. 하기야 지금까지는 레이첼에게 그런 말투를 쓸 일이 없었다.

그때 갑자기 나타난 해리스가 그랜트를 몰아세웠다.

"이게 대체 무슨 일입니까?" 해리스가 따져 물었다.

"시간을 좀 주시죠. 어떻게 된 일인지 프랭클 형사와 알아보겠습니다." 그랜트가 점잖게 요구했다.

"확실히 해 주세요." 해리스는 새로운 성명을 작성해야 한다는 리틀에게 이끌려 다시 아수라장으로 들어가며 지시했다.

그랜트는 레이첼을 데리고 사무실로 가는 길에 프랭클도 찾았다. 문을 잠그고 나서 두 사람을 정식으로 소개하자 프랭클이 혼란스러운 표정을 지었다.

"기자는 퍼거슨만 상대하고 계신 줄 알았습니다."

"레이첼과는 어제 아침만 같이 먹었어."

"말도 별로 안 했고요." 레이첼이 덧붙였다. "사실 몇 년 만에 처음 만났어요."

프랭클은 의심스러운 눈으로 부녀를 쳐다봤다. "근데 식사하시면서 사건 내용을 전부 알려 주셨잖습니까. 우리가 아무에게도 말하지 않은 연관성까지. 기자들 귀에 들어가지 않게 특히 더 조심했는데. 따님이 기자라고요."

"늘 그랬어. 내가 맡은 사건에 관해 설명하면 레이첼이 듣고 있다가 참신한 의견을 주곤 했거든."

프랭클이 레이첼을 돌아봤다. "그래서 어떤 결론을 내렸어요? 우리가 숨기려던 비밀을 전 세계에 터뜨리는 것 말고 또 무슨 의견이 있는데요?"

"당신과 우리 아빠가 굉장히 곤란한 상황이라는 사실 말고요?" 레이첼이 프랭클을 보며 어깨를 으쓱했다. "딱히 없어요."

"기사 안 쓴다고 약속했잖아." 그랜트가 말했다.

"아빠, 내 기사가 실린 신문은 나오지도 않았어요. 이게 날 위해서 한 행동이었다면 지금쯤 독점 기사가 거리에 깔렸을 거예요."

"그럼 아까는 왜 그런 말을 했어?"

"이래야 아빠 일이 편해지니까요. 뉴욕 사람들도 밤에 안심하고 잘 수 있고요." 레이첼이 다시 어깨를 으쓱했다. "뭐, 살인이나 간통을 한 사람은 아니겠네요. 그 사람들은 주변을 더 경계하고 문과 창문을 이중으로 확인하겠죠."

그랜트의 얼굴이 굳었다. "맙소사, 에버렛이랑 통화했구나?"

레이첼이 고개를 끄덕이지는 않았다. 하지만 눈빛은 진실을 이야기하고 있었다.

한편 프랭클은 상황을 파악하느라 정신이 없었다. "잠깐. 에버렛이요? 에버렛이면, 이 사실을 제일 먼저 알아낸 총경님 남동생요? 그 에버렛?"

"그래. 그 에버렛." 그랜트가 대답했다.

"아침에 삼촌 전화를 받았어요. 출근할 때." 레이첼이 말했다. "아빠가 걱정된다면서 아빠한테 했던 제안에 대해 말해 주더라고요."

"제안요? 무슨 제안?" 프랭클이 의심스러운 듯 다그쳤다.

그랜트는 조금 전 레이첼이 말한 것과 같은 이유로 에버렛이 십계명과의 연관성을 공개하라고 강력하게 권유했다는 이야기를 들려줬다.

"솔직히 입을 연 순간까지도 밝힐 생각이 전혀 없었어요. 그런데 퍼거슨이 제때 피해자를 못 찾았다고 두 분을 비난하면서 최근 두 사건의 공범처럼 만드는 소리를 듣고 있으니 삼촌 아이디어가 정답이란 생각이 번쩍 들더라고요."

레이첼이 두 남자에게로 몸을 살짝 틀었다. "경찰의 수고가 줄어들고 범인의 행동에 약간의 제약이 생기는 방법이라면 뭐라도 시도하는 게 좋지 않나요?"

프랭클은 그랜트가 뉴욕에 도착한 후로 내내 수면 부족에 시달리는 눈을 비비며 말했다. "총경님은 가족분들도 이상하네요."

그랜트는 생각을 해 봤다. 저녁이면 모든 언론 매체에서 소식을 다뤘을 테고 인터넷에도 관련 이야기가 쫙 깔릴 것이었다.

"놈이 움직이는 게 힘들어지긴 할 거야." 그랜트가 인정했다.

"그럼 해리스 서장한텐 뭐라고 합니까?" 프랭클이 말했다. "우리 둘 다 잡아먹을 기세인데요."

"처음부터 계획했다고 하세요." 레이첼이 의견을 내며 그랜트를 돌아봤다. "기자 회견 전에 나를 따로 불러서 지금 이야기하는 이유 때문에 십계명에 관한 정보를 줬다고 하시면 되잖아요. 대신 대중에게는 내가 연관성을 스스로 알아냈고 두 분은 확인만 해 줬다고 발표하고."

"이래도 본인을 위해서 한 행동이 아니라고요?" 프랭클이 슬며시 웃으며 물었다.

"당연하죠." 레이첼이 말했다. "지금 여기 앉아 있는 동안에도 최소 스무 명은 넘는 기자와 블로거가 내 '특종'을 먼저 터뜨리고 있을걸요."

"그건 그러네요." 프랭클이 말했다.

"어떻게 생각하세요?" 레이첼이 물었다.

그랜트가 프랭클을 바라보며 말했다. "더 좋은 아이디어 없으면 한번 시도나 해 보자고."

"해리스가 우리를 그만 물어뜯고 일만 하게 둔다면 전 뭐든 찬성입니다." 프랭클이 대꾸했다.

"그럼 나도 심문 안 당하는 건가요?" 레이첼이 물었다.

"너는 우리가 적당히 둘러댈 수 있어." 그랜트가 딸에게 말했다. "이따가 저녁에 만나 준다면 말이야."

레이첼이 한쪽 눈썹을 치켜세웠다. "이틀 사이에 두 끼나 같이 먹자고요, 아빠? 그건……."

"……지난 몇 년 동안 우리가 같이 식사한 횟수의 두 배지." 그랜트가 대신 말을 맺었다. "연기를 계속하려면 앞으로도 말을 맞춰야 하지 않겠어?"

"기분은 좀 이상하지만 무슨 뜻인지는 알겠어요." 레이첼이 프랭클을 봤다. "같이하실래요, 형사님? 호루라기랑 심판 셔츠만 갖고 오세요."

프랭클이 웃음을 터뜨렸다.

"아까도 말했지만 총경님은 가족분들도 참 이상해요."

❖❖❖

해리스는 납득하는 눈치였다.

십계명을 공개하면 범인이 활동하기 힘들어지고 뉴욕 시민들이 더 조심할 테니 좋다고 생각한 것일까? 아니면 유능한 형사 두 명을 대신해 사건을 수사할 사람이 없었기 때문일까?

아마도 두 가지 요인 다 조금씩 작용한 것 같았다.

그랜트는 레이첼(딸은 집으로 보냈다)과 짠 '계획'을 기자 회견

전에 미리 알리지 못해 미안하다고 했다. 하지도 않은 일로 사과를 해서인지, 아니면 해리스에게 새빨간 거짓말을 해서인지 기분이 영 좋지 않았다. 프랭클도 해리스에게 사과했다. 그랜트는 공범이 있다고 생각하니 마음이 조금 가벼워졌다.

해리스가 언론에 발표할 NYPD의 공식 성명서 수정본을 건네받는 순간 누군가 문을 두드렸다. "또 뭐야?" 해리스가 짜증을 냈다.

40대 여형사 위노나 로페즈가 사무실 안으로 머리만 들이밀며 말했다. "말씀 도중에 죄송합니다만 파 로커웨이의 반스 보안관에게서 전화가 왔습니다. 급한 일이랍니다. 2번입니다."

프랭클이 일어나 전화가 있는 곳으로 갔다. "고맙습니다, 로페즈 형사님."

"아, 죄송해요." 로페즈가 말했다. "그랜트 총경님을 바꿔 달라고 했어요."

그랜트의 표정도 사무실에 있는 다른 두 사람의 놀란 표정과 다르지 않았다. 그랜트는 수화기를 들고 2번을 눌렀다. "그랜트입니다."

수화기 반대편에서 반스의 걸걸한 목소리가 들렸다.

"범인이 어제 코널리스부터 병원까지 리즈를 옮긴 차를 찾은 것 같습니다."

"어디서요?" 그랜트가 물었다.

반스는 뒷골목에 버려진 파란색 현대 소나타를 오늘 아침에 찾았다고 말했다. "어제 동네 주민이 도난당한 차예요."

"리즈를 납치한 차라고 확신하는 이유는요?"

"조수석에 혈흔이 있습니다." 반스가 말했다. "메시지도 남긴 것 같고요."

갈수록 태산이네.

"무슨 메시지요?"

"정확히는 모르겠습니다." 반스가 말했다. "하지만 받는 사람이 총 경님인 건 확실합니다."

12

골목 입구에 차를 세웠다. 반스가 아까부터 와서 기다리고 있었다. 노란 경찰 통제선이 골목을 막고 있었다. 한겨울의 해변 마을이라 그런지 길 건너 인도에서 구경하는 주민은 많지 않았다. 사실 구경할 거리도 없었다. 매년 늦가을이면 영업을 중단하는 아이스크림 가게 옆 담벼락에 미드나이트블루 색 현대 소나타 한 대가서 있을 뿐이었다.

반스 보안관은 소나타 차주인 70대 노부인 조세핀 터틀을 그랜트와 프랭클에게 소개했다. 조세핀은 차를 집에 가져갈 수 없는 이유를 이해하지 못했다. 안 그래도 '웬 불량배가 차를 슬쩍해서' 길가에 버려지는 봉변을 당했는데 또 뭘 하라는 거야?

"터틀 여사님, 아까도 말씀드렸지만 차는 수사가 마무리되는 대로 돌려받으실 겁니다." 반스가 약속했다. "세차하고 기름도 꽉 채워 드리겠습니다."

"그건 기본이지." 조세핀이 꿍얼거렸다.

반스는 그랜트와 프랭클의 질문에 답변을 해 주면 수사에 도움이 될 것이라 말했다.

"자네가 검은색 수첩에 적은 내용이 다야."

"이분들 질문은 다를 수도 있습니다." 반스가 화를 참으며 대꾸했다. "그랜트 총경님은 영국에서 여기까지 오신 분입니다. 우리 미국인들이 친절하게 도와주면 좋잖아요."

반스의 마지막 말에 드디어 수문이 열렸다. 얼마 후 그랜트와 프랭클은 조세핀 스튜어트 킹 터틀(20년 전 모리스와 재혼할 때 첫 번째 남편의 성을 빼지 않겠다고 고집했단다)에 대해 몰라도 될 사실까지 알게 됐다. 자녀의 이름과 직업부터 시작해(그랜트는 자식들이 전부 다른 지역으로 떠난 이유를 알 것도 같았다) 담낭 수술을 받은 이야기(프랭클에게 흉터를 보라고 강요했다)와 3년 전 모리스가 죽은 이야기('여름 감기가 지독하게 떨어지지 않았단다')를 장황하게 떠드는 사이사이에 이 골목에 들어온 사연을 들을 수 있었다.

조세핀은 소나타를 어떻게 도둑맞았고 또 어떻게 찾았는지 잘 몰랐다.

빨래방 근처에 차를 세우고 한참 있다가 세탁물을 한 아름 품에 안고 밖으로 나와 보니 차가 없었다. 열쇠도 보이지 않았다. 그제야 조세핀은 차에서 낑낑대며 빨랫감을 들고 내리느라 차 키를 뽑지 않았다는 사실을 깨달았다.

"빨래방에는 얼마나 계셨어요?" 그랜트가 물었다.

"세 판을 돌렸으니. 얼마지? 1시간 반쯤?"

"차에 접근하는 사람은 못 보셨고요?"

"저쪽 길에 주차했다는 말 못 들었나? 내가 슈퍼맨도 아니고, 엑

스레이처럼 건물을 투시해서 보라고?"

"물론 아니죠. 하지만 그러셨다면 좋지 않았을까요?" 그랜트가 물었다.

조세핀이 얼굴을 찌푸렸다. 괜한 농담을 하는 그랜트가 못마땅한 듯했다.

프랭클이 끼어들었다. "시동 걸리는 소리는 들으셨어요?"

프랭클도 독설을 피하지 못했다. 조세핀은 산업용 세탁기와 건조기의 문제점을 하나부터 열까지 조목조목 짚었다. "그 소란에? 보청기도 깜박하고 놓고 나왔는데 한 블록 떨어진 데서 나는 차 소리를 어떻게 들으라는 거야?"

프랭클도 죄송하다고 사과해야 했다.

그래도 결국에는 모든 사실을 알아냈다. 조세핀은 보안관 사무실에 차량 도난 신고를 했고 반스의 부하가 조세핀과 빨랫감을 집까지 실어다 줬다. 그녀는 내내 집에 '갇혀' 있다가 차를 발견했다는 전화를 받고 나온 거라고 했다.

"근데 또 갇히게 생겼잖아." 조세핀이 징징거렸다.

"저희가 렌터카를 제공해 드린다니까요." 반스가 말했다.

"그거랑 내 차랑 같아? 내 차는 라디오랑 좌석을 딱 맞게……."

"범죄 사건의 증거라 어쩔 수 없습니다, 터틀 여사님." 프랭클이 설명했다. "반스 보안관이 새것처럼 돌려 드릴 겁니다. 엔진 오일도 갈아 드릴 수 있어요."

프랭클이 애원의 눈빛을 담아 반스를 봤다. 두 형사만큼이나 이 문제를 빨리 해결하고 싶은 보안관은 고개를 끄덕였다. "가능할 것 같습니다."

이 제안에 조세핀도 노여움이 풀린 듯했다. 어느 정도는.

"미리 말하는데 렌터카 요금은 안 낼 거야."

"받을 생각도 없습니다, 여사님." 밴스가 근처에 서 있는 제복 경찰을 가리켰다. "켈리가 렌터카 업체까지 모시고 가서 대신 처리해 드릴 겁니다."

조세핀은 꿍얼거리는 소리를 내뱉고는 인사도 없이 길을 건넜다.

그랜트와 프랭클은 밴스를 따라 현대 소나타로 향했다. "방금 보신 켈리가 차를 발견했습니다. 도난 차량이 많지 않은 시기라서요. 신고가 들어오면 저희 부하들이 찾고 다닙니다."

밴스는 비닐장갑을 끼고 장갑을 몇 장 더 꺼내 그랜트와 프랭클에게 건넸다. 그러고는 자동차 핸들 쪽으로 고개를 까딱였다. 점화 장치에서 조세핀의 차 키가 달랑거리고 있었다. "범인은 이런 차를 찾고 있었던 것 같아요. 철사로 시동을 걸 필요가 없게."

밴스는 장갑 낀 손가락으로 조수석 창문 바로 아래의 베이지색 인조 가죽을 가리켰다. 문손잡이 근처에 빨간 얼룩과 불그스름한 반점이 보였다. "제가 말한 혈흔입니다."

프랭클이 가까이 다가가 창문 안을 들여다봤다. "그렇게 대단하지는 않네요."

밴스가 고개를 끄덕였다. "여기서 머리를 자르지는 않았다고 봅니다."

그랜트도 얼룩을 관찰했다. "검시관은 리즈가 머리를 두 대 맞았다고 했습니다. 아마 여기가 처음 맞은 지점일 겁니다." 그랜트가 허리를 폈다. "운전석에서 주먹을 날렸으면 저기 창문 바로 아래에 머리를 부딪혔겠죠. 혈흔은 확실하게 설명이 돼요."

반스가 차를 빙 둘러 운전석으로 걸어갔다. "사실 켈리도 처음에는 핏자국을 못 봤습니다. 이걸 발견한 후에 좀 더 꼼꼼하게 조사한 겁니다."

그러면서 운전석에 놓인 신문을 가리켰다.

어느 신문인지 금방 알 수 있었다.

〈데일리 메일〉이잖아.

그랜트가 몸을 숙이고 장갑 낀 손으로 조심스럽게 신문을 집어 들었다. 반스는 그런 그랜트를 딱히 제지하지는 않았다.

이제는 익숙해진 헤드라인 '연쇄 살인범의 해외 순방'이 시끌벅적하게 그랜트를 맞이했다. 몬티 퍼거슨의 이름도 1면 상단에 올라와 있었다.

신문을 뒤집으니 기사 본문과 사진 몇 장이 나왔다. 세인트 패트릭 대성당의 범죄 현장 사진과 죽은 애덤 피터스 신부의 사진이 있었다. 수사를 이끄는 두 형사의 사진도 보였다. NYPD 1급 형사 존 프랭클과 런던 경찰청 총경 오스틴 그랜트.

검은색 마커로 그랜트의 사진에 무수한 X자를 그려 놓았다.

누구인지 알아보기 힘들 정도로.

프랭클이 어깨 너머로 그랜트를 흘끗 봤다. "총경님을 엄청나게 싫어하는 사람이 있나 봅니다."

◆◆◆

그랜트는 진짜 뉴욕으로 출퇴근하는 사람이 된 기분이었다. 나흘 사이에 벌써 세 번째로 롱아일랜드 고속 도로를 타고 도시에 진입하는 중이었다. 곧 있으면 러시아워라 차 안에서 범인의 작별 선물에 대해 의논할 시간은 충분했다.

"미친놈들이 이런 선물을 보내는 건 늘 있는 일이에요." 프랭클이 10센티미터씩 차를 앞으로 몰며 말했다. "놈이 십계명을 '12일간의 크리스마스The Twelve Days of Christmas(12일간 매일 하나씩 선물을 더 받는다는 내용의 캐럴 – 옮긴이)'랑 착각하는 거 아닌가 싶네요. 살인 어드벤트 캘린더만 있으면 딱인데."

그랜트는 투명 지퍼 백에 담긴 신문을 내려다봤다. 검은색 X표가 쳐진 그의 사진이 그랜트를 보고 있었다. "이걸 어디서 났는지 추적해 봐야 아무 소용없겠지."

"런던처럼 아무 데서나 구할 수 있는 신문은 아닙니다. 하지만 외국 신문을 파는 가판대도 많으니까요. 구독해서 읽는 사람들도 있고요."

그랜트는 지문 감식도 무의미할 거라 추정했다. 어차피 소나타에는 지문이 하나도 없었다. 문손잡이부터 조세핀의 차 키까지 지문이란 지문은 모조리 제거해 놓았다.

두 형사는 소나타가 발견된 골목 주변은 물론이고 차를 도둑맞은 빨래방 근처도 돌아다녔다. 파 로커웨이 주민들은 조세핀에 비하면 탐문하기 수월했지만 얘기를 듣고 보니 조세핀의 대답과 큰 차이가 없었다. 막 출소한 전과자가 소나타를 몰고 가는 모습은 고사하고 소나타를 봤다는 사람조차 없었다.

그랜트는 놀라지 않았다. 범인은 자취를 깨끗이 감췄고 누군가 발견해 주기를 바라는 흔적만 따로 남길 정도로 치밀했다. 그리고 그 누군가는 오스틴 그랜트 총경인 듯했다.

"이 정도로 총경님을 증오할 만한 자가 누군지 짐작 가는 데가 있으십니까?" 프랭클이 물었다.

"내가 경찰청에서 얼마나 오래 일했는지 아나?"

"어젯밤에 말씀하셨잖아요." 프랭클이 대답했다. "34년이요."

"그 세월 동안 내 책상을 스쳐 지나간 사건이 얼마나 되겠어? 수천 건이야." 그랜트가 고개를 절레절레 저었다. "전부 다 유죄를 입증해서 감옥에 처넣지는 않았지만 그렇다고 해도 상당한 숫자가 나올 거야. 물론 나한테 원한 같은 걸 품고 출소한 사람도 있겠지. 하지만 내가 그걸 일일이 추적할 이유는 없잖아."

"감옥에 들어간 당사자일 필요는 없습니다. 총경님 때문에 인생이 망가졌다고 생각하는 가족일 수도 있습니다."

반스 보안관과 헤어진 후 그랜트는 런던의 홀리 경사에게 전화를 걸었다. 홀리는 근무를 마치고 막 퇴근하려다 전화를 받았다고 했다. 그랜트는 자동차에서 발견한 신문에 대해 설명하고 그가 체포한 범죄자 중에 런던 거리로 다시 나온 이들을 목록으로 정리해 달라고 부탁했다.

생각해 보니 조사 범위를 넓히는 건 불가피했고 업무가 늘어난 이상 홀리를 보조할 사람도 필요했다. 그랜트는 누가 홀리를 도와주면 좋을지 떠올랐다. 생각에 빠져 있던 그랜트에게 프랭클이 말을 걸었다.

"정말로 복수가 목적이라면 그자는 점점 더 극도로 치밀해질 겁니다."

"그렇겠지. 특히 나와 피해자들 사이에 아무 연관성도 없잖아. 피해자 중에 내가 아는 사람은 없어. 그럼 자네 말대로 날 그렇게 증오

한다면 왜 먼 길을 돌아갈까? 그냥 날 쏘면 상황 종료인데."

프랭클은 지퍼 백에 담겨 그랜트의 무릎에 놓인 신문을 가리켰다. "그동안 총경님이 괴로워하기를 바라는 게 아닐까요."

◈◈◈

두 사람은 뉴욕으로 돌아와 마커스가 있는 검시소로 갔다. 프랭클은 리즈의 시신을 이곳으로 이송하도록 반스와 협의해 조치했다. 반스는 속 시원하다는 듯 가석방자의 시신을 넘겨줬다. 파 로커웨이의 조용한 보안관 사무실은 이런 규모의 사건을 처리할 여건을 갖추고 있지 않았고 프랭클이 먼저 신부 살인 사건을 담당했기 때문이다.

마커스는 소나타에서 나온 혈액 샘플이 리즈와 같은 B형이라는 사실을 확인해 놓았다. 동일인의 피라는 사실까지 확인하려면 시간이 걸리겠지만 그랜트와 프랭클에게는 지금 가진 정보로도 충분했다. 앞좌석에서 발견된 신문도 있으니까. 마커스는 예상대로 리즈의 목을 자른 톱의 흔적 물질을 찾지 못했다. 그러나 소나타 문에 묻은 혈흔과 리즈의 머리에 난 멍은 일치했다.

그랜트와 프랭클은 경찰서로 돌아오자마자 리틀과 마주쳤다. 언론 담당관은 몇 가닥 남지 않은 머리카락을 쥐어뜯기 직전이었다.

리틀이 옆구리에 끼고 있던 신문 여러 부를 두 사람 얼굴 앞에 들이밀었다. "방금 받았어요."

신문마다 72포인트 크기의 헤드라인이 있었다.

'너는 살인하라!' '다섯 번째가 끝이 아니다?' '네게 살인을 명한

다!'

"인터넷은 말도 못합니다." 리틀이 말했다. "완전히 폭발했어요. 제발 이 미친놈에게 한 걸음이라도 가까워졌다고 말씀해 주세요."

범인이 뉴욕 전역에 (그것도 런던 경찰청 총경을 지목해) 메시지를 남기고 있다고 말했다가는 리틀만 더 힘들어질 것 같았다.

그랜트는 근심을 짊어진 리틀이 복도를 걸어가는 뒷모습을 바라봤다. 확실하지 않지만 리틀이 혼잣말로 뭐라 중얼거리는 소리가 들리는 듯했다.

"이건 빙산의 일각입니다." 떠나는 리틀을 보며 프랭클이 말했다. 그러고는 그랜트를 돌아봤다. "부하 경사가……."

"홀리?"

"만들고 있다는 명단이 지금 당장 필요합니다." 프랭클이 말했다. 그랜트는 고개를 끄덕였다.

❖❖❖

오르소는 8번가에서 서쪽의 46번가로 곧장 틀면 나오는 레스토랑으로 뉴욕 극장 지구의 끝에 걸쳐져 있었다. 그래서 브로드웨이 공연 전후에는 항상 손님들로 북적였다. 하지만 레이첼이 말하기를 공연 중간에는 대포가 날아와도 맞을 사람이 없다고 했다. 레이첼은 음식이 맛있고 상대방의 말이 잘 들린다는 점에서 그 레스토랑에 가산점을 줬다.

그랜트와 프랭클이 8시 조금 넘어 오르소에 들어가니 레이첼 외에 손님은 다섯 명뿐이었다. 레이첼은 이미 샤르도네가 담긴 잔을 반 이상 비웠다. 그랜트와 프랭클도 약속한 듯 술을 주문했다.

"힘든 날이었어요." 프랭클이 자리에 앉으며 말했다.

힘든 달이지. 그랜트는 생각했다. 그는 딸의 맞은편에 앉아 손목 시계의 작은 날짜 창을 확인했다.

19일.

은퇴까지 12일만 더 버티면 돼.

두 사람은 술이 나올 때까지(프랭클은 하이네켄, 그랜트는 스카 치와 소다를 시켰다) 파 로커웨이에 다녀온 일을 레이첼에게 설명 했다. 프랭클이 아이폰으로 찍은 신문 사진을 보여 줬다.

레이첼은 낙서로 뒤덮인 사진 속 얼굴을 보다가 그랜트에게로 고 개를 돌렸다. 눈에 수심이 가득했다. "기가 막혀서. 이거 어떻게 할 거예요?"

"일단 신문에 못 나가게 막아야죠." 프랭클이 대답했다.

그랜트의 딸이 눈에 띄게 움찔했다. "설마 내가 그런……."

그랜트가 한 손을 들었다. "너보고 하는 얘기가 아니야, 레이첼."

"죄송해요. 내가 오해를 사게끔 말을 했네요." 프랭클이 말했다. "우리를 위해, 특히 아버님을 위해 오늘 기자 회견으로 막대한 손해 를 감수하셨다는 거 알아요."

"말했잖아요. 난 그저 돕고 싶었을 뿐이라고요."

"그래서 우리가 여기 이렇게 모인 거잖아." 그랜트가 말했다. "그 김에 나도 미국인이 다 된 딸과 밥 한 끼 더 먹고."

"참, 내가 뭘 그렇게 변했다고 그래요." 레이첼이 미소를 지으며 퀸스 억양으로 대꾸했다.

미국에 도착한 후 처음으로 그랜트가 소리 내어 웃었다. "메뉴 좀 추천해 줄래? 나머지 이야기는 주문하고 나서 하자."

레이첼은 두 사람에게 바질 마늘 플랫브레드와 마르게리타 피자를 꼭 먹어야 한다고 했다. 오늘의 메뉴에서 셋이 나눠 먹을 수 있는 파스타도 몇 개 골랐다. 종업원이 주문을 받고 나서 자리를 떴다.

두 번째 술이 나왔을 즈음, 그랜트는 런던의 홀리 경사와 어떤 논의를 했고 레이첼이 어떻게 도울 수 있는지에 대해 이야기했다.

"아버님 말씀으로는 오래전부터 사건을 함께 검토하셨다던데요." 프랭클이 레이첼에게 말했다.

"어렸을 때부터요." 레이첼이 말했다. "아빠가 집으로 가져온 범죄 현장 사진과 증거 봉투가 재미있어 보이더라고요. 내가 막 질문하면 아빠는 다 대답해 주셨어요."

"애 엄마는 질색했어. 그래도 난 아이의 호기심을 키워 줘야지 억누르면 안 된다고 했어."

"내가 아빠한테 연구소 샘플을 가져와 달라고 한 적이 있었거든요. 그걸 냉장고에서 발견한 후로는 엄마도 완전히 포기했어요."

"겨우 두 번이다." 그랜트가 주장했다.

"그거야 주말에 일하러 갈 때 나도 졸라서 따라갔으니까요." 레이첼이 설명했다. "좋은 구경은 거기서 많이 했죠."

"어쩌다 기자가 됐는지 알겠네요." 프랭클이 말했다.

그랜트는 프랭클과 합의한 내용을 마저 들려줬다. 확실한 정보가 나오기 전까지 범인과 그랜트가 아는 사이일지 모른다는 사실이 신문에 보도되지 않도록 막아야 한다는 이야기였다.

"홀리가 명단을 완성하면 네가 홀리와 같이 살펴보는 게 어떨까 해. 정말로 누군가 나한테 원한을 품고 하는 짓이라면 내가 맡았던 옛날 사건 안에 이유가 있을 거야. 네 기억에도 뭔가 남아 있을지 모르고. 또 네가 나에 관해 특집 기사를 쓰고 있다면서 몇몇 사람한테 조용히 연락하면 범위를 좁히는 데 도움이 될 거야."

레이첼이 고개를 끄덕였다. "지금은 뭐든 해야죠."

"이거 하나는 약속해. 절대로 명단에 있는 사람과 직접 만나서는 안 된다." 그랜트가 말했다. "그건 홀리나 런던 경찰들이 할 일이야."

"만약 뉴욕에 있다면 나나 아버님이 상대할 거고요." 프랭클이 덧붙였다.

"조용히 조사할 것. 아빠에 관한 특집 기사를 쓴다고 하고." 레이첼이 정리했다. "알겠어요."

알맞은 타이밍에 종업원이 플랫브레드와 피자를 들고 돌아왔다. 종업원이 테이블에 음식을 올려놓고 다시 자리를 뜨자 레이첼이 그랜트를 보며 물었다.

"그럼 난 언제 시작하면 돼요?"

◇ ◇ ◇

메인 요리가 나오기 직전에 홀리의 문자가 도착했다. 홀리는 미국 시간으로 이른 아침에 1차 명단이 나올 것이라고 알렸다. 역시 홀리였다. 기특하게도 런던에서 꼭두새벽까지 일을 하고 있었다. 그랜트는 레이첼에게 홀리 경사의 전화번호를 알려 주고 아침에 일어나면 연락해 보라고 했다.

레이첼의 부탁으로 런던 경찰 그랜트와 뉴욕 경찰 프랭클은 각자 제일 좋아하는 무용담을 주고받았다. 디저트가 나올 무렵에는 책한 권은 쓸 수 있을 정도로 많은 범죄자의 이름이 언급됐다.

세 사람은 10시 반이 조금 넘어 레스토랑에서 나왔다. 기온이 5~6도쯤 됐지만 레이첼은 저녁 공기가 선선해 그랜트의 호텔까지 충분히 걸어갈 수 있겠다고 말했다. 그러면서 프랭클더러 호텔 앞에서 택시나 우버를 잡아타고 각자 집으로 가자고 했다.

그러나 뉴욕은 날씨가 시시각각 변하는 도시였다. 호텔까지 여섯 블록이나 남았는데 하늘에 구멍이라도 뚫린 듯 억수 같은 비가 쏟아졌다.

그랜트가 방으로 올라와 젖은 몸을 말리라고 했지만 레이첼과 프랭클은 손사래를 쳤다. 레이첼은 아빠나 독감에 걸리기 전에 얼른 들어가라고 재촉했다. 런던 호텔의 도어맨이 두 사람에게 택시를 잡아 주겠다고 하기에 그랜트는 팁으로 10달러를 건넸다.

그는 딸에게 작별 인사를 하며 용기를 내어 포옹을 시도했다. 다행히 레이첼은 몸을 빼지 않았다. 둘 사이의 앙금이 아직 해소되지는 않았지만 시작이 반이라고 하지 않던가. 그랜트는 프랭클에게 내일 아침 일찍 보자고 말한 후 빗물을 첨벙거리며 호텔로 들어갔다.

로비에서 엘리베이터로 가고 있을 때 야간 매니저가 그랜트를 불렀다.

"손님?"

그랜트는 근처에 달린 거울을 힐끗 봤다. 지금 그의 모습은 물에 빠진 생쥐나 다름없었다. 웬 거지가 호텔을 돌아다닌다고 생각하는 것도 무리는 아니었다. 그랜트는 엘리베이터를 가리켰다. "저 4층에 묵고 있는데요. 412호요. 그랜트라고."

야간 매니저가 고개를 끄덕였다. "네, 그랜트 씨. 저도 압니다."

그랜트는 고개를 끄덕이고 다시 엘리베이터로 걸음을 옮겼다. 매니저가 그를 또 불렀다.

"내일이 20일이라는 말씀을 드리려고요."

"그렇죠."

19일 다음이면 20일이지. 영국은 뭐 다른 줄 아나?

그랜트가 뒤돌아섰다. 지금은 그저 뜨거운 목욕물에 몸을 담그고 싶었다.

"그럼 예정대로 체크아웃하실 건가요?"

바닥에 젖은 발자국을 남기던 그랜트가 다시 멈춰 섰다. "체크아웃이요?"

"체크인 때 고지받으신 걸로 아는데요. 크리스마스 시즌이라 이번 주말부터는 투숙 가능한 방이 없다고요."

"빈방이 생기면 알려 주실 거라 생각하고 있었어요."

"안타깝지만 현재로서는 빈방이 없습니다."

이 인간이 혹시 지금 같은 상황을 즐기는 거 아닌가? 왠지 그렇다는 생각이 들었다.

그랜트는 30분 후에야 욕조에 몸을 담글 수 있었다.

하지만 욕조에서도 아까 그 야간 매니저와 휴대폰으로 통화를 해야 했다. 매니저는 근방의 호텔을 다 확인했지만 유감스럽게도 크리스마스이브까지 예약이 꽉 차 있다고 전했다.

"그래도 찾고 계시는 미친놈은 꼭 잡으시길 빕니다, 총경님." 매니저는 이렇게 말하고 전화를 끊었다.

그랜트는 잠시 멍하니 휴대폰을 바라봤다.

일진이 이렇게 사나워도 되는 거야?

그러다 욕조에 비누를 들고 들어오지 않았다는 사실을 깨달았다. 비누는 욕실 반대편의 싱크대 옆에 놓여 있었다.

13

그랜트는 런던 호텔에서 그리 유쾌한 시간을 보내지 못했다. 하지만 체크아웃을 하러 가며 이 대도시에서 대체 어떤 피난처를 찾을 수 있을까 생각하니 이곳에서 보낸 나흘 밤이 벌써부터 그리워졌다. 침대에 놓아두는 초콜릿이 매일 저녁 바뀌는 것이 혜택의 전부였다 해도 좋았다.

안내 데스크로 가자 체크인 때 봤던 여자 접수원이 앉아 있었다.

"저희 호텔에서 즐거운 시간 보내셨길 바랍니다, 총경님." 접수원이 신용 카드 영수증을 내밀었다.

"더 오래 있고 싶었는데요." 그랜트가 서명을 휘갈기며 말했다.

접수원은 안타까움의 미소를 지어 보였다. 왠지 신입 사원 연수 때 그렇게 웃는 법도 배운 것 같았다. "하필 요즘이 1년 중 제일 극심한 성수기라서요."

투숙 기간을 연장할 수 있냐고 다시 물어봤자 소용없을 터였다. 그러지 않아도 오늘은 스트레스 줄 만한 대화만 줄줄이 그랜트를 기다리고 있었다.

열 발짝도 못 가 첫 번째 대화 상대가 나타났다. 몬티 퍼거슨이 로비 의자에 앉아 커피를 홀짝이고 있었다. 호텔 입구와 엘리베이터 사이의 자리를 일부러 택한 게 분명했다. 화재용 비상구로 빠져나간다면 모를까 그랜트는 퍼거슨 앞을 지나칠 수밖에 없었다.

"제가 아침 사 드릴까요, 총경님?" 퍼거슨이 물었다.

◆◆◆

결국은 맨해튼에 온 첫날 저녁 프랭클과 갔던 아스트로 다이너로 장소를 정했다. 퍼거슨을 피해 다니는 데는 한계가 있었다. 불편한 대화가 불가피하다면 밥이라도 한 끼 얻어먹는 편이 나았다. 식당에 거의 다 가서 퍼거슨이 그랜트의 캐리어를 가리켰다.

"유령 쫓는 걸 벌써 포기하셨어요?"

"호텔에 방이 없대요. 시기가 시기인지라." 가정 교육을 잘 받았는지 문을 잡아 주고 있는 퍼거슨에게 그랜트가 말했다.

"어디로 옮길지 생각해 봤어요?"

"아직은. 어디가 됐든 내가 있는 곳을 찾아낼 거잖아요."

두 사람은 칸막이 자리에 앉았다. 그랜트는 기자 회견 이후로 퍼거슨이 따지러 오기를 기다리고 있었다. 역시나 의자에 앉기가 무섭게 퍼거슨은 범인이 출애굽기에 따라 피해자를 선택하고 있다는 사실을 언제부터 알았냐고 물었다. "교회 문을 죄다 닫았을 때부터 알고 계셨죠?"

"그때 의심은 했었어요." 그랜트가 인정했다. "하지만 피터스 신부가 살해된 이후에 확신했어요."

"그런데도 대중에 공개할 일이 아니라고 판단했고요?"

"상황을 파악하려고 했던 거예요. 범인이 뉴욕으로 넘어왔는데 런던 시민들을 괜한 공포에 빠뜨릴 이유가 없었어요. 게다가 그자가 미국에 계속 남는다는 보장도 없고."

"용의자가 남자인 건 확인한 거죠?" 그랜트의 단어 선택을 걸고넘어지며 퍼거슨이 물었다.

"아니요. 확인한 건 아닙니다. 하지만 통계적으로……."

"알아요. 여자보다는 남자가 연쇄 살인을 저지를 확률이 높다는 거."

프랭클과 왔을 때 서빙을 했던 여종업원 필리스가 주문을 받으러 왔다. 필리스가 그랜트를 보고 웃었다. "또 뵙네요. 반가워요."

"반갑습니다. 저를 기억하실 줄은 몰랐어요."

"억양 때문에요. 프랭클 형사님이 평소에는 혼자 식사를 하러 오기도 하고요."

"근무 시간이 저녁 아닌가요?"

"저는 이 가게와 한 몸이라고 생각하세요, 손님. 뭐 드시겠어요?"

퍼거슨은 스크램블드에그, 바싹 구운 베이컨, 호밀빵 토스트, 커피를 시켰다. 그랜트는 똑같은 메뉴를 주문하며 커피만 잉글리시 브랙퍼스트 티로 바꿨다.

"당장 대령합지요." 필리스가 말하며 주방으로 돌아갔다.

"프랭클 형사와 잘 맞으시나 봐요." 필리스가 한 말에서 NYPD 형사의 이름을 알아들은 퍼거슨이 말했다. "끼리끼리다, 이건가요?"

"둘 다 목표하는 바가 비슷하니까."

"서로를 감싸 주면서요?"

목뒤의 머리카락이 쭈뼛 섰다. "그게 무슨 말이죠?"

"따님 사건이요. 십계명을 혼자 알아냈다는 걸 제가 정말 믿을 줄 알았어요? 딸에게 정보를 줬다는 사실을 왜 인정하지 않으세요?"

"그러지 말고 당신보다 내 딸이 더 빨랐다는 사실을 인정하지 그래요?"

"총경님 따님이니 내부 정보에 빠삭할 거 아니에요." 퍼거슨이 주장했다.

"할 말이 없네요. 경찰 집안 출신이라 보고 배웠나 보죠."

퍼거슨이 혼잣말을 중얼거렸다. 그러다 빠르게 생각의 궤도를 바꾼 듯 말했다.

"리즈 얘기로 넘어가시죠. 한 아파트 주민들을 일일이 면담하고 다니더니 갑자기 목표를 바꾼 계기가 뭐예요? 막 출소해 파 로커웨이에 있는 사회 복귀 시설로 들어간 가석방자가 어디서 튀어나온 겁니까? 그것도 아주 옛날에 자기 부모를 죽인 사람이 말이에요."

그랜트가 반응을 보였는지 퍼거슨의 얼굴에 미소가 떠올랐다.

"제 눈을 완전히 피하지는 못해요, 그랜트 총경님. 아무리 노력한다고 해도요."

"수사가 어떻게 돌아가는지 기자님도 잘 알지 않습니까. 단서 하나를 추적하다 보면 또 다른 단서가 나오기 마련이에요. 자세한 과정을 일일이 알릴 의무는 없는데요."

필리스가 차와 커피를 들고 돌아왔다. 그랜트는 타이밍이 완벽하다고 생각했다. 대화의 방향을 바꿔 등 뒤에 달라붙은 퍼거슨을 떼어 낼 절호의 기회였다. 필리스가 조리 중인 음식을 확인하러 돌아가자 그랜트는 자신과 퍼거슨 둘 다 이득을 볼 아이디어를 하나 떠올렸다.

"유력 피해자 6호 얘기나 좀 해 볼까요?" 그랜트가 물었다.

퍼거슨이 커피를 마시다 뿜을 뻔했다.

"제가 아는 오스틴 그랜트 씨 맞아요? 런던 경찰청 총경?"

"앞으로 12일 동안은 맞아요. 날짜를 세고 있는 건 아니고."

"무슨 일이에요?"

"다음 차례는 우리 다 알잖아요. '살인하지 마라.'" 그랜트가 차를 한 모금 마셨다. "범위가 좁아지지 않아요?"

"살인자를 찾고 있군요. 출소해서 돌아다니는 살인자. 리즈처럼."

그랜트가 고개를 끄덕였다. "하지만 리즈는 다른 이유로 죽었어요."

"자기 부모를 죽였다는 이유로요. 따님이 작은 폭탄을 떨어뜨리고 나서 나온 이야기예요." 퍼거슨이 고개를 저었다. "지금도 사방에서 살인자 데이터베이스를 이 잡듯 뒤지고 있을 거 아닙니까."

"당연하죠."

"그런데 우리가 그 얘기를 왜 해요?"

"그 데이터베이스에는 기록에 남은 살인만 들어 있기 때문예요. 세상에 알려지지 않은 살인은 그 안에 없을 거예요."

"나 같은 사람은 그런 정보도 다 알 거다?" 퍼거슨이 물었다. "이번에는 절 너무 과대평가하셨는데요."

"기자님은 직업 특성상 이것저것 듣잖아요. 소문, 암시 등등. 나나 프랭클 형사는 못하는 탐문을 당신은 할 수 있어요. 우리는 배지, 규칙 같은 것에 매여 있는 처지니까요." 그랜트는 최대한 무심하게 어깨를 으쓱하고는 생각의 흐름을 마무리했다. "지금은 가능한 한 모든 방향을 조사한다 해도 손해 볼 거 없어요."

"하나 빠뜨린 게 있어요." 퍼거슨이 반박했다. "그래서 저한테 돌아오는 이득이 뭔데요?"

"뉴욕 거리에서 연쇄 살인범이 사라지는 것 말고요?"

"그건 제가 아니라 총경님한테 좋은 일이고요."

"나중에 그런 말 안 했다고 발뺌하지나 마요."

그랜트는 아슬아슬한 줄타기 중이었다. 그와 프랭클은 범인이 이미 여섯 번째 피해자를 죽였다고 판단했다. 하지만 피해자가 누구인지는 도통 감이 잡히지 않았다. 만약 퍼거슨이 피해자의 정체를 먼저 알아낸다면 오히려 다행이었다.

"내가 내 할 일을 할 동안 우리가 할 수 없는 일을 해 줘요." 그랜트가 말을 이었다. "이름 한두 개만 알아 와요. 확실한 단서가 된다면 공을 인정하고 그토록 원하는 독점 기사도 보장해 줄게요. 그럴 자격 있으니까."

퍼거슨이 의자에 등을 기대고 앉아 그랜트의 제안을 곱씹고 있는 동안 필리스가 테이블에 음식을 내려놓았다. 필리스는 차와 커피를 리필해 주고 나서 필요한 게 있으면 부르라는 말을 남기고 돌아갔다.

"나 한입으로 두말하는 사람 아니라는 거 알잖아요. 기사를 쓰게 해 주겠다고요. 이러면 안 된다는 말을 계속 들으면서도 이러는 거예요."

"총경님이 거짓말을 한다고 비난한 적은 없어요. 진실을 왜곡했다면 몰라도." 퍼거슨은 자신의 말을 강조하는 차원에서 스크램블드

에그를 가득 찍은 포크를 허공에다 대고 빙빙 돌렸다.

그랜트는 얌전히 기다렸다. 퍼거슨이 마침내 달걀을 입안에 넣고 포크를 내렸다.

"좋습니다. 총경님 방법대로 하죠."

"고마워요."

진심이었다. 그랜트는 한동안 퍼거슨이 다른 길로 빠져 있게 되면 그와 프랭클이 일하기 한결 수월해질 거라 믿었다.

"그런데 하나만 더 물어볼게요." 퍼거슨이 말했다.

"하나로 돼요?"

"왜 십계명에 따라 사람을 죽이는 걸까요?"

그랜트는 일주일 전 동생의 서재에 앉아 있을 때부터 같은 질문을 되뇌고 있었다. 아무리 머리를 쥐어짜도 답이 나오지 않았다. 그랜트는 자기도 전혀 모르겠다는 대답밖에 할 수 없었다.

❖❖❖

경찰서 지하에 앉아 대화를 나누던 레이첼과 프랭클의 사정도 별반 다르지 않았다.

그랜트가 경찰서에 도착하니 레이첼은 프랭클이 마련해 준 사무실에서 서류 더미에 파묻혀 있었다. 지하 사무실이라 레이첼 혼자 조용히 일할 수 있었고, 그랜트와 프랭클도 눈치 보지 않고 수시로 내려와 레이첼을 만날 수 있었다. 여기 있으면 레이첼이 해리스 서장의 눈에 띌 위험이 없었다. 프랭클은 레이첼이 하는 일에 대해 상관에게 보고했다. 해리스는 그다지 달가워하지 않았지만 워낙 절박한 상황이다 보니 지푸라기라도 잡고 싶은 심정인 듯했다.

레이첼은 아침 일찍 홀리에게 전화를 걸었고, 그랜트의 믿음직한 부하는 약속대로 과거 사건을 1차로 추린 명단을 보내 줬다. 레이첼은 50쪽이 넘는 프린트를 그랜트와 프랭클에게 하나씩 내밀었다.

"정말이네요." 프랭클이 말했다. "적어도 천 명은 되겠어요."

"1,374명이에요." 레이첼이 그랜트를 보며 말했다. "근데 복역 중 아니면 출소 후에 사망한 사람들이 꽤 돼요."

"더 자세히 분류하는 일은?" 그랜트가 물었다.

"아직 하고 있어요."

레이첼이 다양한 기준을 정리해 놓은 수첩의 페이지를 넘겼다.

"절반은 형기를 마친 것 같아요. 그러니까 교도소에서 나온 600명에서 700명을 알아봐야 하는 거죠."

프랭클은 충격을 받았다. "그렇게나 많아요? 영국 교도소는 회전율이 높네요."

"범죄의 급이 다르니까." 그랜트가 설명했다. "총기가 없으면 강력 범죄도 덜 일어나지. 그래서 종신형을 사는 범죄자가 많지 않아."

레이첼이 페이지를 또 넘겼다. "사망자를 빼도 확인해야 할 사람은 300명 가까이 돼요."

"아직 영국에 사는 사람은 몇이야?" 그랜트가 물었다.

"홀리 경사랑 파악 중이에요." 레이첼이 컴퓨터 화면 우측 하단에 있는 작은 창을 가리켰다. "서로 계속 업데이트할 수 있게 채팅방을 만들었어요."

그랜트는 고개를 끄덕였다. 이렇게 열정적으로 수사에 참여하는 딸을 보니 왠지 모르게 기뻤다. "홀리한테 안부 전해 줘."

레이첼이 그랜트의 말대로 하자 홀리도 채팅 창으로 안부 인사를 전해 왔다. 이어 그랜트는 퍼거슨과 예정에 없던 아침 식사를 하며 거래를 했다는 소식도 전했다.

"좋은 생각입니다." 프랭클이 말했다. "퍼거슨이 그쪽을 살펴볼 동안 우리는 이 일에 집중할 수 있겠어요." 그가 컴퓨터 화면을 가리켰다.

"퍼거슨이 다른 문제를 짚기는 했어." 그랜트는 범인이 왜 십계명에 따라 살인을 하느냐는 퍼거슨의 질문을 다시 읊었다.

"나도 저번 아침에 아빠한테 그 말을 들은 후로 계속 고민해 봤어요." 레이첼이 말했다. "혹시 일평생 교회의 가르침에 얽매여 살다가 이성을 잃은 광신도 아닐까요?"

"어떤 핑계를 대고 대량 학살을 하고 싶은데 어디서 시작해야 할지 모르는 미치광이일 수도 있어요." 프랭클이 반박했다. "어느 날 찰턴 헤스턴의 '십계'를 보다가 이런 생각을 한 거죠. 아, 저걸 쓰면 되겠네!"

"둘 다 가능성은 있어. 하지만 어느 쪽도 범인이 나한테 관심을 보이는 이유를 설명해 주진 못해." 그랜트가 다시 딸을 쳐다봤다. "일요일마다 교회에 가야 한다고 고집했던 건 네 엄마였어. 나는 네 엄마의 뜻을 따라서 교회를 다녔을 뿐이지."

그랜트는 잠시 말을 잇지 못했다. 다시 입을 열었을 때는 목소리가 착 가라앉아 있었다. "그런데 실은 네 엄마가 죽은 후로 교회를 더 자주 나가고 있다."

레이첼은 놀란 눈치였다. "몰랐어요."

그랜트가 슬픈 미소를 지어 보였다. "하루 날 잡아서 너도 같이 갈래?"

"봐서요." 레이첼이 말했다.

그랜트는 레이첼의 컴퓨터 화면과 앞으로 해야 할 일을 보며 겨우 마음을 다잡았다. "누구 짓이든 묻지 마 범행은 절대 아니라고 생각해. 이 안에 연관성이 있을 거고, 연관성을 찾으려면 이 방법이 최선이야."

"지금으로서는 저도 더 나은 의견이 없습니다." 프랭클이 인정했다. 레이첼도 동의한다는 듯 고개를 끄덕이며 홀리 경사와 채팅을 계속했다.

두 형사는 레이첼이 다시 일을 시작할 수 있도록 사무실에서 나왔다.

❖❖❖

남은 하루는 평소에 경찰이 하는 업무를 보며 지냈다. 즉, 온종일 고되고 지루한 일을 했다. 런던 경찰청의 총경, NYPD의 1급 형사, 롱아일랜드 외곽의 보안관은 물론, 前 살인자가 그곳으로 이사하지 않았냐며 레이첼이 연락한 북아일랜드 마을의 순경도 똑같았다. 진짜 사건 수사를 대체할 수 있는 건 없었다.

그랜트가 경찰 일을 시작했을 때는 대개 발로 뛰거나 개인 차량의 주행 거리를 늘리며 수사를 했다. 시간은 오래 걸렸지만 직접 얼굴을 보며 질문하고 답을 받았다. 요즘 형사는 인터넷, 휴대폰, 위성 추적 덕분에 책상에서 일어나지 않아도 필요한 정보의 90퍼센트를 얻을 수 있었다. 그렇다. 시간이 크게 단축됐다. 하지만 그랜트는 사람들과 만나 대화하는 수사 방식이 그리웠다. 누군가를 제대로 이해하는 데 그만한 방법은 없었다.

그는 이런 이유 때문에라도 은퇴 시기가 적절하다고 확신했다.

그는 희망을 버리지 않았다. 이 혼란을 일으킨 자와 은퇴 전에 마주 앉을 기회가 올 것이었다. 실제로 대면하지 않는다면 그와 프랭클, 이제는 딸 레이첼까지 찾기 시작한 범인의 동기를 알아내지 못할 수도 있었다.

그랜트와 프랭클 역시 명단을 몇 개 살펴보고 있었다. 유력 피해자 6호가 포함된 다양한 데이터베이스에서 과거에 살인을 했고 현재 뉴욕주, 뉴저지주, 코네티컷주에 거주하는 사람만 따로 추린 명단이었다.

"레이첼과 홀리가 보는 명단보다 길잖아." 그랜트가 말했다. 그는 프랭클의 사무실에서 프랭클 앞에 앉아 있었다. 다른 건물의 뒷벽이 정면으로 보이기는 해도 어쨌든 창문이 있는 사무실이라 이곳에서 일하기로 했다.

이후 몇 시간은 명단에 있는 사람들에게 연락을 취하며 보냈다. 프랭클은 십계명 이야기가 나간 덕분에 에두르지 않고 솔직하게 말할 수 있어 좋다고 했다.

과거 살인자 중에 연락을 받지 않는 사람이 있으면 로마 숫자 VI을 이마에 새긴 채로 집 안, 골목길, 허드슨강이나 이스트강 기슭에 쓰러져 있지 않은지 확인하러 제복 경찰을 보냈다.

1시쯤에는 프랭클이 쇼티스에서 사 온 필리 치즈 스테이크를 차가운 코카콜라와 함께 먹었다.

"이렇게 자네처럼 먹다가는 옷을 죄다 새로 사야 할지도 모르겠어." 그랜트가 프랭클에게 불평했다.

점심을 먹은 후 그랜트와 프랭클은 명단을 더 나누고 남은 하루 동안 사무실에서 최대한 많은 전과자에게 전화를 걸었다. 한편 내내 지하실에 틀어박혀 있던 레이첼은 7시쯤 그랜트의 비좁은 사무실로 올라왔다.

"어떻게 돼 가요?" 레이첼이 물었다.

"75, 80퍼센트 정도 연락했어." 그랜트가 상황을 전달했다. "아직 시체는 안 나왔고."

"다행인 거겠죠."

"너랑 홀리 경사 쪽은 어때?"

"계속 보고 있어요. 50명 정도로 후보를 좁혔어요. 홀리 경사한테는 이만 퇴근하라고 했어요. 거긴 자정이 넘었잖아요. 오늘 많이 힘들었을 거예요."

"그렇지." 그랜트가 말했다. "너도 집에 가지 그래?"

레이첼은 그랜트의 뒤편 바닥에 놓인 캐리어를 가리켰다. "아빠는요? 호텔은 찾았어요?"

그랜트는 책상을 뒤져 메모를 끼적인 종이를 찾았다. "저지시티에 있는 홀랜드라는 호텔인데 오늘 밤 체크인이 가능하고 무기한으로 머물 수도 있다더라."

"하, 말도 안 돼." 레이첼이 손을 뻗어 종이를 구기더니 쓰레기통에 던졌다. "저지는 안 돼요, 아빠. 요즘 같은 때 그쪽으로 나가면 뉴욕에 절대 못 들어와요."

레이첼이 다가오더니 그랜트의 가방을 들었다. "빨리요. 가요."

"가다니? 어디로?"

"우리 집에서 지내요. 크기는 여기랑 비슷하지만 소파 침대가 있어요. 듣자 하니 프랭클 형사님네 집보다는 내가 형편이 나은 것 같고요."

점심시간에 프랭클은 그랜트가 숙소를 찾지 못해 곤란하다고 하자 마음 같아서는 돕고 싶다고 했었다. "근데 줄리아가 떠나고 나서 제가 가진 돈으로는 접이식 침대가 있는 원룸밖에 못 구하겠더라고요. 침대를 펼치면 손님은 고사하고 저 하나 일어날 공간도 없어요."

지난 몇 년간 두 사람의 관계가 어땠는지 생각하면(관계라고 할 것도 없었다) 딸에게 '재워 달라는' 부탁은 상상도 하기 힘들었다. 아니, '만나 달라는' 부탁조차 불가능하다고 생각했다.

하지만 레이첼이 먼저 뜻밖의 제안을 한 이상 그랜트는 거절하지 않을 작정이었다.

어쩌면 둘 사이에 아직 희망이 남아 있을지도 몰랐다.

문득 이런 생각이 들었다. 정말로 범인과 마주 앉게 되는 날이 온다면 감사할 부분이 하나쯤은 있겠다고.

14

레이첼은 웨스트엔드 애비뉴와 리버사이드 드라이브 사이의 97
번가에 살았다. 대대적으로 외관을 뒤집어엎은 동네는 상상을 초월
하는 재건축률을 자랑했다. 철거해야 한다느니 흉물스럽다느니 하
는 말을 들었던 건물들까지 5년은 더 기다려야 공사가 가능했다.

그러나 레이첼이 사는 곳처럼 맨해튼의 변화를 거부하는 건물들
도 몇 군데 있었다. 집세 규제법이 적용되는 아파트를 포기할 수 없
다는 입주민들 때문이었다. 임대료에 상한이 정해져 있어 주차장
한 칸을 빌리는 값보다 적은 액수의 월세를 내는 사람도 있었다.

레이첼이 열쇠로 아파트 유리 출입문을 열고 들어가 우편물을 확
인했다. 그랜트는 딸이 방금 연 우편함에 붙은 이름표를 가리켰다.
"G. 플레처가 누구야?"

"그레첸이요. 대학 동기." 레이첼이 대답했다.

그레첸은 2년 전 노르웨이로 일주일간 휴가를 갔다가 그 나라 지
역 방송국의 앵커와 눈이 맞아 결혼을 했고, 현재는 오슬로에 사는

데 첫 아이를 임신 중이라고 했다.

"그래도 이 집은 포기 못하죠. 월세가 얼마나 저렴한데요."

금액을 들으니 확실히 거부할 수 없는 조건이었다. 태양이 지지 않아 1년의 반은 잠을 잘 수 없는 머나먼 나라에 사는 사람이라 해도.

"건물주는 이렇게 알고 있어요. 임차인은 그레첸의 남편 성을 딴 플레처고, 난 옥스퍼드에서 유학하고 돌아온 여동생이라고요. 억양은 유학하면서 물들어 온 거고."

엘리베이터가 없는 아파트의 4층까지 올라가는 동안(레이첼은 운동이 된다고 했다) 레이첼은 지하철을 타고 오며 그랜트에게 했던 말을 또 했다.

"정말로 저녁 약속 취소해도 괜찮아요. 친구들도 이해할 거예요."

"그러지 마. 나야 밤에 조용히 생각할 시간도 갖고 좋지."

레이첼이 열쇠 두 개로 자물쇠 한 쌍을 풀고 문을 열었다.

"편하게 쉬세요."

아파트는 그랜트가 사는 런던 집의 방 한 칸보다 조금 넓었다. 거실, '주방 구역'으로 정한 공간, 몸 하나 겨우 들어가는 욕실, 작은 드레스 룸 크기의 침실이 전부였다. 그랜트는 집은 작지만 딸이 편안하게 지내는 것 같아 기뻤고 레이첼에게도 그렇게 말해 줬다.

레이첼은 그랜트의 가방을 받아 하나뿐인 창문 아래의 작은 소파에 올려놓았다. "침대는 간단하게 펼치기만 하면 돼요. 시트랑 이불은 침실 옷장에 있어요."

"불편하게 해서 미안하네."

"됐어요, 아빠. 별로 안 불편해요." 레이첼이 냉장고를 가리켰다. "아무거나 꺼내 드세요. 첫 번째 서랍에 배달 음식 전단지도 있어요. 여기서는 30분이면 뭐든지 배달해 먹을 수 있어요."

"난 괜찮아."

"침구 가져올게요. 잠시만요."

두 걸음 만에 레이첼이 사라졌다. 그만큼 좁은 집이었다.

사방이 레이첼의 물건으로 가득했고 노르웨이에 이민 간 친구 것인 듯한 물건도 몇 개 있었지만 정신없다는 느낌은 들지 않았다. 책장에는 문고판 책이 가지런히 꽂혀 있었고 베스트셀러 양장본도 몇 권 보였다. 책이 쓰러지지 않도록 양쪽에 작은 화분 두 개를 뒀다. 창틀 한구석에 놓은 난초는 창문으로 아침 햇살이 들어와 그나마 죽지 않고 살아 있었다. 벽에 아트 포스터 액자도 몇 개 걸려 있었다. 밀레니얼 세대라면 메트로폴리탄 미술관에서 으레 구매하는 것들이었는데, 개중에 런던의 테이트 모던 미술관 표시가 있는 게 보여 그랜트의 마음이 따뜻해졌다.

그랜트는 가득 찬 냉장고를 들여다봤다. 선반에 있는 것(샌드위치와 샐러드 재료, 먹다 남은 중국 음식)으로도 한 끼 식사를 차리기 충분했고, 반쯤 마시고 코르크를 끼워 놓은 샤르도네도 있었다. 레이첼이 말한 배달 음식 전단지도 찾았다. 열 블록 반경 안에 집에서 시켜 먹을 수 있는 음식이 서른 가지는 넘어 보였다. 그러다 찬장에서 잉글리시 브랙퍼스트 티 상자를 발견했다.

그랜트는 싱크대 아래에서 주전자를 꺼내 물을 채우고 가스레인지에 올렸다. 물이 끓는 동안 집 구경을 하며 식탁이자 레이첼의 간이 사무실 역할을 하는 구석 책상 쪽으로 갔다.

노트북이 열려 있고 그 옆에는 물병과 작은 토끼 모양 쿠키 상자가 있었다. 그랜트는 유혹을 이기지 못하고 쿠키를 하나 집어 먹었다. 의외로 맛있기에 조만간 다른 토끼들도 달밤의 간식으로 그의 배 속에 들어가겠다 싶었다. 그랜트는 물이 끓는 소리를 듣고 주방으로 돌아와 차를 내렸다. 차를 몇 모금 마시다가 다시 창문 맞은편 벽에 놓인 나무 서랍장으로 향했다.

이렇게 작은 크리스마스트리는 처음 봤다. 레이첼은 60센티미터도 되지 않는 트리를 오너먼트 몇 개와 깜박이는 컬러 전구로 장식하고 꼭대기에 금색 별까지 얹어 놓았다. 그랜트는 어떤 재료로 그 인조 트리를 만들었는지 궁금해서 한번 만져 봤다. 놀랍게도 진짜 솔잎이었다.

"이래 봬도 진짜예요." 뒤에서 레이첼이 말했다.

뒤돌아보니 청바지에 티셔츠, 스웨터로 갈아입은 레이첼이 서 있었다. 경찰서에서와 달리 사무적인 느낌으로 올려 묶었던 머리카락을 풀고 립스틱도 새로 칠했다.

세상에, 제 엄마랑 똑같잖아. 아주 오래전 런던에서 사랑에 빠졌던 여자를 떠올리며 그랜트가 생각했다.

"더 작은 트리도 있어요." 레이첼이 말했다. "맨해튼에서는 공간이 귀하거든요. 크리스마스 시즌에는 더 그렇고요."

"그래도 네 트리는 가짜 눈이 쌓인 분홍색이 아니라서 좋네."

그랜트는 가스레인지 위의 불빛이 반사돼 반짝이는 황금색 오너먼트에 자꾸만 시선이 갔다. 그랜트는 조심스럽게 오너먼트를 집어들었다. 카메오 장식 안에는 작디작은 사진이 들어 있었다. 레이첼과 닮은 한 여자가 아기를 안고 웃고 있는 사진이었다. 아기는 크리스마스를 맞아 한쪽은 초록색, 반대쪽은 빨간색 리본으로 머리를 묶었다. 사진 반대쪽에는 이런 문구가 각인돼 있었다.

'메리 크리스마스. 사랑해요. R.'

"네가 엄마에게 선물했던 때가 생각난다."

"아홉 살 때였을 거예요. 열 살이었나." 레이첼이 중요하지 않다는 듯 고개를 저었다. "유치한 공작 과제물이었죠."

"엄마가 정말로 좋아했지. 네가 갖고 있는지 몰랐어."

"엄마가 그해 크리스마스에 줬어요. 아프고 나서……."

레이첼은 목이 메어 말을 잇지 못했다. 그녀는 그랜트의 손에서 오너먼트를 받아 들고 트리에 다시 걸었다. 그랜트는 트리 양쪽에 놓인 사진 액자들을 봤다. 몇 장은 집에 놀러 왔던 것도 같은 중고 등학교 친구, 대학 친구와 찍은 사진이었다. 그 외에는 전부 레이 첼 사진 아니면 레이첼과 앨리슨 사진이었다. 그것도 아니면 앨리 슨의 독사진이거나.

빠진 한 사람이 누군지 모르려야 모를 수가 없었다. 그랜트였다.

"레이첼……." 그랜트가 말을 꺼냈다.

"아니요, 아빠. 하지 마세요."

"난 도저히 이해가……."

"정말로 그 얘기는 하고 싶지 않아요. 제발요."

하지만 힘들게 연 문을 그의 손으로 닫을 수는 없었다. 아직은 아 니었다. 한 번이라도 더 시도해야 했다.

"이 세상에 나보다 더 네 엄마를 사랑한 사람은 없었어, 레이첼. 너 도 알잖아." 그랜트의 가슴 깊은 곳부터 떨림이 일었다. "근데 내가 엄마보다 더 사랑하는 사람이 있다면…… 바로 너야."

레이첼이 뒤로 돌아섰다. 그랜트는 딸의 어깨에 한 손을 올렸다.

레이첼도 손을 뿌리치지 않았다.

"내가 무슨 말이나 행동을 했길래 네가 떠났는지 짐작도 못하겠어. 그게 뭐였든 진심은 아니었을 거야. 정말 미안하다는 말밖에는 할 말이 없구나. 그런데 아빠는 아무것도 모르겠어, 레이치. 쭉 그랬어. 내가……."

그랜트가 잠시 멈췄다가 말을 바꿨다.

"우리가 엄마를 떠나보낸 후로."

"간단한 일이 아니에요, 아빠."

그랜트의 눈빛이 흔들렸다. "그러니까 내가 무슨 짓을 하기는……."

"아니. 아빠가 한 일이 아니에요. 그건……."

레이첼이 답답한 듯 양손을 들어 올리며 그랜트와 거리를 뒀다. 그랜트에게 이토록 가슴 아픈 순간은 살면서 처음이었다.

"뭐야? 내가 뭘 한 거야? 아니면 뭘 안 했어?"

"말할 수 없어요." 레이첼이 대답했다. 이제는 레이첼의 눈에도 눈물이 고였다.

"왜?"

"엄마한테 말 안 하겠다고 약속했으니까요!"

갑자기 딸과 저만치 멀어진 기분이었다. 실제로는 세 걸음 거리였지만 두 사람 사이에 다시 대서양이 놓인 것만 같았다.

레이첼은 한참 만에 누그러진 목소리로 침묵을 깼다.

"제발 부탁이에요, 아빠. 우리가 뭘 하든 엄마는 돌아오지 않아요. 아빠도 알잖아요." 레이첼이 뺨에 흐르는 눈물을 닦았다. "나도 엄마가 보고 싶어요. 하루도 빠짐없이. 그래도 우리는 우리 인생을 살아야죠."

"나도 알지만……."

"……예전 상처를 다시 파헤치면 그럴 수 없어요." 레이첼이 침실을 가리켰다. "믿을지 모르겠지만 오늘 아침에 일어났을 때 정말 행복하다고 느꼈어요. 이게 얼마 만인지 몰라요. 엄마가 돌아가신 후로 처음일 거예요."

레이첼이 그랜트를 바라봤다. "아빠가 뉴욕에 있어서요."

그랜트는 할 말을 잃고 서 있었다.

"아빠를 봐서 좋아요. 아빠가 하는 중요한 일을 도울 수 있어 행복하고요."

그랜트가 간신히 목소리를 되찾았다. "나한테도 큰 힘이 된단다."

"그냥 이렇게 시작할 순 없는 거예요?" 레이첼은 말로도, 눈빛으로도 애원하고 있었다. "일단 이렇게 시작하고 앞으로 어떻게 될지좀 두고 보면 안 돼요?"

"아빠는 네가 원한다면 뭐든 할 거야, 레이치. 네가 돌아온다면 그걸로 충분해."

레이첼이 더 이상 묻지 않겠다는 그랜트의 말에 고맙다는 듯 고개를 끄덕였다. 사실 그랜트는 '나도 그래요'라는 대답을 원했지만지금은 딸이 어떤 반응을 하더라도 감지덕지했다.

레이첼이 의자에서 핸드백을 집어 들고 그랜트에게 다가왔다.

그러고는 몸을 기울여 그의 뺨에 가볍게 입을 맞췄다.

"늦지는 않을 거예요." 레이첼이 말했다.

레이첼이 나간 후에도 그랜트는 볼에서 손을 떼지 못했다. 화해분위기가 조성된 건 감사했지만 한 가지 생각이 머릿속을 떠나지 않았다.

대체 앨리슨이 레이첼에게 뭘 말하지 말라고 한 걸까?

◆◆◆

1시간 후에도 그랜트는 같은 생각을 하고 있었다.

책장에서 책을 열 권 넘게 뽑아 들고 펼쳤지만 속표지나 추천사를 넘기지 못하고 책을 덮었다. 소파 침대를 펼치고 누워 기분 전환이 될 만한 텔레비전 방송을 찾아보려고도 했다. 하지만 '딸의 비밀을 알아내는 법'이라는 리얼리티 쇼가 아닌 이상 별 도움이 되지 않았다.

그랜트는 책상의 노트북 옆을 여러 번 지나쳤다. 어쩐지 유혹하는 소리가 들리는 것 같았다.

오스틴, 가까이 와. 내가 보여 줄 게 있어.

그랜트는 염탐의 유혹을 뿌리치고 애먼 토끼 쿠키만 한 움큼 집어삼켰다.

이럴 때는 외출을 해야 했다.

그랜트는 지하철을 타고 두 블록을 걸어 아스트로 다이너를 다시 찾았다. 이제는 지정석이 된 자리에 앉으니 가게와 한 몸이라는 필리스가 주문을 받으러 왔다. 그랜트는 프랭클이 그토록 좋아하는 셰이크를 시켰다. 성인 남자가 그런 걸 저녁으로 먹으면 안 된다던 필리스 말이 옳았다. 셰이크는 진하고 맛있었지만 토끼 쿠키와 섞이니 속이 거북해졌다. 그랜트는 잔을 절반도 비우지 못했다. 필리스에게 고맙다고 인사하고 계산서에 적힌 금액의 두 배로 팁을 주

196

고는 연휴 기분이라도 내 보고 싶어 차가운 12월 밤거리로 나왔다.

맨해튼에 크리스마스 분위기가 넘쳐흘렀다. 밤 9시 반인데 거리는 쇼핑백을 들고 뒤뚱뒤뚱 걷는 사람들 천지였다. 크리스마스트리를 짊어지고 가는 사람들도 있었다. 코너 술집에서는 시끄럽게 캐럴을 부르는 취객들이 쏟아져 나왔다.

그랜트의 머릿속에는 두 단어밖에 들리지 않았다. '빌어먹을'과 '크리스마스'.

10시쯤 라디오 시티 뮤직 홀 앞에 이르렀다. 아이오와주 더뷰크에서 온 남자가 입장 시간이 지난 '크리스마스 스펙터큘러'의 표를 팔고 있었다. 사춘기 딸이 공연을 보지 않겠다고 했단다. 그랜트는 남자에게서 표를 샀다. 화려한 쇼를 보면 크리스마스 기분이 나지 않을까? 레이첼과 앨리슨 생각에서 잠시나마 벗어날 수 있을지도 몰랐다.

무용단 로케츠가 생전 처음 보는 거대한 무대의 코러스 라인을 꽉 채우고 정확한 동작으로 안무를 하는 모습은 인상적이었다. 관객들은 즐겁게 전곡을 따라 불렀다.

하지만 눈앞에서 펼쳐지는 크리스마스 축제를 보고 있자니 아내와 딸과 함께했던 지난날의 크리스마스만 떠오를 뿐이었다.

언젠가 실물 크기의 산타클로스 로봇을 집에 가져온 적이 있었다. 콘센트에 플러그를 꽂자 산타가 빙그르르 돌더니 허리를 굽혀 절을 하고 크게 너털웃음을 치며 외쳤다. "호호호! 메리 크리스마스!" 그랜트는 이렇게 재미있는 물건은 처음 본다고 생각했다. 그러나 네 살 꼬마 레이첼은 복싱 데이(유럽의 크리스마스 연휴 기간을 이르는 말 – 옮긴이)에 자기보다 두 배는 큰 수염 난 로봇을 보자마자 계단을 뛰어 올라가 침대 밑에 숨어 버렸다. 그랜트는 레이첼을 그 아래에서 나오게 하려고 오전 내내 갖가지 선물을 바쳐야 했다. 레이첼은 '산타 일렉트로닉(그랜트가 지은 별명이었다)'이 벽장에서 튀어나와 '호호호' 하고 외칠까 봐 연휴가 끝날 때까지 집 안을 살금살금 돌아다녔다.

그러다 다음 해가 되면서 산타 일렉트로닉이 북극으로 돌아갔냐고 몇 번이나 묻기를 반복했고, 크리스마스 당일 트리 옆에 산타 로봇이 다시 나타났을 땐 웃음까지 터뜨렸다. 레이첼이 여섯 살 때 절하는 산타 할아버지를 보여 준다며 친구들을 집에 데려온 적도 있었는데, 앨리슨은 친구들에게 입장료를 받으면 안 된다고 가르쳐야 했다.

이후로 그랜트네 가족은 크리스마스 시즌만 되면 '산타 일렉트로닉 점등식'을 손꼽아 기다렸다. 레이첼이 성인이 돼서도 계속되던 파티는 앨리슨이 보낸 삶의 마지막 크리스마스에서 끊겼다.

그랜트는 산타 일렉트로닉이 지금 어디 있는지도 몰랐다. 아마도 지하실 구석에 처박혀 있을 것이었다. 지하실에 내려가 그 로봇을 본다면 눈물부터 터질 것 같았다.

그랜트는 공연 중간에 극장을 나왔다.

뉴욕 시민과 관광객들은 오늘도 록펠러 센터의 대형 크리스마스 트리 아래에서 스케이트를 타고 있었다. 그 모습을 한참 지켜보던 그랜트는 크리스마스 음악을 시끄럽게 내보내고 있는 스피커의 코드를 찾아서 끊어 버리고 싶다는 충동이 일자 자리를 뜰 때가 됐음을 알았다.

그랜트는 5번가의 백화점 쇼윈도 앞을 지나쳤다. 크리스마스를 맞아 브랜드마다 화려한 장식을 선보이고 있었다. 그는 삭스 피프스 애비뉴 백화점 앞에 멈춰 서서 버버리의 쇼윈도를 물끄러미 바라봤다. 경쾌한 차림의 마네킹이 두르고 있는 갈색과 분홍색 패턴이 들어간 캐시미어 스카프에서 한참이나 눈을 떼지 못했다. 앨리슨이 하면 참 사랑스럽겠다는 생각이 들었다. 앨리슨의 얼굴빛과 갈색 머리에 딱 어울릴 색깔이었다.

그렇다면 레이첼에게도.

그랜트는 무거운 한숨을 내쉬었다. 다시는 예전 같은 크리스마스를 보내지 못할 터였다. 홀아비의 몸으로 타국에서 살인범을 추적하고 있는 올해는 말할 것도 없었다.

❖❖❖

그랜트는 자정이 막 지난 시각에 레이첼의 아파트로 돌아왔다.

레이첼은 아직 귀가 전이었다. 집을 나선 몇 시간 전과 똑같은 상태로 조명이 켜져 있었다.

그는 노트북이 놓인 테이블 옆을 다시 지나갔다.

이번에는 노트북을 조금 더 오래 응시했다. 그러다 소파 침대로 돌아갔다. 캐리어를 열고 잠옷과 세면도구를 꺼냈다. 욕실로 가면서 컴퓨터를 보지 않으려 했지만 마음처럼 되지 않았다.

그랜트는 결국 유혹에 굴복하고 테이블 앞에 앉았다. 문을 힐끔 봤다. 손잡이가 돌아가면 당장 의자에서 튀어 나가야 했다.

키보드를 두드렸다.

컴퓨터 화면에 불이 들어오고 패스워드 입력 창이 나왔다. 뭘까.

'Allison'이라고 쳐 봤다. '액세스 거부'라는 메시지가 떴다.

에라, 모르겠다 하고 다른 단어를 입력했다. 'Austin'.

이번에도 같은 메시지가 떴다.

그랜트는 고개를 저었다. 벌써 2년이나 지났는데 뭘 기대한 거야?

그가 뭘 기대했건 어쨌든 이런 건 아니었다. 경찰이란 직업병 탓에 뒷조사가 몸에 배서 어쩔 수 없었다고 스스로에게 변명을 늘어놓았다. 하지만 아무리 그렇다고 해도 하나밖에 없는 딸을 염탐해선 안 됐다.

의자에서 일어나 침대로 돌아온 그랜트는 텔레비전을 켜고 채널을 넘기기 시작했다.

어디선가 또 '노팅 힐'을 하고 있을지도 몰랐다.

❖❖❖

"실버."

그랜트가 눈을 번쩍 떴다.

창문으로 들어오는 잿빛 아침 햇살 속에서 레이첼이 그를 내려다보고 있었다. 그랜트는 어리둥절해하며 몸을 일으켰다.

"실버?"

레이첼을 보다가 책상의 노트북으로 시선을 옮겼다. 화면에 전원이 다시 들어와 있었다. 혹시 그랜트가 노트북을 보려던 것을 눈치채고 패스워드를 알려 준 걸까?

"프라이어 실버요. 기억해요?" 레이첼이 답을 재촉했다.

어디서 들어 본 이름이었다. 확실하지는 않지만.

그랜트는 자신이 어디에 있는지 확인하기 위해 주위를 두리번거렸다. 침대에 눕자마자 잠이 들었던 모양이다. 레이첼은 어젯밤에 입었던 옷을 그대로 입고 있었다.

"몇 시야?" 그랜트가 물었다.

"7시 조금 넘었어요. 친구 집에서 자는 게 좋겠더라고요. 아빠 편하게. 11시쯤 자고 온다고 전화했는데 안 받아서 벌써 주무시나 보다 했어요."

"산책하러 나갔었어."

"아무튼 다시 전화하면 아빠가 깰지도 모르겠다 싶었어요. 다시 안 하길 다행이었죠. 1시간 전에 왔는데 업어 가도 모를 만큼 깊이 잠드셨던데요." 레이첼이 컴퓨터를 가리켰다. "근데 홀리 경사와 대화하다가 뭘 찾은 것 같아요."

갑자기 퍼즐이 착착 맞춰지는 느낌에 잠이 달아났다.

"프라이어 실버." 그랜트가 말했다. "내 기억이 정확하다면 절도범이야."

레이첼이 고개를 끄덕였다. "런던 금융 지구에서 여러 번 은행을 털었죠. 고객 하나를 칼로 찔러 죽일 뻔했고요."

그랜트가 허리를 펴고 레이첼을 똑바로 봤다. "너 고등학교 다닐 때였잖아."

"네. 기억나요. 별의별 욕으로 아빠를 위협했잖아요."

"그런 사람이 워낙 많았으니."

"어쨌든 나랑 엄마는 무서워서 혼났다고요."

"그래, 그 실버가 출소했다고?" 그랜트가 물었다.

"2년도 더 됐어요. 그런데 홀리 경사 말로는 그자가 교도소에서 '신을 찾았다'고 했대요."

"근데 그런 사람들이 많아."

레이첼이 컴퓨터 화면을 다시 보고 홀리 경사와 주고받은 메시지를 쭉쭉 올렸다.

"교도소에서 일주일에 세 번은 성경 모임을 열었다고 해요." 레이첼이 설명을 계속했다. "회개에 관한 설교도 몇 개 썼어요. 그중 하나는 옥중에서 출판까지 했고요."

"대단하네." 그랜트가 딸의 어깨 너머로 화면을 보며 물었다. "그리고 첫 번째에서 세 번째 사건이 일어나는 동안 런던에 있었겠지?"

"그런 것 같아요." 레이첼이 말했다. "세인트 패트릭 대성당에서 피터스 신부가 살해되기 하루 전에 뉴욕으로 날아왔고요."

15

프라이어 실버.

레이첼이 처음에 그 이름을 언급했을 때는 기억이 가물가물했다. 하지만 파일을 반쯤 읽으니 집채만 한 파도처럼 기억이 밀려들었다. 어떻게 그 이름을 잊어버릴 수 있었을까? 다만 지난 30년간 그랜트가 감옥에 집어넣은 범죄자의 수를 생각하면 그리 이상한 일은 아니었다.

20년 전 런던 금융 지구의 은행들이 연쇄적으로 강도를 당했다. 그랜트의 수사팀이 실버에 주목했을 때는 여섯 번째 사건이 발생한 후였다. 강도는 한결같이 낮에 등장했는데 그 타이밍이 실버가 10년간 근무한 카센터의 점심시간과 일치했다. 경찰청에 실버를 신고한 사람은 동료 정비사였다. 제보자는 실버가 화장실에서 돈을 줍는 모습을 목격했다고 했다. 칸막이 안에서 따끈따끈한 수확물을 갈무리하던 중에 현금 다발이 바닥으로 쏟아졌던 것이다.

그랜트는 실버를 감시한 지 며칠 만에 카센터에서 샌드위치를 들고 나온 실버가 코너를 돌자마자 샌드위치를 쓰레기통에 버리는 장면을 포착했다. 실버는 두 블록을 더 걸어가더니 주머니에서 손수건을 꺼내 마스크처럼 얼굴에 둘렀다. 바클레이즈 은행에 몰래 들어간 그는 칼을 꺼내 들고 제일 가까운 직원에게 금고를 비우라고 협박했다.

그랜트의 팀이 은행으로 출동하면서 상황은 더 심각해졌다. 실버는 일주일 치 수표를 현금화하기 위해 대기 중이던 애비 밴다이트를 붙잡고 그녀의 목에 칼을 들이댔다. 인질을 방패로 이용할 속셈이었다.

애비가 비명을 지르며 실버에게서 벗어나려고 몸부림을 쳤다. 실버가 칼로 애비의 목을 그은 것도 그때였다. 실버의 피 묻은 손에서 힘이 조금 풀리며 애비가 바닥으로 쓰러졌다. 실버는 황급히 몸을 틀고 달아나려다 그랜트와 정면으로 충돌했다. 당시 경사였던 그랜트는 판단을 잘못한 정비사를 양팔로 붙잡았다. 곧이어 팀원들도 달려와 럭비공을 든 선수 위로 스크럼을 짜듯 프라이어 실버에게 몸을 날렸다.

금융 지구를 두려움에 떨게 했던 연쇄 강도 사건은 그렇게 끝났다.

텔레비전 뉴스를 본 앨리슨과 열두 살 레이첼은 퇴근한 그랜트를 포옹과 질책으로 맞아 줬다. 아내는 어떻게 그런 위험한 짓을 했냐며 화를 냈다. 그랜트는 일을 했을 뿐이고 무사히 집에 왔으니 되지 않았느냐고 대꾸했다. 그러면서 런던의 거리에서 범죄자 한 명이 사라졌으니 적어도 오늘 저녁은 안전할 거라고도 했다.

프라이어 실버의 재판에 그랜트가 증인으로 채택되며 앨리슨의 걱정이 도졌다. 실버가 애비를 칼로 공격했다는 그랜트의 증언은 실버의 유죄 판결에 결정적인 역할을 했다. 실버는 30년 형을 선고받았다. 흉기를 이용한 가중 폭행 혐의 없이 강도 혐의만 적용됐더라면 형기가 절반으로 줄어들었을 터였다. 실버는 그랜트가 증언하는 동안 악을 썼다. 애비를 일부러 찌르지 않았고 은행에서 나가려다 손에서 칼이 미끄러졌을 뿐이라고 외쳐 댔다. 법정이 다시 조용해졌을 때 그랜트는 경찰을 피하려던 실버의 행동이 의도적이었고 악의로 가득했다고 더욱 단호하게 주장했다.

판결이 나온 후 실버는 '네 놈이 한 짓에 대가를 치르게 될 것'이라며 그랜트를 위협했다. 그 말에 앨리슨은 며칠이나 밤잠을 이루지 못했다. 프라이어가 웨스트 요크셔에 있는 웨이크필드에 들어갔다는 소식을 그랜트에게서 전해 들은 후에야 긴장의 끈을 놓을 수 있었다. 웨이크필드 하면 흉악범이 대거 수용돼 있어 '괴물 집합소'라고도 불리는 교도소였다.

그랜트는 경찰서로 가는 택시 안에서 레이첼과 뒷자리에 앉아 파일을 마저 검토했다. 지금도 증언을 후회하지는 않았다. 그 덕분에 악랄한 범죄자 하나가 런던 거리에서 사라졌다고 믿었다.

수사해야 할 사건이 끊임없이 쏟아지며 실버는 금세 그랜트의 기억에서 사라졌다. 잠깐이라도 자유 시간이 생기면 앨리슨과 레이첼에게 집중했고, 과거 사건을 돌아볼 사치 따위는 부리지 않았다.

그래서 실버가 웨이크필드에서 새사람이 된 것도 몰랐다. 처음이자 마지막으로 면회를 왔던 실버의 아내가 성경 책을 건넨 것이 계기였다. 실버의 아내는 남편에게 선물로 받은 피아트마저 반납하게 되자 더는 참지 못했다. 당국은 실버가 그 차를 '부정 이득'으로 구입했다고 주장했다. 당시에 실버는 '경마에서 운이 따랐다'고 했지만 그녀가 아무리 떠올려도 실버가 우승마에 돈을 건 적은 없었다. 실버의 아내는 피아트를 진심으로 사랑했다. 남편보다도 더. 몇 주 되지 않아 그녀는 이혼을 신청했다. 들리는 소문으로는 차를 반납하러 간 피아트 대리점의 점장과 눈이 맞았단다.

그사이 프라이어 실버는 성경에 매료돼 시간만 나면 감방 안에서 성경 구절을 암기했다. 이른바 좋은 말씀을 퍼뜨린 보답으로 수없이 구타를 당했다. 그래도 굴하지 않고 계속해서 복음을 설파했다. 특히 하느님의 나라가 다가왔으니 회개하고 이 복음을 믿으라는 마가복음 1장 15절을 좋아했다.

그 결과 실버는 모범수가 됐고 몇 년 후에는 '괴물 집합소'에서 남쪽의 해트필드 교도소로 이감됐다. 그리고 비교적 삼엄하지 않은 시설에서 레이첼이 언급한 그 설교를 썼다. 그랜트는《회개+믿음》이라는 제목으로 출간된 소책자를 훑어봤다. 이 책에서 실버는 과거의 죄를 뉘우치는 것이 회개의 전부가 아니라고 주장했다. 더 나아가 인간으로서의 의지를 다른 방향으로 돌려야 한다고 했다.

이 책을 쓴 덕에 실버는 2년 전 출소할 수 있었다. 그랜트는 실버가 다른 죄인을 처벌하는 '방향'으로 '의지'를 돌린 것인지 궁금했다. 영국 도서관 화장실에서 '너희는 내 앞에서 다른 신을 섬기지 못한다'로 시작해서 말이다.

"확실히 아귀가 맞네요." 프랭클이 동의했다.

프랭클도 그랜트 부녀와 함께 지하 사무실에 내려와 있었다. 그랜트는 프라이어 실버표 고난과 역경의 연대기를 요약해서 들려줬다.

프랭클은 가장 먼저 실버의 비행기표에 대해 물었다.

"지난 토요일, 그러니까 14일 아침에 도착했어요." 레이첼이 항공

사(영국항공)와 도착 시간(오전 10시)을 알려 줬다.

프랭클이 고개를 끄덕였다. "세인트 패트릭 대성당을 둘러보고 나서 밤에 피터스 신부를 죽일 시간적 여유는 충분해요."

"돌아가는 표는 다음 화요일로 예약돼 있어요. 24일."

"거참." 그랜트가 말했다. "크리스마스에 딱 맞춰 집으로 돌아가네."

"적어도 뉴욕 시민과 관광객은 연휴 동안 안전해지겠네요." 프랭클이 불행 중 다행인 구석을 찾아냈다.

"이제 겨우 금요일이야." 그랜트가 반박했다. "이 속도대로 범행이 진행된다면 화요일에 히스로행 비행기를 타기 전에 남은 다섯 명을 다 해치울 수도 있어."

"네 명일 수도 있어요." 레이첼이 지적했다. "6호를 이미 죽였는데 피해자가 누구인지 우리만 모르고 있다는 가능성도 잊지 말자고요."

"두 분은 희망 같은 건 안 키우시나 봐요?" 프랭클이 볼멘소리를 내뱉었다. 그러고는 어제 이후로 퍼거슨에게서 연락이 왔었는지 그랜트에게 물었다.

"찍소리도 안 하는데." 그랜트가 대답했다.

연락을 기대하지도 않았다. NYPD 대부분이 출동해서 찾고 있는 미지의 살인범이나 시체를 〈데일리 메일〉지 기자가 먼저 찾을 가능성은 희박했다. 그랜트는 퍼거슨에게 헛수고를 시킬 심산이었다. 그러다 뜻밖의 행운이 따른다면 감사한 일이고.

"그런데 표를 현금으로 구입해서 실버의 신용 카드 기록이 없대요." 레이첼이 말했다. "홀리와 런던 경찰들이 알아보는 중이래요."

10분 후 홀리가 실버의 이름으로 발급된 직불 카드를 찾아냈다. 지난주 뉴욕시에서 해당 카드로 결제한 내역이 세 차례 있었다. 착륙하고 나서 JFK 공항 패스트푸드점을 들렀고 몇 분 후 미드타운으로 택시를 타고 들어갔다. 마지막으로 같은 날 저녁에 펜실베이니아 호텔의 방을 빌리고 카드로 보증금을 냈다.

"보증금이 남아 있다는 건 체크아웃을 안 했다는 얘기잖아." 그랜트가 정리했다.

"바로 알아낼 방법이 있어요." 프랭클이 말했다.

✦✦✦

흔히 펜 호텔이라 불리는 펜실베이니아 호텔은 맨해튼의 다른 호텔들을 능가하는 장점이 하나 있었다. 거대한 지하 터미널에서 올라와 7번가만 건너면 호텔이 바로 보일 만큼 펜역과 가까웠던 것이다.

"그러니까 저기서 묵었다면 잽싸게 뛰쳐나와 딴 데로 가 버리기도 쉽다는 거죠." 가는 길에 프랭클이 설명했다.

펜 호텔은 한때 맨해튼 최고급 호텔이었지만 오랜 세월 경영난에 시달린 데다 시설이 뒤처져 관광객을 꾸준히 끌어당기는 일에 실패했다. 이제는 뭘 잘 모르는 사람이 예약하거나, 캔자스주 위치토 같은 곳에서 기차를 타고 온 사람이 역에서 내리자마자 보인다는 이유로 들어가는 호텔로 전락했다.

레이첼도 같이 가겠다고 했지만 그랜트와 프랭클은 두 사람이 경찰 업무를 보는 동안 레이첼은 기자 업무를 보라고 설득했다.

경찰서를 나오기 전에 프랭클이 실버의 호텔방으로 전화를 걸었지만 아무도 전화를 받지 않았다. 호텔 교환원은 메시지를 남기겠냐고 물었다. 프랭클은 됐다고 했다. 실버가 저질렀을지 모를 살인 다섯 건, 어쩌면 여섯 건에 대해 물어보러 가는 중이라는 말까지 할 필요는 없었다.

직원들은 NYPD의 등장에 당황하지 않았다. 프랭클의 동료 형사들이 호텔에 연락해 문제의 고객에 관해 문의한 게 분명했다. 매니저는 실버가 아직 체크아웃 전이라는 사실을 확인한 후 방 번호를 알려 주고 위층까지 안내하겠다고 나섰다.

"저희가 알아서 가겠습니다." 프랭클이 말했다. "단 미리 연락은 하지 마십시오. 서프라이즈로 하고 싶거든요. 무슨 말인지 아시죠."

매니저는 달갑지 않은 상황에서 벗어나 안도하는 눈치였다. "그럼요." 매니저가 엘리베이터 쪽을 가리켰다.

그랜트와 프랭클은 5층에서 내렸다. 마치 새벽 3시처럼 복도의 불빛은 어두웠다. 빛바랜 꽃무늬 벽지는 트루먼 대통령 시절에 바른 것이었다. 그때는 이곳 역시 대통령의 수행단을 받을 만큼 고급스러운 호텔로 인정받았다.

두 사람은 도시의 한 구획만큼 긴 복도를 반쯤 지나 515호 앞에 섰다. 때가 낀 문고리에 '방해 금지' 카드가 걸려 있었다.

프랭클은 아랑곳하지 않고 문을 두드렸다. 답이 없었다. 문에 귀를 댔지만 그랜트도, 프랭클도 발소리를 듣지 못했다.

프랭클은 복도 끝을 보다가 대여섯 칸 떨어진 방에서 한 청소 직원이 나와 복도에 세워 둔 청소 카트로 가는 모습을 발견했다.

"실례합니다? 여사님?" 프랭클이 외쳤다.

발을 끌면서 걷던 50대 라틴계 여성이 고개를 들었다. 프랭클이 배지를 꺼내 보이자 그 직원은 걱정스러운 듯 눈을 끔뻑거렸다.

프랭클이 별뜻 없다는 듯 고개를 저으며 말했다. "아, 다름이 아니라 여쭤볼 게 있어서요. 걱정할 거 없으세요. 정말로."

"무슨 일이시죠?"

프랭클이 515호를 가리켰다. "이 방을 언제 마지막으로 청소하셨는지 궁금해서요."

"어제 이후로 안 했어요." 메이드는 문고리에 걸린 카드를 가리켰다. "오늘 아침 6시에 출근한 이후로 쭉 저 상태였어요."

프랭클이 그랜트에게 한쪽 눈을 깜박이며 신호를 보냈다. 프랭클은 '청소해 주세요'라는 메시지가 보이도록 카드를 뒤집었다.

"이제 들어가셔도 될 것 같아요." 프랭클이 덤덤하게 말했다.

메이드가 노크를 하고 말했다. "청소 서비스입니다."

기다려도 답이 없었지만 두 형사는 그러리라 짐작하고 있었다.

프랭클이 직원을 향해 고개를 끄덕였다. 그런 다음 직원이 카드 키로 문을 열자 방에 들어가지 말고 그대로 서 있으라고 손짓했다. 그녀가 바라던 바였다.

"가서 제 카트 좀 가져와도 될까요?" 직원이 물었다.

"아까 하던 일부터 하시는 게 어떨까요?" 프랭클이 제안했다. "이따가 다시 오시는 게 좋을 것 같습니다."

청소 직원은 그 다리로도 그토록 빨리 걸을 수 있구나 싶게 얼른 자리를 떴다.

프랭클은 총을 꺼내지는 않았지만 언제든 집을 수 있게 총 가까이에 손을 댔다.

"실버 씨? NYPD입니다."

프랭클이 조심스럽게 방에 들어갔다. 그랜트는 바짝 뒤를 따랐다. 옷장에 숨지 않았다면(열어 보니 아니었다) 그들이 찾는 실버는 확실히 이 방에 없었다.

따분한 실내 인테리어가 조금 전까지 있었던 칙칙한 복도와 딱 어울렸다. 가구는 단순했고 좋게 말해 무난했다. 정리된 침대, 소파, 나무 책상과 의자가 전부였다.

프랭클이 다시 복도로 나가 아까 그 청소 직원을 불렀다. "여사님? 잠깐 다시 와 주시겠어요?"

청소하던 방에서 나온 직원이 눈에 띄게 다리를 떨며 515호 쪽으로 왔다. "네?"

프랭클은 직원이 문 앞에 도착할 때까지 기다렸다. "제가 이 호텔의 다른 방을 못 봐서 그러는데요. 이게 다른 방에도 원래 있나요?" 프랭클은 침대 바로 위의 벽을 가리키며 물었다.

직원이 고개를 저었다. "아니요. 처음 보는 거예요."

"그럴 줄 알았어요." 프랭클이 말했다.

두 사람을 보던 그랜트가 벽으로 고개를 돌렸다.

침대 바로 위에 걸려 있는 것은 십자가였다.

◆◆◆

몇 시간 후 레이첼의 지하 사무실로 가니 파 로커웨이의 옛 정신 병원 벽에 있던 십자가가 증거물용 비닐 봉투에 싸여 먼저 도착해 있었다.

펜 호텔 515호에서 발견한 십자가와 쌍둥이처럼 닮은 모습을 보고도 그랜트는 놀라지 않았다.

"실버 녀석 상황이 조금 더 암울해 보이네요." 프랭클이 말했다.

"크리스마스이브에 영국항공 라운지에서 만나기는 글렀네. 바다 건너로 돌아가기 전에 수다나 떨까 했더니 안 되겠어." 그랜트도 같은 생각이었다.

레이첼이 노트북으로 달력을 확인했다. "투숙 기간이 얼마 남았죠? 사흘? 그럼 왜 일찍 떠났을까요?" 레이첼이 두 형사를 올려다봤다. "두 분이 온다는 걸 알았을까요?"

그랜트는 고개를 저었다. "그럴 리 없어. 어젯밤에도 방에 없었던 것 같더라."

"어떻게 알아요?" 레이첼이 물었다.

"침대가 정리돼 있었어요." 프랭클이 설명했다. "관광객이든 사업가든 연쇄 살인범이든 똑같죠. 공짜로 청소를 해 주는 데서 누가 자기 방을 정리해요."

"어디로 갔을 것 같아요?" 레이첼이 질문했다.

"피해자 6호를 처리하러?" 프랭클이 대답했다. "아니면 이마에 로마 숫자 7을 새기기 위해 불륜을 저지르는 사람을 찾고 있는 걸까요?"

"아직 뉴욕에 있다고 가정한다면요." 레이첼이 지적했다.

"탑승객 명단을 확인 중이고 직불 카드 사용 내역이 새로 뜨기만을 기다리고 있어요." 프랭클이 말했다. "호텔에 체크인한 후로 한 번도 안 썼더라고요."

그랜트는 듣는 둥 마는 둥 하며 비닐에 싸인 십자가만 응시했다.

어떤 생각이 머리를 갉작거리고 있었다. 그랜트는 딸과 프랭클을 올려다봤다.

"우리가 완전히 헛다리를 짚었는지도 몰라." 그랜트가 십자가를 툭툭 치며 말했다.

"무슨 말씀이세요?" 프랭클이 물었다.

그랜트가 고개를 저었다. "알면 말했겠지. 다만……."

그는 말을 잇지 못하고 어깨를 으쓱했다.

아버지를 쳐다보던 레이첼이 프랭클을 향해 말했다. "원래 저러세요. 전에도 퇴근해서 몇 시간씩 거실을 왔다 갔다 하는 게 일상이었거든요. 수사 중인 사건에서 뭔가 잘못 짚은 느낌이 든다면서."

잠시 후 모튼 형사가 종이 한 장을 들고 사무실에 들어왔다. 결단코 행복한 얼굴은 아니었다.

"좋지 않은 소식입니다." 모튼이 말했다. 프랭클은 모튼이 건넨 종이를 받아서 한번 보고는 큰소리로 욕설을 내뱉었다.

"젠장." 프랭클이 모튼을 향해 고개를 끄덕였다. "고마워, 모튼. 이만 나가 봐도 돼."

레이첼은 모튼이 사무실을 나가자마자 프랭클 쪽으로 몸을 틀며 물었다. "뭐예요?"

프랭클이 종이를 내밀었다. "어제 실버가 밤 비행기를 탔어요. JFK에서 개트윅으로 가는 노르웨이항공 비행기요. 몇 시간 전에 착륙했을 거예요."

"도망을 쳤다고." 그랜트가 중얼거렸다.

레이첼이 한숨을 쉬었다. "자기가 생각하는 회개와 믿음을 퍼뜨리기 위해 집으로 돌아간 건가요."

"아주 특별한 칼과 십자가 몇 개를 갖고요." 프랭클이 덧붙였다.

그랜트가 무슨 말을 하려다 입을 다물었다. 그러다 레이첼에게 물었다. "잠깐만 아까 했던 말 다시 해 봐."

"자기가 생각하는 회개와 믿음을 퍼뜨리기 위해 영국으로 돌아갔다고요."

"회개와 믿음." 그랜트가 중얼거리더니 컴퓨터로 손짓했다. "아침에 네가 보여 줬던 설교. 다시 띄울 수 있겠어?"

레이첼이 그 책을 찾는 데는 1분도 채 걸리지 않았다. 그랜트는 딸의 어깨 너머로 고개를 빼고 기다렸다. "저거야. 어디서 본 것 같더라니. 한번 봐 봐."

그랜트는 설교 제목을 가리키고 있었다.

"회개와 믿음." 레이첼이 제목을 읽었다.

"회개'와' 믿음." 그랜트가 중간의 단어를 강조해 읽었다. "자세히 보면 알 거야. 중간의 기호가 더하기가 아니라는 거."

'회개+믿음'.

"이건 십자가야." 그랜트가 설명했다. "호텔방과 파 로커웨이 병원에서 찾은 것과 똑같이 생긴 십자가." 그러면서 책상에 놓인 증거물 비닐 봉투를 가리켰다.

"실버는 아주 고집스럽게 자기 식대로만 행동하네요." 프랭클이 말했다.

"그것만이 아니야." 그랜트가 사무실을 둘러봤다. "병원 벽을 찍은 사진이 여기 있나?"

"아니요. 금방 구할 수는 있어요." 프랭클이 어떤 기억을 떠올리고 멈칫했다. "잠깐. 저도 폰으로 몇 장 찍었어요. 그것도 될까요?"

"그럼." 그랜트가 대답했다.

프랭클은 재빨리 사진을 한 장 찾아 그랜트에게 보여 줬다. 조명이 아쉬웠지만 로마 숫자 V 한 개와 I 두 개 형태로 배치된 신문과 사진 사이에서 이젠 익숙해진 십자가가 보였다.

그랜트의 눈이 반짝였다. "이거야."

"뭐가요?" 레이첼이 물었다.

그랜트가 사진을 가리켰다. "이게 뭐 같아?"

"리즈와 리즈 부모님 사진을 로마 숫자 7 모양으로 배치한 거요." 프랭클이 답했다.

"그런데 십자가가 왜 있을까?" 그랜트가 다시 물었다.

"실버의 상징이라서요?" 프랭클이 대꾸했다. "글쎄요……."

프랭클이 말을 하다가 갑자기 멈췄다. 그의 시선이 아이폰 사진에서 컴퓨터 화면 속 프라이어 실버의 책으로 향했다.

프랭클도 그랜트가 생각하는 결론에 이른 듯했다.

"'6'과 '7'." 프랭클이 말했다. "이건 십자가가 아니에요. 더하기 표시지."

그랜트가 고개를 끄덕였다.

"그래서 우리가 여섯 번째 시신을 못 찾은 거군요." 이제는 레이첼도 상황을 따라잡았다. "아직 안 죽인 거예요."

"정확해." 그랜트가 말했다.

"그러니까 6호와 7호를 동시에 죽이려고 영국으로 돌아갔다, 이건가요? 살인자와 간음자를?" 프랭클이 물었다.

그랜트는 답을 하려다 멈췄다. 그의 눈에 괴로운 눈빛이 떠올랐다.

"이런 개 같은."

"왜요, 아빠?" 레이첼이 물었다.

"바로 그거야." 그랜트가 말했다. "누구를 노리는지 알겠어."

16

스탠퍼드 홀리는 런던 경찰청의 오스틴 그랜트 총경과 처음 만났던 순간을 평생 잊지 못할 것이었다.

긴장으로 온몸이 얼어붙었던 그 순간을 말이다.

노동자 계층 출신인 홀리는 어렸을 때부터 P. D. 제임스가 쓴 애덤 달글리시 시리즈의 팬이었고 드라마 '모스 경감'을 즐겨 보며 런던 경찰청에서 일하는 꿈을 키웠다(드라마 속 모스는 옥스퍼드 소속이었지만 어쨌든 죽여주는 경찰이었다). 초롱초롱한 눈으로 열정을 내뿜던 순경 시절 그랜트의 팀에 배정받았을 때 홀리는 부담감으로 기절할 것 같았다. 런던 경찰청의 전설이라는 수식어를 예약해 둔 대선배님 아니던가.

홀리가 그랜트에게 자기소개를 했을 때였다. 핸퍼드 스톨리라고 더듬거리며 이름을 댔다가 스탠퍼드 홀리라고 다시 고쳐 말했다.

"아니, 둘 중에 뭐가 맞는 거야?" 그랜트가 물었다.

다행히 얼굴에 웃음기가 있었다. 그렇지 않다면 홀리는 그 자리에서 도망쳐 다시는 경찰청으로 돌아가지 않았을지도 모른다. 홀리는 두 번째 이름이 맞는다고 했지만 못 말리는 그랜트는 1년 가까이 그를 스톨리라고 불렀다.

홀리의 수습 기간은 그렇게 시작됐다. 홀리는 눈과 귀를 열어 놓되 입을 다물어야 한다는 아버지의 조언을 잘 따랐다. 초창기에 홀리가 그랜트와 했던 대화를 돌아보면 문장의 90퍼센트는 두세 단어를 넘지 않았다. 답은 주로 '네, 선배님'이었고 '죄송합니다, 선배님'도 꽤 많았다.

그럼에도 그랜트는 홀리를 포기하지 않았고 어느새 홀리는 그랜트 총경의 믿음직한 오른팔이 돼 있었다. 경사로 진급하던 날 그랜트가 어깨를 두드리며 '녀석, 자랑스럽다'라고 한 순간만큼 행복했던 적은 없었다. 몇 년 전 아버지를 심장 마비로 잃고 인생에서 가장 힘든 시기를 보낼 때도 그랜트 덕분에 극복할 수 있었다. 그랜트는 홀리가 일에 집중할 수 있도록 중심을 잡아 주는 한편, 아버지를 애도할 시간도 충분히 갖게 해 줬다.

홀리는 다가오는 새해가 두려웠다. 오스틴 그랜트 없이 어떻게 살아야 할지 막막해서 벌써부터 방향을 상실해 버린 기분이었다. 아버지를 두 번 잃는 것만 같아 경찰청을 떠날까 하는 생각까지 했다. 그랜트 없는 경찰청은 예전과 같지 않을 테니까. 하지만 홀리는 인생의 멘토나 다름없는 그랜트에게 실망을 안겨 주기 싫어서라도 하던 일을 계속하기로 마음먹었다.

그랜트가 왜 은퇴를 결정했는지 이해되지 않는 건 아니었다. 직업이 무엇이든 30년은 외길을 걷기에 너무 긴 시간 아닌가. 게다가 경찰의 업무 스트레스는 그 시간을 체감상 두 배로 만들고도 남았다. 홀리는 부인이 아프고 나서 그랜트 총경의 눈빛이 어두워지고 걸음이 느려지는 모습을 바로 옆에서 지켜봤다. 부인이 죽고 딸 레이첼마저 이유 없이 떠나며 그랜트는 크나큰 타격을 입었다. 그래서 그랜트가 갑작스럽게 은퇴를 선언했을 때도 홀리는 전혀 놀라지 않았다.

그 와중에 이번 사건은 그랜트가 경찰로서 보내는 마지막 시간을 완전히 소모시키고 있었다. 그랜트가 마지막까지 이런 식으로 자신을 모욕하느냐며 하늘을 원망한다 해도 비난할 수 없었다. 한 사람이 대체 얼마나 많은 고통과 시련을 견뎌야 한단 말인가. 그것도 하필 런던 경찰청 역사상 최고의 커리어를 기념해야 할 시기에.

그래도 무슨 운명의 장난인지 수사 현장이 뉴욕시로 옮겨지면서 레이첼과 재회하고 부녀 상봉이 성사됐다. 그랜트 부녀가 다시 대화를 하는 사이가 됐다는 소식에 홀리는 안심했고 며칠간 레이첼과 기분 좋게 일할 수 있었다.

유력 용의자로 프라이어 실버를 찾아내 기뻤지만 수사망을 피한 실버가 영국으로 돌아왔을 때는 그만큼 크게 좌절했다. 노르웨이항공 비행기로 귀국했다는 사실을 깨달았을 즈음, 실버는 이미 몇 시간 전에 영국 땅을 밟고 종적을 감췄다. 이스트 엔드에 있는 좁은 집 근처에서도 목격담이 들어오지 않았다. 주변 지역을 샅샅이 뒤지라고 순경들을 보냈지만 당분간은 실버가 집에 돌아오지 않을 것이라는 예감이 홀리의 가슴을 무겁게 짓눌렀다.

그랜트가 정확히 짚었다면 프라이어 실버는 분신과도 같은 칼을 들고 살인을 하기 위해 자레드 플레밍과 리즈 도저를 찾고 있을 것이었다.

홀리와 동료들이 여러 차례 연락을 시도했으나 두 사람은 전화를 받지 않았다. 보통 심각한 일이 아니었다.

이른바 플레밍 사태였다.

홀리와 그랜트가 내심 짐작했던 것처럼 플레밍 사태는 그때 완벽하게 끝나지 않았고 이제 와 다시 고개를 들기 시작했다. 참으로 기가 막힌 타이밍이었다. 그랜트가 빛나는 커리어를 마무리할 시기에 또 찬물을 끼얹었다니.

어찌 보면 운명 같았다. 그랜트가 플레밍 사태라고 이름을 붙인 그 사건이 터지지 않았더라면 그랜트는 애초에 은퇴를 고려하지도 않았을 테니까.

18세기에 조슈아 플레밍은 미국 캐롤라이나의 본인 소유 땅에서 영국으로 작물을 들여와 플레밍스란 담배 회사를 세웠다. 현재는 담배와 최고급 시가를 생산하는 업계 1위가 된 이 기업을 조슈아의 후손 자레드 플레밍이 이끌고 있었다. 몇 년 전 자레드는 현금 조달을 위해 매슈 도저를 동업자로 내세웠다. 초반에는 순탄했지만 최근 들어 플레밍스라는 브랜드가 나아갈 방향을 논의하는 과정에서 두 사람 사이에 마찰이 일기 시작했다.

도저는 얼마 전부터 전자 담배를 강력하게 지지하고 나섰다. 시작은 니코틴 반대 운동과 정부의 담배 광고 규제에 대응하기 위해 전자 담배를 도입한 데서부터였다. 최근 전자 담배 열풍이 불면서 런던에 전자 담배 가게들이 우후죽순 생겨났고, 도저는 전자 담배 가게에 몰려든 청소년과 밀레니얼 세대가 앞으로 일반 담배를 살 일은 없을 거라고 호언장담했다.

전통주의자인 자레드는 안정적인 플레밍스의 상품 라인에 전자 담배를 추가하자는 동업자와 말다툼을 벌였다. 그도 그럴 것이 플레밍은 담배를 만들어 돈을 쓸어 담은 가문이라는 자부심이 컸다. 런던 남서부에서 조금만 더 내려가면 나오는 서리에셔에는 자레드 명의로 된 대저택이 있었다. 고급 차를 여러 대 굴렸고 배도 한 척 있어 주말마다 템스강으로 나갔다.

그런 자레드 플레밍이 간절히 원하면서도 갖지 못한 게 한 가지 있었다. 아름다운 금발의 엘리자베스, 바로 동업자의 아내였다.

하지만 오스틴 그랜트 총경의 말대로라면(홀리 경사는 그의 말이라면 늘 믿어 의심치 않았다) 자레드는 언제든 나쁜 마음을 먹고 상황을 뒤집을 수 있는 인물이었다.

6개월 전 매슈 도저는 주말이면 템스강에서 배를 타는 자레드를 따라나섰다. 자레드는 본인과 동업자가 만취 상태였다고 진술했다. 플레밍의 향후 경영 방식에 대해 합의하는 과정에서 와인을 두 병이나 비웠다고 했다.

다음 날 템스강에서 도저의 시신이 나왔고 법의관 제프리스는 혈중 알코올 농도로 도저가 죽기 전에 술을 마셨음을 확인했다.

전날 저녁 술에 취한 동업자가 배에서 발을 헛디뎌 깊은 강물에 빠졌다고 경찰에 신고했을 당시 자레드 플레밍도 취해 있었다.

오스틴 그랜트는 자레드 플레밍이 도저를 배 밖으로 밀었다고 확신했다.

첫 번째 증거는 시신의 머리 오른쪽에 든 멍이었다. 제프리스는 강한 레프트 훅으로 맞으면 그런 멍이 생길 수 있다고 했다. 강으로 떨어질 때 배 옆면에 머리를 부딪혀 생겼을 가능성도 있다고 지적했지만 그랜트는 확실하게 마음을 굳혔다. 무엇보다 자레드 플레밍은 왼손잡이였다.

그랜트는 리즈 도저의 행동이 더욱 유죄를 뒷받침한다고 생각했다. 미망인은 남편이 갑자기 죽었는데도 전혀 상심한 기색이 없었다. 자레드를 조금도 원망하지 않았고 자레드가 말하는 사고 경위를 의심 없이 받아들였다. 왜 배에서 남편에게 술을 먹였냐고, 왜 난간 밖으로 떨어지는 남편을 잡지 않았냐고 탓하지도 않았다.

리즈 도저는 죽은 남편의 동업자에게서 친구로서 위안을 받았을 뿐이라고 그랜트에게 말했었다.

그랜트는 믿지 않았다. 따라서 홀리도 믿지 않았다.

자레드와 리즈가 가명을 쓰고 치핑 캠든이라는 마을의 민박집에서 주말을 보냈다는 증거를 홀리가 밝혀냈을 때, 그랜트는 다음 단계를 밟았다.

플레밍을 살인 혐의로 기소했던 것이다.

그랜트와 홀리는 리즈 도저에게도 공범 딱지를 붙이고 싶은 마음이 간절했다. 그렇지만 아무리 노력해도 그날 밤 리즈가 배의 근처에 있었다는 증거를 찾을 수 없었다. 운명의 날에 리즈는 마침 첼시에서 친구와 다섯 가지 코스 요리가 나오는 저녁을 즐기고 있었기 때문이다.

뒤이은 재판은 언론의 훌륭한 먹잇감이 됐다. 몬티 퍼거슨 같은 기자들은 자극적인 스캔들 거리만 골라 퍼뜨렸다. 플레밍이 확실하게 유죄 평결을 받도록 그랜트와 제프리스가 (또 검찰이 긁어모은 그 밖의 전문가들도) 최선을 다했지만 담배 기업의 후계자는 사건이 배심으로 넘어간 지 1시간도 되지 않아 무죄를 받고 풀려났다.

퍼거슨을 비롯한 신문 기자들은 애초에 혐의가 빈약한 사건을 재판까지 억지로 끌고 갔다며 그랜트를 맹렬하게 비난하는 기사를 내보냈다.

그랜트는 겸허히 패배를 받아들이는 것 같아 보였지만, 홀리는 충직한 부하로서 이 사건으로 그랜트가 얼마나 마음고생을 심하게 했는지 누구보다 잘 알고 있었다.

그러다 자레드가 플레밍 가문의 에서 저택을 매물로 내놓고 프림로즈 힐에서 리즈 도저와 동거하기로 했다는 소문이 들려왔다. 그랜트는 종일 사무실에 틀어박혀 나오지 않았다.

그랜트의 생각이 옳다면 이제 플레밍 사태는 최후의 위험한 한판만을 남겨 두고 있었다.

만일 프라이어 실버가 여섯 번째와 일곱 번째 피해자를 동시에 죽인다고 한다면 자레드 플레밍과 리즈 도저는 더없이 완벽한 후보였다.

'살인하지 마라.'

'간음하지 마라.'

한 명은 살인을 했고, 다른 한 명은 간음을 했다.

자레드도 간음을 했다고 볼 수 있지. 홀리가 생각했다.

홀리는 고개를 절레절레하며 런던의 남동쪽 교외에서 교차로를 지나갔다. 물론 실버는 플레밍이 두 가지 죄를 다 저질렀든 말든 신경 쓰지 않을 것이었다.

그랜트가 뉴욕에서 전화로 말했듯 모든 조건이 충족됐다.

홀리는 그랜트와 통화를 끝내자마자 도저와 플레밍이 사는 프림로즈 힐 집으로 전화를 걸었다. 아무도 받지 않았다. 두 사람의 휴대폰도 마찬가지였다.

제발 어디 먼 곳으로 휴가라도 떠났기를.

그렇게 빌면서 홀리는 두 사람의 행방을 아는 이웃이 있는지 이중으로 확인하기 위해 런던 북부로 순경들을 보냈다.

며칠 사이 자레드와 리즈를 봤다는 사람은 없었다. 홀리는 두 사람이 돌아오거나 경찰의 전화를 받을 때까지 저택을 감시하라고 부하들에게 지시했다.

이렇게까지 했으니 마음이 조금은 편해져야 했지만, 오랜 시간 오스틴 그랜트 총경과 함께하며 그를 닮지 않기란 어려운 일이었다. 머리 뒤쪽을 갉작거리는 느낌, 그랜트가 절대 무시하면 안 된다고 가르쳤던 그 느낌을 떨쳐 버릴 수만 있다면 얼마나 좋을까.

자꾸만 한 단어가 떠올랐다.

에셔.

자레드가 이미 몇 달 전에 가문의 저택을 매물로 내놓았지만 그 집이 팔렸다는 말을 들은 기억은 없었다. 이 동네에서는 그리 놀랄 말한 일은 아니었다. 에셔는 부촌이라 웬만한 사람들이 구입하기에 집값이 턱없이 비쌌다. 게다가 최근 몇 달 사이 플레밍이 구설에 오르는 일도 있었으니 집이 금방 팔리기 힘들었을 것이다.

홀리는 부동산 매매의 세계에 대해 잘 몰랐다. 어렸을 때부터 지금까지 쭉 같은 집에서 아버지와 살고 있었고, 앞으로도 주로 서민들이 거주하는 외곽 도시인 워킹을 떠나지 못할 처지였기 때문이다. 에셔는 그야말로 홀리가 넘볼 수 없는 동네였다.

단, 위치상 워킹의 집으로 가려면 에셔를 지나가야 했다.

잠깐 들러서 확인이라도 해 볼까? 그러면 내일 아침 히스로에 도착하는 그랜트 일행을 마중 나갈 때 더욱 완벽한 보고를 할 수 있었다.

홀리는 8시가 지난 시각에 리치먼드에서 A3 도로를 탔다. 약 30분 후 서쪽으로 방향을 틀고 힌츨리 우드를 통과했다. 어느 한가한 오후에 다른 사람들과 경주마에 관한 부질없는 조언을 주고받은 적이 몇 번 있었던 샌돈 경마 공원을 지나자 에셔가 나왔다.

서리답게 예스럽고 고요한 동네였다. 중심가의 술집 앞에 주차된 차도 많지 않았다. 금색 리스를 건 문 위로 크리스마스 전구가 깜박이고 있었다. 몇몇 주민이 술집 안의 트리 주변에 모여 에그노그 잔을 부딪치고 다트를 던지는 모습이 보였다.

나도 일 끝나면 집에 가서 한잔해야겠다.

홀리는 내비게이션을 확인하고 대로를 쭉 달렸다. 내비게이션에서 딩동 소리가 나서 옆길로 방향을 틀었다. 야트막한 언덕을 오르자 다시 딩동 소리가 났다. 기계음이 목적지에 도착했음을 알렸다.

철제 대문에 붙은 부동산 표지판이 가장 먼저 눈에 들어왔다.

아직도 안 팔렸네. 홀리는 생각했다. 아직도 내가 살 수 없는 금액이고.

이런 집에서 살고 싶은 마음은 없었다. 홀리라면 집 안에서 길을 잃을지도 몰랐다.

집은 으리으리했다. 튜더 양식의 건축물은 런던 경찰청 건물을 통째로 삼킬 수 있을 만한 크기였다. 넓은 정원이 겨울의 보름달 빛에 반짝였다. 집이 빨리 팔릴 수 있도록 플레밍이 사람을 여럿 두고 정원을 관리하는 듯했다.

홀리는 정원에서 집의 전면으로 시선을 옮겼다. 자갈이 깔린 원형 진입로에 차가 두 대 서 있었다. 반짝이는 벤틀리와 검은색 아우디였다.

집 안에서 두 개의 불빛이 보였다. 하나는 거대한 현관문 바로 뒤에서 새어 나왔고, 2층 어딘가에도 조명이 켜져 있었다.

홀리는 대문 근처에 차를 세우고 창밖으로 손을 내밀어 나무 기둥에 달린 초인종을 눌렀다. 옆의 스피커에서 반응이 나오기를 기다렸지만 침묵만 흘렀다.

차에서 내려 다시 초인종을 눌렀다. 큰 소리로 외쳐도 봤다. 저쪽에 사람이 있을 수도 있고, 초인종이 고장 났을 수도 있었기 때문이다.

여전히 반응은 없었다.

홀리가 대문에 손을 대자 놀랍게도 문이 휙 열렸다.

홀리는 망설이며 차를 돌아봤다. 지원을 요청할까? 하지만 경찰청에서 여기까지 오려면 30분은 족히 걸릴 터였다. 그것도 빨라야 30분이었다.

기왕 여기까지 온 김에 대문을 열고 집 안으로 들어가 보기로 했다.

현관에서도 무의미한 절차를 거쳤다. 초인종을 누르고 노크를 했지만 아무도 응답하지 않았다.

그랜트가 무시하지 말라고 경고했던 감각이 이제는 온몸으로 퍼지고 있었다. 대문처럼 스르르 열리는 현관문을 확인하자 그 느낌이 더욱 강해졌다.

홀리가 문을 열고 외쳤다.

"플레밍 씨? 도저 씨? 런던 경찰청에서 나왔습니다."

밖에서 본 불빛의 근원지는 천장에 매달린 치훌리(데일 치훌리, 현대 유리 조형 예술가 - 옮긴이)풍 샹들리에였다. 환한 빛이 쏟아지는 현관을 지나니 집을 보러 온 사람들에게 과시하기 위해 가구로 꾸며 둔 넓은 거실이 나왔다.

홀리는 이런 공간에 아무 관심이 없었다. 그는 오로지 눈앞의 계단에 시선을 고정했다.

계단 카펫에 피 묻은 발자국이 찍혀 있었다.

◆◆◆

홀리는 위층의 부부 침실에서 두 사람을 발견했다.

진입로에서 본 두 번째 불빛은 그 방에서 나오는 것이었다.

처음에는 침대에서 뒹구는 리즈 도저와 자레드 플레밍을 방해한 걸로 착각했다. 하지만 홀리는 빠르게 깨달았다. 누군가 그런 식으로 자세를 연출해 놓았다는 것을.

옷도 다 갖춰 입은 상태였다. 그리고 완전히 피투성이였다.

홀리는 침대 가까이 다가갔다. 나중에 증거로 분류될 수 있는 물건을 건드리지 않으려면 조심해야 했다.

죽었는지 보려던 것은 아니었다. 침대와 두 사람의 몸은 도살장을 연상케 했다. 여기서 목숨을 보전할 수 있는 사람은 없어 보였다.

홀리는 그저 확인을 하고 싶었다.

예상대로 자레드 플레밍의 이마를 로마 숫자 VI 모양으로 파 놓았다. 그가 넘봐선 안 됐던 여자의 눈썹 위에 칼로 새겨진 글자는 VII이었다.

홀리는 어떤 소리에 몸을 바로 세웠다.

동시에 자신이 엄청난 실수를 저질렀다는 사실을 깨달았다.

진입로에 서 있던 차는 두 대였다.

그때는 플레밍과 엘리자베스 도저의 차라고 추측했었다.

그의 뒤에 서 있는 피투성이 살인자의 차일 줄은 미처 몰랐다.

"아, 홀리 경사." 그가 말했다. "당신과 그랜트 총경이 알면 기뻐할 소식입니다. 우리가 여기 일을 마무리하기 전에 플레밍에게 자백을 받아 냈어요. 안타깝게 사망한 동업자 로저 씨를 자기가 죽였답니다."

그러면서 자신이 침대 위에 만들어 놓은 작품을 향해 피가 뚝뚝 떨어지는 칼을 흔들었다.

십계명 살인자가 다가오는 모습을 보며 홀리 경사는 자기도 모르게 오스틴 그랜트를 떠올렸다.

스탠퍼드 홀리는 방금 알게 된 사실들을 자신의 멘토에게 전하지 못해 진심으로 가슴이 쓰렸다.

The Last Commandment

런던
폴링

London
Falling

17

프라이어 실버는 초조했다.

그는 현재 집에서 세 블록 떨어진 스테프니의 신문 가판대 옆에 서 있었다. 집 앞 도로를 감시하는 순경 두 명이 보였다. 실버는 혼 잣말을 중얼거리며 지하철역 계단을 내려갔다.

상황이 걷잡을 수 없이 꼬이고 있었다.

뉴욕이 모든 걸 망쳐 버렸다. 영국 집을 떠나는 게 아니었다.

실버는 스테프니 그린역 끝까지 에스컬레이터를 타고 내려가 두 리번거리다 공중전화 부스를 찾았다.

무사히 안으로 들어가 빨간색 문을 닫고 외투 안에서 작은 나무 십자가와 성경 책을 꺼냈다. 그러고는 십자가를 꼭 쥐고 마가복음 쪽을 펼쳤다.

"때가 다 돼서 하느님의 나라가 다가왔다." 실버가 성경 구절을 소 리 내어 읽었다. "너희는 회개하라. 그리고 이 복음을 믿어라."

그는 성경 책을 덮고 눈을 질끈 감으며 십자가를 더욱 꽉 움켜쥐었다.

"너희는 회개하라." 같은 구절을 되뇌었다.

눈을 떴을 때 그의 눈에 새로운 결의가 가득했다.

실버는 동전 투입구에 1실링 동전을 연달아 넣고 기억에 각인된 번호로 전화를 걸었다. 신호음이 들렸다.

프라이어 실버는 이 세상에서 그를 도울 수 있는 단 한 사람이 이 간절한 전화를 받아 주기를 기다렸다.

18

NYPD 1급 형사 존 프랭클은 세상과 단절된 듯 완전한 무력감을 느꼈다.

천 미터 상공에서 777기에 갇혀 대서양 위를 날아가는 게 이런 기분이구나.

건너편 통로를 봤다. 밤 비행기 안에서 레이첼은 영국항공 로고가 찍힌 담요와 안대 덕분에 앉은 채로 포근하게 잠들어 있었다. 그러나 옆자리에 앉은 그녀의 아버지는 뜬눈으로 앞만 보고 있었다. 프랭클도 속이 갑갑했지만 비행기를 타고 영국으로 돌아가는 그랜트의 심정에는 반도 미치지 못할 터였다.

살인자가 오스틴 그랜트를 겨냥하고 있다는 사실이 명백해졌다. 파 로커웨이의 도난 차량에서 X표로 엉망이 된 그랜트의 사진이 나왔고, 프라이어 실버가 유력한 용의자로 떠올랐다. 그것도 모자라 이제는 '플레밍 사태(그랜트가 붙인 이름이었다)'까지. 이 모든 게 우연일 수는 없었다.

그랜트가 자레드 플레밍과 엘리자베스 도저를 추적했던 때의 이야기를 프랭클은 흥미진진하게 들었다. 타블로이드지에서 얼핏 본 기억이 있지만, 그가 담당하는 사건이 산처럼 쌓여 있는데 바다 건너 나라에서 벌어지는 재판까지 신경 써서 볼 여유는 없었다. 어쨌든 두 사람은 실버가 다음으로 노리는 피해자의 조건에 딱 들어맞았다.

프랭클이 그랜트를 따라 런던으로 가겠다고 하자 해리스 서장은 군말 없이 허락해 줬다. 상관은 범인이 연쇄 살인의 장을 먼 나라로 옮겼다는 데 안도의 한숨을 쉬는 것 같았다.

레이첼이 같이 가느냐 마느냐 하는 문제로는 말싸움이 벌어졌다. 그랜트는 좋은 생각이 아니라고 했지만 레이첼은 프라이어 실버를 찾는 데 도움을 준 자신도 이 사건의 관계자라고 주장했다. 그랜트가 안전하게 지낼지 미국에서 밤새 걱정하고 싶지 않다고도 했다. 또한 성인 여성으로서 자기가 어디서 어떻게 지내는지는 스스로 선택한다고 쐐기를 박았다.

프랭클은 슬며시 미소를 지었다. 마지막 이유만으로도 그랜트가 지는 싸움이었기 때문이다.

손목시계를 확인하니 히스로 공항에 도착하기까지 아직 3시간이 남았다. 드웨인 존슨이 나오는 액션 영화를 틀었지만 금세 흥미가 떨어졌다.

그 대신 프랭클은 실버를 추적하는 일이 어떻게 돼 가고 있는지 되짚어 봤다. 실적이 썩 좋지는 않았다.

세 사람이 영국항공 제트기에 올라탄 시점에 실버는 이미 만 하루 가까이 영국에 있었다. 노르웨이항공 비행기에서 내린 후로 실버를 목격한 사람도 없었다. 홀리의 보고에 따르면 자레드 플레밍과 엘리자베스 도저 역시 종적을 감췄다.

고개를 돌리니 그랜트가 프랭클을 쳐다보고 있었다.

"우리 둘 다 조금이라도 자려고 노력해야 할 텐데." 그랜트가 작은 소리로 말했다.

"여기서 중요한 말은 '노력'이죠." 프랭클이 지적했다.

그랜트도 맞는 말이라고 고개를 끄덕이고 눈을 감았다. 프랭클은 소용없다는 것을 알면서도 등을 기대고 잠을 청했다.

객실에 불이 들어오고 20분 안에 착륙할 예정이라는 승무원의 안내 방송에 프랭클이 퍼뜩 잠에서 깼다. 그랜트는 언제나처럼 깊은 생각에 잠겨 허공을 바라보는 자세를 취하고 있었다. 그랜트도 프랭클처럼 피로를 못 이기고 잠이 든 걸까?

아니었다. 그랜트가 잉글리시 브랙퍼스트 티인 듯한 음료를 마시는 모습이 보였다.

레이첼이 기지개를 켜고 두 사람을 돌아봤다. "두 분 잠 좀 주무셨어요?"

"우리 중 한 사람은." 그랜트가 말하며 프랭클을 가리켰다. "코까지 골더라고."

레이첼이 키득거렸다. 프랭클은 머쓱한 듯 어깨를 으쓱하고는 통로를 따라 음료수 카트를 미는 승무원에게서 감사한 얼굴로 커피를 받아 들었다. 홀리 경사가 어떤 소식을 전하든 맑은 정신으로 듣고 싶었다.

홀리가 마중을 나오지 않았다.

그랜트는 홀리답지 않은 일이라고 했다. 시간 엄수는 홀리의 주특기였다. 더구나 그랜트 총경과의 약속에 단 한 번도 늦은 적이 없었다.

레이첼이 도착 시간이나 터미널을 착각한 건 아닌지 그랜트에게 물었다.

"너랑 대화하던 사람이 그런 성격으로 보이던?" 그랜트가 되물었다.

레이첼은 반박할 수 없었다.

그랜트가 홀리의 휴대폰에 전화를 걸었지만 곧바로 음성 사서함 메시지가 흘러나왔다. 경찰청에 연락해 보니 어제 저녁 이후로 홀리의 소식을 들은 사람이 없다고 했다. 프랭클은 점점 불안해지기 시작했다.

도착/출발을 알리는 전광판의 디지털시계를 올려다봤다. 오전 8시 15분이었다. "러시아워라 차가 막히는 거 아닐까요?"

"그럼 휴대폰은 왜 안 받아?" 그랜트는 다시 통화 버튼을 눌러 전화 너머의 상대방에게 홀리의 차량과 휴대폰을 추적해 달라고 부탁했다.

5분도 되지 않아 그랜트의 전화가 울렸다.

"터미널을 돌고 있다는 전화일 거예요." 레이첼이 일말의 희망 사항을 담아 말했다.

그랜트가 휴대폰 화면을 봤다. "경찰청이야." 통화는 짧게 끝났다.

"고맙네. 그쪽으로 출발하지."

그랜트가 전화를 끊고 나서 딸과 프랭클을 돌아봤다.

"위치 추적을 했는데 차가 에셔에 있대. 마지막으로 휴대폰을 사용한 장소도 거기고."

"그래픽 아티스트 에셔요?" 프랭클이 물었다.

"서리라는 지역에 있는 동네예요. 공항에서 멀지 않을걸요." 레이첼이 말하고 아빠를 쳐다봤다. "정확한 위치도 알아냈대요?"

"없어도 돼. 어디로 가야 하는지 알 것 같아."

프랭클은 그랜트의 말투가 마음에 걸렸다.

마치 단어 하나하나가 파멸에 물들어 있는 것 같았다.

◇◇◇

그들은 택시를 타고 30분가량 남쪽으로 달렸다.

그랜트는 공항을 빠져나오자마자 다시 경찰청에 연락해 어떤 주소를 대며 지원 병력을 요청했다. 레이첼과 프랭클에게는 플레밍이 소유한 서리의 저택에서 그와 두 차례 인터뷰를 한 적이 있다고 전화를 걸기 전에 먼저 알려 줬다.

"제프리스팀도 대기하고 있으라 전하고." 그랜트가 동료에게 지시하고 전화를 끊었다.

"제프리스가 누구예요?" 프랭클이 물었다.

"법의관."

프랭클은 그랜트가 과민 반응을 하는 거라 믿고 싶었다. 하지만 에셔 저택 앞에 서 있는 홀리의 차를 본 순간 세 사람이 동시에 느겼을 두려움을 가라앉힐 수 없었다.

각자 택시에서 짐을 꺼내 홀리의 차 옆에 내려놓았다. 손님들을 내려 준 택시는 순식간에 자리를 떴다. 프랭클은 대문 너머의 저택을 바라봤다. 자갈이 깔린 원형 진입로에 벤틀리 한 대가 서 있었다. 혹독한 겨울에 알몸이 된 나무 위에서 용감한 새들만 지저귈 뿐 아무 소리도 들리지 않았다.

"동료분들을 기다릴까요?" 프랭클이 물었다.

그랜트는 홀리의 자동차 후드에 손을 올리고 말했다. "얼음장처럼 차가워. 늦어도 어젯밤부터 여기 있었을 거야. 안에 들어가도 돼."

레이첼은 격하게 반대했다. "아빠, 다른 사람들 올 때까지 기다려요."

"네가 우리 대신 기다려 주면 고맙겠다." 그랜트가 딸에게 말했다.

그는 거대한 대문 뒤에 서 있는 저택으로 시선을 돌렸다.

파 로커웨이 병원에 있던 '출입 금지' 판만 있으면 똑같겠네. 프랭클은 생각했다.

그랜트도 프랭클과 비슷한 생각을 한 듯 말했다.

"이 안에서 무슨 일이 일어났건 간에 우리가 막기엔 너무 늦었어."

❖❖❖

홀리 경사도 그 일을 막을 수는 없었다. 안방 침대에 놓인 자레드 플레밍과 엘리자베스 도저의 시신 위로 홀리의 시신이 늘어져 있었다. 미켈란젤로의 '피에타'를 멋대로 왜곡한 모습 같았다. 다 큰 자녀의 죽음을 슬퍼하는 또 한 명의 부모로 플레밍을 추가해 놓은 모습이었다.

범인이 그랜트를 위해 연출한 장면이 분명했다. 마치 이렇게 말하는 듯했다. "이로써 당신에게 당신의 아들, 선량한 홀리 경사를 바칩니다."

프랭클은 그랜트를 만난 후로 그의 얼굴에서 이토록 고통스러운 표정은 처음 봤다. 그 안에는 고통 못지않은 분노도 있었다.

"정말 유감입니다." 프랭클은 이 말밖에 할 수 없었다. 어떤 단어를 이어 붙여도 그랜트에게 위로가 되지 않을 터였다.

그랜트는 겨우 고개만 끄덕였다.

프랭클도 가까운 동료가 순직했다면 비슷한 반응을 보였을 것이다. 지금은 눈앞의 일에 집중하고 사건을 해결하는 방향으로 슬픔과 분노를 돌리는 방법밖에 없었다.

공포가 런던을 집어삼키기 직전이었다.

메리 크리스마스는 개나 줘야겠군.

❖❖❖

경찰청 소속 형사 몇 명이 지원을 위해 도착했고, 곧이어 제프리스도 팀원들을 이끌고 등장했다. 총경 업무를 대신하고 있는 프랭클린 스테빈스 청장도 도착해 그랜트의 소개로 프랭클과 인사를 나눴다. 스테빈스는 크리스마스 브런치를 즐기던 중에 가족만 두고 골프 클럽에서 나와야 했다. 프랭클은 스테빈스가 그를 보고 떨떠름해한다는 느낌을 받았지만, 프랭클이 이곳에 있다는 건 연쇄 살인마가 영국으로 돌아왔다는 뜻이니 그의 입장도 이해는 됐다.

실버의 이름과 얼굴을 언론에 공개하는 문제를 두고 의견 충돌이 일어났다. 그랜트는 살인 용의자가 영국으로 돌아왔다는 사실을 알려야 실버가 잠적하기 힘들어진다고 주장했다. 스테빈스는 크리스마스를 코앞에 두고 혼란을 일으키기 싫다면서 발표를 미루자고 우겼다.

스테빈스는 더 높은 직급을 이용해 논쟁을 뭉개 버렸다. 그는 하루빨리 이 빌어먹을 사건을 해결해 달라고 애원하다시피 했다.

"그 말을 할 때 왜 절 탓하는 느낌이 들었을까요?" 크리스마스 연휴를 즐기던 곳으로 다시 돌아가는 것 같아 보이는 스테빈스를 태운 차가 떠나자 프랭클이 물었다. "뉴욕 사람들을 죽이고 다닐 때 못 잡은 게 제 잘못인 것처럼요."

"실버가 바다를 건너게 놔뒀다면서 자네 쪽의 해리스 서장이 날 보고 느끼던 감정과 비슷하겠지."

홀리 경사의 차로 돌아가니 레이첼이 기다리고 있었다.

레이첼은 2층에서 발견한 현장을 직접 보겠다고 강력히 주장했고, 두 남자는 레이첼의 고집을 꺾을 수 없었다. 프랭클은 레이첼이 영국인 특유의 의연함을 애써 유지하다가 살육 현장 앞에서 무너지는 모습을 지켜봤다. 그는 얼른 레이첼을 붙잡고 아래층 밖에 서 있는 차까지 부축했다.

"넌 집에 가 있어." 그랜트가 딸에게 말했다.

레이첼도 런던으로 간다는 결정이 났을 때 그랜트가 마이다 베일 집에서 지내자고 그녀를 설득했다. 레이첼은 아빠의 말을 따르기로 했다.

"아빠 없이 혼자 안 가요." 레이첼이 말했다. "난 괜찮아요."

물론 전혀 괜찮지 않은 기색이었지만 그동안 레이첼을 봐 온 프랭클은 그녀의 고집을 꺾지 못한다는 사실을 잘 알았다.

한 형사가 다가와 제프리스가 준비됐음을 알렸다.

잠시 후 그랜트와 프랭클은 안방으로 돌아갔다.

방을 나갔다 온 사이 많은 변화가 있었다.

현장팀은 가능한 한 모든 각도로 시신의 사진을 찍었다. 피로 물든 카펫은 비닐로 덮여 있었다. 증거를 채취하고 범인과 피해자의 예상 동선을 추적하는 작업이 이뤄졌다.

제프리스는 그랜트와 프랭클이 의심했던 몇 가지를 사실로 확인해 줬다. 플레밍과 도저의 이마에 새긴 표식은 12월 초 제프리스가 부검한 시신 세 구에 있던 표식과 일치했다.

"미국 동료분들에게 사진 보냈습니다." 제프리스가 프랭클에게 말했다. "신부와 다른 피해자도 같은지 비교해 볼 겁니다."

"저는 전문가가 아니라서 잘 모르지만요." 프랭클이 말했다. "제 눈에는 동일해 보입니다."

제프리스는 플레밍 커플이 벽난로 앞에 앉아 있다가 범인의 공격을 받은 것으로 추측했다. "옷을 다 입고 있었고 피가 튄 흔적을 보면 목을 베인 후에 침대로 끌려갔습니다." 그러고는 이마에 글자를 새기듯 손가락을 돌리며 말했다. "베개의 얼룩을 보면 두 사람이 저곳에서, 뭐랄까, 영면에 들고 난 후에 숫자를 새긴 것 같고요."

"홀리 경사는?" 그랜트가 물었다.

얼마나 고통스러운 질문인지 얼굴에 다 드러나 있었다.

"문 근처에서 급습을 당한 것 같습니다."

"플레밍과 도저를 발견했을 때 그런 게 아닐까요?" 프랭클이 의견을 냈다.

"그럴 가능성이 큽니다."

제프리스는 비닐로 덮인 카펫의 피 웅덩이를 가리켰다. "홀리 경사는 뒤를 돌았다가 바로 뒤에 서 있는 범인을 발견했을 겁니다. 죽인 다음에는 시신을 다른 피해자들 위에 놓고 아주 정교해 보이는 자세로 만들었어요."

"연출을 했다는 거네요." 프랭클이 말했다.

"맞습니다." 제프리스가 동의했다. "그냥 위에다 던졌다면 팔다리가 멋대로 꺾였을 겁니다."

그랜트는 죽은 동료를 향해 성호를 그었다. 프랭클은 그의 얼굴에서 복잡한 심경을 읽을 수 있었다.

"1학년 때 이후로 처음이야." 그랜트가 나직이 말했다. 그러고는 제프리스에게 물었다. "홀리에게 무슨 표식은 없었나?" 몹시도 절박한 목소리였다. "로마 숫자 같은 거?"

"그런 건 없었습니다." 제프리스가 답했다. "계속 찾아보겠지만 홀리 경사는 운이 나빴을 뿐이라고 보셔도 무방할 것 같습니다."

그랜트가 몸을 틀어 프랭클을 똑바로 봤다. 입을 열었을 때 그의 목소리는 분노로 가득했다.

"막아야 해. 당장."

◆◆◆

프랭클은 룸서비스 트레이에 거의 손을 대지 않았다. 상시 판매 메뉴에 있는 초콜릿 밀크셰이크도 시켰지만 영 끌리지 않았다.

고급스러운 코번트 가든 호텔(그랜트 부녀가 추천했다)의 좁지만 인테리어가 훌륭한 방에 들어와 처음 1시간은 몸을 가만히 두지 못하고 방 안을 서성였다. 그러다 비행기에서 음식 같지 않은 음식을 먹은 후로 식사를 하지 않았다는 사실을 깨닫고 뭐라도 주문하기로 했던 것이다.

햄버거, 감자튀김, 셰이크가 도착한 순간 혹시나는 역시나가 됐다. 프랭클은 완전히 입맛을 잃었다.

그와 그랜트는 에서 저택에서 나온 후 현실을 직시해야 했다. 미국을 떠나 온 후로 수사에 아무런 진전이 없었다.

저택 앞에 다른 차가 서 있었던 증거를 현장팀이 발견했지만 차량의 제조사를 확인할 방법이 없었다. 프라이어 실버는 차가 없었고 실버가 차를 빌렸다는 기록도 없었다. 아마도 차량을 탈취했거나, 파 로커웨이에서 조세핀 터틀이 키를 꽂은 채로 뒀던 현대 소나타 같은 차를 찾은 게 아닌가 싶었다.

에셔는 작은 동네였고 어젯밤 주민들은 집에서 크리스마스 선물을 풀거나 핫토디(크리스마스에 주로 마시는 따끈한 칵테일 - 옮긴이)로 과음을 했다. 플레밍의 집 근처에서 누군가를 목격한 사람이 없다 해도 전혀 이상할 게 없었다.

나도 대학 친구놈들이랑 왔을 때처럼 술이나 퍼마셔야겠다. 프랭클은 생각했다.

하지만 술을 마신다고 죽은 부하 앞에 서서 50년 만에 처음으로 성호를 긋던 오스틴 그랜트의 모습이 쉽게 잊힐 것 같지는 않았다.

총경님은 이제 이 사건을 사적인 문제로 받아들이고 있는 거야.

룸서비스가 도착하고 몇 분 후에 프랭클의 휴대폰이 울렸다. 프랭클은 번호를 보고 곧장 전화를 받았다.

통화는 길지 않았다.

전화를 끊은 프랭클은 한참 동안 왼손을 응시했다.

잠시 후 손가락에서 금반지를 빼 세면도구 파우치에 넣었다.

1시간째 셰이크를 보며 얼마나 더 기다려야 우유가 엉겨 붙을까 생각하던 차에 문을 두드리는 소리가 났다.

프랭클은 몸을 일으키고 걸어가서 문을 열었다.

레이첼이 서 있었다.

"거기 서서 보고만 있을 거예요? 들어오라고 안 해요?" 레이첼이 슬며시 웃으며 말했다.

"정말로 왔다는 게 안 믿겨서요." 프랭클이 문을 열어 주며 대답했다. "아버님께는 뭐라고 했어요?"

"친구 만나러 간다고 했어요."

레이첼이 방으로 들어오자 프랭클은 문을 닫았다.

"나 친구예요?"

"그랬으면 좋겠어요." 레이첼이 대답했다.

그러면서 한 걸음 더 다가와 미소를 지었다.

"아빠한테는 기다리지 말라고 했어요."

프랭클은 레이첼을 끌어안고 그녀와 처음으로 키스를 했다.

프랭클에게도 이 일은 사적인 문제가 돼 가고 있었다.

19

런던 호텔 앞에서 비를 맞았던 밤이었다.

그랜트가 호텔로 들어간 후 프랭클과 레이첼은 택시를 잡으려 했지만 뜻대로 되지 않았다. 도어맨까지 합세해 파울을 외치는 심판처럼 미친 듯이 손을 흔들고 호루라기를 불어 젖혔지만 택시 두 대는 고사하고 한 대도 보이지 않았다.

뉴욕시의 전형적인 모습이었다. 해가 쨍쨍한 날에 느긋하게 산책을 할 때는 코너에서 걸음만 멈춰도 택시들이 상어 떼처럼 습격했다. 그러나 비가 오기 시작하면 택시보다는 지미 호파(1975년에 실종된 미국의 노동 운동가 - 옮긴이)의 시신을 먼저 찾을 가능성이 더 컸다(프랭클은 습지인 메도랜즈에 있던 옛 자이언츠 스타디움의 1미터 라인 아래 묻혀 있다는 이론을 지지했다).

레이첼은 우버를 부르자고 했다. 하지만 공연이 막 끝난 시각이라 홀딱 젖은 관객 수천 명이 우버 앱을 켜고 있었다. 레이첼이 간신히 한 대를 찾았지만 기사는 세 배나 되는 추가 요금을 불렀다. 평소라면 JFK 공항까지도 갈 수 있는 금액이었다. '수락'을 누를지 말지 고민하는 사이 절박한 관람객 하나가 순식간에 선수를 치는 바람에 두 사람은 런던 호텔의 차양 아래에서 발만 동동 굴러야 했다.

프랭클은 이러니까 술 생각만 난다고 툴툴거렸다. 그런데 예상 밖으로 레이첼이 죽여주는 아이디어라며 동조했다.

레이첼은 호텔로부터 두 블록 거리에 위치한 작은 프랑스 식당 루 57의 바가 괜찮다며 어차피 다 젖었으니 폭풍우를 뚫고 가 보자고 했고, 프랭클도 기꺼이 그녀의 의견을 따르기로 했다. 두 사람은 빗물을 첨벙거리며 6번가 코너를 돌아 루 57이라는 이름의 유래가 된 57번가로 향했다.

식당에서 받은 냅킨으로 적당히 물기를 닦고 나서 안내에 따라 칸막이가 있는 자리로 들어가 추위를 녹여 줄 아이리시 커피를 주문했다. 그러다 크리스마스를 기념해 핫토디까지 마시게 되자 프랭클은 뭔가 큰일이 났음을 직감했다.

레이첼은 아름답고 영리하고 주관이 뚜렷한 여자였다. 게다가 정확히 말로 표현할 수는 없지만 여태까지 만난 다른 여자들과는 왠지 달랐다. 스모키 메이크업을 한 회청색 눈에 여린 구석이 있어서일까? 그래서 본능적으로 보호해 주고 싶다는 마음이 드나? 아니면 살짝 허스키한 웃음소리 때문인가? 그 소리를 다시 듣고 싶어 재미있는 이야기를 쉴 새 없이 하게 되나? 아니면 레이첼이 정말로 프랭클과 대화하는 것을 즐겨서? 레이첼은 3시간 후 웨이터가 '주문이 끝났다'고 말하러 왔을 때까지도 자리를 뜨지 않았다.

프랭클은 순식간에 레이첼에게 빠져들었다. 아니, 그런 말로는 자신의 감정을 완벽하게 설명할 수 없었다.

처음 몇 분 동안은 뻔한 주제로 대화를 나눴다. 거지 같은 날씨와 이번 사건에 대해. 둘 다 진눈깨비와 녹아서 질척거리는 눈을 혐오했고, '지랄 맞은 기온(레이첼의 표현에 프랭클은 대단히 만족했다)'이 빨리 올라가거나 노래 '렛 잇 스노Let It Snow'처럼 눈이 와서 '화이트 크리스마스White Christmas'가 돼야 한다는 데 동의했다(프랭클은 둘 중 한 곡을 부르고 싶었지만 참았다). 십계명 살인자는 짧게 언급만 하고 넘어갔다. 둘 다 밤 11시에는 일 얘기를 하고 싶지 않았기 때문이다.

프랭클은 살짝 녹슨 반지를 끼고 있는 왼손으로 레이첼의 시선이 몇 번 향하는 것을 봤다. 그래서 며칠 전 레이첼의 아빠와 점심을 먹으며 했던 이야기를 재탕해서 들려줬다.

"하와이 해변 술집이라니. 낭만적인데요." 창문을 비추는 크리스마스 전구 불빛을 받아 총천연색으로 떨어지는 빗방울을 바라보며 레이첼이 말했다. "붙잡으러 갔어요?"

"난 가망성 없는 목표를 언제 포기해야 하는지 일찌감치 깨달았어요." 화제를 돌리고 싶었지만 레이첼은 줄리아에게 필요 이상의 관심을 보였다.

"둘이 어떻게 만났어요?" 레이첼이 물었다.

"사실은 내가 체포했어요." 프랭클이 멋쩍게 말했다. "그때 알아봤어야 하는 건데."

레이첼이 웃음을 터뜨렸다.

"막 심각한 이야기는 아니고." 프랭클이 말했다.

그 뒤로는 줄리아 몰리너리와 존 프랭클의 잔혹사가 이어졌다.

"이탈리아 여자군요." 레이첼이 줄리아의 성을 듣고 알아맞혔다.

"예상처럼 성격은 불같고 가족은 환장 그 자체였죠."

프랭클과 줄리아가 처음 만난 저녁도 그랬다.

당시에 프랭클은 매디슨 스퀘어 가든 밖에서 잠복 수사 중이었다. 저지시티에서 정식 티켓 판매상의 장사를 망치고 있는 암표 판매 조직을 일망타진하기 위해서였다.

"인기 없는 경기의 제일 안 좋은 자리 표를 팔고 다니는 여자가 있었어요. 밴쿠버 그리즐리스가 원정을 왔는데, 닉스가 같잖은 캐나다 팀과 경기하는 걸 어느 팬이 보고 싶어 했겠어요. 4쿼터에 관중석에서 뛰쳐나온 팬이 뛴다 해도 안 지는 팀이었거든요."

레이첼이 다시 웃었다. "밴쿠버가 많이 못하긴 했죠."

레이첼의 반응에 프랭클이 의외라는 표정을 지었다.

"아빠는 할아버지를 닮아서 리버풀 FC의 열혈 팬이에요. 그런데 나한테는 그 유전자가 안 왔더라고요." 레이첼이 설명했다. "남자들이 1시간 내내 빙글빙글 뛰어다니면서 점수 한 점도 못 내는 게 무슨 재미예요. 텔레비전으로 유로 경기를 보다가 디르크 같은 선수들이 NBA로 진출했을 때 농구에 완전히 빠져 버렸어요. 우리 가족은 내가 언론 대학원을 가려고 미국에 갔다고 생각하지만 사실은 가든에서 닉스와 셀틱스의 혈투를 직접 보고 싶다는 이유가 더 컸어요."

프랭클은 놀라서 턱이 빠지는 줄 알았다.

"그래서요?" 레이첼이 핫토디를 한 모금 마시고 물었다.

"네?"

"줄리아 말이에요. 가든 밖에서 보고, 그다음에?" 레이첼의 눈이 반짝였다.

프랭클은 턱이 정말로 빠진 게 아닌지 확인하듯 턱을 한번 쓰다듬고는 이야기를 계속했다.

제보가 들어왔을 당시 눈에 거슬리지만 가냘프고 매력적인 갈색 머리 여자는 이미 몇 차례나 프랭클 옆을 지나친 적이 있었다. 표를 팔지 못해 애가 탄 여자가 프랭클의 얼굴 앞에 표 뭉치를 들이밀고 얼마면 두 장을 사겠냐고 물었다.

프랭클은 경찰 배지를 꺼냈다.

여자는 움찔하지도 않고 정가만 받겠다고 말했다.

프랭클은 폭소를 터뜨렸다. 그래도 수갑은 채워야 했다.

"이런 법이 어디 있어요." 여자가 말했다.

돌이켜 보면 조금 융통성 없는 행동이기는 했다. 하지만 그때는 줄리아 몰리너리에게 인생 교훈을 가르쳐 주고 있다고 생각했다. 경찰서로 돌아와 줄리아에게 전화 한 통을 허락했을 때 프랭클은 장래 처가의 예고편을 미리 본 셈이었다.

"표로 얼마나 벌었냐고?" 줄리아가 전화기에 대고 악을 썼다. "씨발 그 표 팔다가 체포됐다!"

뚜 하는 전화 끊김음이 들렸다. 줄리아가 뒤를 돌더니 어깨를 으쓱했다. "천 달러 벌금이나 6개월 실형이라고 하고 싶었는데 아저씨가 그 얘기는 아직 안 했잖아요."

그러고는 다른 여자에게서 한 번도 본 적 없는 미소를 지어 보였다.

지방 검사는 기소장을 쓱 보고 치웠고(사실 줄리아는 정가로 표를 팔아 이득을 남기지도 못했다), 프랭클은 다음 주에 같이 닉스 경기를 보러 가자고 당장에 데이트를 신청했다.

청혼까지는 한 달도 걸리지 않았다.

충동적인 결정이었다. 하지만 당시의 프랭클은 뉴저지주 엘리자베스의 공장 마을에서 자란 자신에게 줄리아는 인생 최고의 선물이라고 생각했다. 그녀는 슈퍼 모델처럼 아름다웠고 잠자리도 환상적이었다. 그 방면에 경험이 많지는 않았지만 얼추 진지하게 만났던 여자는 둘 정도였고 그 여자들은 줄리아와 비교도 되지 않았다.

"정말로 사랑했나 봐요." 실제 사연에 낭만을 더하고 성욕을 덜어낸 러브 스토리를 듣더니 레이첼이 말했다.

"그때는 그렇게 생각했어요."

레이첼이 그의 손을 다시 가리켰다. "그런 줄리아에게 실연을 당했다는 거잖아요."

하루아침에 벌어진 일은 아니었다. 현재 줄리아와 하와이에서 함께 살며 술집을 하는 건물 관리인 파블로는 이혼의 결정적인 요인이었을 뿐이다.

실제 결혼 생활은 10년 가까이 이어졌다. 경찰을 하나뿐인 사위로 받아들일 수 없다는 줄리아의 아버지 때문에 애틀랜틱시티에서 몰래 결혼식을 올린 것치고는 나쁘지 않은 성과였다. 장인의 결혼반대는 로어 이스트사이드에서 하는 수상쩍은 가구 사업과도 관련이 있는 듯했다. 프랭클은 리오 몰리너리가 어떻게 돈을 버는지 따로 알아보지 않았고, 명절에 만나면 의도적으로 지역 스포츠팀 이야기만 꺼냈다. 자이언츠와 제츠 중 선호하는 팀도 서로 달랐다. 리오는 조 네이머스가 위대한 이탈리아계 미국인이라며 제츠에 충성을 바쳤다. 제3회 슈퍼볼 영웅이 이탈리아계가 아닌 헝가리계라고 몇 번을 말해도 소용없었다.

프랭클은 줄리아와 사랑에 빠진 것과 똑같은 이유로 두 사람이 멀어지게 됐다는 사실을 뒤늦게 깨달았다. 프랭클은 모두에게 규칙을 강요하는 반면, 줄리아는 언제나 지름길을 찾는 여자였다.

"그러다 파블로가 나타나면서 결국은 자기가 원하던 걸 찾은 거죠."

"내가 제일 좋아하는 밴드예요." 레이첼이 미소를 지으며 말했다 (U2의 노래 '난 아직 내가 원하는 걸 찾지 못했어 I Still Haven't Found What I'm Looking For'를 떠올리고 한 말이다 ― 옮긴이).

"U2요? 그건 좀 배신 아닌가요? 가족이 리버풀 출신이잖아요. 비틀스를 좋아해야죠. U2는 아일랜드 밴드 아니에요?"

"모두의 밴드죠." 레이첼이 반박했다.

"그 말에 건배." 프랭클이 말하며 술을 한 잔씩 더 시켰다. "뉴저지 출신인 브루스 스프링스틴과 E 스트리트 밴드와 경쟁해야겠지만요. 난 뉴저지 고속 도로 13번 출구 옆에서 자랐거든요."

새로 시킨 핫토디가 나왔다. 이제는 레이첼이 사랑했던 남자들을 회상할 차례였다. 남자라고 해 봐야 두 명뿐이었고 둘 다 레이첼이 원하던 걸 아직 찾지 못했다는 사실을 깨달으면서 이별을 맞았다.

첫사랑은 여름의 열병으로 지나갔다. 그 남자는 레이첼이 미국에 온 두 번째 이유였다(첫 번째는 닉스). 처음 만났을 때 톰은 영국 변호사의 미국인 서기였고 레이첼은 막 학부를 마친 옥스퍼드대 졸업생이었다. 장거리 연애를 하면서 나쁘지 않았기에 레이첼은 컬럼비아대 언론 대학원에 원서를 냈고 입학 허가를 받았다. 톰이 시험을 잘 쳐서 좋은 로펌에 들어가야 한다는 압박감에 시달렸지만 그런 건 그리 큰 문제가 아니었다. 눈에 보이지 않아야 더 애틋해진다는 옛말은 사실이었다. 미국에서 매일 얼굴을 맞대고 지내면서 레이첼은 톰의 진짜 모습을 보게 됐다. 예비 변호사 토머스 넬슨은 정말이지 따분하기 그지없는 구닥다리였다.

찰스 켈러만과는 전혀 다른 연애를 시도했다. 애당초 글러 먹은 관계라는 걸 그때는 왜 몰랐을까. 그는 레이첼보다 스무 살 이상 연상이었고 5년 전 이혼했으며 레이첼과 나이가 비슷한 10대 자녀가 둘이나 있었다. 찰리는 절대 여유를 부리지 않는 남자였다. 자신의 수술대에 오른 사람을 모두 살려 낸다는 심장외과 의사의 사전에 길은 하나뿐이었고, 그 길은 바로 (돈 헨리가 노래한 것처럼) 추월차선이었다(돈 헨리가 리드 보컬로 있는 이글스의 노래 '추월 차선의 인생Life in the Fast Lane'을 말한다 — 옮긴이). 겨울에는 버몬트에서 스키 경주를, 여름이면 롱아일랜드 해협에서 보트 경주를 했다. 레이첼은 찰리에게 휩쓸려 정신을 차리지 못했고 안전벨트도 매지 않은 채 그를 따라가기 위해 안간힘을 썼다.

유부남과 사귄다고 엄마가 질색을 하며 말도 꺼내지 못하게 하는 문제도 있었다('5년 전에 이혼했다고 몇 번이고 말했지만'). 게다가 새로운 경험에 푹 빠졌던 레이첼은 찰리와 동거하고 얼마 지나지 않아(정확히는 일주일 만에) 자신에게 맞는 삶은 따로 있다는 사실을 깨달았다. 레이첼이 연인과 처음으로 함께해 보고 싶은 모든 것들을 찰리는 이미 다 경험했던 것이다.

"아이들 말인가요?" 프랭클이 물었다.

"최소한 뭔가를 같이 쌓아 올리고 싶었어요."

프랭클은 레이첼의 이야기를 들으며 자신이 줄리아와 아이를 낳지 않았다는 사실을 떠올렸다. 의도였는지, 잠재의식의 결정이었는지 늘 궁금했다. 진실이 무엇이든 줄리아와는 안정적인 삶을 쌓아 올리지 못했을 것이다.

레이첼에게도 그랬을 거라고 말해 줬다. 그러자 레이첼이 잔을 들었다.

"아직 시간이 있기를 바라며." 레이첼이 건배를 청했다.

새벽 2시에 레스토랑에서 나오니 비가 그쳐 맑게 갠 겨울 하늘에서 별이 몇 개 반짝였고 선명한 보름달이 도시를 환하게 비추고 있었다. 길에는 택시가 넘쳐 났다.

"집까지 걸어서 바래다줄게요." 프랭클이 제안했다.

"여기서 40블록 거리예요."

"당신만 괜찮다면 난 좋아요." 프랭클이 57번가 가로등에 걸린 크리스마스 전구 장식을 턱으로 가리켰다. "특별한 시기잖아요. 특히 혼자 있을 때는요."

레이첼이 그럼 한번 해 보자고 했다. 실은 레이첼도 프랭클처럼 이대로 헤어지기 아쉬운 마음이었다.

레이첼의 집까지 40블록을 걷는 데 1시간이 조금 넘게 걸렸다. 프랭클은 뉴욕에서 이처럼 아름다운 산책은 처음 해 보는 것 같다고 생각했다.

맨해튼이 그들을 위해 크리스마스 장식을 한 것만 같았다. 거대한 눈송이가 반짝였고, 상점의 로비와 쇼윈도를 지날 때마다 전구와 오너먼트로 뒤덮인 트리가 보였다. 링컨 센터는 북극의 산타클로스도 볼 수 있을 만큼 화려한 색으로 불을 밝히고 있었다. 그야말로 두 사람만의 꿈같은 겨울 세상이었다.

길을 걸으며 지난 크리스마스의 추억들도 주고받았다. 프랭클은 매년 아버지와 뉴욕으로 놀러 갔을 때의 이야기를 들려줬다. 헤럴드 스퀘어에 있는 메이시스 백화점에서 산타 할아버지의 무릎에 앉아 어떤 선물을 받고 싶은지 말했지만 원하는 선물을 한 번도 받지 못했다고 했다. 레이첼은 아버지가 집으로 가져온 기계에 산타 일렉트로닉이라는 이름을 붙여 준 일화를 들려줬다. 그때 시작된 그랜트 가족의 전통 의식은 레이첼이 성인이 돼서도 쭉 이어졌다고 했다.

레이첼의 아파트에 도착하니 3시 반이 다 됐다.

"고마워요." 레이첼이 말했다. "이건 정말……."

"……뜻밖이었어요." 프랭클이 지난 몇 시간 동안 느꼈던 감정을 입 밖으로 전했다.

잠시 어색하게 서 있다가 프랭클이 한 걸음 다가가 다정하지만 짧은 포옹을 했다.

"그럼 잘 자요." 프랭클이 진심 어린 미소를 지었다.

"잘 자요, 존." 레이첼도 똑같이 웃어 보였다.

프랭클은 레이첼이 아파트 출입문을 여는 모습을 지켜봤다. 그러다 저녁 내내 머릿속을 돌아다니던 질문을 했다.

"아버님께 우리 일에 관해서 얘기할 건가요?"

레이첼은 잠시 생각을 해 봤다. 코에 주름이 잡혔다. "안 하는 게 낫다고 봐요."

"좋은 생각이에요." 프랭클도 동의했다.

그러면서 내일 일정에 대해 물었다.

속에 담고 있던 생각을 말하자 놀랍게도 레이첼은 흔쾌히 승낙했다. "재미있겠네요."

순간 프랭클은 또 다른 사실을 깨달았다.

언제 마지막으로 느꼈는지 기억도 나지 않는 행복감이 그에게 밀려들고 있었다.

다음 날 오후, 세 사람을 이어 준 사건을 그랜트 부녀와 함께 조사하면서 프랭클은 레이첼이 약속을 취소할까 봐 조마조마했다. 레이첼이 말을 꺼내지 않기에 프랭클도 가만히 있었다. 약속을 잊은 걸까? 아니면 술을 너무 많이 마셔서 술김에 데이트 신청을 했다고 상상한 걸까?

하지만 아빠를 집으로 데리고 가기 직전에 레이첼이 프랭클의 사무실 문으로 고개를 내밀고 약속이 아직 유효한지 물었다.

프랭클은 당황했다. "당연하죠." 말까지 더듬거렸다.

"얘기했던 대로 8시 반에 코너에서 만나요." 레이첼이 말했다.

음모를 꾸미는 듯한 말투에 설레서 가슴이 두근거렸다.

하지만 약속한 장소에서 레이첼이 차에 탔을 때, 프랭클은 1급 형사 자격이 없었다 하더라도 레이첼의 기분 변화를 알아차릴 수 있었다.

그래서 무슨 일이 있는지 물었다.

"그냥 나랑 아빠 사이의 문제예요." 레이첼은 대수롭지 않다는 듯 어깨를 으쓱했지만 그러면서 집 건물을 슬쩍 보는 모습이 프랭클의 눈에 들어왔다.

"무슨 일인지 얘기할 거예요?" 프랭클이 물었다.

"별로 하고 싶지 않아요."

프랭클은 일정을 취소한다고 해도 백번 이해한다고 말했다. "다시 올라가서 총경님과 대화를 해 보는 게 어때요."

"그건 절대 안 돼요." 레이첼은 겨우 미소를 짓고 프랭클을 살짝 밀었다. "왜 이래요. 얼마나 기다린 순간인데. 그러지 말고 날 데려 간다는 스톤 호스에 대해 설명이나 더 해 줘요."

"스톤 포니요."

"맞다. 그거였죠."

잠시 후 동쪽으로 조지 워싱턴 브리지를 건너 뉴저지로 가면서 프랭클은 스톤 포니의 간략한 역사를 설명했다. 애즈버리 파크에 있는 이 클럽은 70년대에 프랭클의 아버지가 좋은 음악을 평가하는 기준이었다.

브루스 스프링스틴, 본 조비, 사우드사이드 조니 등 뉴저지 출신 아티스트들이 잇따라 등장하고 대중음악계가 저지 쇼어 지역의 영향력을 무시하지 못하게 되면서 아버지와 같은 남자들(평생을 공장과 조선소에서 일한 사람들)도 노래를 즐기기 시작했다. 프랭클은 아버지와 음악 취향까지 닮았고, 아버지가 돌아가신 후에는 아버지가 수집한 음반들을 유산으로 받았다(스프링스틴의 음반 '그리팅스 프롬 애즈버리 파크Greetings from Asbury Park'의 미개봉 레코드도 있었다). 아파트 관리인 파블로와 하와이로 도망간 줄리아조차 그 앨범들만큼은 손대지 못했다.

프랭클은 그날 밤 스톤 포니의 연례 크리스마스 공연 티켓 두 장을 운 좋게 구할 수 있었다. 사우드사이드 조니와 애즈버리 주크스가 메인 밴드에 이름을 올렸다. 스톤 포니는 이런 뉴저지 출신 밴드들이 관객들에게 고전 캐럴을 들려주는 공연을 매년 주최해 자선 기금을 모았다. 어리사와 메이비스 스테이플스도 울고 갈 지역 교회의 가스펠 가수들도 출연했다.

앙코르 공연 중간에 브루스 스프링스틴이 깜짝 등장해 팬들에게 신나는 캐럴과 유명 히트곡을 선사할지 모른다는 기대감도 늘 존재했다.

입구에서 경비원이 프랭클과 레이첼의 손등에 도장을 찍어 줬을 때는 공연이 한창 진행 중이었다. 작은 클럽의 뒤쪽에 겨우 자리를 잡았지만 상관없었다. 사우스사이드 조니와 관악 6중주가 '크리스마스(베이비 플리즈 컴 홈)Christmas(Baby Please Come Home)' 연주로 클럽의 지붕을 날려 버리려 하고 있는데 뭐가 대수겠는가.

레이첼은 모든 고민을 맨해튼에 두고 왔다. 이후 2시간 동안 십계명, 연쇄 살인범, 용의자 따위의 단어는 대화에 오르지 않았다. 로큰롤이 전부였고, 그래서 좋았다.

아마도 롤링 스톤스는 이렇게 말했을 것이다. 그래, 좋았어(롤링 스톤스의 '그저 로큰롤일 뿐(그래도 좋아)It's Only Rock 'n' Roll(But I Like It)' - 옮긴이).

그러다 새벽 1시쯤 들썩이는 건물에 짤랑짤랑하는 썰매 방울 소리가 울려 퍼졌고 무대 옆에서 걸걸한 목소리가 외쳤다. "자, 뉴저지 여러분, 우리 착한 아이였나 나쁜 아이였나 말해 볼까요?"

예고도 없이 전설적인 브루스 스프링스틴이 무대에 올랐다.

스프링스틴은 일단 '소방서는 꺼지라 그러고!'라며 클럽 입장권을 얻기 위해 '밖에서 얼어 죽어 가는' 의지의 팬들을 클럽 안으로 들였다. 그런 다음 '밤새도록'—정확히는 1시간 더—클럽을 흔들어 놓겠다며 히트곡을 연달아 쏟아 내고 '메리 크리스마스 베이비Merry Christmas Baby'도 불러 줬다. 마지막 곡 '울면 안 돼Santa Claus Is Coming to Town'까지 들었을 때 관객들은 체력을 전부 소진했을지언정 그보다

행복할 순 없었다.

레이첼도 기쁨의 눈물을 흘리며 몸을 돌려 프랭클을 껴안았다. "데려와 줘서 고마워요." 레이첼이 그의 귀에 속삭였다.

"나야말로 고맙죠." 프랭클이 말했다. "이건 정말······."

"뜻밖이었어요." 레이첼이 웃으며 대답했다. 프랭클이 죽을 때까지 잊지 못할 미소였다.

1시간 후 프랭클은 뉴저지 고속 도로 13번 출구에서 엘리자베스로 빠져나왔다.

뉴욕으로 돌아갈까 하는 얘기도 잠깐 나왔지만 둘 다 오늘 밤을 이대로 보내고 싶지 않았다. 아빠가 소파에서 자고 있으니 레이첼의 집으로는 갈 수 없었다. 프랭클은 줄리아에게 가구를 다 빼앗겨 집에 접이식 침대밖에 없었고, 그나 레이첼이나 아직 준비가 덜 됐을지 모를 사안에 대해 부담감을 주고 싶지 않았다.

결국은 패스트푸드점 화이트 캐슬에서 드라이브스루로 내용물이 줄줄 흘러넘치는 버거와 감자튀김을 주문했다. 초콜릿 셰이크도 빼먹지 않고 시켰다.

그런 다음 프랭클이 어릴 때 살던 작은 집과 멀지 않은 동산으로 향했다.

프랭클은 차가 정지 신호에 걸린 틈을 타 아이폰에 저장된 음악들을 넘겨 봤다. 몇 번 터치를 하니 스프링스틴의 '드라이브 올 나이트Drive All Night'가 스피커에서 은은하게 흘러나왔다.

"좋네요." 레이첼이 중얼거렸다.

프랭클은 핸들을 돌리고 야트막한 산마루에 차를 세웠다.

"운전대를 잡기 시작한 이래로 줄곧 오던 곳이에요." 프랭클이 말했다. "내가 이 세상에서 제일 좋아하는 곳이라고 할 수 있죠."

그러면서 앞 유리를 가리켰다. 허드슨강 너머로 로어 맨해튼이 쫙 펼쳐진 모습은 그야말로 절경이 따로 없었다.

아름다운 불빛이 세로줄을 그리며 끝없이 뻗어 나갔다. 레이첼은 소리 내어 숨을 헉 들이마셨다.

"무슨 말인지 알겠어요."

"해가 막 떴을 때도 봐야 해요."

"당신만 괜찮다면 난 기다릴 수 있어요."

프랭클은 3시간은 더 있어야 동이 튼다고 말했다.

"뭐, 아직 저녁도 안 먹었잖아요." 레이첼이 대답했다.

버거, 감자튀김, 셰이크는 순식간에 사라졌다. 프랭클은 손목시계를 확인했다. "해가 뜰 때까지 2시간 50분 남았네요."

"잠깐 여기 앉아 있는 것만으로도 행복한데요."

두 사람은 좌석에 등을 기대고 앉아 프랭클이 제일 좋아하는 스프링스틴 앨범인 '더 리버The River'를 감상했다.

옆에서 레이첼이 중얼거리는 소리를 듣기 전까지는 눈을 감고 잠이 들었는지도 몰랐다.

"세상에."

옆을 보니 동쪽에서 막 떠오르는 아침 햇살이 레이첼의 얼굴을 물들이고 있었다. 레이첼이 흐르는 눈물을 닦았다.

"이렇게 아름다운 광경은 처음 봐요." 레이첼이 속삭였다.

태양이 이스트강 위로 떠올라 뉴욕시를 비췄다.

바로 아래에서 자유의 여신상이 반짝거렸다.

너무 가까이 보여서 꼭 손에 닿을 것만 같았다.

"쌍둥이 빌딩이 있었을 때 봤어야 하는데."

"그러고 싶네요."

"똑같진 않지만 그래도……."

프랭클이 휴대폰에서 사진 파일을 훑었다.

"대학생 때 찍은 사진이에요." 지금과 비슷한 전경을 찍은 사진이었다. 하지만 그 사진에는 맨해튼 꼭대기에 쌍둥이 빌딩이 위풍당당하게 서 있었다.

"와, 너무 예뻐요."

프랭클이 고개를 끄덕였다. "나도 볼 때마다 그렇게 생각해요."

레이첼이 휴대폰을 돌려줬다. 그러더니 장난스런 미소를 지으며 프랭클을 봤다.

"왜요?"

"차에서 찍었어요? 지금처럼?"

"비슷해요."

"나 같은 여자하고요?"

"당신 같은 여자는 절대 아니죠."

레이첼이 웃었다. "분명히 여자란 여자는 다 데려왔을 거야."

"다른 여자는 실라 라이스뿐이었어요."

"줄리아는 아니고요?"

프랭클이 고개를 저었다.

"왜요?" 레이첼이 물으며 프랭클에게 조금 더 가까이 다가갔다.

"봐도 안 좋아했을 거예요."

"본인 손해죠."

"네, 뭐." 프랭클도 어느새 레이첼에게 다가가고 있었다.

"그래, 이 장면을 본 실라 라이스의 소감은 어땠나요?"

"별 얘기 없던데요. 걔는 다른 것들에만 관심이 있었어요."

레이첼이 한쪽 눈썹을 치켜세웠다. "어떤 것들이요?"

두 사람 사이의 거리가 더욱 가까워졌다.

"왜, 있잖아요." 프랭클이 중얼거렸다. "이런저런……."

"으으음."

그때 차 안에서 진동음이 들렸다.

레이첼의 휴대폰에 홀리 경사의 메시지가 도착하는 소리였다.

메시지에는 애덤 피터스 신부가 세인트 패트릭 대성당에서 살해당하기 전날에 실버가 뉴욕으로 날아갔다는 정보가 들어 있었다.

이후로는 정신을 차릴 새가 없었다.

실버를 추적하느라 바빴고 홀리가 자취를 감췄다. 비행기를 타고 대서양을 건넌 세 사람은 에셔 저택에서 대학살의 현장을 맞닥뜨렸다.

그동안 프랭클과 레이첼 단둘이 보낼 시간은 없었다.

레이첼은 뉴저지에서 뉴욕으로 돌아오는 내내 그때는 살아 있었던 홀리 경사와 문자를 주고받았다.

두 사람은 777기 화장실 앞에서 마주쳤을 때 그제서야 겨우 짧은 대화로 그날의 아쉬움을 나눌 수 있었다.

"어제 아침엔 타이밍이 너무 안 좋았죠. 속상하네요." 레이첼이 말했다.

프랭클은 한숨을 내쉬었다. "일이 우선이니까요."

"솔직히 말해 거지 같은 일이죠."

"동감해요." 프랭클이 대꾸했다.

그래서 오늘 밤 레이첼이 코번트 가든 호텔로 전화해 같이 있어도 되겠냐고 물었을 때 프랭클은 주저하지 않았다.

당장 그곳으로 오라고 말했다.

그리고 이번에는 확실히 키스를 하고야 말았다.

20

레이첼은 창문 너머로 들어오는 햇살에 잠에서 깼다. 눈을 떴을 때 자신이 어디에 있는지 잠시 헷갈려 머릿속을 어지럽히고 있는 거미줄을 치워야 했다.

사흘 연속으로 잠자리가 바뀌었지만 그중에 레이첼의 집은 없었다. 잠복용 차량 조수석과 777기 창가 자리에 이어 오늘은 코번트 가든 호텔의 푹신한 퀸 사이즈 침대에서 아침을 맞았다. 머리가 잘 돌아가지 않는 게 당연했다. 그렇지만 불만은 없었다.

프랭클은 옆에서 곤히 잠들어 있었다.

프랭클과 보낸 어젯밤은 열정적이면서도 부드러웠다. 마음에 여유가 있었다면 꿈꾸고 갈망했을 그런 시간이었다.

최근 며칠을 정신없이 보내며 레이첼은 자신이 나아가는 방향에 대해 신경 쓰지 않았다. 레이첼답지 않은 일이었다. 보통 그녀는 다각도로 상황을 분석하고 그 정보를 바탕으로 행동을 취할지 말지 결정을 내렸다. 그럼에도 불구하고 선택에는 늘 후회가 따라

왔다. 가지 않은 길을 떠올리며 몇 시간, 며칠, 심지어 몇 달을 허비하기도 했다.

하지만 이번에는 달랐다. 앞뒤 가리지 않고 몸을 던졌고 결과에 대해 단 1초도 후회하지 않았다.

아침 7시가 다 돼 가는데 딸이 대체 어디 갔는지 궁금해하고 있을 아빠만 아니었다면.

"안녕."

침대 옆 탁자에 놓인 시계를 보던 레이첼이 프랭클을 돌아봤다.

연한 하늘색 눈이 반쯤 감겨 있었다. 레이첼은 가슴 깊은 곳에서 두근거림을 느꼈다.

"안녕." 레이첼이 인사를 받았다.

프랭클이 기지개를 켜고 다정하게 손을 내밀었다. 레이첼은 프랭클의 팔과 어깨 사이로 파고들었다. 그 공간은 레이첼의 몸과 기분 좋게 딱 들어맞았다.

프랭클이 미소를 지었다. "이건 정말……."

이번에는 둘이 동시에 말했다.

"……뜻밖이었어요." 두 사람은 웃음을 터뜨렸다.

프랭클이 레이첼 뒤에 있는 시계를 힐끗 봤다.

"그만 가야 하죠?"

"경찰 학교에서 잘 가르쳤네요."

"반에서 중간 성적으로 졸업했는데."

"그보다 더 높았을 거 같은데."

프랭클이 어깨를 으쓱했다. "사실 1등이었어요."

"겸손한 척은." 레이첼이 웃으며 말했다. "근데 나 그런 거 좋아해요.”

“우린 서로를 기분 좋게 해 주네요.”

“당신은 그 분야에 특히 일가견이 있고요.” 레이첼이 프랭클의 뺨에 키스했다. 가벼운 입맞춤은 아니었다. 레이첼은 입술을 지그시 대고 있다가 그의 품에서 빠져나왔다. “이제는 정말 가야 해요.”

“안 가면 안 되나.”

“그렇게 말해 주니 좋은데요.”

레이첼이 그의 반대쪽 뺨에도 입을 맞췄다. 그런 다음 침대에서 일어나 작은 소파에 걸쳐 둔 옷을 주워 입기 시작했다. 프랭클의 시선이 느껴졌지만 개의치 않았다. 보란 듯이 쇼를 한 건 아니었다. 하지만 몸을 황급히 가리지도 않았다.

옷을 다 입고 돌아보니 프랭클은 아직도 침대에 앉아 레이첼을 바라보고 있었다. 시트로 하반신을 가렸지만 실오라기 하나 걸치치 않은 조각 같은 상체는 그녀를 유혹하고 있었다.

“너무 불공평해요.” 레이첼이 말했다.

“왜요?”

“나는 옷을 다 입었는데 당신은 그러고 거기 앉아 있잖아요.”

“나는 9시 반에 아버님과 경찰청에서 만나기 전까지 자유의 몸이거든요.”

“우리 아빠라니.” 레이첼이 기막힌 표정을 짓더니 웃었다. “그 얘기를 꼭 해야 했어요?”

“많이 어색하겠죠?” 프랭클이 물었다.

“당연하죠.” 그러면서 레이첼은 다시 침대로 올라갔다.

마이다 베일 집이 가까워 오자 레이첼은 덩굴 지지대를 밟고 2층 방으로 올라갈까 생각했다. 고등학교 시절 통금 시간을 어겼을 때 몇 번 그런 적이 있었다. 침대에서 기다리던 엄마와 마주치며 쓰지 못하게 된 수법이지만. 이후로는 단짝 마틸다(실제로는 마티라고 불렀다)가 추천한 방법으로 갈아탔다. 집에 전화를 걸고 부모님 중 한 분이 받으면 이렇게 말했다. "됐어요. 내가 받았어요. 끊으셔도 돼요." 말하자면 집 안에서 다른 전화기로 전화를 받은 연기를 하는 것이었다. 처음에 아빠가 받았을 때는 성공적이었지만 엄마에게는 통하지 않았다. 엄마가 전화를 끊지 않아서 재탕을 못하게 됐던 것이다.

"이런 장난치면 못써, 레이첼 미셸 그랜트." 앨리슨이 말했다. "엄마랑 아빠가 기다리고 있으니까 집으로 와."

지금 생각하면 황당무계한 아이디어였다. 아무튼 그 일로 레이첼은 외출 금지를 당했다. 한 달 가까이 텔레비전을 보지 못하고 친구도 만날 수 없었다. 가끔은 이런 생각이 들었다. 그랜드 유니언 운하의 고급 주택가 사이에 샌드위치처럼 낀 작은 집에 아빠보다 더 유능한 형사가 있는 것은 아닐까?

레이첼은 집으로 걸어오며 덩굴 지지대 방법을 다시 떠올렸다. 하지만 지지대를 보는 순간 포기했다. 지금의 레이첼은 학생 때처럼 날렵하거나 담대하지 않았다. 지지대는 불안정해 보였고 나무가 썩어 바스러지고 있는 것 같았다. 이것도 엄마가 돌아가신 후로 아빠가 예전 같지 않다는 증거였다. 엄마가 살아 계셨다면 저 지경까지 되도록 내버려 두지는 않았을 것이다.

레이첼은 돌이 깔린 길과 황량한 정원을 지나(이 또한 아빠가 집을 갈수록 방치한다는 증거였다) 어제 아빠에게 받은 열쇠를 꺼냈다.

열쇠를 끼우기도 전에 안에서 문이 활짝 열렸다.

"이러다 너 못 보고 가는 줄 알았다." 환하게 웃는 에버렛이 서 있었다.

레이첼도 웃으며 삼촌을 와락 껴안았다.

삼촌을 안고 있던 손을 풀자 지난 며칠간 수면 아래에서 보글보글 끓고 있던 감정들이 솟구치며 눈에 눈물이 고였다. 슬픔, 좌절, 애타는 마음이 한데 뒤엉켜 굴러들어 왔다.

"우리 조카가 왜 이러실까?" 눈물을 닦는 레이첼을 보며 에버렛이 말했다.

"아니에요. 아무것도." 레이첼이 삼촌을 다시 껴안았다. "그냥 삼촌 보고 너무 좋아서 그래요."

레이첼은 언제나 삼촌과의 관계를 소중하게 생각했다. 부모님에게 털어놓지 못한 이야기도 삼촌에게는 할 수 있었다. 레이첼이 자연 과학으로 힘들어한다는 것을 안 삼촌이 참을성 있게 공부를 도와준 덕분에 좋은 성적으로 시험에 통과했다. 첫 키스 상대였던 테디 채프먼에 대해서도 삼촌에게만 털어놓았고 삼촌은 형에게 말하지 않겠다고 맹세했다. 아빠가 알면 테디를 영창에 보내 버렸을지도 몰랐기 때문이다. (시간이 흐르며 테디와는 연락이 끊겼다. 배스에서 랠프라는 귀여운 남자와 동거하고 있다는 소식이 마지막이었는데 레이첼은 재미있으면서도 한편으로는 아쉬웠다.)

아빠와 소원했던 시기에도 삼촌과는 연락하며 친하게 지냈다. 삼촌은 형과 빨리 화해하라는 말을 몇 번인가 했지만 레이첼을 배려해 강요하지는 않았다.

에버렛이 좁은 현관으로 레이첼을 들이고 코트를 걸어 줬다.

"부녀가 파란만장한 나날을 보냈더라."

"그러니까요." 레이첼이 말했다. "오늘 삼촌 오는 줄 몰랐어요."

"네가 어제 마티 만난다고 나가자마자 형이 전화했어."

레이첼은 안도의 한숨을 쉬었다. 다행히 아빠는 어젯밤 급조한 이야기에 속아 넘어갔다.

"네 아빠한테서 홀리 경사 소식 들었어." 에버렛이 말을 이었다. "비극이야. 어째 상황이 점점 난장판으로 변하는 것 같다."

"앞으로 얼마나 더 심각해질지 상상이 안 가요."

"그러게. 8호, 9호, 10호도 있고."

"기가 막히죠."

"뉴스에 나오기 전에 홀리 경사 소식을 알리고 싶었대. 바로 가겠다고 하니까 혼자 있고 싶다고 하더라."

"그 얘기는 나도 들었어요. 그래서 마티를 보러 간 거예요."

에버렛이 고개를 끄덕였다. "내가 겸사겸사 셋이서 아침이나 같이 먹자고 했어."

"잘하셨어요."

"가족 됐다 뭐해? 어려울 때 서로 도와야지."

이번에는 레이첼이 고개를 끄덕였다. "홀리는 아빠한테 아들 같은 존재였잖아요. 아빠의 이런 모습은 처음 봐요. 엄마 돌아가신 후로도 이런 적은 없었거든요. 뭔가 달라요. 그때는 온전한 슬픔이었다면 지금은……." 레이첼은 마땅한 표현을 찾지 못해 머뭇거렸다. "아무튼 전혀 다른 감정이에요." 레이첼이 생각을 마무리 짓듯 말했다.

에버렛은 잠시 가만히 있다가 물었다. "일종의 분노 같은 건가?"

"맞아요. 그거 같아요." 레이첼이 대답했다. "전에는 그런 모습을 본 적이 없어요."

"오래전부터 있던 게 이제야 드러났는지도 모르지." 에버렛이 말했다. "네 엄마가 돌아가신 후로 말이야."

레이첼은 또 눈물이 날 것 같아서 삼촌과 팔짱을 끼고 집 안으로 들어갔다. "삼촌 봐서 좋다고 내가 말했나요?"

"하긴 했는데 그런 말은 몇 번을 들어도 지겹지 않아." 에버렛이 웃으며 집 뒤쪽을 손으로 가리켰다. "저기 있는 아저씨 기운 좀 북돋아 주고, 혹시 집에 불이라도 지를지 모르니까 잘 막고 있자."

"세상에." 레이첼이 웃음을 내뱉었다. "아빠 요리해요?"

"시도 중이야."

함께 몇 걸음을 더 걷다가 에버렛이 멈춰 섰다. "근데 너 내가 마티네랑 친한 거 알지?"

"가끔 마티네 아버지와 같이 강의를 한다는 건 알고 있어요."

"사실 매년 크리스마스에 온 가족이 장크트모리츠로 스키를 타러 간다는 것도 알거든."

망했다. 너무 급조했나.

"아빠한테는 말씀 안 하셨죠?"

에버렛이 활짝 웃었다. "뭔지 모르지만 삼촌이 비밀은 지켜 줄게."

레이첼은 이런 상황에서도 변하지 않는 것들이 있어 기뻤다.

하지만 주방으로 걸어가며 문득 깨달았다. 삼촌에게 존 프랭클 형사에 대해 말할 준비는 되지 않았다.

아직은 아니었다.

❖ ❖ ❖

"마틸다는 잘 있어?" 그랜트가 레이첼 앞에 접시를 내려놓으며 물었다.

"아빠한테 안부 전해 달래요." 레이첼이 식탁 옆의 창문으로 좁은 운하를 내다봤다. 아빠 얼굴을 정면으로 보면서 거짓말을 하고 싶지는 않았다. 장난스럽게 눈을 반짝이고 있을 삼촌도 보고 싶지 않았다. 다시 고개를 돌리니 에버렛은 그랜트가 만들어 온 에그 베네딕트를 벌써 먹고 있었다.

"변함없이 맛있네." 에버렛이 말했다. "형이 이거 하나는 진짜 잘 만든단 말이야."

"다른 사람한테 내놓을 수 있는 유일한 요리 아니냐."

"이거 먹으면 우리 어릴 때 생각나. 내가 이 얘기했나?"

"먹을 때마다." 그랜트가 대답했다.

형제가 리버풀에 살던 시절의 이야기는 레이첼도 지겹도록 들었다. 할아버지는 일요일 아침마다 온 가족이 교회로 가기 전 아내와 아들들에게 에그 베네딕트를 만들어 줬단다. 잉글리시 머핀과 햄으로 만드는 일반적인 에그 베네딕트와 달리 버터 바른 토스트와 진짜 베이컨을 썼는데, 할아버지는 이것이 19세기 말 전직 증권 중개인 르무엘 베네딕트가 숙취를 해소해 줄 음식을 찾아 뉴욕의 월도프 호텔에 갔을 때 주문한 원조 에그 베네딕트라고 주장했다. 레이첼의 아빠도 결혼 후에 그 전통을 이어 갔다. 동이 트기 무섭게 경찰청으로 출근하지 않는 날은 일요일이 유일했다. 그래서 매주 일요일 아침이면 그랜트는 기쁜 마음으로 아내에게 휴식을 줬다. 하지만 레이첼은 에그 베네딕트를 좋아하는 아빠가 일주일에 적어도 한 번은 그걸 먹어야 했기에 주방에 들어가는 거라고 합리적 의심을 했다.

"요즘 같은 때 비행기표 잡는 거 어렵지 않았어?" 에버렛이 접시를 깨끗하게 비우며 물었다.

"연말에 집 떠나서 따뜻한 나라나 스키장으로 가는 영국인들이 많긴 하지." 그랜트가 말했다.

레이첼은 아빠가 혹시 마티를 만났다는 거짓말을 알고 그런 얘기를 하는 건가 싶었다. 삼촌의 눈에 장난기가 서려 있었다.

"같은 맥락에서 우린 운이 좋았어." 그랜트가 말을 이었다.

레이첼은 온몸의 긴장이 풀리는 듯했다. 들키지 않았다. 아직은.

"둘 다 크리스마스에 맞춰서 돌아와서 좋다. 이런 상황이 아니었다면 더 좋았겠지만 말이야." 에버렛이 말했다.

"나도 그래." 그랜트가 대꾸했다.

"우리 집에서 크리스마스이브 만찬 어때. 두 사람을 모실 수 있다면 영광일 거야."

레이첼은 오늘 처음으로 그랜트의 얼굴을 쳐다봤다. 그랜트는 마지막 남은 음식을 먹고 포크로 레이첼 쪽을 가리켰다. "난 레이첼이 하자는 대로 할게."

"난 좋아요." 레이첼이 말했다. "물론 봐야 알겠죠. ······상황이 상황이니만큼."

지금은 프랭클 생각도 들지 않았다. 에버렛 말마따나 이번 사건은 사방을 통제 불능의 난장판으로 만들고 있었다.

경찰이 계속 프라이어 실버의 행적을 쫓고 있었다. 혹시 있을 목격자를 찾기 위해 에셔와 근처 동네들을 조사했고, 제프리스는 리즈 도저, 자레드 플레밍, 운이 나빴던 스탠퍼드 홀리를 부검했다.

그뿐만이 아니었다. 크리스마스에 맞춰 여덟 번째 피해자가 나올 가능성도 있었다.

"놈이 1년 중 가장 즐거운 날에 세상을 떠들썩하게 만들 기회를 놓칠 리 없어." 사건에 관해 이야기하다가 그랜트가 말했다.

"십계명 출처가 구약 성경이라는 걸 잊지 마." 에버렛이 지적했다. "예수님의 탄생을 기념하는 내용은 신약에 있어."

"프라이어 실버인지 뭔지, 아무튼 범인이 성경을 전처럼 엄격하게 지키는지도 이제는 잘 모르겠어." 그랜트가 반박했다. "규칙이 바뀐 것 같아."

"홀리 경사 때문이지?"

그랜트가 고개를 끄덕였다.

"어젯밤에 형 말을 들었을 때는 운이 나빴던 것 같던데."

"스탠 아버지가 오래전에 돌아가셔서 차라리 다행이다 싶어. 적어도 아버님께는 전화로 그런 비보를 전하지 않아도 됐으니까."

식탁에 정적이 감돌았다.

레이첼은 가슴이 욱신거렸다. 이번 일은 아빠를 갈기갈기 찢어 놓고 있었다. 레이첼이 침묵을 깨고 서리 레스토랑에서 함께 아침을 먹은 후로 쭉 하고 있던 생각을 말했다.

"범인이 누군지는 모르겠지만요. 아빠가 마음 편히 은퇴할 수 있게 내버려 두면 좋겠어요."

"근데 그게 핵심 아냐?" 에버렛이 의문을 제기했다. "형 말을 들으면 처음부터 형을 직접적으로 겨냥한 것 같거든."

"그렇게 보이기는 해." 그랜트도 동의한다는 듯 말했다.

"그래서, 다음은 뭐야?" 에버렛이 물었다. "도망의 귀재인 실버를 찾고 있다는 건 알겠는데 그것 말고."

"재수 없는 절도범을 찾아야지." 그랜트가 대답했다.

레이첼이 여덟 번째 계명을 읊었다. "'도둑질하지 마라.'"

"바로 그거야." 그랜트가 말했다.

"새사람이 된 도둑이 다른 도둑을 죽인다." 에버렛이 깊은 생각에 잠겼다. "흥미로운 역설이네."

"실버가 본인 이마에 로마 숫자 8을 새기고 자살할 가능성은요? 그렇게 되면 우리는 행복한 크리스마스를 보낼 수 있을 건데요." 레이첼이 말했다.

에버렛이 조카를 보다가 형에게로 고개를 돌렸다. "우리 레이첼이 형 옆에 너무 오래 있었나 봐."

❖ ❖ ❖

1시간 후 레이첼은 경찰청까지 아빠를 따라가길 잘했다고 생각했다. 홀리 경사의 시신이 발견되고 나서 처음 경찰청에 발을 들이는 것이었다. 그랜트에게 온갖 동정과 위로가 쏟아졌지만 레이첼이 있어 아빠가 부담감을 덜 느끼기를 바랐다.

레이첼은 엄마가 아프고 나서 경찰청에 발을 끊었다. 예상대로 아빠의 사무실은 마지막으로 갔을 때와 전혀 달라지지 않은 모습이었다. 그런데 자세히 살펴보니 그때보다 사람 손을 탄 흔적이 더 많아져 있었다. 그것도 좋지 않은 의미로. 카펫은 훨씬 더 낡았고 책에는 뿌옇게 먼지가 내려앉았다. 소파 천은 너덜너덜했다. 탈출의 날이 오기만을 기다리는 사람의 공간 같았다. 더는 올 필요가 없을 때까지 하루하루 날짜를 센 자국만 벽에 없을 뿐이었다.

연말까지 이제 여드레가 남았다.

레이첼의 엄마는 한 달에 한 번씩 가족이 제일 좋아하는 레스토랑에서 외식을 할 때 아빠와 함께 가겠다고 사무실에 들렀었다. 하지만 속내는 따로 있었다. 엄마는 언제나 1시간 먼저 도착해 사무실을 정리했고 화분을 들고 가는 날도 많았다.

지금은 잎사귀 한 장 보이지 않았다. 레이첼은 아빠가 청소부에게 최소한의 청소만 맡기고 있다고 장담할 수 있었다. 엄마의 정성스러운 손길을 떠올리는 게 고통스럽기 때문이리라.

레이첼과 그랜트는 옆에 있는 작은 사무실로 향했다. 어제 아침 그랜트가 지시한 대로 홀리의 사무실 앞에는 노란 테이프가 쳐져 있었다. 동료 형사들이 사무실을 수색했지만 그랜트는 홀리가 어쩌다 에서에서 비극적인 최후를 맞았는지에 관련된 건 '아무것도 없었다'는 보고를 받았다.

그랜트는 레이첼에게 홀리의 컴퓨터와 메모를 살살이 조사해 달라고 부탁했다. 지난 며칠 동안 홀리와 함께 용의자의 범위를 좁혀 프라이어 실버를 찾아낸 사람이 레이첼이었기 때문이다.

"너희 둘이 내 옛날 사건들에서 명단을 정리했잖아. 이제 홀리 경사는 없으니……."

그랜트는 말을 잇지 못했다. 레이첼은 위로하듯 그의 어깨에 손을 올렸다. "최선을 다할게요, 아빠. 단서가 있어도 알아볼 수 있을지 모르겠지만 시도라도 해 봐야죠."

"고맙다." 그랜트는 손을 뒤로 뻗어 어깨에 올려진 딸의 손을 두드렸다.

레이첼이 그랜트의 사무실 쪽을 가리켰다. "가서 아빠 볼일 보세요. 존이 도착하면 둘이서 같이할 일이 많을 거 아니에요."

그랜트가 고개를 끄덕이고 자리를 떴다. 레이첼은 순간 아차 싶었다. 방금 프랭클을 성이 아닌 이름으로 불렀던 것이다. 다행히 그랜트는 별다른 반응이 없었다. 레이첼은 두 형사가 처음 만난 날 프랭클이 그랜트에게 편하게 존이라는 이름을 부르라고 했다는 사실을 떠올리며 마음을 진정시켰다.

별말 없었으니 괜찮겠지. 레이첼은 NBA의 명언을 떠올렸다.

그녀는 테이프를 들추고 홀리의 사무실 안으로 들어갔다.

얼마쯤 지나 프랭클이 사무실 안으로 고개를 내밀었다. 책상에 놓인 시계를 보니 10시가 넘었다. "지금 온 거예요?"

"아버님이 늦게 출발했다고 전화하셨어요. 당신이랑 삼촌이랑 아침 식사 어쩌고 하시던데?"

레이첼은 마이다 베일에 도착했을 때의 이야기를 간단히 들려줬다. 프랭클은 레이첼 옆에 있는 벽을 쳐다봤다. 그 벽 반대편에서 레이첼의 아빠가 일하고 있었다.

"어땠어요?"

"어땠냐고요?" 레이첼은 무슨 말인지 진짜로 알아듣지 못했다. "집에서요? 아니면 여기 사무실에서요?"

레이첼이 홀리의 컴퓨터와 서류로 시선을 옮기며 말했다.

"아, 미안해요." 프랭클이 겸연쩍은 미소를 지었다. "쉽지는 않겠죠?"

"그럴 거예요."

"아."

레이첼은 그의 목소리에 묻은 실망감을 알아차렸다. "존⋯⋯."

"네?"

"그런 뜻 아니에요. 난 우리 사이의 일에 대해 조금도 후회하지 않아요."

"좋은 거죠?"

"그럼요, 존. 정말 좋은 거예요."

남자답게 잘생긴 얼굴에 역력했던 긴장이 사르르 풀리는 모습이 고스란히 드러났다. "네. 확실히 그래요."

레이첼이 웃었다. "그거 하나는 분명해졌네요."

프랭클은 고개를 끄덕이고는 돌아서서 비좁은 사무실을 빠져나갔다. 레이첼은 다시 컴퓨터로 눈을 돌려 키보드를 두드렸다.

"그래서요?"

레이첼이 고개를 들었다. 프랭클이 사무실로 다시 들어왔다.

"그래서라니요?"

레이첼의 물음에 프랭클이 책상과 컴퓨터를 가리켰다. "뭐 나왔어요?"

"막 시작했어요. 뭐라도 나오면 바로 알려 줄게요." 레이첼이 뒤쪽으로 손짓했다. "이제 아빠한테 가 봐요. 여기서 무슨 일이 벌어지고 있는지 궁금해하시기 전에."

이번에는 프랭클이 정말로 자리를 떴고, 레이첼은 하던 일을 계속했다.

1시간쯤 지났을까 어디선가 띵 소리가 들렸다. 레이첼은 휴대폰을 찾아 두리번거렸다.

잠시 후 레이첼이 옆 사무실로 왔다.

그랜트와 프랭클이 머리를 맞대고 인쇄물을 보고 있었다. 경찰청을 비롯한 기관들이 취합한 여러 가지 명단이었다. 레이첼과 홀리가 함께 작업한 명단도 있었다.

프랭클이 먼저 레이첼과 눈이 마주쳤다.

"뭐 찾았어요?" 프랭클이 물었다.

"그런 건 아닌데요." 레이첼이 대답했다.

그러면서 그랜트의 책상에 자신의 아이폰을 내려놓았다.

"뭔데?" 그랜트가 물었다.

"방금 나한테 온 문자인데요." 레이첼이 대답했다.

두 남자는 문자를 읽었다.

'왜 어제 이후로 소식이 없어요?'

"내가 홀리 경사와 주고받던 메시지에 이어지는 말이에요."

그랜트가 믿을 수 없다는 얼굴로 고개를 들었다. "말도 안 돼."

"그러니까요." 레이첼도 인정했다. "게다가 3분 전에 온 거예요."

21

프랭클이 한 걸음 다가와 그랜트의 책상에서 레이첼의 아이폰을 집어 들었다.

"유령은 아닐 거 아니에요." 프랭클이 말했다.

"놈이야." 그랜트의 말에 확신이 담겨 있었다.

레이첼과 프랭클은 그랜트에게 반기를 들지 않았다.

홀리의 휴대폰이 시신이나 에셔 저택에서 발견되지 않았기에 그들은 범인이 휴대폰을 갖고 있다고 추측했다.

프랭클이 대화 창을 위로 올려 홀리가 전에 보냈던 문자 메시지들을 읽었다.

'제가 확인 중인 게 있어요. 뭐라도 나오면 연락할게요.'

그제 밤 레이첼에게 보낸 문자였다. 7시경. 그 직후 홀리는 집으로 가다가 재수 없게 에셔에 들렀다.

레이첼이 휴대폰을 다시 받아 들었다.

"이전에 도저의 집을 살펴보라고 순경 두 명을 프림로즈 힐로 보냈는데 아무것도 없었댔어요. 무슨 생각인지 내가 그때 더 캐물어야 했는데."

"자책하지 마요." 프랭클이 말했다. "우리는 영국으로 최대한 빨리 오는 방법을 찾느라고 바빴잖아요."

"빨리 오지도 못했지." 그랜트가 말했다.

프랭클은 후회가 막심했고 레이첼도 비슷한 감정을 느끼고 있으리라 생각했다. 지금 세 사람의 마음에 있는 질문을 레이첼이 입 밖으로 꺼냈다.

"어떡해요? 답장해요?"

프랭클은 그랜트를 쳐다봤다. 그랜트의 구역에 왔으니 이제는 그랜트 총경이 수사를 주도해야 했다. 하지만 프랭클은 타고난 보스 기질을 감출 수가 없었다.

"혹시 위치 추적할 수 있는 사람 있습니까?" 프랭클이 물었다.

그랜트가 전화기의 인터콤 버튼을 눌렀다. "모로 좀 불러 줘. 지금 당장 내 방으로 오라고 해." 그랜트가 스피커에 대고 말했다.

범죄 현장에서 홀리의 아이폰을 찾기 위해 위치 추적을 시도해 봤지만 전화기에서 아무 신호도 나오지 않았었다. 그 말인즉슨 휴대폰 전원이 꺼졌거나 배터리가 닳았다는 의미였다.

1분도 안 돼 머리를 짧게 깎은 20대 후반의 IT 기술자가 그랜트의 사무실 안으로 당황한 얼굴을 들이밀었다. "총경님?"

그랜트는 재빨리 상황을 설명하고 아이폰에 전원이 다시 들어온 것 같은데 위치 추적에 성공할 가능성이 얼마나 되느냐고 물었다.

"'나의 아이폰 찾기' 기능이 활성화돼 있다면 몇 초 만에도 가능합니다." 모로가 대답했다. "지금 이 자리에서 제 전화기로도 할 수 있습니다."

그랜트는 그리하라고 말했다.

모로가 주머니에서 자신의 휴대폰을 꺼내자 프랭클이 고개를 저었다. "영악한 녀석이라 안 될 거예요."

모로는 몇 번 터치하더니 프랭클의 추측이 옳다는 사실을 확인해 줬다. "폰을 소지하고 있는 사람이 그 기능을 비활성화시킨 것 같습니다."

"다른 방법은 또 뭐가 있지?" 그랜트가 물었다.

"음, 전원이 켜져 있으니 일반적인 추적을 할 수는 있습니다. 기지국 신호를 이용하는 방법 같은 거요." 모로가 대답했다.

"얼마나 걸릴까?"

"휴대폰의 위치에 따라 다릅니다. 런던에 있으면 찾기 쉬울 겁니다. 기지국이 더 많으니까요. 교외나 시골 지역으로 가면 오래 걸리고요."

"그럼 시작해." 그랜트가 지시했다.

모로가 사무실을 나가다 뒤돌아서 덧붙였다. "총경님, 알고 계셔야 하는 게 이 방법은 휴대폰 전원이 계속 켜져 있어야 가능합니다. 전원이 꺼지면 말짱 헛일이라."

"알았어." 그랜트가 말했다. "고맙네, 모로."

모로가 떠나고 세 사람은 서로의 얼굴과 책상 위에 놓인 아이폰만 빤히 보고 있었다.

"추적이 될 때까지 전원을 켜 두기를 바라는 수밖에 없습니다." 프랭클이 말했다. "근데 그 사이에 답장이 없으면 수틀려서 전원을 끌지도 모릅니다. 그렇게 되면 우린 망하는 거예요."

그랜트는 경우의 수를 따져 보는 듯 생각에 잠겼다.

마침내 그랜트가 레이첼에게 손을 내밀었다. "그거 좀 줘 봐."

레이첼이 아빠에게 휴대폰을 건넸다. 프랭클과 레이첼이 지켜보는 가운데 그랜트는 문자 메시지 아이콘을 누르고 대화 창에 한 단어를 입력했다.

'프라이어?'

프랭클이 한쪽 눈썹을 치켜세웠다. "이제 공은 확실히 그쪽으로 넘어갔네요."

그들은 아기의 첫마디를 기다리는 부모처럼 휴대폰에서 눈을 떼지 못했다. 답장은 바로 왔지만 무한정 기다린 듯한 기분이었다.

'홀리 경사가 아닌 건 맞지.'

"걸려든 것 같습니다." 프랭클이 말했다. "이제 전화기를 계속 쓰게 만들면 돼요."

그랜트는 고개를 끄덕이고 조금 더 길게 문자를 썼다. '오랜만이야, 프라이어.'

그랜트가 '전송' 아이콘을 누르고 프랭클을 올려다봤다.

"친근하게 나가도 괜찮지 않을까 해서." 실버의 이름을 부르며 대화하기로 한 결정에 대해 설명하며 그랜트가 말했다. "자존감을 조금 높여 주면 집중력이 흐트러져서 그동안 모로가 추적을 할 수 있을 거야."

"겁먹고 도망칠 수도 있어요." 레이첼이 말했다.

프랭클은 대화 창 하단에 덩그러니 놓인 그랜트의 메시지를 보며 자기도 모르게 숨을 참았다. 아래에 안전 그물이 없는 외줄 위에서 공중 곡예사가 아슬아슬하게 걷는 모습을 지켜보는 심정이었다.

아무 일 없이 15초가 흘렀다.

"망했다." 프랭클이 중얼거렸다. 그랜트가 선을 넘는 바람에 실버가 대화를 포기한 게 분명했다.

"봐요." 레이첼이 화면을 가리켰다. "뭐라고 쓰고 있어요."

답장 중임을 표시하는 말줄임표가 나타났다.

'아하, 총경님이신가?'

"빙고." 프랭클이 외쳤다.

그랜트는 다시 자판을 눌렀다. '그래…….'

그러다 더 좋은 생각이 났는지 답을 지웠다.

"이만하면 예의는 집어치워도 돼." 그랜트가 말했다. "이제는 개새끼를 상대할 때야."

프랭클의 눈이 휘둥그레졌다. 일주일 전 세인트 패트릭 대성당에서 만난 후로 그랜트가 욕하는 소리는 처음 들었다.

"좋습니다." 프랭클이 응원하듯 말했다.

그랜트는 몇 초간 뜸을 들이다 다시 메시지를 입력했다.

'이만하면 이 말도 안 되는 짓거리를 그만둘 때도 됐잖아, 프라이어?'

즉시 답장이 도착했다.

'말이 안 되는 건 아니지.'

프랭클이 피식 웃으며 말했다. "낚였어요."

"그런 것 같아." 그랜트는 휴대폰 화면 위에 손가락을 올렸다.

"좋은 거예요, 나쁜 거예요?" 레이첼이 물었다.

"어느 쪽이든 최소한 놈을 붙잡아 두고는 있는 거예요." 프랭클이 말했다.

그랜트는 다시 손가락을 움직였다.

'단어 선택을 잘못했군.'

이번에도 답장이 바로 날아왔다.

'아주.'

'내가 사과하지.' 그랜트가 재빨리 문자를 쓰고 보냈다.

"잘하셨어요." 프랭클이 말했다. "놈을 우위에 놓는 거요."

'죄지은 사람들을 충분히 벌하지 않았어?'

또 곧바로 답이 왔다.

'당신은 내가 하는 일을 믿지 않을 텐데.'

프랭클과 레이첼은 홀린 듯 살인범과 런던 경찰청 총경의 채팅을 지켜봤다. 문자를 입력하면 재깍 답이 와서 대화가 빠르게 진행됐다.

'난 빼 줘, 프라이어. 우린 자네 애길 하는 거야.'

'내 기분을 맞춰 주고 있네.'

'그런다고 멈출 수 있다는 말은 아니잖아.'

'난 아직 안 끝났어.'

프랭클은 오싹한 한기가 사무실을 휩쓸고 지나가는 걸 분명히 느꼈다. 물론 어떤 초자연적인 현상이 아니라 죽은 남자의 휴대폰에서 흰색과 검은색의 문자로 날아온 싸늘한 위협 탓이었다.

그랜트는 대답 대신 인터콤 버튼을 누르고 기술팀을 재호출했다. "추적은 어떻게 되고 있나, 모로?"

스피커로 모로의 목소리가 들렸다. "신호가 이스트 엔드에서 나오고 있는 것 같습니다. 기지국 세 개로 범위를 좁혔지만 여전히 지역이 넓어서 시간이 걸리고 있습니다."

"계속해 봐." 그랜트는 모로에게 지시하고 딸의 휴대폰으로 돌아왔다. 프랭클은 문자를 보내는 그랜트의 손가락에서 분노가 날아가는 걸 봤다.

'나 때문에 홀리를 죽였나?'

'그 경사는 너무 똑똑해서 손해를 봤지.'

'무슨 뜻이야?'

'거기에 누가 그렇게 빨리 나타날 줄 몰랐어. 부하를 잘 가르쳤더군.'

프랭클과 레이첼은 그랜트가 아이폰 위에 손가락을 가만히 올리고 있는 것을 지켜봤다. 답장을 계속 쓰기 전에 화면에 새로운 메시지가 떴다.

'당신이 들으면 좋아할 소식이 있어. 플레밍이 템스강에서 동업자를 죽였다는 자백을 받아 냈지. 홀리에게도 목을 긋기 직전에 말해 줬어.'

세 사람 모두 눈에 띄게 반응했다. 그랜트는 특히 더했다. 그는 분노에 휩싸여 답장을 쓰고 보냈다.

'그러니까 정말로 다 나 때문인 거네.'

이제는 엎질러진 물이었다. 세 사람은 답이 오기만을 기다렸다.

'그렇다니까.'

'내가 20년 전에 널 감옥에 보내서? 넌 그럴 만한 짓을 했잖아.'

오랫동안 정적이 흘렀다. 프랭클은 그랜트의 닦달에 범인이 겁을 먹고 도망친 건가 궁금했다. 그때 다시 말줄임표가 나타났다.

'지금 그 문제로 논쟁할 생각은 없어. 전화를 추적하라고 오래 붙어 있을 생각도 없고.'

"안 돼!" 프랭클이 외쳤다.

'내 소식은 크리스마스 직후에 듣게 될 거야. 메리 크리스마스!'

"무슨 말일까요?" 레이첼이 물었다.

"좋은 말이 아닌 건 분명해요." 프랭클이 대답했다.

그랜트는 대화 창에 문자를 입력하는 데 여념이 없었다.

'프라이어? 아직 있나?'

"빌어먹을!" 그랜트가 분노를 터트렸다.

'프라이어!?'

휴대폰을 두드리던 손가락은 인터콤이 울리고 나서야 멈췄다.

"놓쳤어요." 모로가 스피커로 말했다. "전원이 꺼졌습니다."

"얼마나 가까이 접근했어?" 그랜트가 물었다.

"이스트 엔드에서 열 블록 반경 안까지요. 다만 그 안에 수천 명이 있습니다."

"지금까지 나온 정보를 전부 모아 봐. 좀 이따가 우리가 살펴보겠네."

"죄송합니다, 총경님." 모로가 말했다.

"자네는 최선을 다했어, 모로. 고마워." 그랜트가 전화를 끊었다.

"이스트 엔드면 프라이어 실버가 사는 곳 아니에요?" 레이첼이 물었다.

"맞아. 하지만 근처에 경찰이 쫙 깔렸으니 집으로 돌아가지는 않을 거야." 그랜트가 대답했다.

"그래도 자기 동네에 숨을 수 있죠." 프랭클이 말했다.

"그 지역의 감시를 강화해야겠어." 그랜트도 동조했다.

"내가 홀리 경사의 컴퓨터와 수첩을 계속 조사하는 게 도움이 될까요?" 레이첼이 물었다.

"그럼." 그랜트는 프랭클을 돌아봤다. "자네가 일할 자리도 마련해 줘야 하는데."

"전화기, 책상, 컴퓨터만 있으면 어디든 상관없습니다." 프랭클이 대답했다.

"그쯤이야 뭐. 자리 먼저 마련하고 나서 스테빈스에게 보고하고 계획을 짜 보자고."

문득 프랭클은 그랜트가 수사를 지휘할 기간이 일주일밖에 남지 않았다는 사실을 깨달았다. 하지만 그랜트는 자신의 의무를 소홀히 하지 않았다. 오히려 영국으로 돌아온 후로 그랜트에게는 강철 같은 결의가 더 단단하게 자리를 잡은 듯싶었다.

그랜트는 프랭클에게 제대로 된 사무실을 바로 구해 줬다.

사무실에 들어서자 프랭클은 양심의 가책을 느꼈다. 이곳은 뉴욕 경찰서에서 프랭클이 그랜트에게 내준 비좁은 사무실보다 세 배는 컸다. 경찰청 건물이 빅토리아 임뱅크먼트에 서 있어 창밖으로 템스강이 내려다보였다.

"이 정도면 충분할지 모르겠네." 그랜트가 말했다.

"훌륭한데요. 감사합니다, 오스틴 총경님."

그러면서 프랭클이 총경실 쪽을 손가락으로 가리켰다.

"놈을 잘 붙잡아 두셨는데."

"더 잘 다룰 수도 있었는데 이성을 잃는 바람에."

"상황이 훨씬 안 좋게 치달을 수도 있었습니다."

"그건 그렇지만." 그랜트가 영혼 없이 대꾸했다.

"최소한 이제는 상대가 누구인지 알게 됐잖습니까."

"그런 것 같네." 그랜트는 문가를 떠나지 못하고 주위를 두리번거렸다. 무슨 생각을 곰곰이 하는 듯했다.

"결혼반지가 없어졌군."

프랭클은 너무 놀라서 순간 무릎이 휘청했다. 그러다 해명이 될 만한 말을 재빨리 지어냈다. "맨해튼 집에 두고 왔어요. 너무 오래 끼고 있었다는 생각이 갑자기 들어서요."

그랜트가 고개를 끄덕였다.

프랭클은 변명이 통했다고 생각하고 속으로 안도의 한숨을 쉬었다.

그때 그랜트가 말했다.

"조심히 행동하게, 프랭클 형사. 그 애가 다치면 후환이 있을 거야."

뭐라고 반응할 새도 없이 그랜트가 뒤돌아 사무실을 나갔다.

순간 존 프랭클은 깨달았다. 그랜트 총경이 런던에서 쫓고 있는 사람은 프라이어 실버 한 사람만이 아니었다.

22

전화 통화는 프라이어 실버의 예상과 다르게 흘러갔다.

어쩌다 보니 상황에 대한 주도권을 빼앗겼고 정상 궤도로 돌아가기가 힘들었다. 대화를 여기서 그만두는 것이 상책이었다. 실버는 다음에 더 철저하게 준비하기로 결심했다. 다음 기회가 반드시 있을 것이었다.

실버는 손에 든 묵주를 세듯 나무 십자가를 주무르며 이따금씩 한 시도 손에서 놓지 않는 성경 책을 응시했다.

난간 너머로 하이드 파크 북동쪽에 있는 마블 아치라는 하얀 석조물이 보였다.

"마블 아치는 버킹엄 궁전의 공식 입구로서 1827년에 존 내시가 설계한 개선문입니다." 무릎 높이에 있는 작은 스피커에서 흘러나오는 목소리가 말했다. 내시의 걸작을 바라보던 실버는 자신이 타고 있는 런던의 빨간 버스 2층으로 시선을 돌렸다. 2층에는 실버 외에 대여섯 사람밖에 없었다. 겨울이다 보니 관광객 대부분은 찬 바람을 막아 주는 1층의 커다란 창문 뒤에서 차창을 스쳐 지나가는 런던의 명소들을 구경했다.

하지만 실버는 상쾌한 바람을 맞으니 기분이 좋아졌다. 활력이 샘솟았고 계획을 실행할 용기도 생겼다.

메릴본에서 하차한 실버는 옷깃을 세워 얼굴을 가리고 눈까지 야구 모자를 더 눌러썼다. 딱히 실버에게 관심을 보이는 사람은 없었다. 다들 길 건너에 있는 유명한 밀랍 인형 전시관인 마담 투소를 보느라 바빴다.

실버는 리젠트 파크 남서쪽에 있는 세인트 키프리안 교회 안으로 슬그머니 들어갔다. 월요일 오전이라 내부는 한산한 편이었다. 반면에 신부와 복사들은 내일 밤 이곳에서 열릴 크리스마스이브 미사를 분주히 준비하고 있었다. 실버는 중앙 통로를 지나 백금색 구조물, 십자가에 못 박힌 조각상, 제단 위에 걸려 있는 아름다운 스테인드글라스 패널 열 개를 올려다봤다. 그는 성호를 긋고 나서 고해실로 이동했다.

잠시 후 실버는 작은 나무 십자가를 꼭 쥔 채 고해실 안으로 들어갔다.

조금 있으니 미간에 땀방울이 맺히기 시작했다. 그냥 나갈까 싶어 일어나려는데 고해실의 가림판이 열리고 근무 중인 신부의 그림자가 나타났다.

신부는 기도부터 했다. 실버도 신부를 따라 중얼거렸다. 젊은 신부 같았다. 아니면 목소리가 높아서 젊다고 착각한 걸지도 몰랐다. 기도가 끝나고 신부는 의식을 이어 갔다.

"주님께 용서를 빌고자 하는 무엇이든 고백하십시오."

실버는 다시 성호를 긋고 최근 몇 년 사이 가장 많이 입 밖으로 냈던 말을 읊었다. "용서하십시오, 신부님. 제가 죄를 지었습니다."

"언제 마지막 고해를 하셨습니까?" 신부가 물었다.

"일주일 전쯤이었습니다." 프라이어가 대답했다.

마지막은 뉴욕에 있을 때였다. 뉴욕에 도착한 날. 더 일찍 성당을 찾을 생각이었지만 그사이 너무 많은 일이 있었다. 그래서 세인트 키프리안 교회의 신부에게 털어놓을 가슴속 이야기가 생각보다 많아졌다.

프라이어는 고해를 마친 후 가림판 반대쪽에 있는 그림자의 주인이 용서받을 수 없다고 하지는 않을지 궁금해졌다.

짧은 정적이 흐른 후 익숙한 말이 들렸다.

"주님께서 모든 죄를 사하여 주셨으니 평안히 가십시오."

절대 변하지 않는다고 믿어도 되는 것들이 있어 참으로 좋구나.

실버가 자리에서 일어서려는 찰나 신부가 헛기침을 했다. "외람된 말씀이지만 혹시 전에도 저희 교회에서 고해를 하셨습니까?"

실버는 뜻밖의 질문에 깜짝 놀랐다. 젊은 신부에게 너무 많은 이야기를 털어놓아서 의심이라도 산 건가?

"아닙니다, 신부님." 실버가 대답했다. "저희 교구 성당이 보수 공사 중이라 그때그때 가까운 곳으로 가고 있습니다."

사실 스테프니 아파트와 몇 블록 거리인 라임하우스의 세인트 앤 교회는 지금도 멀쩡히 운영 중이었다. 하지만 경찰이 온 동네를 포위하고 집을 감시하고 있어 실버는 위험을 감수하지 말아야겠다는 판단을 내렸다.

"저희 세인트 키프리안 교회는 모든 분들에게 문을 열어 놓고 있지요."

실버는 안도감에 터져 나오려는 한숨을 참았다. "감사합니다, 신부님."

"평안히 가십시오, 교우님."

축복의 기도를 두 번 해 주네. 실버가 생각했다. 고맙게 받아 두지.

◇ ◇ ◇

오래 지나지 않아 메릴본 지하철역으로 들어간 실버는 간이 카페에서 더블 에스프레소를 주문했다. 단숨에 커피를 해치웠다. 컵을 비우자마자 온몸에 카페인이 퍼졌다. 계속 나아가려면 카페인 수혈이 필요했다.

문제는 어디로 가느냐였다.

잘은 몰라도 일단 디스트릭트선을 타고 서쪽으로 가면 될 것 같았다. 당분간 이스트 엔드에서 멀리 떨어져 있어야 했다. 윔블던 근처가 좋을 것 같았다.

실버는 회전문으로 들어가려다 작은 신문 가판대 위의 텔레비전 화면을 힐끗 봤다.

자신의 얼굴이 그를 마주하고 있었다.

화면 우측 상단에 해트필드 교도소에서 수감 중이었을 때 찍은 수감자 사진이 떠 있었다.

데스크 중앙에서 금발 앵커가 대본을 읽고 있었다. 음 소거 상태였지만 소리를 키워 달라고 부탁할 필요는 없었다(그럴 용기도 없었다).

실버는 화면 하단의 3분의 1을 차지하는 빨간색과 하얀색 자막으로 대강의 상황을 파악했다.

'십계명 살인 사건 용의자'.

실버는 몇 걸음 물러나 기둥 뒤에 섰다.

어떻게 된 일이지?

실버는 용기를 내어 기둥 너머로 얼굴을 내밀고 텔레비전을 다시 봤다.

이번에는 실버의 사진이 화면을 가득 채웠다.

실버는 다시 기둥 뒤로 숨었다. 고개를 푹 숙인 그는 야구 모자를 깊숙이 눌러쓰고 출구로 향했다.

예상대로였다. 역시 대화를 다시 해야 했다.

생각했던 것보다 더 빨리.

23

"우리 들킨 것 같아요."

레이첼은 처음에 프랭클의 말뜻을 알아듣지 못했다.

반대 아닌가? 프라이어 실버가 우리한테 들킨 게 아니고?

프랭클에게도 그렇게 말했다. 그러자 프랭클이 레이첼의 아빠와 나눈 짧지만 날카로운 대화에 관해 들려줬다.

"그 얘기를 왜 지금 해요?"

"음, 그래야 당신이 도망 못 가고 그 문제를 나랑 같이 상의할 수 있으니까?"

레이첼은 유리창 밖을 내다봤다. 수백 미터 아래로 런던의 야경이 펼쳐졌다. 대도시의 불빛들이 점멸하고 있었다.

"알겠다. 이 여자를 런던 꼭대기로 데리고 올라가서 소형 폭탄을 터뜨려 버리자 하고 생각한 거죠? '아, 죄송하지만 손잡이 꽉 잡아요. 추락합니다!'"

"이건 롤러코스터가 아니라 대관람차예요. 추락을 왜 해요." 프랭클이 말했다. "이대로 둥둥 떠서 내려가겠죠."

"대관람차가 어떻게 움직이는지는 나도 알아요." 레이첼은 애써 웃음을 참았다.

어떤 상황에서든 이성적으로 대처하는 프랭클의 태도는 묘한 매력으로 레이첼을 자석처럼 끌어당겼다. 나쁜 소식을 전할 때도 마찬가지였다.

"게다가 오늘 단둘이 보낼 시간도 없었잖아요." 프랭클이 덧붙였다.

레이첼은 거의 온종일 홀리 경사의 책상과 컴퓨터를 샅샅이 훑었음에도 프라이어 실버에 관한 추가 정보를 찾지 못했다.

홀리가 전화 인터뷰 중에 낙서를 해 놓은 작은 수첩을 발견하기는 했다. '에서'라는 단어 주위에 기울어진 별과 동그라미가 그려져 있고 주변에 물음표가 여러 개 적혀 있었다. 홀리의 머릿속에 어떤 생각이 떠올랐고, 그 생각이 발단이 돼서 그는 집에 가다가 옆길로 빠졌고 결국 비극적인 최후를 맞았다. 일련의 과정을 상상해 보던 레이첼은 자기도 모르게 흠칫했다.

한편, 프랭클과 그랜트는 스테빈스 청장에게 수사 경과를 보고 중이었다. 세 사람은 레이첼과 죽은 홀리의 휴대폰으로 그랜트와 프라이어 실버(로 추정되는 인물)가 주고받은 문자 메시지 사본을 수없이 검토하며 실버의 위치를 알려 줄 단서를 찾았다.

결과는 레이첼의 사정과 크게 다르지 않았다. 정말 아무것도 없었다.

세 남자는 프라이어 실버의 이름을 공개하는 문제로 마라톤 회의를 이어 갔다. 이름을 공개하면 실버가 몸을 숨기기 힘들어질 것이라는 그랜트와 프랭클의 강력한 설득에 스테빈스는 백기를 들었다. 성명을 발표하기 전에 실버가 또 살인을 저지르면 어떻게 될지 생각해 보라는 말에 마음이 움직였다. 그렇게 되면 범죄를 막을 가능성이 있었던 정보를 다른 누구도 아닌 경찰청이 숨기고 있었다며, 몬티 퍼거슨 같은 기자나 겁에 질린 시민들이 온갖 원망을 퍼부을 것 아닌가.

실버의 이름과 해트필드 교도소에서 찍은 사진이 각종 언론 매체에 전달됐다. 몇 시간 만에 실버의 얼굴과 신상 정보가 영국 전역을 휩쓸고 해외 뉴스까지 진출했다.

보도가 나감과 동시에 경찰청에는 실버를 봤다, 실버와 마주쳤다는 제보 전화가 빗발쳤다. 실버가 피아노 줄로 자신을 죽이려는 걸 피해 간신히 도망쳤다는 사람도 있었다. 한 여성은 클래리지스 호텔 레스토랑에서 실버와 다섯 가지 코스 요리를 먹고 방으로 올라가 마티니를 한잔했다고 주장하기도 했다.

물론 죄다 새빨간 거짓말이었다.

"자기 이름만 신문에 올라가면 그만인 사람들이 있어." 그랜트가 말했다.

갈수록 불안감이 감도는 런던에 노을이 내려앉자 그랜트는 레이첼과 프랭클을 집으로 보냈다.

"제보 전화를 받을 사람은 여기 쌔고 쌨어. 거리에서는 더 많은 사람들이 실버를 찾고 있고."

레이첼은 아빠도 이쯤에서 정리하고 퇴근하라 했지만 그랜트는 내일로 예정된 홀리의 장례식을 준비할 시간이 필요하다고 했다. 전화를 돌리고 최종 조율도 하고 무엇보다 추도사도 준비해야 했다.

"내가 원체 사람들 앞에서 얘기하는 걸 좋아하지 않아서." 그랜트가 프랭클에게 말했다. 레이첼은 익히 알고 있는 그랜트의 성격이었다. "그래도 불쌍한 스탠퍼드를 위해 이 정도는 해야지."

"내가 뭐 도울 일 없어요, 아빠?"

"없어. 그리고 이건 나 혼자 해야 하는 일 같아." 그랜트는 남아 있는 글보다 직직 그어 지운 글이 더 많은 수첩 위에서 볼펜을 흔들며 대답했다. "너희는 가서 재미있게 놀도록 해."

그때는 형식상 하는 인사라고 생각했지만 지금 돌이켜 보니 '너희가 무슨 수작을 부리는지 다 안다'고 대놓고 외치는 말이었을지도 모르겠다.

사실이라면 레이첼은 전혀 눈치채지 못했다. 런던 아이에서 프랭클에게도 그렇게 말했다.

"아버님이 그런 의도로 말씀하신 게 맞을 거예요." 프랭클이 말했다. "나한테는 아주 직설적으로 말씀하신 거고."

유리로 둘러싸인 관람 칸은 관람차 꼭대기를 향해 올라가고 있었다.

"당신이 나한테 말할 거라고 짐작하셨겠죠."

"나는 그냥 사전 경고로 받아들였어요. 영국 경찰들은 총을 안 들고 다녀서 다행이라는 생각이 잠깐 들기는 했지만요."

프랭클이 씩 웃었다. 레이첼도 웃지 않을 수 없었다.

"운이 좋네요."

경찰청에서 나왔을 때 두 사람은 뭘 좀 먹을까 이야기하고 있었다. 건물에서 나와 빅토리아 임뱅크먼트에 서자 템스강 위로 다채롭게 깜박이는 형광 불빛을 뿌려 대는 런던 아이가 보였다.

"대학 친구들이랑 왔을 때는 저런 거 없었는데." 프랭클이 말했다. "어쩌면 짓는 중인 걸 우리가 술집 순례만 하느라 못 봤을 수도 있고요."

"나 고등학교 때 생긴 거예요." 레이첼이 대꾸했다.

"타 본 적 있어요?"

레이첼은 고개를 저었다. "졸라도 아빠가 안 데려가 주더라고요."

"참 재미없는 양반이셔."

"실은 아빠가 고소 공포증이 있어요." 레이첼은 프랭클의 얼굴에서 의외라는 듯한 표정을 읽었다. "내가 얘기했다고 하지 마요."

"안 해요." 프랭클이 런던 아이를 가리켰다. "다른 사람이랑 타면 되잖아요."

"딱히 그럴 만한 기회가 없었어요. 아무리 유명한 관광지라도 정작 거기 사는 사람은 한 번도 안 가 본 경우는 흔하잖아요."

"그럼 답 나왔네요. 안 가고 뭐 해요?"

"네? 진심이에요?"

"화이트 채플에 잭 더 리퍼 투어가 있다는 기사를 비행기에서 읽었어요. 근데 요즘 우리가 하는 일을 생각하면 차라리 그게 더 나아 보여요."

레이첼은 프랭클의 차를 타고 뉴저지 언덕에 올라가서 본 풍경을 떠올렸다.

"지난번 아침에 보여 준 게 있으니 나도 보여 줘야 하는 거겠죠."

"그 제안 마음에 드는데요."

레이첼은 장난스럽게 그를 밀쳤다.

"바보, 풍경 말이에요."

"알아요."

또 그 미소였다.

잠시 후 걸어서 웨스트민스터 브리지를 건너 관람차 표를 샀다. 사람이 많지는 않았다. 레이첼은 저녁 날씨가 상당히 추운 데다(눈 예보가 있었다) 사람들이 벼락치기로 크리스마스 쇼핑을 하기 때문이 아닐까 생각했다. 게다가 영업 종료 시간까지 1시간이 채 남지 않았고.

원의 꼭대기까지 올라왔을 때 레이첼은 비좁은 관람 칸에서 자세를 바꾸고 프랭클의 눈을 똑바로 응시했다.

"우리 아빠는 사람 잡아먹는 괴물이 아니에요, 존."

"딸을 빼앗아 가려는 남자 입장이 돼 봐요."

레이첼이 눈을 반짝였다. "그렇게 하려는 거예요, 형사님?"

"작업에 착수했다 정도로만 해 두죠."

프랭클이 다정하게 레이첼의 손을 잡았다. 레이첼도 그의 손을 뿌리치지 않고 꽉 잡았다.

천천히 돌아가는 관람차에서 다시 아래로 내려오며 두 사람은 말없이 아름다운 도시를 바라봤다. 뉴욕의 언덕에서 본 경치 못지않게 경이로웠다. 런던의 모든 명소—빅 벤, 웨스트민스터 사원, 타워 브리지—가 크리스마스를 맞아 화려하게 불을 밝힌 풍경이 장관을 이뤘다.

"대박." 프랭클이 탄성을 내뱉었다.

관람 칸 밖으로 눈송이가 흩날리기 시작했다.

"그렇죠?" 레이첼도 같은 마음이었다.

잠시 후 땅에 도착했다. 관람차 기사가 유리문을 열고 내리라는 손짓을 했다.

"한 번 더 돌아도 돼요?" 프랭클이 물었다.

땅딸막한 기사에게서 유쾌한 분위기가 뿜어져 나왔다. 그가 내일 밤 북극에서 썰매에 선물을 싣는 일을 할 예정이라고 해도 믿을 수 있을 것 같았다. 기사는 프랭클을 향해 정중한 미소를 지었다.

"저도 그러고 싶지만 보시다시피 영업 종료 시간이에요, 손님."

기사가 아무도 없는 탑승 구역을 가리켰다. 프랭클은 주머니에 손을 넣어 경찰 배지를 꺼냈다.

"아직 일이 안 끝나서요." 프랭클이 말하며 레이첼에게 고개를 까딱했다. 레이첼은 비밀스러운 웃음을 참으려고 애를 쓰고 있었다.

기사는 뒤따라 내려오는 관람 칸들을 올려다봤다. 다시 돌아섰을 때 그의 눈이 반짝반짝 빛났다. "두 분 즐거운 크리스마스 보내세요."

"기사님도요." 레이첼이 최대한 따스한 미소를 지으며 말했다.

기사는 관람 칸을 찰싹 때려 다시 올려 보냈다.

프랭클을 보니 주머니에 배지를 집어넣고 있었다.

"이렇게까지 하는데 보람이 있어야 할 텐데." 프랭클이 히죽 웃으며 말했다. "내려왔을 때 저분은 내가 알아서 처리할게요."

"뇌물은 미국 경찰들에게만 통하는 거 아니었어요?"

"하하."

관람차가 다시 위로 올라가며 관람 칸이 앞뒤로 흔들렸다.

"고등학교 때도 이랬겠죠? 여자 친구였던 그 셜리……."

"실라요."

"실라 뭐라고 하는 여자랑 재미 좀 보려고 꼭대기까지 데리고 올라갔을 거 아니에요."

"실라 라이스요." 존이 웃으며 덧붙였다. "그리고 틀렸어요."

"뭘요? 재미 못 봤어요?"

"실라는 놀이공원을 안 좋아했어요." 존이 대답했다.

"하하."

두 사람은 관람 칸 창문 밖으로 고개를 돌렸다. 눈이 펑펑 쏟아지기 시작해 점점 작아지는 아래의 도시 위로 소용돌이치고 있었다.

"웬만한 각오 없이는 코니아일랜드까지 가기도 힘들었고요." 존이 말했다. "고속 도로 위쪽에 있던 놀이공원은 내가 태어나기 몇 년 전에 문을 닫았어요. 팰리세이즈 파크라고. 이 노래 좋아해요?"

"노래요?"

"어렸을 때 아버지가 즐겨 부르시던 노래 제목이에요. 날 팰리세이즈 파크에 데려가지 못해 아쉬워하셨죠. 프레디 '붐 붐' 캐넌의 유일한 히트곡이에요."

프랭클이 빠른 리듬의 로큰롤 곡 몇 마디를 불렀다. 가사는 한 남자가 롤러코스터에서 귀여운 여자를 만나 낭만적인 저녁을 보냈다는 내용이었다.

목소리가 제법 듣기 좋았다. 레이첼이 장난스럽게 어깨를 으쓱거리자 프랭클은 용기를 얻어 노래를 계속 불렀다.

노래가 발라드 리듬으로 느려지기 시작했고 프랭클은 손을 뻗어 레이첼의 손을 잡았다. 레이첼은 꼭대기로 향하는 작은 유리 보호막을 따라 흔들거리며 그의 품에 안겼다.

매점에서 핫도그를 사 먹고, 록 밴드의 노래에 춤을 추고, 배를 타고 사랑의 터널을 통과했다는 노래 가사가 이어졌다. 노래가 절정에 이르러 대관람차의 정상으로 올라가는 대목이 나왔다. 대관람차는 노래 속의 청년이 여자에게 슬쩍 입을 맞추기에 완벽한 공간이었다.

바로 그 가사처럼 하려고 프랭클이 몸을 기울인 순간 레이첼이 웃으며 후렴을 마저 불렀다.

불과 몇 센티미터 거리에서 프랭클이 멈췄다. "이 노래 아네요."

"태어난 날부터 아빠가 올드 팝을 강제로 들려줬어요. 엄마가 질색할 정도로. 당연히 그 노래도 알죠."

"그런데 왜 모르는 척⋯⋯?"

레이첼이 프랭클의 입술에 손가락을 갖다 대며 말을 막았다. "당신 노래를 듣고 싶었으니까."

레이첼은 투명한 지붕을 올려다봤다. 유리 관람 칸 위로 눈이 쌓이고 있었다. 레이첼은 화이트 크리스마스 속으로 사라지고 있는 아래의 도시를 가리켰다.

"자, 다 올라왔네요." 레이첼이 속삭였다. "키스할 거예요, 말 거예요?"

20분이 지나고 런던 아이에서 내리며 레이첼은 굳이 팰리세이즈 파크까지 가지 않아도 사랑에 빠지고 있다는 것을 알 수 있었다.

◆◆◆

레이첼은 1시 조금 넘어 마이다 베일 집에 돌아왔다.

런던 아이에서 내려온 두 사람은 피커딜리 서커스로 이동해 레이첼이 좋아하는 울슬리에 갔다. 내부에 대리석 기둥과 아치 통로가 있는 이 공간은 1921년에 고급 자동차 전시장에서 시작해 바클레이즈 은행의 새 지점이 됐다가 이후 지금의 화려한 카페 겸 레스토랑으로 변신했다.

두 사람은 바 자리의 끝에 앉아 굴, 오믈렛, 핫토디를 주문하고는 둘만의 아늑한 세계에 파묻혔다.

자정이 되기 직전에 메이페어를 지나 마이다 베일까지 걷다 보니 런던은 어느새 동화 같은 겨울 나라로 변해 있었다. 크리스마스 조명에 눈밭이 반짝반짝했다. 개과천선한 에버니저 스크루지가 밥 크래칫과 타이니 팀에게 칠면조를 보내고 마차를 몰며 거리를 내달리던 영화 장면이 떠올랐다.

레이첼이 최소 하룻밤은 더 아빠 집에서 지내야 한다고 했고 프랭클은 고분고분하게 알겠다고 했다. 레이첼은 프랭클이 더욱 좋아졌다.

"사건이 종결되면 같이 보낼 시간이 많아질 거예요." 프랭클이 말했다.

그 말을 들은 순간 레이첼은 두 사람을 이어 준 혹독한 현실로 돌아왔다. "금방 끝날까요?"

"무슨 일이 있어도 끝내야죠."

프랭클 역시 살인의 땅으로 다시 내려온 듯했다.

그와 헤어지고 집으로 들어가니 이번에는 삼촌이 아닌 아빠가 레이첼을 맞아 줬다.

"집까지 바래다줬나 보네."

그랜트는 거실 창가에 앉아 있었다. 그는 아까 사무실 책상에서 봤던 수첩을 무릎에 올려놓았다.

"엄마가 항상 기다리던 자리네요." 레이첼이 옆자리에 앉으며 말했다.

"네가 덩굴 지지대를 밟고 올라올까 봐 위층에서 기다릴 때 빼고는."

"엄마가 얘기했어요?"

"나와 네 엄마 사이에는 비밀이 없었어, 레이첼."

레이첼은 가슴이 당기는 느낌에 몸을 슬며시 틀었다.

"알아요."

"레이첼……."

레이첼이 그랜트를 보며 말했다. "존은 좋은 남자 같아요, 아빠."

"유능한 경찰이고."

"미리 말 못해서 죄송해요."

"넌 성인이야. 네 행동을 일일이 설명할 필요는 없어."

"네."

그랜트는 다음 말을 정하지 못해 고민하는 듯 보였다.

"대신 아빠한테 뭘 숨겨야 한다는 생각은 하지 마."

레이첼은 잠시 눈을 감았다. 하아, 아무것도 모르면서.

그녀는 다시 눈을 뜨며 무슨 말이라도 해야 한다는 것을 깨달았다.

"나 노력하고 있어요, 아빠. 정말로요." 레이첼은 태어나서 자란 집을 둘러봤다. 겨우 몇 년 전 일인데도 꼭 전생의 기억 같았다. "그냥, 모든 게 너무 빠르게 변하고 있어서 그래요."

"그러게나 말이다."

레이첼이 수첩을 가리켰다. "아직도 무슨 말을 할지 구상 중이에요?"

"이것도 완전히 엉망이네."

"봐도 돼요?"

그랜트가 망설였다.

"미완성인 거 알아요." 레이첼이 말했다. "어쩌면 내가 조금이라도 도움이 될지 모르잖아요. 아빠만큼 잘 알지는 못하지만 나도 홀리 경사를 오랫동안 봐 왔으니까."

그랜트가 머뭇거리며 수첩을 건넸다. 레이첼은 원고를 읽기 시작했고 끝에 가서는 자기도 모르게 숨을 참았다.

"나라면 토씨 하나도 안 바꿀래요."

"진짜?"

"가슴에 손을 얹고 맹세해요." 그저 아빠가 무사히 읽을 수 있기를 바랄 뿐이었다. 레이첼에게는 불가능한 일이었기에.

레이첼이 몸을 굽혀 그랜트에게 굿 나이트 키스를 했다.

"잘 자요, 아빠."

"잘 자라, 레이첼."

문으로 가던 레이첼이 뒤를 돌아봤다. "아빠?"

"음……?"

"존이랑 좀 천천히 가야 한다고 생각하셔도 이해해요."

"천천히 가라는 게 아니야, 레이첼. 다만 난 네가 조심하면 좋겠다는 거지." 그랜트가 창밖으로 고개를 돌렸다. "지금 같은 시기에는 너뿐만 아니라 우리 모두 좀 더 경계할 필요가 있어."

존 프랭클에 관한 이야기가 아니었다.

그 사실을 깨닫자 레이첼은 걷잡을 수 없는 두려움에 휩싸였다.

24

프랭클은 뉴욕 경찰국에 재직하는 동안 순직한 동료의 장례식에 일일이 기억조차 할 수 없을 만큼 자주 참석했다. 다섯 개 자치구 경찰이 근무 중에 사망하면 모든 동료가 얼굴을 보이고 마지막 경의를 표했다.

런던 경찰청 스탠퍼드 홀리 경사의 장례식도 크게 다르지 않았다. 조문객이 어마어마했다.

눈은 그쳤지만 날이 흐려서 크리스마스이브의 기온은 줄곧 영하에 머물러 있었다. 지상에 내려앉은 눈송이에 회색 하늘 틈으로 조금씩 스며드는 아침 햇살이 반사돼 런던 거리가 반짝거렸다. 그 광경은 왠지 위에서 누군가 지켜보고 있다는 느낌이 들게 했다.

웨스트민스터 궁에서 시작한 행렬은 서더크 대성당까지 3킬로미터 넘게 이어졌다. 슬퍼하는 사람, 편하게 떠나기를 빌어 주는 사람, 호기심에 구경하는 사람 들이 거리에 장사진을 이뤘다.

프랭클은 잘은 몰라도 런던 경찰청(그레이터 런던의 치안을 담당하는 지역 경찰) 소속이 만 명쯤 되리라 짐작했는데, 이들 전원이 장례식에 참석한 것처럼 보였다. 홀리 경사의 관을 실은 마차를 호위하며 발을 맞춰 행진하는 곳마다 경찰들이 대형을 맞추고 서 있었다. 대부분 제복을 입은 이 경찰들도 오늘만큼은 치안을 책임지기 위해서가 아니라 동료에게 작별 인사를 하기 위해서 거리로 나왔다.

프랭클과 나란히 걷던 레이첼이 그의 생각을 읽은 듯 말했다. "우리 영국인들은 이런 일이 있으면 자기가 당한 것처럼 분노해요. 이런 비극이 자주 일어나는 곳이 아니라서요."

프랭클은 통계가 레이첼의 주장을 뒷받침한다는 사실을 알고 있었다. 영국이 1990년대 중반에 총기 사용을 금지하면서 참혹한 죽음을 맞는 경찰의 수는 줄어들었다.

그러나 통계도 홀리 경사를 구하지는 못했다.

그는 근무가 끝난 시간까지 열심히 일을 하다가 죽임을 당하고 말았다. 스탠퍼드 홀리에게 잘못이 있었다면 빌어먹을 만큼 좋은 형사였다는 것뿐이다.

서더크 대성당 안까지 입장이 가능했던 소수의 사람들에게 추도사를 낭독하며 그랜트가 한 말이었다.

"사실 저는 처음 만난 날부터 알았습니다." 성당의 설교단에 서서 그랜트가 말했다. "물론 홀리 경사에게 직접적으로 말하진 않았죠. 머리에 피도 안 마른 순경이 우쭐해지는 건 원하지 않았으니까요. 그랬으면 제복의 어깨 기장을 다시 맞춰 오라고 돌려보내야 했겠죠."

사람들이 키득거렸다. 웃음소리는 홀리가 런던 경찰청 건물에서 매일같이 얼굴을 마주하던 동료들이 앉은 앞줄에서 특히 크게 들렸다. 보아하니 홀리에게는 살아 계시는 부모님도, 가족이라 부를 만한 형제나 아내도 없는 모양이었다. 구름 낀 오늘 아침에 홀리 경사의 가족은 이들이 전부였다.

"오전 보고 시간에 제가 보고서를 힘들게 봐야 했던 날이었습니다. 아끼는 돋보기안경을 잃어버렸거든요. 사무실 구석구석을 뒤져도 안 보이더군요. 당시 순경이었던 홀리가 뭘 찾느냐고 묻길래 사실대로 말했더니 시간이 멈췄나 싶게 오랫동안 저를 쳐다보는 게 아닙니까. 그러더니 모기만 한 목소리로 물었습니다. 혹시 문제의 그 안경이 제 머리에 얹혀 있는 거냐고요."

성당 안에 웃음이 퍼졌다.

"저는 그 순간부터 알았습니다. 언제든, 제가 뭘 원하든 스탠퍼드 홀리에게 의지할 수 있다는 사실을요. 제가 어떤 걸 필요로 하는지, 어떤 걸 원하는지 요구하기도 전에 홀리는 절 도와줬습니다."

그랜트가 숨을 깊이 들이마셨다.

"하지만 이제는 아닙니다."

실내가 다시 조용해졌다.

"그 어느 때보다 홀리가 필요한 시기에 홀리는 저를 도와주지 못하게 됐습니다."

프랭클은 옆에 앉은 레이첼을 살폈다. 레이첼은 눈물이 글썽거리는 눈으로 추도 연설을 하는 아빠를 바라보고 있었다.

"지금 제게는 스탠퍼드 홀리 경사가 필요합니다. 이 시점에서 제가 찾아낸 사실은 하나밖에 없어요. 홀리 없이 저는 아무것도 할 수 없다는 겁니다."

레이첼의 뺨 위로 눈물이 흘러내렸다. 레이첼은 손을 잡아 주는 프랭클에게 고맙다는 의미로 고개를 끄덕였다. 프랭클은 레이첼이 통로 건너편을 보고 그랜트와 똑 닮은 잘생긴 50대 남자에게 슬픈 미소를 보내는 모습을 포착했다. 레이첼이 그토록 좋아하는 에버렛 삼촌인 것 같았다. 두 남자는 고개 숙여 인사를 주고받고 추도사를 낭독하는 그랜트 쪽으로 시선을 돌렸다.

그랜트 총경은 모든 사람에게 스탠퍼드 홀리의 '너무 짧았던' 인생을 소개했다. 홀리는 런던 남서부 교외의 워킹에서 자랐다. 홀리의 아버지는 홀리의 할아버지가 운영하던 가게에서 구두를 만들었다. 그랜트의 말에 따르면 청년 스탠퍼드가 경찰청에 들어갔을 때 홀로 그를 키웠던 노동자 아버지는 아들을 무척이나 자랑스러워했단다. 그랜트는 홀리를 부하로 받아들이고 나서 그가 든든하고 강직한 법의 수호자로 변모하는 모습을 바로 옆에서 지켜봤다고도 했다.

"몇 년 전 홀리가 경사로 진급했을 때 홀리의 아버님이 그 자리에 계셨다는 점에 무한한 감사를 느꼈습니다. 훌륭하게 성장한 아들을 보며 참으로 뿌듯해하셨죠. 저도 같은 마음이었고요."

그랜트는 잠시 목을 가다듬었다. 무너지지 않기 위해 안간힘을 쓰는 게 프랭클의 눈에도 똑똑히 보였다.

"스탠퍼드가 제 친아들이었다고 해도 그를 자랑스러워하는 제 마음은 똑같았을 겁니다."

그 둘은 많은 면에서 이미 부자 사이나 다름없었다. 프랭클과 조문객들은 홀리의 아버지가 돌아가신 이후로 그들의 관계가 총경과 충직한 부하 이상으로 발전해 왔음을 알 수 있었다.

"오늘 우리는 순직한 동료를 기리기 위해 이 자리에 모였습니다. 스탠퍼드 홀리를 그리워하고 잊지 못할 겁니다. 누구보다도 제가 그럴 겁니다. 저는 제 분신을 잃은 기분입니다."

모든 사람이 '아멘'을 합창했다. 다음 순간 프랭클은 깜짝 놀랐다. 그랜트가 설교단에서 내려오지 않고 뒤편의 관으로 돌아섰던 것이다.

"마지막으로 한마디만 할게. 자네에게 이 짓을 한 자는 반드시 벌을 받을 거야. 내 남은 목숨을 걸고 약속할게. 맹세해, 스탠퍼드."

그랜트가 다시 뒤를 돌아 성당에 모인 조문객들을 향해 말했다.

"여러분에게도 약속합니다."

❖❖❖

"그런 말로 끝낸다는 얘기는 없었잖아요." 프랭클이 레이첼과 교회를 나서며 말했다.

"나도 몰랐어요." 레이첼이 추위를 피하기 위해 코트를 걸치며 대답했다. "어젯밤에 보여 준 초안에는 없었다고요."

"즉석에서 결정하셨나 봐요. 일종의 오디블(쿼터백이 즉석에서 사인을 보내 플레이를 바꾼다는 의미의 미식축구 용어 - 옮긴이) 아니었을까요?" 프랭클이 말했다.

"오디블이요? 페이튼 매닝의 '오마하, 오마하' 오디블처럼요(오디블로 유명한 미식축구 선수 매닝은 작전을 변경할 때 '오마하'라는 구호를 외친다 - 옮긴이)?"

프랭클이 놀란 얼굴로 그녀를 쳐다봤다.

"나 매디슨 스퀘어 가든에서 놀려고 뉴욕 간 여자예요. 기억 안 나요?"

"그러네요." 프랭클이 레이첼을 보며 멋쩍게 웃었다.

"우리 아빠랑 일해 봐서 알 거 아니에요. 아빠는 충분히 생각하지 않고서는 그 어떤 것도 실행에 옮기지 않아요."

"그럼 왜 그러셨을까요?"

"직접 물어봐야겠어요." 레이첼이 대답했다.

말처럼 쉽지는 않았다. 성당 앞이 사람들로 붐벼 그랜트를 잠시 놓치고 말았다. 제복 입은 경찰들, 성당에서 나오는 사람들, 추위를 무릅쓰고 서성이며 구경하는 런던 시민들로 발 디딜 틈이 없었다.

"여기들 있었구나."

프랭클과 레이첼은 당연히 그랜트라고 생각하며 뒤를 돌았다. 하지만 그 자리에는 레이첼의 삼촌 에버렛이 서 있었다. 에버렛은 묵직한 모직 코트 주머니에 손을 넣은 채 북적이는 사람들을 턱으로 가리켰다.

"이 정도로 장사진을 이룰 줄은 몰랐네."

"그러니까요." 레이첼이 말했다.

에버렛이 프랭클에게 손을 내밀었다.

"안 좋은 상황에서 만나게 돼 유감입니다, 형사님. 우리 조카랑 형이 칭찬 일색이던데."

프랭클의 눈이 커졌다. "총경님이요? 진짜요?"

"둘이 바다 건너에서 소동을 일으키는 동안 몇 번 연락을 했었거든요. 오스틴 형 말로는…… 뭐라더라? 정확한 표현은 '단순히 유능한 동료 형사가 아니다'였을 거예요."

레이첼이 씩 웃었다. "우리 아빠 기준으로 엄청난 칭찬인데요."

프랭클이 대성당을 돌아봤다. "누군가 제 장례식 때 홀리 경사가 들은 말의 절반만이라도 해 준다면 죽음도 아깝지 않을 것 같아요."

에버렛이 고개를 끄덕이고 조카를 다정하게 껴안았다. "네 아빠 추도사 정말 대단했어."

"맞아요." 레이첼이 맞장구쳤다. "그런데 나는 아빠가 이번 일로 너무 안 좋은 영향을 받는 것 같아서 걱정돼요."

"우리가 이따가 크리스마스이브 만찬 때 혼내 주자고. 물론 너랑 형이 와야 가능하겠지만?"

"아직은 변동 사항 없어요." 레이첼이 대답했다.

"근데 프랭클 형사님과 다른 계획이 있어도 삼촌은 이해해."

프랭클이 당황해서 에버렛과 레이첼을 번갈아 쳐다봤다. 레이첼이 얼굴을 붉혔다.

"계획이요?" 프랭클이 말을 더듬었다.

"삼촌……."

에버렛이 웃으며 말을 잘랐다. "내 시력이 예전 같지는 않지만 성당 통로 건너편 정도는 아직 잘 보이거든. 또 우리 형이나 여기 이 친구만큼 유능한 형사는 아니더라도 아까 그 장면을 보니까 어제 우리 조카님의 궁색했던 마틸다 알리바이가 이해되더라고."

프랭클은 뭐라고 반응을 보이려다가 간신히 한마디 내뱉었다. "아."

그래도 레이첼이 한 수 위였다. "아빠는 이미 오래전에 눈치챘어요."

에버렛은 갖고 놀던 풍선을 이웃집의 못된 아이가 터뜨려 버린 꼬마 같은 표정을 지었다. "거봐, 내가 뭐랬어. 그 인간 유능한 형사라니까."

"재미를 망쳐서 죄송해요." 레이첼이 말했다.

"내가 위대하신 런던 경찰청 총경님을 앞섰다고 잠깐이나마 착각해서 즐거웠다."

"너무 겸손하신 거 아닌가요." 프랭클이 말했다. "교수님이 십계명을 처음 떠올리셨다고 들었어요."

"그냥 형에게 시동을 걸어 준 거지. 그때 이후로 너무 많은 일이 일어나서 이제는 따라잡지도 못하겠어."

셋이 함께 성당을 벗어나며 레이첼이 에버렛에게 팔짱을 꼈다.

"위로가 될지 모르겠지만 난 오늘 밤 삼촌 집에 갈 계획이에요. 아빠도 꼭 모시고 갈게요."

"좋지!" 에버렛이 외쳤다. "하지만 방금 한 대화가 있으니 프랭클 형사도 우리와 함께해야 마땅하지 않나 싶은데."

프랭클이 고개를 저었다. "폐 끼치고 싶지 않습니다."

"무슨 소리예요." 레이첼이 말했다. "너무 좋은 생각인데요. 그렇게 하면 세 사람과 크리스마스를 나눠 보내지 않아도 되겠어요."

에버렛이 고개를 힘차게 끄덕였다. "그렇게 하는 거야?"

"뭘 해?"

돌아보니 세 사람을 따라잡은 그랜트가 옆에서 나란히 걷고 있었다. 조금 전 설교단에 섰을 때보다 낯빛이 더 어두웠다.

"에버렛 삼촌이 오늘 저녁 만찬에 존도 초대했어요."

"마음대로 하라고 해." 그랜트가 중얼거렸다.

그랜트의 시선이 세 사람 너머 어딘가에 있었다.

"따님이랑 동생분과 가족끼리 오붓하게 보내고 싶다 하셔도 이해합니다, 오스틴 총경님. 저는……."

그랜트가 손을 들어 말을 끊었다.

"아니야. 미안해. 내가 오해하게끔 말을 했군." 그랜트가 완전히 돌아서서 프랭클을 마주 봤다. "자네도 함께한다면 기쁠 거야, 존."

레이첼은 그랜트를 빤히 봤다. "뭐가 그렇게 신경 쓰여요, 아빠?"

그랜트가 성당 쪽을 가리켰다. "내 영원한 눈엣가시."

그랜트의 시선을 따라가니 흩어지는 사람들 사이로 몬티 퍼거슨이 나타났다. 그는 늘 갖고 다니는 수첩을 들고 대성당 계단 아래에 서 있었다.

"저 새끼가." 프랭클이 욕을 내뱉었다.

"내가 나오자마자 다짜고짜 단독 기사를 내놓으라더라고."

"단독 기사요?" 레이첼이 물었다.

"세인트 패트릭 대성당 살인이 일어나기 전에 거래한 게 있거든. 나는 영국과 미국에서 살인을 저지른 게 동일 인물이라는 기사를 쓰게 해 줬으니 약속을 지켰다고 생각했지."

"사실이잖아요." 프랭클이 말했다.

"그걸로는 부족했나 봐. 자기가 제일 먼저 프라이어 실버의 이름을 알아야 했다고 생각한대. 우리가 모든 언론 매체에 동시에 발표했다고 뿔이 났더군."

"다른 타블로이드 쓰레기들과 똑같은 독수리야." 에버렛이 고개를 저었다. "형 무덤을 다 쪼아 먹기 전까지는 멈추지 않을걸."

"기사를 쓸 거면 아빠가 쓴 추도사를 내보내야죠." 레이첼이 말했다. "전문 그대로."

"나도 그렇게 생각해요." 프랭클이 덧붙였다. "홀리 경사도 자랑스럽게 생각했을 거예요."

"특히 마지막 부분." 에버렛도 한마디했다. "강력한 한 방이었어."

"그럴 의도로 넣었지." 그랜트가 말했다.

"언제 추가한 거예요?" 레이첼이 물었다. "어제 읽었을 땐 없었는......."

날카로운 새 소리에 레이첼을 말을 하다가 말았다.

"레이첼? 왜 그래?" 에버렛이 물었다. "유령이라도 본 사람처럼."

"이 소리." 레이첼은 핸드백에서 휴대폰을 꺼냈다. "내 휴대폰 소리예요. 홀리 경사 번호에 따로 설정해 놓은 거. 문자가 다시 올 경우를 대비해서요."

레이첼은 휴대폰 화면을 슬쩍 보다가 전화기가 뜨거운 감자라도 되는 듯 그랜트의 손바닥에 말 그대로 떨어뜨렸다.

그랜트와 프랭클은 방금 온 메시지를 함께 읽었다.

'지킬 수 없는 약속은 하면 안 되지, 총경님.'

"이게 무슨 일이야?" 에버렛이 의아한 얼굴로 물었다.

그랜트는 정체 모를 상대와의 문자 대화를 동생에게 간단히 설명해 줬다. 잠자코 있던 프랭클은 상황의 심각성을 깨달았다.

"추도사 마지막을 말하는 거예요, 오스틴 총경님."

"난 아직도 뭔 소린지 잘 모르겠어." 에버렛이 말했다.

레이첼이 고개를 끄덕였다. "나도 그래요."

그랜트가 뒤쪽의 성당을 가리켰다. "내 추도사를 들은 사람은 기껏해야 500명이고 20분 전에 성당에서 나왔어. 홀리의 친한 친구와 동료 경찰만 참석이 가능했단 말이야. 우리가 중계를 허락한 방송국도 없었고."

프랭클이 대성당을 가리켰다. "그 말은 프라이어 실버가 그때 성당 안에 있었거나……."

그랜트가 프랭클의 생각을 이어받아 마무리했다.

"안에 있던 사람과 내통한단 뜻이지."

25

레이첼은 즉시 행동에 돌입한 두 형사를 신기한 듯 쳐다봤다.

일단 주변의 출입을 통제하고 참석자들을 격리하려 했지만 그랜트와 프랭클은 이미 늦었다는 사실을 깨달았다. 장례식이 끝난 지 30분이 넘었고 대부분 크리스마스이브를 즐기러 간 후였다.

그래도 참고할 명단이 있었다. 성당 입구에 확인대를 놓고 성당에 들어온 사람들의 이름을 표시했기 때문이다. 하지만 모든 사람을 프라이어 실버의 공범으로 추정하고 면담하자는 아이디어는 빠르게 포기했다.

"장례식 후에 실버와 직접 소통한 사람이 정말로 있다고 해도 연쇄 살인범과 연락했다는 걸 인정할 리 없어." 그랜트가 현실적인 판단을 내렸다.

레이첼은 그랜트가 아까보다 차분해 보인다고 생각했다. 심지어 묘한 웃음까지 지었다. "아빠는 일이 이렇게 됐는데도 걱정이 안 되나 봐요."

"오히려 힘이 나." 그랜트가 말했다.

"어째서?" 에버렛이 물었다.

"마지막 문자에서 실버가 뭐랬어? 크리스마스 이후 자기 소식을 듣게 될 거라고 했잖아." 그랜트가 설명했다. "아직 크리스마스이브 도 아닌데 벌써 협박으로 약속을 깨고 있어."

프랭클이 고개를 끄덕였다. "동요한 거예요."

"맞아." 그랜트가 말했다. "자기가 치밀하고 규칙적인 계획을 세운 다고 자부하는 사람들이 자주 저지르는 실수지."

에버렛이 웃으며 레이첼을 봤다. "네 아빠 없으면 경찰청은 어떡 하냐."

"그러니까요." 레이첼이 그랜트에게로 몸을 틀며 물었다. "그럼 명 단은 그냥 버려요?"

"아니. 명단을 추려서 살펴볼 거야. 그전에 우리의 실버가 초대 도 받지 않고 무단으로 장례식에 참석했는지 여부부터 확인하자."

◆◆◆

몇 시간 후 그들은 실버가 장례식장에 나타나지 않았다고 확신 했다.

레이첼과 두 형사는 성당으로 다시 들어가기 전에 에버렛을 먼저 보냈다. 에버렛은 8시경으로 약속 시간을 정하면서도 갑자기 상황 이 달라졌으니 약속을 취소해도 이해한다고 했다.

에버렛이 떠난 후에는 서더크 대성당의 보안 카메라를 확인했다. 카메라 수가 굉장히 많았다. 천 년의 역사를 간직한 건물은 9·11

테러와 영국의 연쇄 폭탄 테러 사건 이후로 감시 장비를 더 철저하게 보완했다.

얼마 안 있어 보안 시스템이 있는 성당 지하실에 모로와 기술팀도 도착했다. 대성당 내부에 달린 카메라만 열 개가 넘었고 외부에 있는 카메라 수도 두 배는 많아서 눈코 뜰 새 없었다.

실버가 장례식에 들렀나 보기 위해 수많은 영상을 확인했다. 몸집과 체형이 실버와 비슷한 남자들에게 특별히 더 주목하며(실버가 변장했을 가능성도 있었다) 한 명씩 후보에서 제외했다. 프랭클은 남자처럼 생긴 중년 부인을 지목하며 위장을 했을지도 모른다고 주장했지만, 클로즈업해서 그 여자의 얼굴을 자세히 살펴본 레이첼은 불운한 유전자를 갖고 태어난 여성이 분명하다고 응수했다.

경찰청으로 돌아와서는 그랜트의 사무실에 모여 다음 행동 방침을 결정했다.

장례식 참석자 명단을 일일이 조사하는 일은 며칠이 걸리는 중노동이었다. 게다가 성과가 나온다는 보장도 없었다. 그래도 그랜트는 뭐라도 나올지 보자며 명단을 셋으로 나눴다.

"대부분 경찰이야." 그랜트가 페이지를 넘기며 지적했다.

"부패한 경찰도 있긴 하죠." 프랭클이 말했다.

하지만 경찰이 프라이어 실버 같은 자와 협력하는 모습을 상상하기 힘들다는 데는 둘 다 동의했다.

"도둑 쪽은 어때요?" 레이첼은 문득 궁금해졌다.

"뭐?" 그랜트가 물었다.

"여덟 번째 피해자가 될 가능성이 있는 사람 말이에요. '도둑질하지 마라.' 별다른 수확 없어요?"

그랜트가 고개를 저었다. "그 명단은 이것보다 열 배는 길 거야. 절도 전과가 없는 사람들이 수두룩해서."

"게다가 실버가 십계명을 얼렁뚱땅 해석하고 있잖아요. 갖다 붙이는 대로 아무거나 '도둑질'이라고 할 수도 있다는 거죠." 프랭클이 덧붙였다. "스쿠터나 수학 시험 답안을 훔친 어린애도 가능합니다."

"난 사적인 관계 쪽을 생각하고 있었어요." 레이첼이 반박했다.

"어떻게?" 그랜트가 물었다.

"마지막 피해자인 도저와 플레밍은 아빠가 알던 사람들이었잖아요. 실버는 아빠가 전에 체포했었거나 체포하려 했던 사람을 노리고 있을지도 몰라요." 레이첼이 의견을 냈다.

"일리가 있네."

"내가 홀리 경사와 아빠 옛날 사건들을 꽤 많이 살펴봤거든요. 그중에 도둑이 있는지 크로스 체크를 하는 게 어때요?"

두 남자는 훌륭한 아이디어라고 생각했다. 솔직히 그들에게는 쓸 만한 아이디어가 전혀 없었다.

크리스마스이브를 몇 시간 남기고 경찰청 형사들은 그랜트가 어떤 식이든 절도 혐의로 감옥에 집어넣은 사람을 명단에서 여섯 명 추려 냈다. 죄다 형을 살고 출소한 사람들이었다. 한 명당 순경을 하나씩 배정해 연락을 취하고 추가 지시가 있을 때까지 감시하라고 했다.

사적인 관계를 전제로 깔고 프라이어 실버의 파일을 살피며 강도질을 함께한 공범 중에 표적이 될 만한 이가 있는지 찾아봤지만 아무도 없었다. 실버가 복역한 웨이크필드와 해트필드에서 감방을 같이 쓴 사람도 몇 명 만나 봤다. 역시나 쓸 만한 정보는 나오지 않았

다. 실버가 교도소에서 절도 혐의로 들어온 다른 재소자와 갈등이
있었고 이에 앙심을 품은 그가 현 시점에서 그 재소자를 범행 대상
으로 노릴 가능성도 염두에 뒀지만, 하나같이 그런 다툼은 없었다
고 했다. 실버는 작은 검은색 성경 책에 코를 박고 늘 혼자 다녔다
고 했다. 어쩌면 혼자만의 믿음에 매몰되고 그 믿음을 왜곡해 광란
의 살인을 저지르는 건지도 몰랐다.

1년 중 가장 성스러운 밤을 맞이하기 위해 런던이 모든 활동을 멈
추자 스테빈스 총경은 다들 집에서 저녁을 보내라고 했다. 지금은
가족과 시간을 보낼 때였다. 연휴 동안 피로를 풀다 보면 새로운 관
점으로 이전에 놓쳤던 단서를 찾을지도 몰랐다.

레이첼은 에버렛에게 전화해 셋 다 저녁 식사를 하러 가겠다고
전했다. 혹시 챙겨 갈 건 없는지 묻자 삼촌은 감격한 목소리로 말했
다. "그냥 몸만 와. 그게 나한테는 최고의 크리스마스 선물이니까."

레이첼은 곧 보자고 한 뒤 전화를 끊었다. 책상 너머로 아빠와 프
랭클을 봤다. 여전히 두 사람의 표정은 음울했다. 말리의 유령이 우
연히 이곳에 들어왔다면 제집처럼 편하게 느꼈을 것이다.

❖❖❖

레이첼과 그랜트가 에버렛의 집에 도착해 보니 크리스마스 장식
이란 장식은 죄다 나와 있었다. 햄스테드 하이 스트리트 끝에 있는
에버렛의 집은 은은하게 빛나는 하얀 전구로 반짝거렸고, 문에는
풍성한 아이비 베리 리스가 걸려 있었다.

따뜻한 포옹으로 환영 인사를 한 에버렛은 두 사람의 코트를 받아

들고 서재로 안내했다. 서재에서 먼저 온 프랭클이 올드 패션드(위스키에 각설탕, 비터, 소다수 등을 넣고 오렌지나 체리로 장식한 칵테일 – 옮긴이)를 두 모금째 마시는 중이었다. 에버렛은 그랜트와 레이첼에게도 같은 술을 내오기 전에 프랭클이 사 온 18년 묵은 맥캘란 자랑부터 했다. 그랜트가 만족스럽게 고개를 끄덕이자 레이첼은 프랭클의 점수가 더 올라갔다는 의미로 해석했다. 프랭클은 그랜트에게도 같은 위스키를 선물해 추가 점수를 땄다.

"초콜릿 셰이크를 사자니 너무 추워서요." 프랭클이 민망한 듯 우스갯소리를 던졌다.

각자 술을 마시는 동안 프랭클은 체스 판을 가리키며 바로 저 자리에서 그랜트 형제가 십계명과의 연관성을 처음 떠올린 건지 물었다.

에버렛이 고개를 끄덕였다. "맞아. 바로 거기야."

"네가 일어나서 책장에 꽂혀 있던 성경 책의 먼지를 털지 않았다면 지금쯤 우리가 어디서 뭘 하고 있었을지 상상도 안 된다." 그랜트가 말했다.

"실버라는 미치광이가 대서양을 건너고 피해자를 네댓 명 만들었을 즈음에는 형도 범행 패턴을 분명히 알아냈을 거야." 에버렛이 말했다.

"저는 잘 모르겠습니다." 프랭클이 대답했다. "뉴저지 살 때 일요학교 교리 문답 교육을 안 듣고 땡땡이만 엄청나게 쳤거든요."

"행운아였네." 에버렛이 웃으며 의미심장하게 그랜트와 건배를 했다.

"우리 아버지는 우리를 교회에 들여보내고 30분 동안 교회 밖에 차를 대고 기다렸거든. 그래서 우리는 창문 밖으로 못 빠져나갔어."

어느새 대화의 주제가 이번 사건으로 넘어왔다. 그랜트와 프랭클은 서더크 대성당에서 나온 후 오후 내내 헛수고만 했다고 에버렛에게 말했다. 답답하고 우울한 분위기가 돌아오는 느낌에 레이첼이 끼어들었다.

"그만해요."

레이첼이 웃으면서 말했다. 하지만 단호한 말투에 모두가 레이첼에게 집중하지 않을 수 없었다.

"오늘은 크리스마스이브고 일 얘기는 여기서 끝내요. 나는 신나게 술을 마시면서 내가 이 세상에서 제일 좋아하는 세 남자랑 크리스마스 정신을 기릴 거라고요."

레이첼이 언급한 세 남자가 '옳소, 옳소' 하며 잔을 부딪히는 모습을 보며 레이첼은 희망을 품었다. 아직은 잠깐이라도 크리스마스를 즐길 시간이 남아 있지 않을까.

◆◆◆

에버렛은 저녁 식사에 크리스마스 마법을 부려 놓았다.

메인 요리는 에버렛이 직접 만든 속, 크랜베리 소스, 채소를 채운, 끝내주게 맛있는 크리스마스 거위 요리였고 요크셔푸딩도 푸짐하게 나왔다. 그랜트와 프랭클은 음식을 하나도 남기지 않고 해치웠고, 레이첼도 접시를 다 비우고 두 사람보다 몇 초 먼저 일어나 접시를 다시 채워 왔다. 그들은 완벽한 만찬을 준비한 에버렛을 위해 건배했다. 에버렛은 고급 식료품점에서 고른 재료를 가사 도우미에게 사 오라고 했을 뿐이라는 겸손의 말로 칭찬을 받았다. 최고급 사기 그릇에 음식을 내온 비숍 부인(머리카락이 청회색인 이 70대 노부인은 오래전부터 에버렛의 집에 주 2회 방문해 살림을 맡고 있다)에게 식사를 함께하자고 권했지만, 부인은 이따가 집에 가서 가족과 저녁을 먹을 예정이라며 거절했다.

그 말에 에버렛은 디저트, 커피, 식후주는 자신이 책임질 수 있으니 이만 퇴근하라고 했다. '여사님'에게 두둑한 크리스마스 보너스와 남은 음식을 들려 보내는 것도 잊지 않았다.

가사 도우미가 퇴근한 후 에버렛은 적당히 노릇하게 구운 파이를 주방에서 가져왔다. 무슨 꿍꿍이가 있는 듯 반짝이는 눈빛을 가장 먼저 알아차린 사람은 조카 레이첼이었다.

"설마……."

"네가 생각한 그게 맞을 거야." 에버렛이 인정했다.

그가 파이를 잘라서 열자 속을 꽉 채운 검은색과 빨간색 소스가 흘러나왔다. 맛있는 냄새도 따라 나와서 입에 침이 고였다.

"라즐베리 파이다!" 레이첼이 외쳤다.

"네?" 프랭클은 무슨 외계어라도 들은 표정이었다.

그랜트가 씁쓸한 미소를 지었다. "앨리슨의 특기였어. 블랙베리랑 라즈베리를 섞어서 만든 파이. 매년 크리스마스에 내놨었지."

"어릴 때 만화에서 본 거예요." 레이첼이 설명했다. "만화 영화 '미스터 마구의 크리스마스 캐럴'에서요. 타이니 팀이 제일 원했던 선물이 '라즐베리 소스 한 병'이었거든요. 나도 먹고 싶다고 해마다 조르니까 엄마가 그렇게 단걸 병째로 먹으면 탈이 난다면서 파이로 만들어 줬어요."

에버렛이 파이를 한 조각씩 나눠 줬다. 한입 맛을 본 프랭클의 얼굴에 그야말로 감동의 물결이 일었다. "이유를 알겠네요." 프랭클이 말했다.

그랜트는 한번 떠먹을 때마다 천천히 맛을 음미했다. "이걸 언제 마지막으로 먹었더라……?"

"2년…… 아니, 3년 전 크리스마스였어요." 레이첼이 대답했다.

갑자기 침묵이 흘렀다.

그건 엄마와 함께한 마지막 크리스마스이브 만찬이었다.

크리스마스를 앞두고 앨리슨이 폐암 선고를 받은 까닭에 2년 전에는 누구도 크리스마스를 즐길 마음이 없었다. 앨리슨은 다음 해 초여름에 세상을 떠났고 안주인을 잃은 그랜트 일가는 자연히 12월까지 애도 분위기에 잠겨 있었다.

레이첼이 잔을 들었다. "엄마를 위해 건배해요. 지금도 매일같이 보고 싶은 엄마를 위하여."

"이맘때는 더하지." 에버렛이 말했다.

그랜트가 딸과 잔을 부딪쳤다. "네 엄마는 크리스마스를 사랑했어."

"두 분이 그때 만나서 그런 거 아닐까요?" 레이첼이 말했다. "리버풀 할아버지 댁 크리스마스이브 만찬 자리였잖아요."

"정말입니까?" 프랭클이 물었다.

"음, 그보다는 사연이 조금 더 있지." 에버렛이 말했다. 그러면서 형을 향해 장난기 어린 눈빛을 날리자 그랜트가 라즐베리 파이를 먹다 사레가 들어 콜록댔다.

"그 얘기를 꼭 해야겠어?" 그랜트가 물었다.

"아, 당연히 해야지." 에버렛이 껄껄 웃으며 말했다.

"저만 모르는 뭐가 있군요?" 프랭클이 어리둥절한 얼굴로 물었다.

레이첼이 그에게 몸을 기울이고 비밀 이야기를 하듯 속삭였다. "엄마는 처음에 에버렛 삼촌의 데이트 상대로 저녁을 먹으러 왔었거든요."

"네?" 프랭클이 식탁 맞은편에 앉은 에버렛에서 그랜트로 시선을 옮겼다. "그러다 총경님과 자리를 떴고요?"

"아니. 그런 게 아니야." 그랜트가 고개를 저었다. "정확히는……."

형이 당황하는 모습을 즐기는지 에버렛이 웃음을 터뜨렸다.

"우린 잘 알지도 못하는 사이였어." 에버렛이 설명했다. "나는 한 학기만 남은 옥스퍼드대 4학년생이었고 앨리슨은 지난 학기 졸업생이었지. 앨리슨이 도서관에서 일했거든. 대화를 하다가 같이 차를 마시게 됐어. 몇 번 저녁도 먹었고. 내가 툭하면 고상한 책들을 인용하고 재미없게 굴어서 하품만 잔뜩 했을 거야. 근데 연휴 때 리버풀에 있는 우리 집에 같이 가자고 물어보니까 알겠다고 하더라고."

프랭클이 그랜트를 보고 짓궂게 웃었다. "거기서 총경님한테 대신 꽂혔군요."

"전혀 아니야. 그날 밤 우리는 제대로 말도 섞지 않았어." 그랜트가 말했다. "나는 경찰청이 있는 런던으로 바로 돌아왔고. 식사 중에 앨리슨이 첼시 서점에 취직했다는 말을 듣긴 했지."

"그래서 따로 전화하라고 말씀하신 거죠?" 프랭클이 추리했다.

"우리 형이 이제 막 알게 된 여자에게 그 자리에서 데이트 신청을 한다고?" 에버렛이 또다시 큰 소리로 웃으며 말했다. "사실 데이트 신청은 우리 어머니가 하셨어. 앨리슨더러 심심하면 형한테 전화하라고."

"한 달 있다가 뜬금없이 퇴근 후에 술 한잔하겠냐는 전화를 받았는데 놀라서 하마터면 의자에서 굴러떨어질 뻔했어." 그랜트가 그때를 떠올리며 말했다.

프랭클이 고개를 끄덕였다.

"그럼 그 후로 이렇게……."

"……우리 형이 횡재했지. 나도 손해를 보지는 않았어." 에버렛이 프랭클의 말을 대신 맺었다. "세상에서 제일 멋진 형수님을 만났으니까."

에버렛은 와인을 한 모금 마시고 계속했다.

"나 같은 사람하고는 1년도 사귀지 못했을 거야. 그랬다면 우리 다 앨리슨이 없는 삶을 살았겠지." 에버렛이 레이첼을 돌아봤다. "결혼하고 얼마 안 돼서 우리에게 내려온 이 복덩이도 없었을 거고. 다들 동의하겠지만 이 녀석 아니었으면 오늘 밤 우리는 이 자리에 모이지도 못했을 거야."

그랜트와 프랭클이 건배를 청했다. 그랜트에게로 고개를 돌린 레이첼은 차오르는 눈물을 느꼈다.

"이러다 나 울겠어요." 레이첼이 말했다.

말이 입 밖으로 다 나오기도 전에 이미 늦었다는 것을 깨달았다. 뺨을 타고 눈물이 흘렀지만 레이첼은 웃고 있었다. 실로 오랜만에 느끼는 행복이었다. 이런 크리스마스는……. 그랬다. 3년 만에 처음이었다.

❖❖❖

에버렛은 손님 세 명을 식당에서 데리고 나와 위잉 소리가 나는 복도로 이끌었다. 먼저 들어가라는 손짓에 레이첼이 서재 문을 열자 울어서 짓무른 눈에 어떤 물건이 보였다.

"산타 일렉트로닉!" 레이첼이 외쳤다.

로봇은 새것처럼 광이 났고 반짝이를 새로 붙인 빨간 옷도 반짝반짝 빛났다. 하얀 수염은 더욱 풍성해졌다. 불을 피운 벽난로와 에버렛의 크리스마스트리 앞에서 산타 일렉트로닉이 허리를 굽혔다 폈다 하며 절을 했다.

그랜트는 회전하는 120센티미터짜리 산타클로스를 믿지 못하겠다는 듯 쳐다봤다. "안 그래도 어디 갔나 했어."

"몇 달 전에 형네 지하실에서 꺼내 온 거야. 손 좀 보면 괜찮겠다고 생각했지. 비숍 여사님한테 퇴근 전에 전원을 꽂아 달라고 했어. 아까 시범적으로 켜 봤는데 기겁하시더라."

"이거 처음 보고 한 일주일은 잠을 못 잤어요." 레이첼이 그때를 회상하며 말했다.

에버렛이 다가가 산타 로봇의 머리를 부드럽게 쓰다듬었다.

산타 일렉트로닉이 눈을 깜박이고 우렁차게 외쳤다. "빌어먹을 크리스마스(크리스마스를 싫어했던 스크루지 영감의 말투를 흉내 낸 것이다 - 옮긴이)!"

그랜트가 로봇을 빤히 봤다. "전에는 이런 말 안 했는데."

"내가 몇 군데 좀 만졌지."

"교수님 목소리 아니에요?" 프랭클이 물었다.

에버렛이 산타 로봇과 동시에 절을 했다. "죄를 인정합니다." 산타의 머리를 다시 쓰다듬자 기계에서 어린이에게 적합하지 않은 크리스마스 욕설이 터져 나왔다.

"에버렛……." 그랜트가 잔소리를 하려 했다.

"사슴 꽉 붙잡고 있어, 형." 에버렛이 말했다. "원래 버전의 산타 일 렉트로닉도 아직 있으니까. 여기 있는 스위치만 켜면 돼."

에버렛이 기계의 목덜미에 있는 스위치를 딸깍 소리가 나게 올렸다. 곧 산타의 말은 전처럼 익숙한 '메리 크리스마스'와 '호호호'로 돌아갔다. 그들은 산타를 쉬게 하고 프랭클이 사 온 위스키를 땄다.

레이첼은 평소에 스카치위스키를 선호하지 않았지만 18년 묵은 식후주는 확실히 다른 술보다 목 넘김이 훌륭했다. 프랭클은 레이 첼이 좋아하는 것 같아 더 기쁜 눈치였다.

다음으로 선물 교환식이 이어졌다. 에버렛이 선물을 준비해 오라 고 하지는 않았지만 크리스마스이브에 빈손으로 나타난 손님은 아 무도 없었다.

레이첼은 크리스마스를 앞두고 사람들에 치일 각오를 하고 해로 즈 백화점에 들러 그랜트 형제에게 선물할 화려한 양말과 넥타이를 샀다. 어린 레이첼이 아빠와 삼촌에게 선물을 하고 싶다고 고집했 을 때부터 생긴 전통이라고 했다. 그때 아빠와 삼촌이 사 달라고 했 던 선물이 양말과 넥타이였다는 것이다. 그러고 나서 프랭클에게는 작은 선물 상자를 건넸다.

"형사 친구 선물은 양말이나 넥타이가 아니겠지?" 에버렛이 짐 작했다.

"만난 지 얼마 안 돼서 이 사람 패션 센스를 아직은 잘 모르겠더 라고요." 레이첼이 말했다.

"나는 패션을 잘 몰라요. 센스랄 것도 없고요." 프랭클이 선물을 개봉하며 말했다.

레이첼의 선물은 45rpm 레코드판이었다.

"팰리세이즈 파크'?" 그랜트가 프랭클의 어깨 너머로 제목을 읽었다.

"우리만 아는 농담이에요." 레이첼이 다정하게 말했다.

프랭클의 눈빛을 보자 레이첼은 마음이 뿌듯해졌다. "마음에 쏙 들어요." 프랭클은 레이첼의 뺨에 부드럽게 입을 맞추고는 작은 선물 상자를 내밀었다.

레이첼이 상자를 열고 나직이 탄성을 질렀다.

상자 안에 들어 있는 것은 런던 아이 대관람차를 검은색으로 아름답게 새긴 하얀 진주 귀걸이였다.

"너무 예뻐요."

"마음이 통했네요."

레이첼도 조금 전 프랭클처럼 부드럽게 키스했다. 오 헨리의 《크리스마스 선물》과도 같은 순간을 방해하지 않은 아빠와 삼촌의 배려가 감사했다.

레이첼과 앨리슨에게 '이 세상에서 선물을 제일 못 주는 사람'이라는 말을 귀가 따갑도록 들었던 그랜트는 프랭클과 에버렛에게 아마존 상품권을 건네며 별명 값을 톡톡히 했다. "두 사람한테 뭘 줘야 할지 모르겠더라고. 그래서 둘이 각자 원하는 걸 사면 되겠다 생각했어."

하지만 그런 그랜트도 레이첼 앞에서는 달라졌다. 레이첼이 받은 깜짝 선물은 분홍색과 갈색이 섞인 아름다운 버버리 캐시미어 스카프였다.

"정말 너무 예뻐요, 아빠." 레이첼이 말했다. 아빠가 매장에 들어가 레이첼을 위한 선물을 골랐다는 데 진심으로 감동을 받았다. 레이첼은 그랜트를 와락 껴안았다.

"이제 내 차례." 레이첼의 삼촌이 말했다. 에버렛은 트리가 있는 곳으로 가서 아래에 놓인 선물 세 개를 집어 들었다. 첫 번째는 프랭클에게 건넸다. "형사님……."

프랭클이 손을 내저었다. "맛있는 식사에다 이렇게 멋진 저녁까지 선물로 주셨는데……."

"받아 줘." 에버렛이 재촉하고는 형과 조카에게 고갯짓을 했다. "저 사람들은 몇 년이나 받았는걸."

프랭클이 선물을 열자 영화 DVD와 소설 양장본이 나왔다. 제목은 똑같았다. '바람과 함께 사라지다'.

"아주 미국적인 형사님을 위해 아주 미국적인 책과 영화를 준비했지." 에버렛이 설명했다.

"와. 어릴 때 이후로 처음 보는 것 같아요." 프랭클이 말했다.

"다시 봐도 후회하지 않을 거야. 읽어 본 적 없다면. 책도 그렇고."

"안 읽어 봤어요." 프랭클이 대답했다.

"집으로 가는 비행기에서 할 일이 생겼네."

"기꺼이 해야죠." 프랭클이 말했다. "프라이어 실버를 잡고 드디어 쉴 수 있다는 뜻이니까요."

에버렛은 똑같은 포장지로 싼 상자를 조카와 형에게 내밀었다.

그랜트는 레이첼에게 먼저 풀어 보라고 손짓했다.

예쁜 은박 액자 안에 흑백 사진이 있었다. 지금보다 훨씬 젊은 에버렛과 앨리슨, 아기 레이첼이 바닷가에서 찍은 사진이었다. 세 사람은 잠든 그랜트를 모래밭에 파묻는 중이었다. 무슨 꿈을 꾸는지 모르겠지만 그랜트는 미소를 짓고 있었다.

"이 사진 처음 봐요." 레이첼이 말했다. "기억에 없는데."

그랜트가 웃음을 터뜨렸다. "이때 기억나. 네가 세 살인가, 네 살이었을 거야. 다 같이 당일치기로 브라이턴에 갔는데 낮잠을 푹 자고 일어나 보니 입에서 모래가 튀어나오더군." 그랜트가 키득거리는 어린 레이첼의 얼굴을 액자 유리 위로 톡톡 두드렸다. "너는 살면서 본 제일 재미있는 광경이라고 생각했을걸."

"우리 넷이 다 나온 사진은 이거뿐이더라." 에버렛이 설명했다. "보통은 형, 나, 앨리슨이 돌아가면서 나머지 둘이 아기와 있는 걸 찍었잖아."

레이첼이 다정한 손길로 액자를 쓸었다. "정말 완벽해요. 다들 행복해 보여서 더 좋네요."

"그랬지." 그랜트가 회상했다.

"그렇다면 형 선물도 마음에 들었으면 좋겠다." 에버렛이 풀지 않은 선물을 가리키며 말했다.

그랜트가 크리스마스 느낌이 물씬 나는 밝은색 포장지를 풀자 비슷한 액자가 나왔다.

두 소년의 흑백 사진이었다. 레이첼의 아빠와 삼촌이 분명했다. 일곱 살, 다섯 살쯤으로 보였다. 스키복과 촌스러운 파카로 몸을 꽁꽁 싸맨 형제의 뒤에서 뾰족한 빙벽이 반짝거렸다.

"세상 꼭대기다." 그랜트가 중얼거렸다.

"기억하네." 에버렛이 말했다.

"네가 기억한다니 나야말로 놀랍다."

"내게 가장 오래된 기억이야."

프랭클이 수십 년은 된 듯한 사진을 보며 물었다. "무슨 사진인지 설명해 주실 수 있나요?"

"세상 꼭대기. 우리가 알프스산맥 마터호른산의 정상을 부르던 말이야." 그랜트가 프랭클에게 말했다.

"해외에서 보낸 첫 크리스마스였지." 에버렛이 덧붙였다.

"아버지가 당시에 갈 수 있던 최대 높이까지 우리를 끌고 가서 빙하 앞에서 포즈를 취하게 했어." 그랜트가 기억을 떠올렸다.

"요즘은 더 높은 데까지 갈 수 있어. 산으로 올라가는 케이블카가 생겼거든. 위쪽 빙하 안에다가 화려한 얼음 궁전을 만들어 놨지."

그랜트가 사진을 턱으로 가리켰다. "저 사진 찍고 나서 얼마 후에 저걸 우리 가족 연하장으로 보냈던 기억이 나."

"우리 아버지가 마터호른산에 완전히 반하셨거든. 돈이 좀 생겼을 때 산 아래 체르마트에 작은 산장을 샀을 정도로." 에버렛이 부연 설명을 해 줬다. "우리 둘이 그걸 유산으로 받았는데 이 형님이 아무리 가자고 해도 안 따라오네."

"내가 높은 곳을 좀 싫어해서." 그랜트가 프랭클에게 말했다.

"단단한 땅 위에 지은 산장이라고 몇 번을 말해."

"어쨌든 거기까지 올라가야 하잖아." 그랜트가 애석해하며 대꾸했다.

레이첼은 확실하지 않지만 그랜트의 눈가가 촉촉해지고 있다는 느낌이 들었다.

"그래도 이 선물은 감동적이다. 정말 고마워." 그랜트가 다정하게 말했다. "또 누가 알아. 조만간 거기에 갈지."

"난 다음 주에 갈 거야. 레이첼도 잠깐 귀국했으니 같이 새해를 보내면서 형의 새로운 자유를 축하하면 좋지 않을까 하는데."

"우리 한번 의논해 봐요." 레이첼이 말했다. 그랜트는 잠자코 있었다.

그가 뜸을 들이다 대답했다. "어떻게 될지 두고 봐야지."

밤이 섬뜩하게 고요해졌다.

레이첼은 지금 다들 똑같은 의문을 품고 있다는 사실을 깨달았다.

여덟 번째 피해자가 런던 어딘가에서 그들을 기다리고 있을까?

그리고 아홉 번째, 열 번째 피해자도 곧 나올까?

26

크리스마스 아침이 밝았다.

만약 일주일 전 누군가 존 프랭클에게 이번 크리스마스는 런던의 고급 호텔에서 보내며 연쇄 살인범을 추적하고 또 어떤 여자와 사랑에 빠질 거라고 말했다면, 공공장소 주취죄로 그 사람을 체포했을지도 모른다.

하지만 프랭클은 잠이 덜 깬 눈을 비비다가 푹신한 소파에 앉아 창밖을 내다보는 레이첼의 모습을 보는 순간, 그것이 진실로 저주이자 동시에 축복임을 깨달았다.

어젯밤이 떠올랐다.

에버렛 집에서 보낸 저녁은 즐겁고 흥겨웠다. 그러나 그랜트의 얼마 남지 않은 은퇴로 대화가 흐르며 분위기가 가라앉았다. 이번 사건은 그들의 머리 위에 짙은 먹구름을 드리웠다. 그랜트 가족을 따라 에버렛이 사는 동네에 있는 세인트 존 앳 햄스테드 교회에서 자정 미사를 보는 동안 프랭클은 깊은 우울감을 느꼈다.

프랭클은 이미 수십 년 전에 저세상으로 갔다고 해도 믿길 만큼 연로한 신부의 설교를 듣는 둥 마는 둥 하고 미사 내내 레이첼을 곁 눈질했다. 레이첼도 힘든 시간을 보내고 있는 것 같았다.

프랭클은 레이첼이 가족의 품으로 돌아오면서 그랜트와 레이첼이 기쁨 반, 슬픔 반의 양가감정을 느끼고 있다는 사실을 알았다. 레이첼의 어머니가 세상을 떠난 후로 부녀 사이가 사실상 단절됐다는 사실도 알았다. 그 거룩한 밤에 앨리슨 없이 교회에 앉아 있으려니 얼마나 괴롭겠기. 프랭클은 때때로 레이첼의 손을 잡아 주는 것 말고는 위로할 방법을 찾지 못했다. 레이첼이 그의 손을 더 꽉 쥘 때마다 가슴이 저려 왔다.

코번트 가든 호텔로 돌아와 보낸 밤은 열정으로 가득했다. 절박하게 애정을 갈구하는 레이첼을 보며 프랭클은 현재의 가혹한 현실에서 그녀를 더 잘 지켜 주겠다고 다짐했다.

프랭클이 말없이 침대에서 나와 가운을 걸쳤다. 창문으로 걸어가자 레이첼이 인기척을 느끼고 자세를 살짝 바꿨다.

"메리 크리스마스." 프랭클이 부드럽게 말했다.

레이첼이 고개를 돌렸다. "메리 크리스마스." 그보다 더욱 부드러운 목소리였다.

레이첼은 울고 있었다. "왜 그래요. 괜찮아요?"

프랭클은 스스로를 한 대 쥐어박고 싶었다. 괜찮을 리가 있냐. 형사라는 게 한다는 소리하고는.

"그게…… 왜 있잖아요, 크리스마스라." 레이첼이 대답했다.

프랭클이 옆에 앉아 보니 레이첼은 에버렛에게 선물로 받은 은박 액자를 들고 있었다. 그 안에는 한때 행복했던 가족이 오래전 브라이턴에서 찍은 사진이 담겨 있었다.

의심한 대로였다. 이번에 런던으로 돌아오며 레이첼은 감정의 지뢰를 터뜨리지 않기 위해 살금살금 걷고 있었다.

"돌아오지 말았어야 했나 봐요." 프랭클이 말했다.

레이첼은 고개를 저으며 미소를 지어 보였다. "오히려 기대 이상이었는데요? 어제저녁, 대관람차, 당신과 보낸 시간······."

레이첼이 창밖을 가리켰다. "화이트 크리스마스까지 선물로 받았잖아요."

프랭클이 레이첼의 시선을 따라갔다. 한밤중에 폭설이 내려 코번트 가든의 거리가 온통 하얀 눈밭으로 변했다. 물론 도시 풍경이 아무리 눈부시다 한들 레이첼의 아름다움에는 발끝도 미치지 못했다.

"그래도요. 다른 날도 마찬가지지만 이맘때 더 힘들겠죠. 아무래도······." 프랭클이 말을 흐리며 사진 쪽으로 고갯짓을 했다.

"그건 그래요."

프랭클이 손을 뻗어 레이첼의 손을 잡았다. "주제넘은 참견일 수 있지만 어머님이 돌아가신 후로 아버님과의 사이에 문제가 있다는 거 알아요. 그런데 난 아버님이 당신에게 보내는 눈빛을 보고 당신 이야기를 하는 목소리를 들었잖아요. 뭔지 몰라도 그 문제 때문에 엄청난 상처를 받고 계시다는 걸 알겠어요. 준비되지 않은 은퇴까지 앞두고 있는데 당신마저 잃으면 삶 전체의 의미를 잃으실 거예요."

"숨 좀 쉬면서 말해요."

"레이첼······."

"일부러 피하는 거 아니에요, 존. 나도 절대로 아빠를 잃고 싶지 않아요." 레이첼이 고개를 저었다. "주제넘은 참견도 아니고요. 이제 겨우 일주일 알았지만 왠지 몰라도 당신에게는 전부 이야기하고 싶어요. 안 좋은 부분까지 다."

"하지만……."

"하지만 내가 모든 걸 털어놓으면 당신은 언덕으로 도망쳐서 다시는 뒤돌아보지 않겠죠."

"첫째, 런던은 평지라 언덕에 도착하기도 전에 쓰러질 거예요. 둘째, 그런 생각이 들 만한 행동을 당신이 했다는 건 상상도 못하겠어요."

"내가 한 일이 아니에요." 레이첼이 다시 고개를 저었다. "내가 하지 못한 일이 문제지."

"그냥 말해 줘요, 레이첼."

"존……."

"방금 말했잖아요. 나한테 모든 걸 털어놓고 싶다면서요. 네?"

레이첼이 고개를 작게 끄덕였다. "그렇지만……."

"나도 당신에게 내 모든 걸 알려 주고 싶어요." 프랭클이 한 손으로 레이첼의 손을 잡고 반대쪽 손으로 감싸 쥐었다. "우리가 잘되려면 오고 가는 게 있어야 해요. 나는 당신이랑 잘되고 싶어요. 살면서 이렇게 간절한 바람은 처음이에요."

다시 눈물이 레이첼의 뺨을 타고 흘렀다. 프랭클은 다정하게 눈물을 닦아 줬다.

"나도 그래요." 레이첼이 속삭였다.

"그럼 가슴에 짊어지고 있는 짐을 내게 덜어 줘요. 뭐든 상관없어요. 그냥 말하기만 해요."

프랭클은 레이첼이 숨을 깊이 들이마시는 모습을 물끄러미 바라봤다.

그러고 나서 레이첼의 이야기를 들었다.

❖❖❖

레이첼은 비행기를 타고 대서양을 건너오는 내내 충격에서 헤어나오지 못했다.

어젯밤 부모님과 했던 통화 내용을 아무리 되새겨 봐도 이해가 되지 않았다.

암.

그 한 글자는 세상에 존재하는 어떤 욕보다 더 끔찍했다.

레이첼의 엄마는 건강의 화신이었다. 그런 엄마가 암처럼 끔찍한 병에 걸렸다니 믿을 수 없었다. 특히나 공격적인 폐암이라는 말을 들었을 때는 세상이 무너지는 기분이었다.

뉴욕에 있던 레이첼이 당장 집으로 가겠다고 하자 역시나 엄마는 그러지 말라며 딸을 타일렀다. "너까지 지장받을 필요 없어. 일도 해야 할 거 아니야. 어차피 몇 주 후 크리스마스 때 올 거고."

레이첼은 '프리'라는 부분을 강조하며 자신은 프리랜서 기자고, 지금 집 말고는 가고 싶은 곳이 없다고 말했다. 게다가 홀리 경사에게 맡겨도 되는 사건을 수사한다며 아빠마저 스코틀랜드로 급히 떠나 버렸다. 그렇지만 엄마는 본인 때문에 가족의 생활이 흐트러지는 것을 용납할 수 없다고 했다.

"주말에 와도 난 멀쩡히 건강하게 살아 있을 거야." 전날 셋이서 통화할 때 엄마가 아빠에게 말했었다.

앨리슨과 30년을 부부로 산 그랜트는 이길 수 없는 말싸움을 구태여 시작하지 않았다. 글래스고로 간 사이에 레이첼이 집에 와 있겠다고도 했으니까. 레이첼은 다음 날 아침 JFK 공항에서 출발하는 첫 비행기를 탔고 해 질 녘이 조금 지나 착륙했다.

그리고 마이다 베일 집에 도착한 순간 심상치 않은 일이 터졌다는 것을 깨달았다.

현관문이 열려 있었다. 부주의로 잔혹한 범죄의 희생양이 된 사람을 셀 수 없이 본 아빠가 가족에게 강요하는 규칙이 딱 하나 있다면 집의 현관문과 뒷문을 항상 닫고 다니라는 것이었다.

다음으로 완전히 난장판이 된 거실이 눈에 들어왔다. 작은 탁자가 쓰러져 옆의 소파에 어색하게 걸쳐져 있었고 벽난로 부근은 깨진 유리 조각투성이였다. 레이첼은 금세 범인을 찾았다. 깨진 유니콘(레이첼이 중학생 때 만든 작품이었다)의 나머지 조각은 근처의 작은 쓰레기통에 아무렇게나 들어가 있었다.

"엄마?" 레이첼이 외쳤다. 대답이 없었다.

그때 복도 끝에서 서럽게 흐느껴 우는 소리가 났다.

레이첼은 복도를 걸어가며 다시 엄마를 불렀다. 직접적인 대답은 없었지만 아빠의 서재에서 갑자기 숨을 헉 들이마시는 소리가 들렸다. 서재로 들어가자 노트북 앞에 앉아 있던 엄마가 책상에서 일어났다. 몸에 걸친 가운이 완전히 흐트러졌고 평소 단정하게 올려 묶었던 머리카락도 엉망진창이었다. 엄마가 가운 소매로 눈물을 훔치고 있었다.

의사에게 그런 소식을 듣고 난 마당에 전혀 이상한 광경이 아니었다. 엄마가 아무리 강인하다 해도 사람인데 충격을 받는 게 당연했다.

"아, 레이첼…… 오늘 오는지 모, 몰랐네……."

"출발 전에 비행 정보 문자로 보냈어." 레이첼이 말하며 엄마에게 다가가 팔을 둘렀다.

"내, 내가 못 봤다. 너도 알겠지만 정신없는 하, 하루라." 앨리슨은 불안하게 자신의 발만 보고 있었다.

레이첼은 엄마를 더 꼭 껴안았다. 품 안에 안긴 엄마의 떨림이 고스란히 전해졌다. "세상에, 엄마…… 이게 무슨 일이야……."

레이첼은 앨리슨의 머리에 입을 맞추고 손을 잡았다.

"쉬이이, 쉬이이." 엄마가 레이첼을 위로했다. "우리는 이겨 낼 거야."

지금은 엄마 뜻에 맞춰 주자. 방금 폐암 3기 선고를 받은 사람은 엄마인데 내가 위로를 받고 있네.

그렇게 생각하던 레이첼이 무슨 말을 하려다 엄마의 손에서 피를 발견했다. 레이첼의 피는 아니었다. "엄마! 피 나!"

무슨 일인지 모르지만 팔에 헐겁게 두른 붕대에서 피가 스며 나오고 있었다.

앨리슨이 고개를 절레절레했다. "엄마가 바보같이 실수를 해 버렸어. 네가 만든 유니콘을 거실에서 깨뜨렸는데……."

"봤어. 벽난로 옆에." 레이첼은 근심이 가득한 얼굴로 상처를 자세히 들여다봤다. "우리 응급실 가자."

"됐어. 그냥 좀 심하게 긁힌 거뿐이야."

"살이 벌어졌잖아. 치료해야지!"

말씨름이 벌어졌다. 애초에 레이첼이 이기지 못할 싸움이었다. 레이첼이 붕대를 풀고 상처를 소독하고 드레싱을 다시 한다는 데는 그나마 엄마도 동의했다.

레이첼은 엄마를 도와 거실을 치웠다. 밥 생각이 없다고 했지만 남은 음식을 데우겠다는 엄마를 말리지 않았다.

모녀는 1시간가량을 주방에 앉아 있었다. 레이첼이 단걸음에 바다를 건너온 이유를 꺼내려 할 때마다 앨리슨은 화제를 돌렸다. 일은 잘하고 있는지, 새로 만나는 사람은 없는지, 이제 집에 왔으니 다가오는 크리스마스에 뭘 해야 좋을지 알고 싶어 했다.

마이다 베일 집 전체에 퍼진 걱정을 대놓고 인정하지는 않았어도 앨리슨은 전화로 했던 것과 비슷한 말을 다시 꺼냈다. "나중에 의논할 시간이 있을 거야."

결국 레이첼은 자신이 무조건적으로 사랑해 마지않는 엄마와 마주 앉아 대화하는 것으로 만족하는 데 그쳐야 했다.

레이첼은 엄마를 침대에 눕히고 몇 시간이 지나고 나서도 잠을 이루지 못하고 똑같은 주방 의자에 앉아 있었다. 시차 때문인지, 피로 때문인지 알 수 없었다. 할리 스트리트의 개인 병원 의사가 내린 거지 같은 진단 때문에 걱정을 너무 많이 했나? 어쨌든 긴장으로 레이첼의 온 신경이 팽팽해져 있었다.

분명히 엄마는 낮에 거실에서 어떤 일이 일어났는지 진실을 말하지 않았다. 열려 있던 현관문, 치우다 만 벽난로 앞을 머리에서 지울 수가 없었다. 레이첼이 아빠의 서재에 들어섰을 때 엄마의 놀란 표정은 또 어떻고.

잠시 후 노트북 키보드를 두드리던 레이첼은 검색 기록에서 마지막 항목 몇 개를 확인하고 정신줄을 놓을 뻔했다.

'성폭행 증거 키트, 강간 키트, 성폭행 검사, 성폭행 정의'.

어디선가 울먹이는 소리가 들렸다. 레이첼 자신의 울음소리였다.

레이첼은 손끝 하나 움직이지 못한 채 아빠의 의자에 얼어붙어 흐느껴 울었다.

처음에는 글래스고로 전화해 아빠를 깨우고 싶었지만 엄마와 먼저 대화하기 전에는 안 될 일이었다. 다음으로는 안방으로 쳐들어가 엄마에게 따지고 싶었지만 레이첼은 엄마가 얼마나 지쳐 있는지 잘 알았다. 혼자 간직하고 있는 비밀로 말미암아 신경 쇠약에 걸리기 직전인지도 몰랐다.

그래서 레이첼은 아무것도 하지 않았다. 그저 해가 뜨기만을 기다렸다.

날이 밝고 1시간쯤 지났을까 서재에 들어온 엄마가 책상에 앉아 있는 레이첼을 발견했다. 앨리슨은 괘종시계를 확인하고 창밖을 내다봤다. 회색 겨울 햇살이 막 창문 틈으로 들어오기 시작했다.

"일찍 일어났네." 엄마가 레이첼에게 말했다.

"한숨도 못 잤어."

앨리슨이 고개를 저었다. "내가 그래서 장거리 비행을 싫어해."

"누구한테 폭행당했어, 엄마?"

엄마의 몸이 굳어지는 게 똑똑히 보였다. 가슴이 산산이 부서지는 것 같았다.

"폭행? 뭐?"

"혹시 어젯밤에 누가 집에 들어와서 엄마에게 몹쓸 짓을 했냐고."

부인할 겨를도 주지 않고 레이첼이 노트북을 열었다. "검색 기록다 봤어."

"저거 사용법을 제대로 배우든가 해야지." 엄마가 컴퓨터를 가리키며 말했다. "우리가 널 키울 때 다른 사람 사생활을 침해하면 안 된다고 가르쳤을 텐데."

"난 그런 걸로 먹고살아!" 레이첼이 고개를 절레절레 저으며 의자에서 일어났다. "기 막혀……. 내가 이걸 왜 엄마한테 설명해야 해? 엄마, 그러지 말고 제발! 정말 나쁜 일이라도 당한 거야?"

엄마가 소파로 자리로 옮겼다. 의사에 앉으며 몸을 지탱하기 위해 팔걸이를 붙잡은 손이 미세하게 떨리고 있었다.

"그 정도는 아니었어." 앨리슨이 중얼거렸다.

"그 정도는 아니었다고?" 레이첼은 악을 쓰지 않으려고 이성을 다 잡았다. "지금 대체 무슨 말을 하는 거야?!"

"무슨 일이냐면…… 장담하는데 네가 상상하는 그런 건 아니었어. 내 잘못도 있었……."

"엄마 잘못? 이게 무슨 개소리……!"

"레이첼……."

"알았어. 알았다고!" 엄마 앞에서 욕이라고는 해 본 적 없던 레이첼이었다. 레이첼은 사방에서 당황스럽게 덮쳐 오는 감정을 꾹꾹 눌렀다. "설명해 봐. 내가 어떻게 걱정을 안 해. 집에 오니까 엄마가 피를 철철 흘리고 있고. 무슨 일이냐고 물어보면 거짓말이나 하고! 인터넷에서 성폭행을 검색하고 있는 것까지 발견했는데!"

"너랑은 상관없는 일이야." 엄마가 작은 소리로 대답했다.

레이첼이 서재 밖 복도를 가리켰다. "저기서 엄마한테 그 짓을 한 사람은?"

"그 사람이 뭐?"

"그 인간이 대체 누구야?" 레이첼의 분노가 다시 솟구쳤다. "엄마 아는 사람이야? 혹시 나도 아는 사람이야?"

"이 얘긴 그만하자, 레이첼. 다 끝난 일이야. 너는 그 이상 알 것 없어."

"하지만 피까지 흘리고 있었……."

"내가 말했지. 어쩌다 보니까 그렇게 됐다고. 그게 다야."

"그럼 컴퓨터로 왜 그런 걸 검색해?"

"내 상황을 생각해, 레이첼. 나는 막 암 진단을 받은 사람이야. 이 제 평생 본 것보다 많은 의사가 내 몸을 여기저기 찌를 거 아니니. 의사가 내 몸에서 멍을 보면 해명해야 하는지 알고 싶었을 뿐……."

"멍? 나쁜 일 당한 거 아니라면서!"

"아니랬지? 그걸 굳이 내 입으로 들어야겠어?"

레이첼은 무슨 말을 하려다 입을 다물었다. 엄마가 느끼고 있을 당혹감과 수치심, 엄마의 애원하는 표정을 보자 나머지 퍼즐이 저절로 맞춰지기 시작했다.

"그놈이 성폭행을 시도했던 거지? 중간에 멈췄고." 레이첼이 진실을 깨달았다.

엄마는 고개를 작게 끄덕이고 붕대로 감싼 팔을 봤다. "그러다 내가 뒤에 있던 테이블로 넘어지면서 네 조각상에 베인 거야." 엄마가 말했다. "그 사람은 수습 못할 상황인 걸 알고 금방 떠났어."

레이첼은 충격에 아무 말도 하지 못하고 엄마만 하염없이 바라봤다.

불쌍한 우리 엄마, 얼마나 많은 고통을 더 견뎌야 하는 거지? 처음에는 사형 선고나 마찬가지인 말을 듣더니 이런 일까지 당해?

"아빠한테 뭐라고 할 거야?"

엄마의 얼굴이 창백해졌다. "아무 말 안 할 거야."

앨리슨이 몸을 곧추세우고 레이첼의 손을 잡았다.

"너도 아무 말하지 마."

"엄마……."

앨리슨이 애원하는 눈빛으로 말을 막았다. 레이첼은 엄마가 떠난 후에도 이 순간의 기억으로 평생 괴로워할 것을 알았다. 아마 죽을 때까지 잊지 못할 것이었다.

"약속해, 레이첼. 아빠한테 입도 뻥긋하면 안 돼. 이거 알면 아빠 는 죽어 버릴지도 몰라."

❖❖❖

"그래서 지금까지 약속을 지켰어요." 레이첼이 이야기를 끝냈다. "그 일로 아빠가 죽지는 않았지만 결국은 내가 아빠한테 말을 하지 않아서 엄마가 대신 죽은 거예요."

프랭클은 고통스러운 이야기를 듣는 내내 레이첼의 손을 놓지 않 았다.

그랜트 일가 중 누가 가장 안타까운지 모르겠다. 무덤까지 자신의 비밀을 가져간 아내일까, 아내를 하루도 빠짐없이 그리워하는 남편 일까, 아니면 프랭클이 대책 없이 사랑에 빠져 버린 딸일까.

'셋 다'가 정답일 터였다.

"어머님은 이미 말기 암 진단을 받으셨잖아요. 그 일이 아니었어도 돌아가셨을 거예요."

"그랬죠."레이첼이 고개를 끄덕였다."근데 그 마지막 순간이 비정상적으로 빨리 와 버렸어요."

"왜 그렇게 생각해요?"

"엄마 상태가 급격하게 안 좋아졌거든요. 의사들이 검사며 테스트 연구며 다 받아 보라고 했는데 엄마는 치료를 거부했어요. 나랑 아빠가 아무리 애원해도 말을 안 듣더라고요. 너무 고통스럽다면서 편하게 떠나고 싶다고만 했어요."

레이첼은 프랭클의 손을 놓고 자신의 가슴을 가리켰다.

"아빠가 그날 일을 알아낼까 봐 겁이 나서 스스로 죽음을 재촉한 거라고 나는 확신해요."

"그걸 어떻게 알아요."

"난 알아요."레이첼이 말했다."한번 조심스럽게 말을 꺼낸 적이 있는데 그때 엄마가 그랬어요. 내가 검사실에 엄마와 단둘이 있을 때. 아빠에게 진실을 말하지 않은 바람에 암이 더 빠른 속도로 엄마를 잡아먹고 있다고요."

레이첼이 창밖을 보니 그쳤던 눈이 다시 내리고 있었다. 프랭클은 레이첼의 괴로워하는 표정을 보며 그녀가 그때 그 순간을 떠올리고 있음을 알 수 있었다.

"엄마는 아빠한테 입도 뻥끗하지 말라는 약속을 재차 확인했어요. 마지못해 알았다고는 했지만 그래도 아빠에게 진실을 숨기면 안 된다고 했죠."

레이첼이 다시 프랭클을 돌아봤다.

"그렇게 슬픈 미소를 처음 봤어요. 엄마는 당신이 감수해야 할 선택이라고 하셨어요."

레이첼은 고개를 저었다.

"그러고 나서 며칠 후에 돌아가셨고요."

"당신과 아버님 사이에 계속 갈등이 있었을 만도 하네요."

"엄마가 살아 계실 때는 아빠와 같은 공간에 있는 것조차 힘들었어요. 무슨 말이나 행동으로 엄마와 한 약속을 깰까 두려웠으니까요. 두려움이 점점 더 심해지면서 뉴욕에 머무르는 시간이 많아졌고, 막판에는 집에도 잘 안 가서 엄마를 제대로 보지도 못했어요. 지금 돌이켜 보면 너무 화가 나요."

"어머님께서 달리 선택권을 주지 않으셨잖아요." 프랭클이 잠시 생각에 잠겼다 입을 열었다. "어머님께 그런 짓을 한 사람이 누구인지 정말 몰라요?"

"전혀." 레이첼이 말했다. "이제는 자책감밖에 안 들어요. 내가 아빠를 찾아가서 털어놨더라면 아빠는 엄마가 병을 이겨 낼 수 있게 무슨 말이라도 해 줬을 텐데."

"어머니 결심이 대단했던 모양이에요."

"그게 바로 앨리슨 그랜트라는 사람이었죠. 자주는 아니었지만 한번 마음을 단호하게 먹으면 꿈쩍도 하지 않았어요."

프랭클이 고개를 끄덕였다. "그래서 당신과 아버님이 어떻게 됐는지 봐요."

"그래도 이제는 다시 대화를 하잖아요." 레이첼이 살짝 미소를 지어 보였다. "그 점에 대해서는 존 당신에게 고마워해야겠죠."

"이제 진실을 알려 드릴 때가 된 게 아닐까요?" 프랭클이 조심스럽게 물었다.

"엄마와 한 약속을 깨고요? 그때 진실을 숨겼다고 아빠가 날 평생 원망할지 모르는데요?" 레이첼이 세차게 고개를 저었다. "그건 안 돼요."

"아버님이 당신을 왜 미워해요, 레이첼. 아니, 그분이 이 세상에서 진심으로 아끼는 사람은 당신 하나뿐이에요."

"그렇다면 더더욱 도박은 하지 않을래요. 지금 우리 사이가 얼마나 좋아졌는지 봐요."

프랭클이 그녀의 말을 잠시 곱씹더니 한마디 내뱉었다. "고집은."

"그 엄마에 그 딸이라잖아요."

프랭클이 고개를 저었다. "당신이 마음의 짐을 짊어지고 있다는 게 싫어서 그래요."

"당신이 내 신발을 신으면 어떤 기분이겠어요(입장을 바꿔 생각해 보라는 뜻의 영어 관용어 - 옮긴이)?"

프랭클이 드디어 웃었다. "발이 좀 끼지 않을까요?"

레이첼도 비슷한 미소로 화답했다. "바꿔 신어 보면 재미있겠네요."

프랭클은 레이첼을 꼭 껴안았다. 그러고는 귀에다 대고 속삭였다. "내가 뭘 어떡하면 좋을지 알려만 줘요, 레이첼."

한참을 프랭클에게 안겨 있던 레이첼이 속삭였다.

"그냥 꼭 안고 메리 크리스마스라고 계속 말해 줘요."

프랭클은 나직이 레이첼의 말대로 했다.

❖❖❖

나중에 둘은 하이드 파크로 산책을 나갔다.

눈이 끊임없이 내리고 있었지만 왠지 모르게 더 따뜻했다. 이맘 때 진눈깨비에 점령당하는 맨해튼 거리보다 확실히 포근한 느낌 이 있었다. 크리스마스 아침인데도 핫초코를 파는 가판대가 보였 다. 자타가 공인하는 초콜릿 중독자인 프랭클이 거기를 그냥 지나 칠 리 없었다.

하얀 눈으로 덮인 산책길을 나란히 걸으며 핫초코를 홀짝이고 정 성껏 작은 눈사람까지 만들었다. 그러다 눈발이 굵어지자 호텔로 돌아가기로 했다.

공원을 나오는데 길모퉁이의 신문 가판대 앞에 런던 시민들이 모 여 있는 광경이 눈에 들어왔다. 가판대 주인이 새로운 더미를 쌓기 무섭게 신문은 동이 났다.

프랭클은 헤드라인을 보기 전부터 속이 뒤틀렸다. 공원에서 산책 을 하는 동안 런던 어디선가 절도범 하나가 십계명 살인자의 여덟 번째 피해자가 된 거라고 확신했다.

때문에 레이첼과 〈데일리 메일〉을 한 부씩 집어 들었을 때는 머리 를 한 대 얻어맞은 기분이었다.

'나는 신의 임무를 수행 중이다'라는 헤드라인의 기사가 대서특 필로 보도돼 있었다.

"프라이어 실버와의 일대일 인터뷰예요." 대충 상황을 파악한 프 랭클이 말했다. "몬티 퍼거슨이 직접 인터뷰한 거예요."

27

나는 신의 임무를 수행 중이다
인터뷰 · 몬티 퍼거슨

프라이어 실버와 마주 앉아 있으면 그저 평범한 45세 전직 정비사와 대화하는 느낌이 든다. 20년 전 런던 금융 지구에서 일어난 연쇄 강도 사건의 범인, 두 대륙을 넘나드는 최악의 연쇄 살인범이라는 타이틀과는 쉽게 연결이 되지 않는다. 실버는 본 기자에게 직접 연락해 연쇄 살인에 관한 인터뷰를 요청했다. 단, 그가 선택한 장소에 혼자 와야 하고 런던 경찰청 등의 기관에 비밀로 해야 한다는 조건이 붙었다.

온화하고 정중하며 조용조용히 말하는 실버의 모습은 최근 런던과 맨해튼을 공포에 몰아넣은 연쇄 살인이 아니라 과거에 수리했던 알파 로메오의 작동 방식을 다룬 논문에 대해 언급하는 중이라 해도 이상하지 않았다.

퍼거슨: 우선 인터뷰를 요청한 이유부터 듣고 싶습니다.

실버: 사실을 정정할 때라고 생각했습니다.

퍼거슨: 왜죠? 허위 사실로 비난을 받고 있어서요?

실버: 허위는 아니고 오해의 소지가 있었습니다.

퍼거슨: 뉴욕에서 두 명, 이곳 그레이터 런던에서 여섯 명, 총 여덟 명의 사람을 잔인하게 살해했다는 사실을 부정하지는 않는군요?

실버: 저는 하느님의 일을 대신하고 있습니다.

퍼거슨: 어떻게요?

(이때 프라이어 실버가 성경 책을 꺼내 표시된 문장을 읽었다.)

실버: 에제키엘서 18장 21절과 22절. "만일 못된 행실을 한 자라도 제 잘못을 다 버리고 돌아와서 내가 정해 준 규정을 지키고 바로 살기만 하면 그는 죽지 않고 살 것이다. 나는 그가 거역하며 지은 죄를 다 잊어 주리라. 그는 옳게 산 덕분으로 살게 되리라."

퍼거슨: 꼭 회개하고 싶어서 이런 범죄를 저지르게 됐다는 말로 들립니다.

실버: 네. 과거에 저지른 범죄에 대해서요.

퍼거슨: 20년 전 금융 지구에서 은행 강도 범죄를 저질렀죠.

실버: 맞습니다.

퍼거슨: 하지만 그렇기 때문에 감옥에 간 것 아닙니까? 형을 살면서 죄를 뉘우치고, 그러면서 어쩌면 구원까지 받을 수

있지 않나요?

실버: 그건 시작에 불과했습니다. 저는 출소하면서 맹세했습니다. 하느님의 법규에 의무를 다하고 그리하지 않는 자들을 벌하겠다고.

퍼거슨: 그 법규라는 게, 이를테면 십계명 말이죠?

실버: 맞습니다.

퍼거슨: 그래서 자신을 재판관이자 배심원이자 사형 집행인으로 임명했고요.

실버: 저는 하느님의 명령을 따를 뿐입니다.

퍼거슨: 피해자들을 참혹하게 죽여서요.

실버: 그들의 죄를 표시해 영원의 세계로 보내는 겁니다.

퍼거슨: 표시한다고요? 어떻게 표시하죠?

실버: 그들의 눈썹 위에는 최후의 날까지 로마 숫자가 남아 있을 겁니다.

❖❖❖

"이 정보도 더 이상은 못 숨기겠네요." 프랭클이 말했다.

"이렇게 오래 숨겼다는 게 용하지 뭐." 그랜트가 대꾸했다.

그랜트는 흑백 신문에 실린 실버의 자백을 크리스마스 선물로 받게 되리라고는 꿈에도 생각지 못했다.

레이첼과 프랭클이 신문을 들고 마이다 베일 집에 도착했을 때 그랜트는 이미 인터넷으로 기사를 여러 차례 정독한 뒤였다.

기사가 뜨자마자 그랜트의 휴대폰과 메일함이 폭발했다. 처음 연락 온 사람들 중에서 특히 스테빈스 총경은 불쾌한 기색을 숨기지 않았다.

"화기애애한 대화는 아니었겠어요." 레이첼이 말했다.

기사는 경찰청을 '천하의 멍청이들(스테빈스의 표현이었다)'로 보이게 만들었다. 그뿐만 아니라 실버가 아직 잡히지 않고 런던을 싸돌아다니고 있다는 사실을 '눈엣가시 퍼거슨(이건 그랜트의 표현이었다)'이 먼저 터뜨려 버렸으니 아주 기가 막힐 노릇이었다.

"그래도 이제는 여러 가지 추측을 배제할 수 있잖아요." 프랭클이 신문을 들어 올리며 말했다. "실버가 퍼거슨에게 각 살인을 자세히 설명했는데 우리가 아는 사실과 대부분 일치해요."

실제로 기사에는 영국 도서관 3층 화장실에 숨어서 라이어널 프레이를 기다린 순간부터 에셔 저택의 부부 침실에서 엘리자베스 도저와 자레드 플레밍을 죽인 순간까지 모든 살인 과정이 섬뜩하게 서술돼 있었다.

그래도 퍼거슨이 기특한 짓 하나는 했다. 그랜트가 생각하는 실버의 가장 악랄한 죄, 그랜트가 죽는 날까지 잊지 못할 살인에 대해 언급했기 때문이다.

퍼거슨: 하지만 스탠퍼드 홀리는 '죄인'이 아니었잖아요.

실버: 그렇죠.

퍼거슨: 그런 홀리 경사의 목숨까지 빼앗고 죄책감을 보이지 않네요.

실버: 그 행위를 후회하냐고 묻는 것이라면 솔직히 후회하지 않습니다.

퍼거슨: 하지만 그 사람은 아무 죄를 저지르지 않았다고 방금 인정했잖아요.

실버: 그의 죽음은 안타까운 '부작용'으로…….

퍼거슨: '부작용'이요?

실버: 하느님의 임무를 수행하다 보면 생길 수 있는 일입니다. 홀리 경사 하나 때문에 하느님께서 저에게 내려 주신 임무를 그르칠 순 없습니다.

그랜트는 기사에서 이 대목을 읽을 때마다 혈압이 솟았다.

"실버가 구약 성경을 제 입맛대로 해석해서 살인을 저지르고 있다는 건 확실해." 그랜트가 말했다.

"한마디로 완전히 미친놈이에요." 분노한 프랭클이 대꾸했다.

"관점에 따라서는 다르게 볼 수도 있어." 그랜트가 말을 이었다. "퍼거슨이 여섯 번째 계명에 대해 질문한 부분을 다시 읽어 봐."

퍼거슨: 그런데 살인을 저지를 때마다 십계명 중 여섯 번째 계명을 위반하는 것에 대해서는 어떻게 생각하죠? "살인하지 마라." 이건 어떻게 설명할 겁니까?

실버: 아까 에제키엘서에서 인용한 구절처럼 과거의 잘못은 전부 용서받을 겁니다. 죄인의 삶을 버리고 돌아선 후에는 옳은 삶을 살았으니까요.

퍼거슨: 하나의 죄가 다른 죄를 사면한다는 건가요?

실버: 하느님께서 그렇게 말씀하셨냐고요? 네.

"순 개소리예요. 자기가 미쳐서 한 짓을 정당화하려고 성경을 왜곡하는 거라고요." 프랭클의 입에서 볼멘소리가 터져 나왔다. "이 인간 완전히 또라이예요."

"이번에는 나도 아빠 의견에 동의해요." 레이첼이 말했다. "우리에게는 미친 소리로 들리지만 실버는 거기에 매몰돼서 자기가 부여받았다는 임무를 수행하는 거예요."

"게다가 그 임무는 아직 끝나지 않았고." 그랜트가 인터뷰의 마지막 부분으로 컴퓨터 화면의 스크롤을 내렸다.

> 퍼거슨: 완수할 임무가 있다고 했죠. 그렇다면 추가 피해자 세 명을 정했다는 의미인가요?
> 실버: 그 질문에는 답하지 않겠습니다.
> 퍼거슨: 이렇게 말하지 않았나요? '사실을 정정'하고 싶다고.
> 실버: 여기까지입니다. 제가 끝을 내면 오스틴 그랜트는 알 겁니다.

인터뷰 초반에서도 실버는 그랜트의 이름을 직접적으로 언급했었다. 실버는 은행 강도 사건들에 대해 이야기하며 자신을 감옥에 집어넣은 사람이 그랜트라고 확인해 줬다. 다음으로 기사에서 가장 섬뜩한 발언이 나왔다. 적어도 크리스마스에 그랜트의 서재에 모인 세 사람에게는 그랬다.

> 실버: 그랜트 총경이 본인의 행동으로 인해 제가 구원을 바라게 됐다는 걸 알았으면 좋겠습니다. 그 덕분에 저에게 잘

못을 바로잡으라고 하느님께서 길을 내려 주셨죠.

"순전히 총경님 탓이라는 얘기잖습니까." 프랭클이 말했다.

"나도 그렇게 생각해."

하지만 그랜트를 괴롭히는 문제는 또 있었다. 애초에 프라이어 실버가 체포의 위험을 감수하면서까지 인터뷰를 요청한 이유가 이해되지 않았다. 퍼거슨이 경찰에게 알리지 않겠다는 약속을 어기지 않으리라 장담할 수도 없는데 말이다.

"뭔가 찜찜해." 그랜트가 중얼거렸다.

"왜요?" 프랭클이 물었다.

"지금까지 실버는 철저한 계산하에 움직였어. 피해자를 선택할 때도, 단서를 흘려서 우리를 조롱할 때도." 그랜트가 레이첼을 봤다. "홀리 경사의 전화로 문자를 보낼 때도 시간을 정확히 맞춘 것 같았어."

"교회 앞에서 받은 문자는 빼고요." 레이첼이 지적했다. "그때는 아빠가 했던 추도사에 약이 올라서 보냈죠."

"그렇긴 한데 그 또한 계산을 안 했다고 볼 순 없어. 아직 자기한 테 주도권이 있다는 걸 알릴 작정으로 일종의 영역 표시를 한 건지도 몰라." 그랜트가 컴퓨터 화면을 톡톡 두드렸다. "장담하는데 이러는 이유가 있을 거야. 크리스마스 직후에 자기 소식을 들을 거라 했던 말 잊었어?"

"오늘이 크리스마스잖아요." 프랭클이 말했다.

"크리스마스 '후'는 12월 25일 시계가 12시 1분을 치는 순간부터 시작된다고 봐야지." 그랜트가 주장했다. "실버는 아마 이 기사를 복싱 데이에 내보내 약속을 지킬 생각이었을 거야. 퍼거슨과 마이클스가 선수를 친 거지."

"마이클스요?" 레이첼이 물었다.

"〈데일리 메일〉 편집장. 곧 올 거야."

그랜트가 그의 집을 찾은 랜돌프 마이클스의 목을 조르지 않은 이유는 기사가 터진 이후에 제일 먼저 연락한 사람이 마이클스였기 때문이다.

중요한 건 '그다음'이었다. 마이클스 편집장은 어째서 핵폭탄 같은 퍼거슨의 기사가 나갈 때까지 침묵 속에서 기다렸는지 자신의 입장을 그랜트에게 해명하려 했다.

마이클스는 그랜트와 동년배로 보였고 머리가 완전히 백발이었다. 오랜 세월 블로거나 누리꾼 들이 먼저 터뜨리지 않은 기삿거리를 찾아다니느라 머리가 하얗게 세 버리기라도 한 건지.

"퍼거슨이 인터뷰를 보내면서 단서를 걸었어요." 마이클스가 설명했다. "기사를 호외로 발행하고 나서 인터넷에 올리라고 하더라고요."

"왜 그랬을까요?" 그랜트가 물었다.

"총경님도 그 친구를 잘 아시잖습니까. 본인 말로는 언제나 뉴스가 우선이라지만 실은 헤드라인 밑에 적힌 자기 이름을 보여 주고 싶어 한다는 거요."

"사전에 나나 경찰청에 알리지 말라는 조건도 있었겠죠?"

"기사가 나갈 때까지는요." 마이클스가 대답했다.

"상사로서 거부할 수도 있었잖아요." 프랭클이 말했다.

"그럴 수도 있었죠." 마이클스가 인정했다. "하지만 이러니저러니

해도 제 본업이 신문 기자입니다. 이젠 뒷방 늙은이 신세가 됐지만 현직 기자로서 이런 대형 뉴스를 덮지는 못하죠. 또 제가 보도를 막는다고 실버가 〈미러〉나 다른 기자에게 기사를 팔지 않는다는 보장도 없었고요."

"몬티 퍼거슨이 인터넷에 직접 올리지 않는다는 보장도 없었겠죠." 레이첼이 덧붙였다.

"이 시점에서 그 친구에게 불가능은 없다고 봅니다." 마이클스가 말했다. "나 참, 말도 안 하고 연쇄 살인범을 만난 놈입니다. 빈손으로 떨어져 나갔을 리 없어요."

"멍청한 인간, 살아 돌아온 것도 행운이지." 그랜트가 절레절레했다. "전화했을 때 퍼거슨이 또 뭐라고 하던가요?"

"사실 별말 없었어요." 마이클스가 대답했다. "겁먹은 목소리더라고요. 이상하다고 할 수는 없죠. 그때 실버가 옆에 있었을지 누가 압니까."

마이클스는 말을 멈추고 이마에 송골송골 맺힌 땀을 닦았다. "통화 시간도 짧았어요." 그가 말을 이어 갔다. "자기가 뭘 갖고 있고, 뭘 원하는지 말하더니 전화가 연결된 상태에서 메일을 보냈습니다. 제대로 받았는지 확인한다고. 그러고 나서 전화를 끊었어요."

"전화한 사람이 퍼거슨인 건 확실해요?" 그랜트가 물었다.

"10년간 거의 매일 말을 섞은 사람의 목소리쯤은 구분할 줄 압니다, 총경님. 그 친구가 아니면 누구겠어요?"

"혹시 프라이어 실버?"

"헤드라인을 자기 마음대로 정하거나 뉴스의 방향을 바꾸려 했던 살인범은 과거에도 있었어요." 프랭클이 거들었다.

마이클스는 고개를 격하게 저으며 그랜트를 응시했다. "몬티 퍼거슨과 대화를 자주 나누셨으니 알죠? 그 친구 목소리가 얼마나 특이한지."

"귀에 거슬리는 목소리라는 의미라면 동감입니다. 이 인간 지금 어디 있어요?"

"모르겠어요." 마이클스가 말했다. "열 번 넘게 전화하고 집에도 찾아가 봤습니다만. 축배라도 들러 나갔나 해서 밤마다 술을 마셔대는 첼시 펍까지 가 봤어요. 근데 없더라고요."

"경찰 수사를 방해한 죄로 총경님이 자기를 감옥에 처넣을까 봐 잠수 탔겠죠." 프랭클이 추측했다.

"그 선에서 끝나면 다행이게." 그랜트가 말했다.

마이클스에게 몇 가지 질문을 더 했지만 건질 만한 건 없었다. 그랜트는 몬티 퍼거슨 소식을 듣는 대로 연락하라고 당부했다. 마이클스는 그러겠다고 약속했다. 같은 실수를 반복하지 않을 것이고 폐를 끼쳤다면 죄송하다며 사과도 했다.

마이클스 편집장을 보내고 그랜트는 그의 사과를 곰곰이 되짚어 봤다. 솔직히 말해 인터뷰로 발생한 피해는 미미할 것이었다. 범인이 피해자 이마에 자기만의 표식을 남기고 있다는 사실이 대중에 알려졌을 뿐, 그 인터뷰는 웬 미치광이가 소름 끼치는 범죄를 자랑스럽게 떠벌리는 말에 지나지 않았다.

그렇게 생각하니 다시금 궁금해졌다. 왜 실버는 위험을 무릅쓰고 퍼거슨과의 인터뷰에 응했을까? 자신이 어떻게 구원으로 가는 뒤틀린 길을 걷고 있는지 세상에 알리기 위해 그랬을 것 같지는 않았다.

그랜트는 일단 실버를 체포하면, 또 몬티 퍼거슨을 체포하면 이런 것들을 비롯한 다른 의문들의 답을 찾을 수 있으리라고 굳게 믿었다.

그러기 위해서는 일단 그 둘부터 찾아야 했다.

◇◇◇

이런 식으로 남은 연휴를 보낼 계획은 아니었다.

경찰청으로 돌아온 그랜트는 부하들에게 좋은 소리가 나올 수 없는 지시를 내렸다. 가족과의 시간을 갖고 있던 모든 순경과 형사가 그랜트의 호출을 받고 소집됐다. 부들부들한 스웨터, 목도리로 가득한 선물 상자, 모여서 찬송가를 부르는 사람들 등등 크리스마스 정신에 부합하는 모든 것을 뒤로하고 경찰청으로 나와야 했다.

경찰청에서 보낸 30여 년의 세월을 이런 식으로 마무리할 생각은 없었다. 그날이 오면 책상을 비우고 삶의 다음 단계로 조용히 넘어갈 줄로만 알았다.

그러기는커녕 런던(뉴욕도 마찬가지고)에서 설치고 다니는 연쇄살인범 하나 잡지 못하는 형사라는 이름만 남기고 떠나게 생겼다. 죽을 때까지 완벽한 실패자라는 오명을 쓰고 살지도 몰랐다.

앨리슨이 살아서 그 꼴을 보지 않는다는 게 감사할 따름이었다.

그러고 보니 묘지를 찾아온 홀리에게서 스트리트라는 신성 모독자가 피커딜리 서커스 뒷골목에서 조물주를 만나러 갔다는 보고를 들은 날 이후로 앨리슨의 묘를 찾지 않았다. 그랜트는 퇴직 전 마지막으로 한번 더 앨리슨을 보러 일요일에 묘지에 가리라 다짐했다. 아내의 무덤 옆에서 사건에 관해 이야기하다 보면 미처 생각하지 못했던 관점이 떠오를 수도 있었다.

그날 철제 벤치를 다녀간 후로 앨리슨에게 다하지 못한 말이 너무나 많았다.

레이첼에게 같이 가자고 해 볼까 싶기도 했다.

크리스마스의 밤이 깊어 갈 무렵, 과연 그 약속을 지킬 수 있을까 하는 의문이 들었다.

자정이 다 돼서 부하들을 집으로 보냈을 때(그전에 크리스마스를 망쳐서 미안하다고 사과하는 것도 잊지 않았다) 그랜트는 이 사태가 시작되고 처음으로 정말 아무짝에도 쓸모없는 존재가 된 듯한 느낌을 받았다. 프라이어 실버는 여전히 흔적도 찾을 수 없었다.

이제는 몬티 퍼거슨마저도 지구상에서 증발한 듯 사라져 버렸다.

❖ ❖ ❖

누군가가 현관문을 두드리는 소리에 눈을 찌푸리고 알람 시계를 보니 아침 9시가 다 된 시간이었다.

레이첼이 문을 열어 주러 나가겠거니 생각하던 그랜트는 딸이 프랭클과 코번트 가든 호텔에서 밤을 보냈다는 사실을 뒤늦게 떠올렸다.

침대에서 억지로 몸을 일으키며 그랜트는 가만히 생각했다. 레이첼이 아빠와 직업이 같은 남자에게 빠지리라고는 상상도 못했지만 존 프랭클은 딸의 말처럼 '좋은 남자'라는 합격점을 받고 있었다.

지금까지는 말이다. 그랜트는 경찰 생활을 하며 경찰들의 연애가 삐끗하는 경우를 너무 많이 봐 왔다. 그래서 아직도 딸이 조심해

362

야 한다는 생각에는 변함이 없었다. 다만 조심하되 희망을 품고 있기를 바랐다.

두 번째 노크 소리는 더욱 뚜렷하게 들렸다.

"나가요." 그랜트가 복도로 나가며 외쳤다.

현관문을 여니 당일 배송 택배 기사가 아침 추위에 바들바들 떨며 클립보드를 들고 서 있었다.

"미안합니다." 그랜트가 말했다. "늦잠을 잤네요."

"크리스마스를 아주 신나게 보내셨나 봐요?" 기사가 말하지 않아도 잘 알겠다는 듯 눈을 반짝이며 물었다.

"딱히." 그랜트가 대답했다.

예상 외의 답변이었는지 배달 기사가 인상을 찌푸렸다. 그는 뒤편의 배달 트럭을 턱으로 가리켰다.

"상자가 많이 커요. 어디에 놔 드릴까요?"

트럭 옆의 카트에 중간 크기의 나무 상자가 놓여 있었다.

"괜찮으면 거실에 놔 주세요." 그랜트가 택배 둘 자리를 알려 줬다.

잠시 후 상자를 내려놓은 기사는 그랜트가 지갑을 탈탈 털어 마련한 몇 파운드 지폐를 들고 떠났다.

아직 눈에 잠이 묻은 채로 운송장을 본 그랜트는 글씨를 한번 더 보고 퍼뜩 정신을 차렸다. 눈길을 끈 것은 운송장에 인쇄된 그의 이름과 주소가 아니었다. 문제는 상자 왼쪽 상단에 적힌 반송 정보였다.

'M. 퍼거슨 / 데일리 메일 / 39092930'.

숫자는 신문사가 거래하는 택배 회사의 계정 번호인 듯했다.

뭔지 궁금했다. 아니, 궁금증보다 걱정이 앞섰다. 대체 몬티 퍼거슨이 당일 배송으로 그랜트에게 보낼 만한 물건이 뭐가 있을까?

프랭클과 레이첼을 부를까 생각도 해 봤지만 두 사람이 일어나 집에 올 때까지 가만히 앉아서 상자만 쳐다보고 있을 수는 없었다.

그랜트는 지하실로 내려갔다.

언제 사용했는지도 모를 쇠지레를 찾아 거실로 다시 올라왔다. 상자 모서리 몇 군데에 쇠지레를 끼우고 뚜껑을 열었다.

프라이어 실버는 크리스마스 직후에 소식을 들을 거라는 약속을 확실하게 지켰다.

그랜트와 프랭클, 런던 경찰청과 NYPD가 두 대도시에서 찾아다 니던 남자는 상자 바닥에 몸을 웅크리고 쓰러져 있었다.

프라이어 실버는 영원히 잠들었다.

이마 한가운데에 로마 숫자 VIII이 새겨진 채로.

28

자살이란다.

그랜트의 집 거실에 그랜트 부녀와 나란히 선 프랭클은 에셔 저택에서 처음 봤던 법의관 제프리스가 하는 말을 들었다.

"검시소로 돌아가 모든 검사를 해 봐야 알겠지만 지금 눈에 보이는 정황대로라면 실버는 스스로 목숨을 끊었습니다."

"죽은 지 얼마나 됐는지 알겠나?"

"현재로서는 추측일 뿐인데요." 제프리스가 말했다. "사후 경직이 진행 중이니 24시간은 넘지 않았을 겁니다."

프랭클은 형사들과 과학 수사대로 깔린 거실을 둘러봤다. 그랜트는 뚜껑이 열린 상자 옆에 서서 안쪽을 들여다보고 있었다. 몇 시간 전에 레이첼과 함께 이 집에 도착했을 때의 자세와 크게 다르지 않았다.

충격을 많이 받으셨나 보네. 당연하지. 예쁘게 장식한 크리스마스 트리 밑에 복싱 데이 아침 댓바람부터 시체가 떨어졌는데.

프랭클이 그랜트의 전화를 받았을 때 레이첼은 샤워 중이었다. 레이첼이 커다란 수건으로 몸을 감싸고 다른 수건으로 머리를 말리며 나오는데 프랭클이 지금의 그랜트처럼 멍한 표정으로 전화를 끊고 있었다.

"무슨 전화예요?" 레이첼이 물었다.

"프라이어 실버가 죽었대요." 프랭클은 그렇게만 대답했다.

소리 내어 말한들 딱히 더 실감이 나지는 않았다. 죽은 남자 옆에 서 있는 이 순간이 현실같이 느껴지지 않았다.

그러다 지금 이 감정의 정체를 깨달았다. 실망감이었다.

한 달 내내 실버를 수소문했는데 취조 한번 못하고 이렇게 끝나 버리다니 황당하기 짝이 없었다.

아니, 불공평했다.

프라이어 실버는 이곳과 그리 멀지 않은 세인트 판크라스의 영국 도서관에서 연쇄 살인을 시작한 이래로 죽어서도 경찰의 머리 꼭대기에 있었다. 정교하게 연출한 살인을 저지를 때마다 경찰에 알리고 싶은 정보만 조금씩 나눠 줬다.

심지어 자신의 죽음조차.

"아직도 음독이라고 보나?" 그랜트가 물었다.

"모든 정황이 그렇습니다." 제프리스가 말했다. "다른 피해자처럼 칼에 베이거나 찔린 상처는 없습니다. 이마의 표식만 빼면."

"그걸 직접 했다고?"

"그런 것 같습니다." 제프리스는 죽은 남자의 이마를 가리켰다. "보시면 주저한 흔적이 있습니다. 특히 V 옆에요. 아마 그 지점에서 시작했을 겁니다. 다른 피해자와 달리 이 부분이 한쪽으로 기울어진 것도 눈에 띕니다. 육안으로 보지 못하는 상황에서 글자를 역방향으로 썼다는 뜻입니다. 이렇게…….”

제프리스가 주먹 쥔 손을 들고 이마에 글자를 새기는 동작을 취했다.

“독을 먹기 전이었을까요? 아니면 먹은 후였을까요?” 프랭클이 물었다.

“독이 액상이었다면 먹고 나서 상자에 들어갔을 확률이 높습니다. 옷 안이나 주변에서 병을 발견하지 못했으니까요. 알약이면 언제든 가능합니다.” 제프리스가 상자를 다시 한번 보고 말을 이었다. “하지만 상자 안에서 칼이 나왔고 피가 튀긴 흔적을 보면, 상자에 들어오고 얼마 안 돼 자기 손으로 글자를 새긴 것 같습니다.”

제프리스는 자신의 이론을 더 자세히 설명했다. 상자 안쪽에 난 핏자국은 실버가 한 손으로 자기 이마에 상처를 내는 동안 다른 손으로 상자 가장자리를 움켜쥔 흔적이었다. 이후 혈액의 일부가 상자의 안쪽 면에 말라붙었고, 나머지 혈액은 실버가 쓰러져 죽고 나서 상자 바닥에 고인 걸로 추정했다.

“그런데 그전에 상자 뚜껑을 닫았단 말이죠.” 프랭클이 의아한 점을 짚어 냈다.

“의식을 잃기 전에 닫을 수 있었을 겁니다. 별로 어렵지 않습니다. 이 상자 특성상.”

제프리스는 안팎에서 다 밀봉할 수 있는 상자라는 사실을 이미 확인해 뒀다. 그렇다면 실버가 상자 안에 말 그대로 스스로를 생매장하고 그것도 모자라 스스로를 그랜트의 문 앞으로 보냈다는 얘기였다.

프랭클은 레이첼이 부르르 떠는 것을 봤다. "너무 잔인하게 죽었네요." 레이첼이 중얼거렸다.

집에 도착한 후로 쭉 프랭클 곁에 있던 레이첼은 적잖이 충격을 받은 듯했다. 아까 프랭클이 다른 데 가 있으라고 했지만 레이첼은 한사코 자리를 뜨는 걸 거부했다. 그녀에게 손을 뻗어 위로하고 싶은 마음이 간절했지만 지금 이 자리는 그럴 만한 시간도, 장소도 아니었다.

"결국 가장 끔찍한 벌을 자기 몫으로 남겨 뒀나 봐요."

"왜 그렇게 생각해요?" 레이첼이 물었다.

"여덟 번째 계명이요. '도둑질하지 마라.'" 프랭클이 성경을 인용했다. "한번 도둑은 영원한 도둑이죠."

그랜트와 레이첼은 말이 없었다. 프랭클은 그 둘도 같은 생각인지 궁금했다. 그동안 명단을 이 잡듯 뒤지며 찾았던 다음 피해자가 이런 식으로 코앞에 등장할 줄은 꿈에도 몰랐다.

그랜트가 마침내 입을 열었다. "여덟 번째로 끝내리라고는 상상도 못했어."

"포위망이 좁아지니 끝까지 갈 수 없다고 생각한 거 아닐까요." 프랭클이 말했다.

"애초부터 그렇게 계획했을지도 몰라요." 레이첼이 다른 의견을 냈다.

"둘 다 가능성은 있지." 그랜트가 인정했다.

"실버가 몬티 퍼거슨에게 한 말은 확실히 지켰네요." 프랭클이 말했다.

"그게 뭐였지?" 그랜트가 물었다.

"자기가 끝내면 총경님이 알 거라고 분명하게 말했잖아요." 프랭클이 상자를 응시하며 대답했다. "자기가 한 말을 지킨 겁니다."

❖❖❖

'지킬 수 없는 약속을 하면 안 되지, 총경님.'

보고 있던 휴대폰에서 문자 메시지가 프랭클을 향해 확 튀어나왔다.

그랜트의 사무실로 돌아온 프랭클은 실버의 주머니에서 찾은 휴대폰의 문자를 휙휙 넘겨 보는 중이었다. 지문은 이미 채취해서 감식이 끝났다. 두 사람의 지문이 나왔고 둘 다 죽은 남자의 지문이었다.

스탠퍼드 홀리와 프라이어 실버.

케이스에서도 홀리 경사의 혈흔이 발견됐다. 어쩌다 피가 거기까지 들어갔을지 자동으로 상상이 됐다. 프랭클은 충격적인 이미지를 머리에서 억지로 지워 가며 살인 계획에 없었던 피해자의 휴대폰으로 실버가 보낸 문자들에 집중했다.

레이첼과 주고받은 메시지도 있지만 범인은 다른 번호로도 계속 문자를 보냈다.

몬티 퍼거슨의 휴대폰 번호였다.

실버는 홀리의 휴대폰으로 〈데일리 메일〉의 퍼거슨에게 연락해 결단코 거부할 수 없는 제안을 했다.

'내 이야기를 하고 싶은데. 관심 있나?'

대화는 홀리의 장례식 직후에 시작됐다. 프랭클은 대화 내용을 훑으면서 〈데일리 메일〉 인터뷰가 어떻게 성사됐는지 재빨리 퍼즐을 맞췄다.

퍼거슨이 독점 기사에서 언급한 실버의 요구 사항이 명백히 보였다. 약속 장소에 퍼거슨 혼자 와야 했고 경찰청에 신고하면 안 됐다. 그렇지 않으면 인터뷰는 취소였다. 마지막으로 주고받은 문자를 보니 퍼거슨이 어째서 연쇄 살인범과 만날 생각을 했는지 알 것 같았다.

> 퍼거슨: 안전한지 어떻게 알고요? 내가 문을 열고 들어갔을 때 당신이 날 죽이지 않는다는 보장 있어요?
>
> 실버: 그쪽은 하느님의 법칙을 아직 위반하지 않았잖아.
>
> 퍼거슨: 십계명 말이요?
>
> 실버: 그래. 하나라도 어긴 적 있나?
>
> 퍼거슨: 그렇진 않지.
>
> 실버: 그럼 날 두려워할 필요는 없겠네.

그 말은 퍼거슨이 실버의 처음이자 마지막일지 모를 제안을 받아들이기에 충분했다.

문자는 약속 시간을 정하는 것으로 끝이 나 있었다. 이튿날인 크리스마스 오전 6시. 알고 보니 실버가 퍼거슨에게 알려 준 장소는 이스트 엔드에 있는 폐창고였다. 방금 전 정보국에서 확인 과정을 마쳤다.

그곳은 은밀한 만남에 적격인 장소였을 뿐만 아니라(크리스마스 아침에 무덤처럼 고요한 런던 공업 지대에 있었다) 복싱 데이에 런던 경찰청 총경이 받은 상자의 발송처와도 일치했다.

결정적으로 홀리 경사의 휴대폰이 마지막으로 사용된 위치이기도 했다. 검색 기록을 살펴본 결과 크리스마스 저녁 7시경 택배 회사 웹사이트에 접속했다.

그랜트의 연락을 받은 택배 회사는 온라인 예약이 들어와 요청대로 다음 날 아침 물건을 배달했다고 진술했다. 배송 정보는 몬티 퍼거슨의 〈데일리 메일〉 계정을 통해 입력됐다. 경찰은 실버가 퍼거슨에게서 택배 회사 이름과 계정 번호를 받아 냈을 것이라 추측했다. 살인자가 그 정보로 무엇을 할지 퍼거슨이 의심할 이유는 없었다. 신경 쓰지도 않았을 터다. 얼른 그 창고를 벗어나 기자 인생을 180도 바꿔 줄 기사를 내보내자는 생각밖에 없었을 테니까.

"퍼거슨이 직접 예약했다면 이야기가 달라지지." 그랜트가 의견을 냈다.

"퍼거슨이 뭐 하러 그래요?" 레이첼이 의문을 제기했다.

"물어봐야죠." 프랭클이 말했다. "그러려면 퍼거슨부터 찾아야겠지만."

퍼거슨의 기사가 런던과 전 세계를 충격에 빠뜨리고 거의 만 하루가 지났음에도 퍼거슨은 여태 코빼기도 내밀지 않았다.

스테빈스가 1시간 후에 기자 회견을 열 예정이라고 했는데 그 시간에 맞춰서 등장하려고 대기하는 건가? 퍼거슨이 프라이어 실버와의 인터뷰를 유일하게 따낸 기자이자 프라이어 실버를 마지막으로 본 사람이라는 영광에 도취돼 으스대는 모습이 프랭클의 눈에 선했다.

그와 그랜트는 또 한번 수모를 당할 게 뻔했다.

머릿속으로 이런 생각을 하면서 곧 있을 기자 회견을 떠올리자 프랭클은 며칠 남지 않은 은퇴를 기다리는 그랜트에게 더더욱 감정 이입이 되기 시작했다.

그저 모든 게 빨리 끝나 버렸으면 싶었다.

✦ ✦ ✦

몬티 퍼거슨은 기자 회견장에 나타나지 않았다.

프랭클은 사람들로 꽉 찬 기자 회견장에 들어서자마자 그 사실을 바로 알아차렸다. 그랜트와 프랭클을 발견한 〈데일리 메일〉의 마이클스 편집장은 아직 퍼거슨에게 아무 연락이 오지 않았다고 했다.

스테빈스는 프라이어 실버의 죽음과 관련 상황을 확인하는 발표로 기자 회견을 시작했다. 시신이 그랜트의 집에 배달됐다는 대목에서 육성으로 헉하는 소리가 터져 나왔다. 프랭클은 단상 위에서 그와 스테빈스 사이에 샌드위치처럼 낀 그랜트를 쳐다봤다. 민망해서 어쩔 줄 몰라 하는 심정이 고스란히 전해졌다.

스테빈스에게 마이크를 넘겨받은 제프리스는 안전한 경로를 택했다. 실버가 독을 먹고 자살했으며 세부 사항은 추가적인 검사 결과가 나와 봐야 안다며 자세한 설명을 피했다. 물론 프랭클과 그랜트는 실버의 체내에서 스트리크닌의 흔적이 나왔다는 사실을 제프리스에게 들어 이미 알고 있었다.

얼굴에 수심이 가득한 한 기자가 질문을 했다. 세상을 떠들썩하게 만든 몬티 퍼거슨의 기사에 나왔던 표식이 실버의 몸에도 있냐는 것이었다. 제프리스는 스테빈스를 쳐다봤다. 스테빈스는 말해도

372

괜찮다는 의미로 고개를 끄덕였다.

"이마에 로마 숫자 8이 새겨져 있었습니다." 제프리스가 답했다.

장내가 다시 웅성거렸다. 스테빈스는 단상 앞으로 나와 제프리스에게 수고했다고 말하고는 '공식적으로' 밝혀진 정보들을 큰 소리로 읽어 내려갔다.

"런던 경찰청은 사인을 자살로 보고 있습니다. 프라이어 실버는 이번 살인 사건의 유력한 용의자였습니다. 이마의 표식은 이전 피해자 일곱 명의 시신에 있던 표식과 일치합니다. 네 번째와 다섯 번째 피해자가 희생당한 당시 실버가 뉴욕시에 있었다는 사실도 확인됐습니다."

프랭클은 스테빈스가 기자의 질문을 자연스럽게 넘기고 프라이어 실버의 죄를 확인하는 경찰청의 공식 성명을 발표하는 말을 들으며 감탄하지 않을 수 없었다. 새삼 느끼지만 프랭클은 그처럼 아슬아슬한 줄타기를 하는 행정가가 될 인내심도, 또 야심도 없었다.

다음 순서로 스테빈스가 질의응답을 진행했다. 이후 30분 동안 프랭클과 그랜트는 실버가 죽는 순간까지 그의 손에서 놀아났다는 맹비난을 피하지 못했다. 동료 기자인 몬티 퍼거슨이 실버와 연락하고 나서 경찰에 뭐라고 했는지 물어보는 기자도 한둘이 아니었다.

"그건 퍼거슨 기자와 먼저 이야기한 후에 말씀드리겠습니다." 처음 질문을 받았을 때 프랭클이 대답했다.

같은 질문이 다시 들어오자 이번에는 그랜트가 마이크를 잡았다. "퍼거슨 기자의 소식을 들은 분이 있다면 즉시 저희에게 연락해 주십시오. 그렇지 않을 경우에는 수사 방해 혐의로 기소될 수도 있습니다."

프랭클의 눈에 비친 그랜트는 이성의 끈을 놓지 않기 위해 고군분투 중이었다.

뒤에서 한 기자가 벌떡 일어났다. "그건 사건이 종결되지 않았다는 말씀이신가요?"

스테빈스가 다시 앞으로 걸어 나와 현재는 용의자 수색 작업이 끝났고 마무리 작업을 하고 있다는 말을 되풀이했다.

"프랭클 형사님?"

프랭클은 스테빈스의 능수능란한 기술에 재차 감탄하는 데 정신이 팔려 기자에게 지목을 당했다는 사실을 뒤늦게 깨달았다. "아, 네?"

"이번 사건에 관해 뉴욕 경찰국의 입장을 여쭤보고 싶습니다."

프랭클은 망설여졌다. 어제오늘 너무 바빠서 맨해튼에 있는 해리스 서장과 연락할 시간이 없었다. 하지만 십계명 살인자가 더 이상 뉴욕시의 다섯 개 자치구를 공포에 빠뜨리지 않는 데 대해 NYPD가 반색하지 않을 이유는 없었다.

"저희는 런던 경찰청의 결론을 지지합니다." 프랭클이 말했다.

"그렇다면 이제 미국으로 돌아가시는 겁니까?"

"당장은 아닙니다. 좀 더 남아서 수사를 끝까지 지켜볼 계획입니다."

프랭클은 참지 못하고 레이첼의 눈치를 살폈다. 레이첼이 고마움이 담긴 미소를 지어 보였다. 프랭클은 세인트 패트릭 대성당에서 십자가에 박혀 죽은 신부를 발견한 후로 그의 삶에 들어온 단 하나의 축복을 다시금 실감했다.

스테빈스는 기자 회견을 서둘러 끝냈다.

하지만 프랭클에게는 그 시간이 영원처럼 느껴졌다.

오스틴 그랜트의 얼굴을 보니 프랭클과 같은 감정을 배로 느끼는 듯했다.

◇◇◇

"축하주 한잔 안 해?" 에버렛이 물었다.

"내가 술 마시고 싶은 사람처럼 보여?" 그랜트가 되물었다.

"다른 건 모르겠고 술을 몇 잔 마셔야 할 얼굴로는 보이네." 에버렛이 말했다.

그랜트의 얼굴은 기자 회견장을 나올 때보다 더 우울해 보였다. 비가 억수같이 쏟아지는 바깥 날씨와 딱 어울리는 표정이었다.

프랭클과 레이첼은 늦은 저녁을 먹기 위해 울슬리를 다시 찾았다. 오늘은 그랜트 형제도 함께였다.

처음부터 그럴 계획은 아니었다.

기자들에게 잔뜩 물어뜯긴 후 그랜트의 사무실로 돌아오니 에버렛이 세 사람을 기다리고 있었다. 오늘은 형제가 체스를 두는 목요일이었다. 하지만 프랭클은 기자 회견 전에 그랜트가 에버렛의 전화를 받고 오늘은 가지 못할 것 같다고 하는 소리를 들었다.

텔레비전으로 기자 회견을 지켜봤다는 에버렛은 우울하게 처져 있으면 안 된다며 밖으로 나가야 한다고 강력히 주장했다. 축배까지 들지는 않더라도 모든 것이 종결된 기념으로 다 같이 숨 좀 돌릴 필요가 있다는 것이었다.

"내가 한번 맞혀 볼게. 우리가 싫다고 하면 내 사무실에서 안 나갈 거지?" 그랜트가 물었다.

"일이 내 뜻대로 안 풀릴 때 어떻게 되는지 형도 알잖아." 에버렛이 말했다.

프랭클은 어떻게 되는지 알 기회가 없었다. 그랜트가 자기가 졌다면서 양손을 들어 올리며 동생에게 '망할 놈의 장소나 정하라고' 대꾸했기 때문이다.

그랜트는 레스토랑에서 술을 한 모금도 입에 대지 않았다. 프랭클과 레이첼은 그와 달리 나란히 올드 패션드를 주문하고는 크리스마스이브에 에버렛이 만든 게 훨씬 맛이 좋았다는 평가를 내렸다.

애피타이저가 나올 때까지 그랜트는 침묵을 지켰지만 프랭클과 레이첼은 프라이어 실버의 죽음에 관한 모든 정보를 에버렛에게 들려줬다.

"스트리크닌 중독?" 에버렛이 큰 소리로 물었다. "애거사 크리스티를 너무 많이 읽었나 보네."

"제프리스가 추정한 타임라인이랑도 딱 맞아떨어져요." 프랭클이 말했다. "스트리크닌은 흡수가 느리기 때문에 자기 이마에 8을 새기고 오스틴 총경님이 다음 날 자기 시체를 받게끔 택배를 보낼 시간이 충분해요."

"그것도 몬티 퍼거슨의 계정을 이용해서 말이지. 형을 위한 이른바 특별 서비스로군." 에버렛이 논평하듯 말했다.

대화의 주제는 자연히 잠적한 퍼거슨으로 넘어갔다.

"그 인간은 대체 어디로 사라졌을까?" 에버렛이 혼잣말처럼 물었다.

자리에 앉아 샐러드를 주문하고 나서 처음으로 그랜트가 입을 뗐다. "나야말로 좀 알고 싶다. 만나면 묻고 싶은 게 산더미처럼 쌓여 있어."

"이를테면?" 에버렛이 물었다.

"무슨 생각으로 무모하게 연쇄 살인범을 직접 만났는지?"

"특종을 위해서라면 못할 짓이 없다는 마인드겠죠." 레이첼이 말했다.

"그럼 택배는 어떻게 된 거고?" 그랜트가 의문을 제기했다. "퍼거슨이 실버에게 자기 계정을 알려 주고 룰루랄라 떠났을 리는 없어."

"다른 가능성이 있나?" 에버렛이 물었다. "퍼거슨이 상자를 직접 주문해서 죽은 남자를 안에 넣고 형에게 때늦은 크리스마스 선물을 보냈다?"

"나도 내가 무슨 생각을 하는지 잘 모르겠어." 그랜트가 고개를 가로저었다. "확실한 건 이 질문들의 답을 찾기 전까지 절대로 편히 쉴 수 없다는 사실뿐이야."

에버렛이 형의 어깨를 도닥였다. "다음 주부터는 푹 쉬게 될 거야, 형. 은퇴가 코앞이잖아."

"시간이나 빨리 좀 갔으면."

"그 말은 체르마트에서 새해를 보내자는 내 제안을 다시 생각하고 있다는 뜻인가?"

"지금은 자러 갈 생각밖에 없어. 일어나면 모든 게 끔찍한 악몽이었으면 좋겠다." 그랜트가 말했다.

"뭐야, 농담도 하네?" 에버렛이 형을 놀렸다. 그러다 레이첼과 프랭클을 보며 물었다. "두 사람은 어때? 우리 형이 마음을 바꾸게 설득할 수 있겠어?"

프랭클이 한쪽 눈썹을 치켜올렸다. "저도 초대받은 거였나요?"

"당연히 와야지." 에버렛이 껄껄 웃었다. "사랑하는 여자와 새해를 맞이하고 싶지 않은 남자도 있나?"

프랭클이 슬쩍 레이첼의 눈치를 살폈다. 레이첼의 얼굴이 붉게 달아올라 있었다. 솔직히 말하면 프랭클의 귀도 조금 빨개지는 느낌이 들었다.

"재미있을 것 같기는 해요." 레이첼이 말했다. "안 그래요, 아빠?"

유일하게 돌아온 반응은 낮게 '흐으으으음' 하는 소리였다.

"그 얘기는 나중에 다시 해요." 레이첼이 삼촌에게 말했다.

1시간 후 식사를 마무리하고 밖으로 나와 보니 그랜트의 기분도, 그리고 바깥 날씨도 더욱 우중충하게 변해 있었다. 빗줄기가 아까보다 더 굵어졌다. 그랜트 형제가 택시를 잡으러 가고 프랭클과 레이첼은 코트 보관대 앞에 남았다.

"오늘 밤은 아버님과 집으로 가야 하지 않을까요?" 프랭클이 제안했다.

"벌써 날 버리는 건가요, 형사님?"

"그런 생각은 절대 안 하죠." 프랭클이 밖을 가리켰다. "지금 머리가 많이 복잡하신 것 같은데 너무 무리하지 않게 옆에서 도와줄 수 있는 사람은 이 세상에 당신밖에 없는 것 같아서요."

"우리 아빠한테는 그런 게 안 통해요. 이 상태가 며칠은 더 갈걸요." 레이첼이 말했다. "하지만 배려해 줘서 고마워요. 그렇게 말해 준 사람이 당신이라서 더 감동했고요." 레이첼이 몸을 기울여 프랭클에게 진한 입맞춤을 했다.

프랭클은 내심 아쉬웠지만 뜻을 꺾지 않고 내일 아침 일찍 보자고 말했다.

레이첼이 미소를 지었다. "근데 '남아서 끝까지 지켜보고 싶은 일'에 진짜로 나도 포함된 거예요?"

"그걸 말이라고 하십니까."

그 말에 두 번째 키스가 보상으로 따라왔고, 프랭클은 또 한번 울컥하는 아쉬움을 느꼈다.

에버렛은 도어맨이 잡아 준 택시에 그랜트 부녀를 먼저 태우고 프랭클에게 다음 택시를 같이 타자고 했다. 아마도 비에 흠뻑 젖은 울슬리의 도어맨이 또다시 묘기를 부려야 가능할 것 같았다.

"코번트 가든이면 햄스테드 가는 길에 있잖아." 에버렛이 말했다.

잠시 후 프랭클과 에버렛도 도어맨이 커브 길에서 용솟음치는 빗물 속으로 몸을 날리다시피 하며 잡은 택시에 탑승했다.

폭풍우를 뚫고 프랭클이 묵는 호텔까지 짧은 길을 가는 동안 에버렛은 말없이 창밖만 바라봤다.

한참을 그러고 있다가 에버렛이 말문을 열었다. "형이 걱정이야."

"보통은 반대 아닌가요? 형제 걱정은 형만의 몫이라 생각했는데."

"1년 사이에 너무 많은 걸 잃었어. 처음에는 평생 사랑했던 여자를 잃더니, 이제는 평생 해 온 일까지."

"두 번째는 선택이잖아요."

"그렇긴 하지만 아직은 남은 시간을 혼자 보낼 준비가 안 된 것 같아서 하는 소리지 뭐."

에버렛이 다시 앞을 보고 고개를 저었다.

"앞으로 더하겠지. 간신히 딸과의 사이가 회복됐는데 레이첼이 자네를 따라 미국으로 가 버릴 테니 말이야."

프랭클은 어떻게 반응해야 할지 몰라 잠자코 에버렛의 말을 듣고만 있었다.

"요 몇 년간 두 사람 관계가 어땠는지는 레이첼에게 들었지?" 에버렛이 물었다.

레이첼은 어머니에게 일어난 일의 진실을 그에게 솔직히 말해 줬었다. 그 생각이 떠오르자 가슴이 다시 철렁 내려앉았다.

"조금은요. 네."

"그러면 내 말뜻을 이해할 거야." 에버렛이 말했다.

"저희 둘 다 집이 미국에 있기는 하죠." 프랭클이 대답했다. "하지만 아버님에게서 딸을 빼앗아 갈 마음은 추호도 없습니다. 그런 뜻으로 하신 말씀이라면요."

"언제 형한테도 그렇게 말해 주면 좋을 거야." 에버렛이 넌지시 권했다.

이렇게 진지한 에버렛은 처음이었다. 에버렛 그랜트에게 가족은 더없이 소중한 존재임이 분명했다.

"꼭 그럴게요." 프랭클이 나직이 대답했다.

에버렛은 감사의 미소를 지었다. "자네 같은 남자를 만나다니 레이첼이 복 받았네."

호텔까지 얼마 남지 않은 시간 동안 프랭클은 쏟아지는 비를 보며 깊은 생각에 잠겼다.

호텔 입구에 도착해 택시에서 내렸을 때 프랭클은 결론을 내렸다.

레이첼과 그녀의 아버지를 구원할 수만 있다면 존 프랭클은 무슨 수를 써서라도 그 방법을 찾을 작정이었다.

29

"몇 번이나 더 읽으려고요?"

그랜트가 책상에서 고개를 들어 보니 레이첼이 조용히 서재에 들어와 있었다. 레이첼은 옥스퍼드대학교 로고 맨투맨과 파란색 레깅스 차림으로, 한 손으로는 문을 잡고 다른 손으로는 따뜻한 차를 받쳐 들고 있었다.

"자꾸 신경에 거슬리는 걸 찾아낼 때까지?" 그랜트가 대답했다.

그는 너덜너덜해진 종이를 내려놓았다. 오늘 아침에만 퍼거슨과 프라이어 실버의 인터뷰 기사를 열 번은 넘게 읽었다.

"퍼거슨이 일언반구도 없이 잠적해서 그런 것 아닐까요?" 레이첼이 말했다.

"그건 당연하고."

레이첼이 드가의 경주마 그림이 있는 컵 받침에 찻잔을 내려놓았다. 인상파 화가들을 좋아했던 앨리슨은 그들의 작품을 모사한 컵받침을 수집하는 취미가 있었다. 그러면서 농담처럼 "평생 그림 한

점 살 수 없을 테니 이거로 만족해야지."라고 했다.

"모든 게 부자연스러워. 잭 더 리퍼가 화이트 채플을 휘젓고 다닌 이후 초유의 연쇄 살인을 저지른 광신도가 하루아침에 자백하고 스트리크닌으로 범행을 끝낸다고? 좀 모순적이지 않아?"

"난 조울증 환자 느낌을 받았어요. 교도소 의료진과 연락해 봤어요? 그쪽에서 실버를 어떻게 평가했는지 보면 혹할 만한 얘기가 나올지도 몰라요."

"네가 홀리랑 실버를 찾고 있을 때 이미 다 알아봤어. 정신과 기록은 깨끗해. 이런 짓을 벌일 범죄자라는 징후는 어디에도 없었어."

"자기 생각과 복수심에 매몰돼서 20년 동안 교도소 안에서 성경만 읽었다면요? 범행을 계획하고도 남을 시간일 거 같은데."

"아마도." 그랜트가 응수했다.

"그리고 아마도 아빠는 아침 식사를 할 시간이 있고요?"

그랜트가 어색한 미소를 지었다. "에그 베네딕트?"

"어떻게 감히 에그 베네딕트 달인과 경쟁을 해요. 근데 아빠가 기억할지 모르겠지만 내가 팬케이크 하나는 기가 막히게 잘 만들거든요."

"앞장서라." 그랜트가 말하고 책상에서 일어났다.

30분 후 그랜트 총경은 바닥까지 싹싹 긁어 먹은 접시를 밀어 내고 만족스러운 숨을 내쉬었다. "생각보다 배가 많이 고팠나 봐."

"어젯밤에 거의 안 드셨잖아요."

엄마들이나 할 법한 걱정에 그랜트가 피식 웃었다. "나도 드디어 부모 자식 역할이 뒤집히는 나이가 된 건가?"

"설마. 근데 가끔 아빠가 걱정되긴 해요."

그랜트는 식탁 너머로 손을 뻗어 퍼거슨의 기사를 다시 집어 들었다. 레이첼이 못 말리겠다는 듯 눈을 굴렸다. "배도 든든하니 좀 더 명료하게 보이지 않을까 싶어서 그래."

"이렇게 스스로 고문을 하는 걸 내가 무슨 수로 말려요."

"네 마음 다 안다. 그래서 너무 고맙고. 진심으로."

그랜트는 잠시 신문을 향한 집착을 내려놓기로 했다. 결혼하고 나서 앨리슨이 그랬던 것처럼 유려한 동작으로 주방을 누비는 레이첼이 눈에 들어왔기 때문이다. 그간 냉랭했던 분위기가 녹아내리며 그랜트는 딸이 먼저 결심하기 전까지는 레이첼이 엄마를 위해 지키고 있는 약속을 절대 캐묻지 않기로 마음먹었다.

"뭐가 그렇게 웃겨요?" 레이첼이 불쑥 물었다.

"네가 집에 와서 참 좋다는 생각을 하고 있었어."

"나도 돌아오니 좋아요."

"얼마나 더 있을 거야?" 딸이 떠난다고 생각하니 조급해졌지만 목소리에 그런 티를 내지 않으려 애쓰며 그랜트가 물었다.

"모르겠어요. 수사가 끝났으니 존은 곧 뉴욕으로 돌아가야겠죠. 새해 직후가 아닐까 해요." 레이첼이 맞은편 자리에 앉았다. "얘기가 나왔으니 말인데, 에버렛 삼촌이 했던 제안에 대해 생각해 봤어요?"

"난 해발 1,600미터에서 은퇴 생활을 시작하고 싶진 않아."

"그래도 다 같이 있으면 재미있지 않을까요?"

그 모습을 상상하자 그랜트 역시 마음이 훈훈해지는 건 어쩔 수 없었다. "너 프랭클 형사랑 진지한 사이인 거지?"

"그 사람이 정말 좋아요, 아빠."

"나도."

레이첼의 시선이 접힌 신문으로 옮겨 갔다. "일이 아빠 예상대로 흘러가지 않았다는 거 알아요. 하지만 대신 좋은 사람을 만났잖아요. 안 그래요?"

레이첼이 그랜트의 손을 잡았다. 그랜트는 가슴에 퍼진 온기가 목구멍으로 솟아오르는 것을 느꼈다. "그럼. 그렇고말고." 그랜트가 대답했다.

"그럼 다 같이 스위스로 가는 거 생각해 보기예요?"

"응. 그럴게."

단, 몬티 퍼거슨에게 무슨 일이 일어났는지 그만 생각하겠다는 말은 아니었다.

✦✦✦

"정보가 더 있으면 좋겠지만 저는 정말 모릅니다." 〈데일리 메일〉 사무실에서 랜돌프 마이클스 편집장이 말했다. "명색이 신문 기자인데 나라고 이렇게 대화를 시작하고 싶겠어요? 하지만 그게 다예요."

"기사로 대박을 터뜨린 기자가 이후로 한마디도 안 한다는 게 이상하지도 않아요?"

"퍼거슨이라면 신나서 떠벌릴 인물이죠. 확실히 이상하기는 해요."

"이 상황을 어떻게 생각해요?"

마이클스가 어깨를 으쓱했다. "경찰 수사를 방해했다고 기소될까 봐 겁이 난 게 아닐까요? 그것 말고는 이유가 떠오르지 않습니다."

그랜트는 다른 가능성도 추측해 봤지만 아직은 마이클스와 의논할 단계가 아니었다. 음모론자 취급을 받고 싶지는 않으니까. 하지만 그랜트가 은퇴 전 마지막 금요일을 경찰청이 아니라 신문사에서 시작하는 이유는 따로 있었다.

"저도 진실을 알고 싶어요." 마이클스가 말을 이었다. "위에서도 우리 스타 기자가 어떻게 됐는지, 경찰청이 우리 신문사에 어떤 식으로 책임을 물을지 궁금해하고요."

"편집장님이 전부 솔직하게 알려 줬잖아요. 그 부분에 관해서는 걱정할 필요 없다고 전해요."

"제가 뭐 도울 일은 없어요?"

"혹시 퍼거슨 자리를 살펴봐도 될까요? 어디로 사라졌는지 단서라도 있나 보려고요. 물론 영장을 얻어 올 수는…."

마이클스는 됐다며 손사래를 쳤다. "모두를 위해서라도 혼란을 빨리 수습하는 게 좋죠."

잠시 후 그랜트는 퍼거슨의 좁은 책상 앞에 앉았다.

책상은 토네이도가 지나갔다고 해도 과언이 아닌 상태였다. 퍼거슨은 문서 정리 시스템이라는 게 존재하는지 모르는 듯했다. 가위로 오린 신문 기사, 사진, 종이가 사방에 널려 있었다. 책상뿐만 아니라 서랍에도 물건이 아무렇게나 쑤셔 박혀 있고, 선반 같지 않은 좁은 공간에도 뭘 잔뜩 쟁여 놓았다.

전부 십계명 살인과 관련된 것들이었다.

그랜트는 자신의 수사를 생생히 정리한 기록이 무질서하게 널려 있는 모습을 물끄러미 지켜보기만 했다. 그중에는 일부 구절을 형광펜으로 표시한 구약 성경 발췌문, 범죄 현장 사진도 있었다. 특히 오스틴 그랜트가 나온 사진이 많았고, 살인 사건을 다룬 경쟁 타블로이드지의 기사들도 있었다.

무엇보다도 퍼거슨의 자리와 스포츠 담당 기자의 자리를 나누는 코르크판이 그랜트의 눈길을 끌었다.

십계명을 나열한 프린트물을 보니 처음 일곱 개 계명에 빨간색으로 체크 표시가 돼 있었다. 표시가 없는 것은 마지막 세 개뿐이었다. '도둑질하지 마라.' '거짓 증언하지 마라.' '네 이웃의 소유는 무엇이든 탐내지 마라.'

그랜트는 이제야 일련의 상황들이 이해되기 시작했다. 퍼거슨이 이스트 엔드 창고로 프라이어 실버를 만나러 갔을 때만 해도 실버의 목숨이 붙어 있었던 것도, 그리고 인터뷰 이후로 퍼거슨이 잠적한 것도.

그랜트가 엉망인 책상을 공들여 정리했지만 결국에는 다 아는 이야기였다. 런던 경찰청이 아직 모르는 정보는 하나도 없었다.

그랜트의 머리를 갉작거리는 감각만 더욱 강해질 뿐이었다. 잠시 후 마이클스가 파티션 너머로 고개를 내밀었을 때 그 느낌은 한층 심해졌다.

"집착이 좀 과하죠?"

"과한 정도가 아닌데요." 그랜트가 대답하며 코르크판에 붙어 있는 십계명을 가리켰다. "혹시 이게 언제부터 붙어 있었는지 알아요?"

마이클스가 고개를 저었다. "부하 직원의 해괴한 행동까지 일일이 확인하지는 않아서요. 근데 퍼거슨이 뉴욕에 가기 전까진 못 봤어요. 그게 지지난 주 주말이었나?"

"신부가 살해된 건 일요일 밤이었어요." 그랜트가 말했다. "퍼거슨은 이후에 뉴욕으로 갔을 겁니다."

"아니, 일요일 아침에 갔어요. 우연도 그런 우연이 없었죠. 몬티가 말을 안 했다니 놀라운데요?"

그랜트는 별안간 어떤 기억이 떠올랐다. 세인트 패트릭 대성당에서 만났을 때 무슨 수로 이렇게 빨리 왔냐고 묻자 퍼거슨은 대답을 얼버무렸다. 갉작거리는 감각의 강도가 또다시 높아졌다.

"그런 얘기 못 들었어요. 퍼거슨이 말을 안 하더라고요." 그랜트가 말했다.

❖❖❖

사건이 터지고 퍼거슨과 처음 마주친 건 그랜트가 그레이터 런던의 모든 교회를 폐쇄하기 전날인 토요일 밤이었다. 퍼거슨은 세 건의 살인에 관한 정보를 갖고 와서 그랜트에게 답을 요구했고 그랜트는 주말 이후 연락하겠다고 약속했다. 하지만 맨해튼이 순식간에 아수라장으로 변하며 약속을 지키지 못하고 월요일 아침에 뉴욕행 비행기를 타야 했다.

그러고 나서 화요일 오전에 세인트 패트릭 대성당에서 퍼거슨을 봤다.

이 정도면 모로에게 퍼거슨의 비행 정보를 빨리 조사해 보라고 지시할 만한 가치가 있었다. 그랜트가 경찰청에 도착했을 즈음 조사는 이미 완료돼 있었다.

몬티 퍼거슨은 12월 15일 일요일 아침 일찍 히스로 공항에서 비행기를 탔고 정오가 되기 전에 미국에 도착했다. 애덤 피터스 신부가 최후를 맞이한 시각으로부터 최소 8시간 전이었다.

마이클스는 퍼거슨이 긴급한 문자를 받고 맨해튼으로 갔다고 했다. 친척이 사고를 당해 뉴욕 북부의 병원에서 사경을 헤매고 있다며 퍼거슨은 가장 빠른 미국행 비행기에 올랐다. 하지만 도착해 보니 그런 사고가 없었고 중간에 착오가 생겨 잘못된 연락을 받았다는 소식을 마이클스에게 전해 왔다. 그러면서 사건을 취재하기 적합한 시간과 장소에 뉴욕에 간 것은 어쩌면 신의 섭리일지 모른다고 했단다.

"정말로 '신의 섭리'라고 했어요?"

"비슷한 말이었어요." 마이클스가 대답했다.

단어 선택이 흥미롭네. 그랜트는 책상 앞에 앉아 항공 정보를 응시하며 생각했다. 의자에 등을 기대고 느긋한 자세를 취하며 머리를 갉작거리는 느낌이 저절로 퍼져 나가게 됐다.

갑자기 미국에 가야 한다는 이유가 설득력이 있었나? 아마도. 반대로 완전한 날조일 수도 있었다.

경찰청 관계자가 아니면서 처음 일어난 세 건의 살인을 연결한 사람은 퍼거슨밖에 없었다. 그랜트와 마주칠 때마다 그는 아슬아슬하게 진실에 근접한 발언을 했다. 그랜트를 이기겠다는 집념으로 프라이어 실버라는 인물을 찾아내고 그를 연쇄 살인범으로 내세우는 것이 가능할까? 한 가지는 확실했다. 몬티 퍼거슨이 어디 있는지는 모르겠지만 그는 기자로서 일생일대의 기사를 터뜨렸고 그랜트의 명예를 땅에 처박았다.

그랜트는 집 앞에 나무 상자가 도착한 후로 그의 머리를 갉작거리던 질문의 고삐를 완전히 풀어 놓았다.

세계적인 명성만 얻을 수 있다면 일면식도 없는 사람 여덟 명과 스탠퍼드 홀리를 죽이고 프라이어 실버를 자살로 위장해 살해하는 일이 가능할까? 몬티 퍼거슨이 그 정도로 미친 인간일까?

◆◆◆

"말도 안 돼." 프랭클린 스테빈스 청장이 한마디로 일축했다.

그랜트는 프랭클에게 먼저 말해 볼까도 생각했지만 상관에게 보고하는 자리에서 프랭클이 아슬아슬한 발언을 할지도 몰랐다. 그랜트의 경찰 생명은 끝난 것이나 마찬가지였다. 어차피 스테빈스에게 묵살당할 이론인데 괜히 프랭클까지 갈등을 겪게 하고 싶지 않았다.

방금 전에도 스테빈스는 한차례 묵살을 시도했다.

"가능성 있는 추정입니다." 그랜트가 말했다.

"인터뷰는 어쩌고? 프라이어 실버는 자백을 했어."

"퍼거슨이 전부 꾸며 낸 걸 수도 있어요. 실버에게 독을 먹이고 자살로 위장한 후 기사를 내보낸 겁니다."

"둘이 주고받은 문자는?" 스테빈스가 다시 물었다. 슬슬 짜증이 차오르는 모양이었다.

"그것도 퍼거슨이 조작할 수 있지 않겠습니까. 스탠퍼드 홀리를 죽였다면 휴대폰이 두 대일 테니 혼자 왔다 갔다 하면서 문자를 보냈겠죠."

"지금 이게 말이 된다고 생각해?" 스테빈스가 어처구니없다는 듯 고개를 좌우로 흔들었다. "퍼거슨이 폭로 전문 기자라 자네와 갈등이 있었다는 건 익히 알고 있어. 하지만 전과 하나 없는 자야. 반면에 프라이어 실버를 보라고. 20년 형을 받은 악랄한 은행 강도 아닌가. 그러다 교도소에서 종교에 미쳤고 실제로도 자기가 피해자들을 죽였다고 자백까지 하고 자살한 인간이야!"

"저도 이해하지만……."

"아니. 내 말을 이해해야지." 스테빈스는 고집을 꺾지 않았다. "수사는 공식적으로 끝났어. 범인을 찾았고 범인이 자백했단 말이야. 말 그대로 선물 상자에 싸여서 자네 집에 배달 왔다는 게 자네나 프랭클 형사는 마땅치 않을 거야. 하지만 경찰청은 물론이고 수백만 런던, 뉴욕 시민을 대변하자면, 난 우리가 이 문제를 해결하고 행복하고 안전한 새해를 맞을 수 있어서 만족해."

스테빈스 총경이 자리에서 일어났다. 분노가 가라앉은 듯 진심으로 걱정하고 안쓰러워하는 표정이었다.

"이렇게 끝날 줄 짐작 못했다는 거 알아, 오스틴. 하지만 그렇다고 자네가 30년간 보여 준 능력과 헌신이 가벼워지지는 않을걸세."

스테빈스가 그랜트의 어깨에 손을 올렸다.

"시인의 말을 뒤집어서 이제는 자네가 '순순히 어두운 밤을 받아들일' 때야(딜런 토머스의 시 '순순히 어두운 밤을 받아들이지 마세요'를 말한다 ─ 옮긴이). 계획과 달리 아쉬운 부분들이 남아서 나도 안타까워. 하지만 자네를 존경하고 자네의 행복을 비는 사람이 많다는 사실을 알아 주기를 바라네."

그랜트는 머쓱해졌다. "괜한 말씀이십니다."

"진짜야. 이따가 4층에 가 보면……."

"네?"

이제는 스테빈스가 얼굴을 붉힐 차례였다. "송별회가 있을 거야, 오스틴. 내가 20분쯤 있다가 자네를 송별회 장소로 직접 데려가기로 했거든. 그러니까 놀란 연기를 확실하게 해야 하네. 이런 말도 안 되는 헛소리는 집어치우고. 알겠나?"

◆◇◆

그랜트는 놀란 표정을 제대로 지었는지 확신이 들지 않았다. 일단 파티를 할 기분이 아니었고, 기쁨이 우러나올 상황도 아니었다. 이런 때 놀라움에 말문이 막힌 표정을 지을 재주 따위는 없었다.

다만 그랜트의 표정은 그리 중요하지 않은 듯했다.

프라이어 실버가 죽고 사건이 마무리되며 경찰청 직원들은 어떤 축하 파티든 마음껏 즐길 기세였다. 새해가 얼마 남지 않아 더욱 그랬다.

풍선이며 샴페인 등이 준비돼 있었다. 구내식당 요리사들이 애피타이저도 준비했지만 독살 사건 수사를 개시하고 싶지는 않았기에 아무도 손을 대지 않았다. 노란색 대형 케이크에는 초 서른네 개가 꽂혀 있었고(초 하나당 그랜트가 경찰청에서 고생한 햇수인 건지), 초콜릿 아이싱으로 이런 문구가 쓰여 있었다. '총경님 파이팅!'

그랜트는 100명 가까운 인원이 네 가지 음정으로 '사랑스런 친구를 위하여For He's a Jolly Good Fellow'를 합창하는 소음을 견뎌야 했다. 그러고 나서 촛불을 불어 끄는데 마술 촛불에 속아 넘어가 연신 초를 불어 젖혀야 했다. 다들 재미있다며 웃었지만 그러지 않아도 별로였던 그랜트의 하루에 짜증만 더해졌다.

초면인 사람들에게서까지 인사를 받은 후 그랜트는 구석의 테이블로 가서 레이첼, 에버렛, 프랭클 옆에 앉았다. 셋 다 송별회 소식을 미리 듣고 이 자리에 참석했던 것이다.

"아침에 귀뜸 좀 해 주지." 그랜트가 딸에게 말했다.

"비밀을 지키겠다고 맹세해서요." 레이첼이 말했다.

에버렛과 프랭클도 죄를 인정했다. 그제서야 그랜트는 샴페인을 한 모금 마시고 세 사람의 건배를 받아 줬다. 여기서 이 셋만큼 그랜트에게 소중한 사람들은 없었다.

그랜트는 억지로 등 떠밀려 나가 '감사합니다'라고 하며, 스테빈스와 그와 같은 테이블에 앉아 있는 이들에게 특별히 더 고맙다고 했다. 앨리슨과 홀리 경사가 이 순간을 함께하지 못해 아쉬울 따름이었다.

자리에 돌아와 앉으니 레이첼이 그랜트를 쿡 찔렀다. "파티잖아요, 아빠. 그냥 즐겨요."

그랜트는 이때다 싶어 오늘 하루가 어땠는지 이야기한 후 스테빈스에게 의견을 무시당하고 송별회장으로 오는 길에 사실상 해고 통보를 받았다고 설명했다.

"연금이나 받게 될지 의문이다." 그랜트가 속내를 드러냈다.

"웃기는 소리 하지 마, 형. 여기 몇 명이나 왔는지 보라고." 에버렛이 말했다.

"공짜 음식과 술만 있으면 사람들은 안 가는 데가 없어."

에버렛은 손을 거의 대지 않은 애피타이저 접시를 가리켰다. "이 특별식을 시식한 불운의 주인공이 있나 본데?"

프랭클이 고개를 끄덕였다. "여기 요리사가 저희 경찰서 요리사랑

동일 인물인가 봐요. 혹시 이름이 '나똥손' 셰프인가요?"

그 말에 그랜트가 처음으로 웃을락 말락 하는 표정을 지었다.

"모두가 아빠를 위해 모였다고요." 레이첼이 강조했다.

"어쨌든 형의 몬티 퍼거슨 이론에 건배." 에버렛이 잔을 들었다. "다른 건 몰라도 참신했잖아."

"말로 내뱉으니까 좀 황당무계한 소리로 들리기는 하더라."

샴페인 잔을 비운 레이첼이 한 손으로 머리를 짚었다.

"괜찮아요?" 프랭클이 물었다.

"빈속에 술을 마시면 이렇게 되는군요." 레이첼은 속이 좀 울렁거리는지 주위를 둘러보며 물었다. "혹시 커피 드실 분?"

"같이 가서 사 올까?" 에버렛이 말하고 의자에서 일어나는 레이첼을 부축했다. "두 분은 자리나 잘 지키고 있어요. 사건 말고 다른 얘기나 실컷 하고 있으라고."

"청장님한테 퍼거슨 얘기하러 가기 전에 저한테 먼저 연락을 주시죠." 레이첼과 에버렛이 멀어지자마자 프랭클이 말했다.

"생각을 꺼내 놓고 누군가에게 미쳤다는 말을 듣고 싶었던 것 같아."

"저도 기꺼이 그렇게 말해 드릴 수 있었는데요."

"그래도 나는 스테빈스에게 얘기하러 갔을 거야."

프랭클이 웃음을 터뜨리며 그랜트 쪽을 봤다. 그랜트는 레이첼을 부축하고 송별회장을 나가는 동생을 빤히 쳐다보고 있었다. "두 사람 사이가 참 각별해 보여요."

"레이첼과 에버렛은 원래부터 친했어. 지난 몇 년 사이에도 변함 없이."

프랭클이 고개를 끄덕였다. 잠시 침묵이 흘렀다. 그동안 스피커에서는 송별회장보다는 내려가는 엘리베이터에 더 어울릴 법한 음악이 흘러나왔다.

"사모님 돌아가신 후로 힘드셨다는 거 압니다." 프랭클이 마침내 말했다. "두 분 다요."

"레이첼이 말했나 보군."

프랭클이 고개를 끄덕였다. "비록 짧은 기간이지만 많이 가까워졌어요."

"그런 것 같더라고."

이번에도 짧은 침묵이 내려앉았고, 아까보다 더 형편없는 음악이 흘러나왔다.

프랭클이 씩 웃었다. "혹시 지금이 따님과의 장래를 약속드려야하는 시점인가요?"

"글쎄, 그럴 마음은 있고?"

"더 많은 시간을 함께하고 싶습니다. 그렇지만 제가 따님을 빼앗아 가려 한다는 오해는 안 하셨으면 좋겠습니다."

"내가 그런 오해를 왜 해?" 그랜트가 물었다.

"그게, 저희 둘 다 뉴욕에 살고……."

"나도 이제 남아도는 게 시간이니 한두 번씩 가서 보면 그만인 것을."

"레이첼이 기뻐할 겁니다."

"사실이라면 나야말로 자네에게 감사 인사를 해야지."

"무슨 말씀인지 잘 모르겠습니다."

"얼마 전까지만 해도 레이첼이 내가 너무 싫어서 내 얼굴도 안 보고 내 생각도 안 한다고 생각했었어."

"설마 그러기야 했겠습니까." 프랭클이 말했다.

"자네는 지난 몇 년 동안 레이첼이 어땠는지 모르잖아. 우리 관계는 불편하기 짝이 없었어. 그것도 레이첼이 얘기했겠지?"

프랭클이 고개를 끄덕였다. "네. 조금은요."

그랜트는 순간 울컥했다. 레이첼과 만난 지 얼마 되지 않은 프랭클도 그랜트가 모르는 레이첼 이야기를 알고 있다는 뜻이었기 때문이다.

"내게 말하지 않겠다고 애 엄마와 약속한 것도?"

프랭클이 한쪽 눈썹을 치켜세웠다. "그럼 그날 일을 알고 계시는군요?"

그날?

그랜트는 분위기가 가라앉은 순간을 틈타 마음을 진정시켰다. 그런 다음 지금 생각할 수 있는 가장 정직한 반응을 내놓았다.

"내가 그 자리에 있어야 했다는 건 나도 잘 알아."

"스코틀랜드에 계셨잖아요. 동시에 두 곳에 있을 순 없으니까요."

스코틀랜드.

그랜트가 고개를 저었다. 머릿속에서는 수십 가지 생각이 충돌하고 있었다. "그래도……."

프랭클은 이 자리가 점점 거북해지는 모양이었다.

"제가 참견할 문제는 아니지만요. 레이첼은 진심으로 두 분 사이가 그 일이 있기 전처럼 돌아가기를 바라고 있습니다."

프랭클이 그랜트의 뒤를 힐끔거렸다. 눈치를 챈 그랜트가 뒤를 돌아보니 에버렛과 레이첼이 커피와 조각 케이크를 가져오고 있었다.

"두 사람 무슨 얘기 중이었어요?" 레이첼이 프랭클과 아버지 앞에 디저트를 내려놓으며 물었다.

"경찰이 일 얘기 말고 뭘 더 하겠어요?" 프랭클이 애써 웃으며 대답했다.

"우리는 스위스 얘기를 하던 참이야." 에버렛이 자리에 앉으며 말했다. "월요일에 출발할까 하는데. 신년맞이 파티를 하기 전에 하루 정도 여유롭게 짐도 풀고 하게. 어떻게 생각해?"

지금 그랜트의 머리에 스위스 생각은 없었다.

며칠 만에 처음으로 몬티 퍼거슨의 행방도 전혀 궁금하지 않았다.

그랜트는 앨리슨 생전에 그가 마지막으로 스코틀랜드에 간 시기가 언제였는지 기억을 더듬는 중이었다.

그날 대체 무엇을 놓쳤는지 기억해 내야 했다.

30

토요일.

레이첼은 다시 종이를 구겨서 저편의 책상 뒤에 있는 쓰레기통으로 던졌다. 휙.

그녀는 프랭클의 호텔방에서 특집 기사를 쓰기 위해 창문 옆 의자에 자리를 잡고 앉았다. 그러나 지금까지 성과는 스무 개가 넘는 종이 공 절반을 쓰레기통에 던져 넣은 것뿐이었다. 50퍼센트면 르브론 제임스에 버금갈 명중률이었지만 레이첼에게는 이 운동이 아무짝에도 쓸모없었다.

레이첼은 사건이 종결되기 전까지 기사를 쓰지 않겠다고 아빠와 한 약속을 지켰다. 이제 기사를 쓸 때가 됐건만 몇 시간째 어떻게 시작할지, 어떤 각도로 조명할지 고민만 하고 있었다. 무엇 하나 마음에 들지 않았다. 프라이어 실버의 소름 끼치는 범행이 미화되거나, 아빠와 프랭클을 깎아내리는 방향으로만 기사가 흘러갔다. 거대한 두 대륙에서 두 형사를 농락한 실버가 잡히기 전에 스스로 목숨을 끊음으로써 그들에게 더 큰 수모를 안겼기 때문이다.

아빠의 송별회 이후로 레이첼과 프랭클 위에는 짙은 먹구름이 깔렸다. 그랜트가 은퇴를 축하하는 100명의 사람들 앞에서 가면을 쓰고 연기하는 모습을 봐서일까? 아니면 실성한 살인자 실버(이 표현도 기사에 써야 할까?)로 인한 스트레스로 기운이 빠졌나? 아무튼 뭘 즐기고 싶은 기분이 아니었다. 룸서비스를 시켜 먹고 일찌감치 침대에 누웠다. 서로를 안고 잠이 들었지만 너무 우울해서 깊이 자지도 못했다.

레이첼은 프랭클을 힐끗 쳐다봤다. 그는 아이패드를 들고 침대에 앉아 심각한 표정으로 밀린 서류 작업을 하는 중이었다. 겨울답지 않게 해가 쨍쨍해(그래도 기온은 낮았다) 방 안으로 햇빛이 쏟아져 들어오고 있었지만 프랭클은 여전히 고민이 많은 듯했다. 고개를 들어 레이첼을 향해 슬며시 웃었다가 금세 웃음을 거두는 모습이 더욱 그래 보였다.

갑자기 사방의 벽이 갑갑하게 좁아졌다.

"나처럼 잘되고 있어요?" 레이첼이 쓰레기통 주변에 떨어진 종이 뭉치들을 턱으로 가리키며 물었다.

"똑같은 문장을 네 번 쓰고 있냐는 말이냐고 묻는 거라면, 동의합니다."

"잠깐 나갔다 오는 게 어때요? 이번에도 동의하나요?"

"정답."

존은 20년 전 대학 친구들과 휴가를 와서 술만 마시다 간 후로 런던은 처음이었다. 그래서 레이첼은 그때 하고 싶었지만 술에 취해서 하지 못했던 일들을 하자고 제안했다.

단둘이 간단하게 비틀스 투어를 하기로 하고 필수 코스인 애비 로드 횡단보도에 들렀고, 그곳에서 만난 10대 아이들에게 사진을 찍어 달라고 부탁했다. 프랭클이 아이 둘을 설득해 즉석에서 4인조를 꾸렸다. 레이첼이 존 레논을 맡아 앞에 섰고 프랭클은 조지 해리슨으로 맨 뒤에 섰다. 그다음에는 고급 남성 정장으로 유명한 런던 상점가 새빌 로우에 가서 애플 레코드의 사옥이었던 3번지 건물을 찾았다. 팹 포Fab Four(멋진 4인조라는 뜻으로 비틀스의 애칭이다 – 옮긴이)가 지하실에서 '렛 잇 비Let It Be'의 후반부를 녹음하고 옥상에서 45분간 콘서트를 열었던 바로 그 건물이었다. 지역 경찰이 소음을 이유로 비틀스의 마지막 라이브 공연을 중단시켰다는 사실을 프랭클은 도저히 납득할 수 없었다.

"만약에 내가 그날 근무했다면 해가 질 때까지 연주하라고 내버려 뒀을 거예요."

레이첼과 베이커 스트리트로 이동한 프랭클은 셜록 홈스의 주소인 줄 알았던 221B가 실은 존재하지 않는다는 데 적잖이 실망했다. 주소는 다르지만 홈스가 존 왓슨 박사와 탐정 컨설턴트 일을 했던 집을 재현한 호텔 겸 박물관이 있었다(221B라는 문패가 걸려 있었다). 레이첼은 무슨 성배를 대하듯 전시품 하나하나에 푹 빠진 프랭클을 보자 웃음이 났다.

"어렸을 때 셜록 홈스 사건을 하나도 안 빼고 읽었어요." 프랭클이 레이첼에게 말했다. "그래서 장래 희망을 경찰로 정했죠."

"셜록 홈스가 가상의 캐릭터인 건 알죠? 실제 사건이 아니라 소설이고."

프랭클이 고개를 숙이고 레이첼의 귀에다 대고 코를 비벼 댔다.

"여덟 살 소년의 판타지에 몰입 좀 해 줄래요?"

레이첼이 짓궂게 유혹하는 듯한 얼굴로 물었다. "지금 여기서요?"

"그건 열세 살 소년의 판타지고요." 프랭클이 반대쪽 귀를 문지르며 말했다. "그건 나중에 조사할 수 있을 거예요."

"말씀만 하세요, 형사님."

우울한 하루였지만 잠깐이라도 분위기가 밝아져서 기뻤다.

프랭클이 전에 술을 마셨다고 장담하는 술집에서 피시 앤 칩스를 먹었고, 웨스트 엔드에서 연극을 보다가 둘이 번갈아 가며 졸았다. 호텔로 돌아왔을 즈음 레이첼은 뭔가 잘못됐다는 확신을 굳혔다.

잠자리 문제는 아니었다. 프랭클은 베이커 스트리트에서 했던 약속대로 '열정적인 연인들의 사건'에 착수해 사건을 수사하고 만족스럽게 종결시켰다. 역시 명탐정다운 솜씨였다.

그럼에도 뭔가 달라진 점이 있었다.

레이첼은 이것저것 다 떠나서 그저 스위스로 떠날 날만 빨리 오길 빌었다.

❖ ❖ ❖

일요일.

그랜트가 도착했을 때 레이첼은 그가 하이게이트 묘지에 기증한 철제 벤치에 앉아 30분째 그를 기다리고 있었다. 혼자 있는 시간이 아깝지는 않았다. 엄마와 무언의 대화를 할 수 있었기 때문이다. 작년에 앨리슨을 묻은 후 이곳에 처음 온 레이첼은 머리와 가슴을 휘젓고 다니는 온갖 감정을 엄마에게 털어놓았다. 아빠와 멀어져서 얼마나 괴로웠는지, 뜻하지 않게 어쩌다 다시 만나게 됐는지, 존과 어떻게 불같은 연애를 시작했는지(실제로 '엄마도 보면 정말 마음에 들어 했을 거예요'라고 혼잣말이 나왔다) 전부 이야기했다. 매일 엄마가 보고 싶다는 말도 빠뜨리지 않았다.

"미안하다. 시간 개념을 상실해 버렸네." 그랜트가 연분홍색 장미를 옆구리에 끼고 벤치 옆자리에 앉으며 말했다.

"아직도 몬티 퍼거슨 찾는 거예요?"

"그것도 있고, 다른 것도 있고."

"곧 있으면 은퇴예요, 아빠. 기억 안 나요?"

"할 줄 아는 게 이거뿐인데 어쩌겠어."

그랜트는 무덤 위에 있는 꽃다발 두 개를 고갯짓으로 가리켰다. 하나는 셀로판지와 분홍색 리본으로 포장한 쌩쌩한 연분홍색 장미였고, 다른 하나는 줄기와 가시와 흐물흐물한 갈색 꽃잎 몇 장이 전부였다.

"기억한다니 기특하네." 그랜트가 딸에게 말했다.

"어떻게 잊어요. 엄마가 제일 좋아하는 꽃인데. 옆에 있는 건 아빠가 둔 거죠?"

"일요일마다 가져다 놓고 있어." 그랜트가 허리를 굽혀 죽은 장미를 집어 들고 새 꽃다발과 자리를 바꿨다. "지난주는 못 왔고. 너도 기억하겠지만 다들 조금 바빴잖니."

레이첼은 일주일 전을 떠올려 봤다. 그사이 너무 많은 일이 벌어진 탓에 머리가 핑핑 돌았다. 그날은 런던으로 돌아온 아침에 홀리 경사의 시신을 발견한 날이었다. 레이첼은 몸을 떨기 시작했다. 묘지에 앉아 있어서도, 날씨가 음산해서도 아니었다.

"당연히 기억하죠." 레이첼이 중얼거렸다.

그러고는 뉴욕에서 가져오기를 잘했다고 생각한 겨울 코트를 단단히 여몄다. 그랜트가 레이첼의 어깨에 다정하게 손을 올렸다.

"내가 괜히 만나자고 했나 보다."

"아니에요. 같이 와서 좋아요. 정말로."

레이첼이 미소를 지었고 그랜트는 손을 거뒀다. 부녀는 잠시 말 없이 앉아 있었다.

"여기 참 예쁘네요." 레이첼이 한참 만에 입을 열었다.

"네 엄마가 원했던 곳이야." 그랜트는 언덕 아래로 멀리 보이는 건물을 내려다봤다. "나보고 와서 계약하라고 어찌나 고집을 부리던지. 아직 때가 아니라고 해도 통 말을 안 듣더라."

그랜트가 고개를 돌렸을 때 레이첼은 그의 눈가가 촉촉하게 젖은 걸 발견했다.

"네 엄마다운 행동이었어. 다른 사람은 다 챙기면서 정작 자기 자신은 돌보지 않는 거." 그랜트가 손으로 눈가에 맺힌 눈물을 훔쳤다. "네 엄마 부탁을 받고 이곳에 왔던 날은 평생 잊지 못할 거다. 갑자기 모든 게 현실로 다가왔거든. 아마 내 인생에서 가장 슬펐던 날이었을 거야."

레이첼이 기억하기로 그랜트가 이처럼 감정을 솔직하게 표현한 적은 없었다. 아빠는 언제나 단단한 바위처럼 속마음을 꽁꽁 감추고 살았다. 레이첼도 감정이 북받쳐 올라 아빠의 손을 잡았다. 그랜트는 고맙다는 듯 딸의 손을 맞잡았다.

"네가 집으로 돌아와서 정말 좋다, 레이첼."

"나도요, 아빠."

"내년 크리스마스에는 제대로 기념하자."

"아빠가 뉴욕으로 오면 되겠네요. 이제는 경찰청 허락을 맡아야 하는 것도 아니잖아요."

"좋지."

그랜트는 조심스럽게 딸의 손을 놓고 자세를 고쳐 앉았다.

"그렇지만 그전에 난 우리가 과거 일을 정리했으면 하는데."

갑작스러운 한기가 두 사람을 덮쳐 왔다. 그랜트가 코트의 앞섶을 단단히 조였다. 하지만 레이첼이 방금 깨달았듯 이 한기의 원인은 거세진 바람이 아니었다. 그보다는 대화의 흐름이 달라졌기 때문이었다.

"아빠, 그건 이미 끝난 얘기……."

"내 말 끝까지 들어 봐, 레이첼."

그랜트의 진지한 말투에 어쩔 도리가 없었다. 이러니저러니 해도 그랜트는 레이첼의 아빠였다.

"네가 나한테 말하지 않겠다고 엄마와 약속한 비밀이 뭔지 모르지만 내가 스코틀랜드에 있을 때 일어난 일이라는 거 알아."

스코틀랜드? 레이첼의 머리가 빠르게 돌아가기 시작했다. 아빠가 어떻게 알지? 내가 말실수라도 한 건가?

"유니콘이 깨져서 엄마가 팔을 다쳤던 날 맞지?" 그랜트가 고개를 절레절레했다. "그냥 사고였다고 했을 때 뭔가 숨기는 것 같더라니. 하지만 병원에서 갑자기 진단을 받고 정신이 없어서 나도 그냥 큰 문제 삼지 않고 넘겼다. 내가 모르는 얘기가 더 있는 거지?"

레이첼은 퍼뜩 깨달았다.

존이야.

분노와 슬픔의 눈물이 차올랐다.

"자기가 뭔데 아빠한테 그런 얘기를 해요?"

"일부러 그랬겠니. 널 도우려고 그런 거지." 그랜트가 간절하게 말했다. "우리를 도와주려고."

"그래도 아빠한테 그런 말을 할 자격은⋯⋯."

"지금 그게 뭐가 중요해!" 그랜트가 버럭 소리를 질렀다.

그의 목소리가 아무도 없는 묘지에 울려 퍼졌다. 레이첼은 당황스럽고 또 화가 나서 흐느껴 울기 시작했다. 그랜트가 다시 말을 꺼냈을 때 목소리에 흥분은 사라졌지만 애절함이 절절하게 묻어났다.

"제발 그냥 말을 해, 레이첼." 그가 애원했다. "아빠 어떤 사람인지 알지? 나는 알아낼 때까지 포기하지 않아."

"아빠⋯⋯."

"내가 아끼는 사람은 이제 이 세상에 너 하나뿐이야. 경찰 일 그만두고 뭘 하고 살아야 할지도 모르겠고 막막해. 근데 내가 지난 2주 동안 배운 게 한 가지 있다면 네가 없는 인생은 아무 의미도 없다는 거야. 네가 엄마와 무슨 약속을 했는지 모르겠지만 설마 그것보다 나쁘겠어?"

"그건 모르는 일이에요."

그랜트가 앨리슨의 묘를 손가락으로 가리켰다. "이거 하나는 안다. 네 엄마가 지금 이 자리에 있었다면, 이 문제로 우리 사이가 멀어진 걸 봤더라면⋯⋯ 네가 말을 해 주길 바랐을 거야."

레이첼은 엄마의 마지막 안식처를 보다가 눈물을 닦고 아빠를 올려다봤다.

"내 말이 맞지?" 그랜트가 다정하게 말했다.

레이첼은 눈을 감고 숨을 깊이 들이마셨다. 그리고 마침내 고개를 끄덕였다.

❖❖❖

"어떻게 그럴 수가 있어요?!"

"일부러 그런 게 아니에요!" 프랭클은 답답한 심정에 세차게 고개를 저었다. "난 아무 말도 안 했다고요!"

"안 하긴 뭘 안 해요!"

이른 저녁 시간이었다. 두 사람은 코번트 가든 호텔방에서 침대를 가운데에 두고 서 있었다. 레이첼은 살면서 이렇게 흐린 날이 있었나 싶은 오후에 런던을 정처 없이 돌아다니며 프랭클에게 할 말을 생각했다.

술기운을 빌리려고 술집에도 들어갔다. 하지만 분노와 슬픔만 커질 뿐이었다. 몇몇 남자들이 술을 사겠다고 접근하기에 거절했다. 필요 이상으로 아주 차갑게.

호텔로 돌아오니 프랭클도 감정이 격해져 있었다. 그가 문자를 여러 통 보냈지만 레이첼은 답을 하지 않았다. 호텔방의 문을 열고 들어가기 전까지 하고 싶은 말을 꾹꾹 눌러 담았다.

그 말들을 지금 전부 터뜨리는 중이었다.

"먼저 이야기를 꺼낸 건 당신 아버지셨어요." 프랭클이 말했다. "어머님과 한 약속에 대해 들었냐고 물어보셔서 의외로 사정을 상당 부분 알고 계신가 보다 생각한 거예요."

"그래서 내가 비밀이라고 한 얘기를 해 버렸어요?!"

"나는 스코틀랜드에 계셨을 때 일어난 일이라는 말밖에 안 했어요. 그 정도는 알고 계시는 것처럼 보였다고요!"

"우리 아빠는 형사예요, 존! 그것도 더럽게 유능한 형사! 뼈다귀 하나만 쥐여 줘도 땅 한가운데를 파서 나머지 뼈가 묻힌 곳을 찾아낼 사람이란 말이에요."

프랭클이 침대를 빙 둘러 다가오자 레이첼이 본능적으로 창문을 향해 물러났다.

"다른 말은 안 했어요. 당신과 대화를 해 보라고 한 게 전부예요."

"네. 그래서 아빠가 대화를 하자더군요!"

프랭클은 레이첼에게 더 가까이 다가가는 실수를 저질렀다. "정말 미안해요, 레이첼⋯⋯."

"이러지 마요!"

레이첼이 그를 밀었다. 거친 손길은 아니었다. 하지만 프랭클은 맥없이 방 가운데에 서서 움직일 수 없었다.

"내가 뭘 어떡하면 좋겠어요, 레이첼?"

"몰라요!" 레이첼이 고개를 저었다. "난 당신을 철석같이 믿고 아무에게도 말한 적 없는 비밀을 털어놨어요. 근데 엄마가 절대 얘기하지 말라던 장본인한테 가서 그 비밀을 술술 불어 버릴 줄은 꿈에도 몰랐네요."

레이첼이 심호흡을 하며 애써 흥분을 가라앉혔다.

"아버님 반응은 어땠어요?"

"어땠을 것 같아요? 말도 못하게 상심하셨지." 레이첼이 눈을 내리깔았다. "내가 말할 때 아빠의 얼굴을 봤어야 해요. 아빠는 광견병에 걸린 강아지고, 난 그 강아지를 어쩔 수 없이 죽여야 하는 어린 주인이 된 기분이었다고요(영화 '올드 옐러'의 내용에 빗댄 것이다 - 옮긴이). 영화와 다르게 난 아빠를 고통에서 벗어나게 해 주지 못했어요. 오히려 고통을 줬으면 모를까."

"너무 과한 자책이에요."

"내 기분이 그런 걸 어떡하라고요." 레이첼이 중얼거리고는 프랭클을 등지고 창문 쪽으로 걸어갔다. "송별회 이후로 내내 이상하다 싶었어요. 무슨 말을 했는지 귀띔이라도 해 줬어야죠. 그럼 최소한 대비라도 하고……."

"말을 어떻게 꺼내야 할지 몰라서 그랬어요."

"그랬겠죠." 레이첼은 칠흑같이 캄캄한 겨울의 야경을 내다봤다.

"누가 어머님께 그런 짓을 했는지 아버님은 혹시 아신대요?"

"전혀. 근데 이제는 남는 게 시간이니까 그 일에 미친 듯이 매달리시겠죠!"

"내가 어떻게 해결해 볼 수 있다면……."

뒤돌아선 레이첼의 매서운 눈빛에 프랭클이 하던 말을 멈췄다. 그는 얼른 고쳐 말했다.

"내가 나서지 않았다면 이 지경까지 오지도 않았겠죠." 존이 작게 중얼거렸다. "뭘 어떻게 해야 할지 모르겠어요."

"그건 나도 마찬가지예요." 레이첼이 말했다. "근데 난 말이죠. 누굴 사귈 때 그 사람을 신뢰할 수 있어야 해요."

문득 레이첼은 프랭클을 볼 자신이 없어 시선을 떨궜다.

"레이첼, 잠깐만요. 지금 그 얘긴……?"

레이첼이 고개를 들고 애원하는 눈빛을 보냈다.

"난 시간이 필요해요, 존."

"우리 관계가 특별하다고 생각했는데."

"나도 그랬어요." 레이첼이 말했다. "아니, 지금도 그렇게 생각해요. 모르겠어요! 모든 게 너무 빨랐어요!"

"레이첼, 제발 이러지 마요……."

"생각해 봐요, 존. 2주 전만 해도 우린 생판 남이었어요! 그런데 지금은요? 같이 산다? 커플로 전 세계를 돌아다닌다?"

"상황이 평범하지 않았잖아요." 프랭클이 말했다. "그만큼 특별했어요! 살면서 이런 경험은 처음이었을 만큼."

"나도 그랬어요." 레이첼도 동의했다. "하지만 우리가 정말 이뤄질 운명이라면 시간이 말해 주겠죠. 어차피 조만간 둘 다 뉴욕으로 돌아갈 거 아니에요."

프랭클은 무슨 말인지 모르겠다는 듯 레이첼을 응시했다. "그러니까 지금 나보고 집에 가라는 말이에요?"

"어쩌면……."

레이첼은 말을 끝까지 내뱉지 못했다. 그렇지만 프랭클의 얼굴을 보고 있자니 창자가 끊어지는 것 같았다. 불과 2시간 사이에 단 몇 마디 말로 사랑하는 두 남자의 가슴 한가운데에 비수를 꽂았다.

레이첼은 자신의 물건을 더플백에 넣기 시작했다.

"원하면 그렇게 해요." 마침내 프랭클이 입을 열었다.

레이첼이 뒤를 돌았다. "이해가 안 돼요, 존? 내가 뭘 원하는지 나도 몰라요."

"그래서 어디 가려고요?"

"모르겠어요." 레이첼이 짐을 다 싸고 나서 말했다. "어디라고 말해도 1시간 후에는 또 다른 데 있을지 몰라요." 그런 다음 더플백을 어깨에 걸쳤다. "지금은 여기만 아니면 돼요."

레이첼은 프랭클의 뺨에 슬픔이 담긴 키스를 짧게 하고 떠났다. 호텔을 빠져나오는 순간 간신히 참았던 눈물이 터졌다.

❖❖❖

레이첼은 문 앞에 서서 괜히 왔나 망설였다. 그래도 일단 노크를 했다.

"네 아빠 말이 맞았네. 우리 집으로 올지 모른다더니."

마음을 이해한다는 듯 따뜻하게 웃는 에버렛을 보자 마음의 짐 하나가 사라지는 것 같았다. 레이첼은 삼촌의 품에 와락 안겼다.

"아빠가 전화했어요?"

"묘지에서 집으로 가는 길에 했더라. 네가 뛰쳐나갔다고 걱정하더라고."

"날 걱정해요? 아빠는요? 무슨 일인지 들었어요?"

"전부 다." 에버렛이 대답하며 레이첼을 안으로 들였다. "네 아빠가 나한테는 아무것도 못 숨긴다는 거 알잖아."

"아빠 목소리는 어땠어요?"

"최악이지. 일단은 뭐 좀 먹자." 에버렛이 레이첼을 주방으로 이끌었다. "이런 말해도 되는지 모르겠지만 어째 술 취한 선원 패거리랑 놀다 온 거 같은 냄새가 난다?"

"패거리까진 아니고 몇 명?" 레이첼이 마음에도 없는 웃음을 지으며 말했다.

"불행 중 다행인데?"

409

"샤워부터 해도 돼요?"

에버렛은 하고 싶은 대로 하라며 냄새 때문에라도 샤워부터 하는 게 좋겠다고 말했다. 30분 후 에버렛이 보는 앞에서 레이첼은 시리얼, 버터 스콘, 잼을 흡입했다. 절대 끝나지 않을 것 같았던 하루를 보낸 탓에 다른 음식은 생각만 해도 속이 뒤집혔다.

다행인지 에버렛은 앨리슨의 비밀과 그에 대한 그랜트의 반응을 전하며 긴 말은 하지 않았다. 물론 밝혀진 사실에 삼촌도 큰 충격을 받았다.

"내가 무슨 말을 듣고 있는 건가 싶더라. 도저히 믿기지 않고." 에버렛이 말했다. "네 아빠가 같은 소리를 몇 번이나 되풀이한 후에야 머리에 입력되더라."

"당시에 무슨 일이 있었는지 엄마가 아무 티도 안 냈어요?"

"아니. 전혀. 네 아빠에게도 얘기하지 않을 작정이었는데 나한테 티를 냈을 리 없지."

"누가 그런 짓을 했는지 상상도 못하겠어요."

"다른 사람은 몰라도 네 아빠는 누군지 반드시 알아낼 거다."

"엄마도 그걸 걱정한 거 같아요."

에버렛은 많이 지쳐 있는 레이첼에게 손님방을 내줬다. 학생 때 마이다 베일 집의 덩굴 지지대를 밟고 올라가고 싶지 않아 이 방에서 밤을 보낸 적도 많았다. "힘들겠지만 그래도 한숨 자려고 해 봐. 머리가 맑아야 기분도 나아지지."

그러나 레이첼의 끔찍한 하루는 아직 끝나지 않았다. 레이첼은 아빠가 스코틀랜드에 가 있는 동안 거실에서 무슨 일이 있었는지 엄마에게 들은 날 이후 처음으로 밤새 울다 잠이 들었다.

월요일.

아침이 왔지만 삼촌 말처럼 머리가 맑아졌다는 느낌은 없었다.

이른 시간부터 프랭클에게 전화가 왔다. 레이첼은 받지 않으려다가 세 번째 벨소리가 울리자 하는 수 없이 전화를 받았다. 외롭고 침통한 목소리가 들렸다. 프랭클은 레이첼이 마음을 바꾸고 새해를 함께 보내자고 할지 모르니 내일까지는 미국으로 돌아가지 않을 예정이라고 했다. 레이첼은 시간이 필요하다는 말만 나직이 되풀이했다. 다만 자신이 뉴욕으로 돌아가면 꼭 다시 대화하겠다고 약속했다.

레이첼은 아빠가 잘 있는지 확인하러 마이다 베일 집에 전화를 걸었다. 그랜트는 경찰청에 있었다. 그랜트는 아직 퍼거슨을 찾고 있고 '미진한 부분들'을 마무리하는 중이라고 했다. 하지만 접근 권한이 살아 있을 때 경찰 시스템을 샅샅이 뒤지며 엄마가 그 일을 당했을 당시의 가해자와 피해자 명단을 찾고 있다 해도 레이첼은 놀라지 않았을 것이다.

에버렛도 레이첼의 말에 동의했다. "아닌 게 오히려 이상하지. 내일 우리 따라서 온다는 말은 안 하던?"

"결정은 내가 하는 거래요." 레이첼이 대답했다. "내가 원하는 대로 한다고요."

"두 사람이라면 방법을 찾을 거야."

레이첼은 제네바로 가는 스위스항공 비행기의 창밖을 내다봤다. 몇 백 킬로미터 떨어진 거리에 솟은 알프스 꼭대기가 희미하게 보였다.

통로 쪽 좌석에 앉은 에버렛은 잠깐 눈을 붙이기 위해 버튼을 눌러 등받이를 젖히고 몸을 기댔다.

레이첼은 오늘 아침에 에버렛과 대화하며 체르마트에서 새해 전야를 보내는 계획을 고수하기로 결심했다. 계속 런던에 있다가는 대참사가 벌어질 것만 같았다.

레이첼이 원하는 게 뭔지…… 레이첼 자신도 알 수 없었다.

31

화요일.

새해 전날이자 런던 경찰청에서 보내는 마지막 날이었다.

34년의 경찰 생활을 끝내는 날인 동시에 그랜트 인생에서 가장 굴곡이 많았던 한 해의 마지막 날이기도 했다. 그랜트는 새해에 펼쳐질 삶에 대해 전혀 관심이 없었다. 그저 올해가 빨리 지나가기만을 빌었다.

송별회가 끝나고 스테빈스는 며칠 남지 않았으니 굳이 근무하러 나올 필요는 없다고 했다. 십계명 살인 사건은 종결됐고 새 인생으로 뛰어들 그랜트를 말릴 사람은 경찰청에 아무도 없었다.

"설사 자네가 출근을 안 한들 뭘 어쩌겠어?" 스테빈스가 씩 웃으며 말했다. "정직이라도 시켜?"

처음에는 그랜트도 스테빈스의 제안을 받아들이려 했지만 아직 퍼거슨 일이 남아 있었다. 홀리의 장례식에서 퍼거슨을 마지막으로 본 이래로 일주일 가까이 지났다. 그래서 그랜트는 마지막 날에도 성실히 경찰청으로 출근해 〈데일리 메일〉 기자의 실종에 관한 조사를 계속했다.

퍼거슨이 실제 십계명 살인자로 프라이어 실버에게 죄를 뒤집어씌웠다는 이론은 포기했다. 단, 완전히는 아니었다. 그 이론은 어떻게 생각하면 정답으로 보이고, 또 어떻게 생각하면 영락없는 오답으로 보였다.

진실이 무엇인지 모르겠지만 몬티 퍼거슨은 땅으로 꺼지기라도 한 듯 종적을 감춰 버렸다. 이제는 진짜로 무슨 일이 생긴 건 아닌가 싶을 정도였다.

영국의 어느 시골길 도랑에 빠져서 죽어 있을지도 몰랐다. 그랜트를 물 먹이고 신나서 술을 마시고 음주 운전을 하다가 도로에서 굴러떨어진 거다. 만에 하나라도 이것이 사실이라면 속이 시원할 거 같았다. 퍼거슨 같은 놈은 그래도 쌌다.

지금은 다른 급한 일이 우선이었다.

레이첼이 말하지 않겠다고 앨리슨과 약속한 비밀의 정체를 알고 그랜트는 완전히 무너지고 말았다.

성폭행이라니. 맙소사. 이게 사람 사는 세상인가?

앨리슨은 왜 그냥 말하지 않았고?

레이첼과 둘이서만 짊어질 문제가 아니었단 말이다.

그랜트가 알았더라면…… 그랜트는 무슨 짓이든 했을 것이다. 그 악마를 찾기 위해 경찰청의 모든 자원을 활용했을 것이다. 끝까지 추적해 놈을 찾아내고 죽을병에 걸린 나약한 여자를 공격한 대가를 치르게 했을 것이다. 맞다. 오스틴 그랜트는 범인을 보자마자 목을 졸라 죽여 버렸을 것이다.

물론 앨리슨은 절대 원하지 않을 결말이었다. 그랜트가 스스로 문제를 해결한답시고 앨리슨이 죽고 난 후에도 수습되지 않을 지경으로 온 가족의 삶을 무너뜨리는 것을 말이다.

그래서 그랜트는 은퇴를 며칠 남기고 경찰청으로 돌아왔다. 긴 시간 축적된 방대한 데이터베이스에 접근할 수 있는 권한이 남아 있을 때 앨리슨을 공격한 범인을 찾기로 했다.

데이터 분량은 방대하다는 표현으로는 부족했다. 흡사 숨이 턱턱 막히는 수준이었다.

2년 전의 날짜 하나 갖고 답을 찾기란 불가능했다. 더군다나 시간이 얼마 남지도 않았다. 스테빈스에게 조금 더 있게 해 달라고 부탁하지는 않을 생각이었다. 진짜 이유를 댈 수도 없는 노릇이었다. 퍼거슨 이론을 계속 캐야 한다고 거짓말을 해 봐야 소용없었다. 스테빈스와 경찰청은 사건을 이미 종결 상태로 보고 있었다.

어제 레이첼의 전화를 받았을 때 그랜트는 아직 퍼거슨을 찾고 있다고 말했다. 하지만 그날 마이다 베일 집 거실에서 무슨 일이 일어났던 건지 조사하지 않고는 아빠 성격상 못 배긴다는 것을 딸도 짐작하는 듯했다.

말로 표현하지 않았을 뿐이다. 그래서 그랜트도 가만히 있었다.

둘 사이에 빌어먹을 비밀만 늘어난 셈이었다.

그랜트는 체르마트에서 딸과 새해 전야를 보내고 싶은 마음이 굴뚝같았다. 그곳이 해발 1,600미터라 해도 상관없었다.

무조건 레이첼을 만나러 갔을 터였다. 레이첼이 오라고 했다면.

전화를 끊기 전에 레이첼은 에버렛과 스위스로 가서 복잡한 머리를 정리하고 싶다고만 했다. 그랜트는 딸에게 생각할 시간을 줘야

한다는 사실을 알았다. 물론 이런 불미스러운 일로 인해 딸과 다시
는 헤어질 수 없다는 사실도 잘 알았다.

그래서 그랜트는 초인적인 힘을 발휘해 작업에 돌입했다. 가능할
때 경찰청 데이터베이스를 깡그리 뒤져야 했다.

◇◇◇

짐을 다 싼 프랭클은 잠시 멈춰 서서 코번트 가든 호텔의 방을 둘
러봤다.

레이첼과 보냈던 행복한 시간을 곱씹어 보지 않을 수 없었다. 그
녀와의 마지막 저녁을 그런 식으로 보냈을지언정 지난 일주일은 프
랭클에게 평생 잊지 못할 시간이었다. 빨리 맨해튼으로 돌아가 완
벽했던 관계에 다시 불을 붙이고 싶은 마음뿐이었다.

줄리아와 결혼했을 당시 프랭클은 일과도 일종의 결혼을 한 상태
라 줄리아가 뒷전으로 밀리기 일쑤였다. 그래서 줄리아가 다른 남
자에게 안겨 위로를 받았다는 충격적인 사실을 알고 나서도 한편으
론 이해가 됐다. 이혼하고 나서 진지하게 만난 여자는 레이첼이 처
음이었다. 언제나 곁에 있으려고 최선을 다했지만 부담을 주고 싶
지는 않았다.

그래서 두말하지 않고 레이첼이 필요하다는 그 지독한 시간을 주
기로 마음먹었다. 단, 레이첼도 미국에 돌아왔을 때 프랭클과 같은
결론을 내리기를 바랐다.

프랭클은 레이첼과 여생을 함께하고 싶다는 결론을 내렸다.

물론 사귄 지 2주도 되지 않았다. 하지만 레이첼 없는 호텔방에

우두커니 서 있자니 프랭클은 살면서 이토록 외롭고 쓸쓸한 순간이 있었나 싶었다. 지금으로서는 집으로 돌아가 최선의 결과를 기대하는 수밖에 별다른 도리가 없었다. 현실을 직시한 프랭클은 문으로 향했다.

복도 쪽으로 빠져나온 순간 중요한 물건을 놓고 온 게 갑자기 생각났다. 프랭클은 문이 닫히기 직전에 몸을 날려(열쇠는 청소부가 볼 수 있는 서랍장 위에 두고 나왔다) 문을 붙잡았다.

책상으로 걸어가 크리스마스이브 때 벽에 걸렸던 '팰리세이즈 파크' 레코드판을 떼어 냈다. 런던 아이를 타고 반짝이는 도시 위로 올라갔다가 서서히 떨어지는 눈송이 아래에서 레이첼을 품에 안고 지상으로 내려왔던 때가 떠올랐다.

프랭클은 레코드판을 가방에 넣고 손목시계를 확인했다. 비행기 탑승 시각까지는 몇 시간이 남아 있었다. 히스로 공항에 가기 전에 한 군데 정도 들르기에 충분한 시간이었다.

❖❖❖

레이첼은 프랭클에게 받은 런던 아이 귀걸이 한 짝을 차다가 화장대 위의 작은 거울을 봤다.

거울 속에는 수면 부족에 그리 행복해 보이지 않는 여자가 있었다.

우울했던 아빠의 송별회 이후로 단 하루도 잠을 푹 자지 못했다. 너무 성급하게 체르마트로 온 건가 싶은 생각이 들기 시작했다.

물론 삼촌과 있으면 즐거웠다. 까마득한 옛날부터 삼촌은 레이첼에게 웃음을 주고 레이첼이 비밀을 털어놓을 수 있는 사람이었다.

그렇지만 떠나는 데 급급해 아주 소중한 두 남자를 남겨 두고 와 버렸다. 속마음을 캐물으면 그들은 분명 레이첼이 정신이 들 때까지 기다리겠다고 했을 것이다.

지금 그녀는 슬슬 정신이 들고 있었다.

끔찍한 한 해도 오늘로 마지막이었다. 사람들이 한 해의 마지막 날 내년을 위한 계획을 세우듯 레이첼도 오늘 몇 가지 계획을 세웠다. 더없이 소중한 두 남자를 그녀의 인생에서 놓치지 않겠노라고.

너무 늦지 않았기를 바랐다.

노크 소리가 들렸다. "네." 레이첼이 외쳤다.

잘 꾸며진 손님방으로 들어온 에버렛의 모습이 거울에 나타났다. 에버렛은 김이 모락모락 나는 커피를 들고 있었다. "너한테 필요할 것 같아서."

레이첼은 돌아서서 카페인을 충전해 줄 커피를 받아 들었다. "삼촌이 최고예요."

"잘 잤니?"

"아니요. 잠이 안 와서 한참 뒤척였어요."

"고도에 익숙해지려면 시간이 좀 걸릴 거야."

"네. 그런데 고도 때문은 아닌 것 같아요." 레이첼은 삼촌이 노크하기 전에 하고 있던 생각을 들려줬다.

"그런 고민이면 나라도 밤잠을 설치겠다." 에버렛이 공감한다는 듯 말했다.

레이첼이 커피를 한 모금 마셨다. "딱 좋은데요."

"커피랑 어울리는 아침 식사도 있는데 혹시 생각 있어?"

"너무 좋죠. 미처 생각은 못했지만."

"준비되면 주방으로 내려와."

레이첼은 고개를 끄덕이고 거울로 돌아서서 반대쪽 귀걸이를 했다.

"프랭클 형사가 보는 눈이 있네." 에버렛이 말했다.

"정말 예쁘죠?"

"귀걸이 얘기 아니고." 에버렛이 윙크를 날렸다.

레이첼은 웃으며 손사래를 치고 금방 내려가겠다고 말했다.

잠시 후 주방에 가 보니 에버렛이 완벽하게 차린 식탁에 음식이 푸짐하게 담긴 접시 두 개를 내려놓고 있었다. 각 접시는 풍성한 채소로 넘치기 직전이었다. 치즈가 주르륵 흘러내리는 오믈렛, 바싹 구운 베이컨, 얇게 썬 감자도 있었다.

"우와." 레이첼이 짧게 탄성을 내뱉었다.

에버렛이 레이첼에게 의자를 빼 주며 물었다. "네가 했던 말 생각해 봤어. 우리 오늘 런던 가는 비행기 탈까?"

레이첼이 고개를 저었다. "무슨 소리예요. 존은 벌써 뉴욕으로 돌아갔을 거고, 아빠도 마지막 날까지 사무실 책상에 자기 발을 족쇄로 묶어 놓을걸요? 내가 환상의 체르마트 투어를 얼마나 기대하고 있는데요."

"환상까지는 아니지만 네가 원한다면 무조건 해야지. 그냥 네가 이러고 있는 걸 보고 있기 힘들어서 그래."

"다 괜찮아질 거예요." 레이첼이 삼촌을 안심시켰다. "그냥 좀 우울한 것뿐이에요."

"그래. 이겨 낼 방법이 있나 같이 찾아보자." 에버렛이 아침 식사 접시를 가리키며 말했다.

레이첼은 포크를 들고 오믈렛을 먹기 시작했다.

그러고는 에버렛을 향해 진심으로 활짝 웃었다. "시작은 아주 좋은 것 같아요."

◆◆◆

명단은 끝없이 이어졌다.

그랜트는 의자에 기대앉아 눈을 비볐다.

성범죄자 데이터를 훑을 때의 소감은 몇 년이 지나도 달라지지 않았다. 뭐라 할 말이 없었다. 범죄자가 얼마나 많은지 기가 막혔다. 신고가 들어온 건수만 이 정도라니. 실제로는 적어도 두 배는 많을 것이었다. 아니, 세 배일 수도 있었다. 가정 폭력이나 성폭력은 피해자가 나서서 피해 사실을 이야기하기를 꺼리는 유형의 범죄이니 말이다.

이런 점 역시 그랜트가 경찰청을 그리워하지 않을 이유 중 하나였다.

앨리슨을 공격한 인물을 찾는 일에는 아무 진전이 없었다.

그랜트가 다시 범죄자 명단에 집중하려는데 누군가가 문을 두드렸다.

고개를 드니 프랭클이 사무실로 들어오고 있었다.

"존." 그랜트는 진심으로 놀랐다. "지금쯤 뉴욕행 비행기 안에 있을 거라 생각했는데."

"이제 공항으로 갑니다. 떠나기 전에 새해 인사도 드릴 겸 잠깐 들렀습니다."

그랜트가 자리에서 나와 프랭클과 악수했다. "정말 고마워. 자네도 새해 복 많이 받고."

"지난 몇 주 동안 함께 일해서 정말 영광이었습니다. 이 말씀도 꼭 드리고 싶었습니다."

"나도." 그랜트가 말했다. "끝이 그런 식이 아니었다면 더 좋았겠지만 끝이 난 게 어딘가 싶네."

"몬티 퍼거슨 이론은 포기하셨나 봅니다."

"스테빈스가 아주 설득력 있게 반대 주장을 펴더라고. 또……."

그랜트가 벽시계를 힐끗 봤다. 오전 8시 반이 막 넘었다.

"……16시간 후면 난 여기서 일하지도 않을 거고. 퍼거슨을 찾는 일은 다른 사람 손에 떨어지겠지. 찾는 사람이 있다면 말이야."

"제가 총경님 입장이었어도 똑같이 느꼈을 겁니다."

몇 마디 의례적인 말을 주고받은 후 프랭클은 이만 가 봐야겠다고 했다. 프랭클이 사무실에 들어온 후로 두 사람 사이를 맴돌기만 하던 화제를 그랜트가 꺼낸 것도 그때였다.

"레이첼 얘기가 없네."

그랜트는 프랭클의 얼굴이 조금 창백해 보인다고 생각했다.

"총경님께서 안 좋아하실까 봐."

"내가 내 딸 아니면 누구 이야기를 하고 싶겠어."

"레이첼을 안 지 얼마 안 됐지만 저도 같은 심정입니다."

그랜트가 고개를 끄덕였다. 레이첼이 존 프랭클을 정확하게 평가하고 있다는 사실을 새삼 실감했다. 그는 정말 좋은 남자였다.

"왠지 내가 두 사람 사이에 걸림돌이 된 것 같아." 그랜트가 마침내 말했다. "일부러 그러지 않았다는 걸 부디 알아주길 바라네."

"그렇게 생각한 적 없습니다." 프랭클이 대답했다. "저야말로 두 분 사이에 방해가 됐다고 느끼는데요."

"도우려는 의도였다는 거 알아."

"그래서 어떻게 됐나 보십시오." 프랭클이 슬며시 씁쓸한 미소를 지었다.

은퇴를 앞둔 런던 경찰청 총경은 고개를 끄덕였다.

"레이첼은 똑똑한 아이야, 존. 방법을 찾아낼 거야. 시간이 좀 걸릴 수는 있지만."

"기다릴 겁니다." 프랭클이 말했다.

이번에는 그랜트가 미소를 지을 차례였다.

"그날 기억하나? 파티 같지 않은 파티에서 고문당하고 있었을 때 말이야. 내가 어떤 마음으로 내 딸을 만나느냐고 물었지?"

"네."

"그래, 자네가 방금 한 말이 딸 가진 아버지에게는 최고로 듣고 싶은 말이야."

"너무 늦지 않았기를 바랄 뿐입니다."

"잘 들어, 존. 나는 지난 며칠간 두 사람이 가까워지는 모습을 지켜봤어."

"그러셨죠."

"내가 아는 한 레이첼이 자네를 보는 눈으로 다른 누군가를 본 기억이 없네."

"말씀 감사합니다." 프랭클이 말했다. "저희가 앞으로 어떻게 되든 레이첼 보러 뉴욕 오실 때 꼭 뵀으면 좋겠습니다."

"당연하지." 두 형사는 다시 악수를 나눴다. "조심히 가, 존. 금방 다시 보게 될 거야."

그 약속은 사무실을 떠나 히스로 공항으로 향하는 프랭클에게 조금이나마 희망을 불어넣어 준 듯했다. 그랜트도 둘을 다시 본다고 생각하니 마음이 부풀어 올랐다.

다만 지금은 다시 명단에 집중해야 할 시간이었다.

❖❖❖

1시간 후 휴대폰이 울려서 보니 반갑게도 에버렛의 전화였다.

"거기는 어때?" 그랜트가 물었다.

"레이첼에게 약소하게나마 체르마트 투어를 해 주고 있는 중이야." 에버렛이 대답했다.

"부럽네."

"형이 마지막으로 왔을 때보다 훨씬 발전했다고. 그때가 언제였지? 형 일곱 살 때인가?"

"몇 살인지는 기억 안 나는데, 네가 크리스마스 선물로 준 사진을 찍었을 때인 건 확실해." 그랜트가 말했다. "레이첼은 어떻게 지내?"

"안 그래도 그 일로 전화했어."

부모는 몇 살이 됐든 자식 문제로 연락을 받으면 배를 한 방 얻어 맞는 것과 비슷한 충격을 받는 법이다. 당황한 그랜트가 정신을 차렸다. 가만, 에버렛이 아까 체르마트 투어 중이라고 하지 않았나?

그래도 목소리에서 불안감을 지울 수 없었다. "별일 없지?"

"응. 응. 그럼. 미안." 그랜트의 근심을 눈치챈 에버렛이 대꾸했다. "그런 뜻으로 한 말이 아니었어."

"그럼 다행이고."

"그냥 좀 가라앉아 있어서."

그랜트는 동생의 말에 안심해야 할지, 걱정해야 할지 갈피를 잡을 수 없었다.

"내가 어떻게 할까?"

"난 형이 원래 계획대로 우리 있는 데로 날아오는 게 어떨까 싶은데."

"그게 좋겠어?"

"레이첼도 형을 보면 좋아할 거야." 에버렛이 넌지시 말했다.

"나는 레이첼이 당분간 혼자 있고 싶어 하는 것 같다는 느낌을 받았거든."

"레이첼은 나랑 같이 있어, 형. 이게 어떻게 혼자야?"

"그건 그렇네."

"아침 먹을 때도 그러더라고. 형과 프랭클을 두고 일방적으로 떠나온 걸 진심으로 후회한대."

"프랭클은 1시간 전에 내 사무실에서 공항으로 출발했어. 비행기는 아직 안 탔을 거야. 연락해서 계획을 바꿀 수 있는지 한번 물어볼까?"

"그건 레이첼이 너무 부담스러워할 것 같은데." 에버렛이 대답했다. "그리고 우리 셋만 있는 게 좋지 않아? 가족끼리 오붓하게 새해를 맞이하는 거야. 어때?"

"좋은 생각이긴 한데……."

"형, 뭘 망설여? 딸이 아버지를 필요로 한다는데. 와서 곁에 있어주란 말이야. 두 사람 문제를 해결하라고. 그것부터 해야 형사 청년과 잘되나 두고 볼 수 있지."

그랜트는 시계를 봤다. "벌써 10시네. 아무래도 힘들 것 같다."

"3시에 히스로에서 제네바로 오는 직항이 있어. 착륙하면 5시 30분이고 집에는 8시쯤 도착할 거야. 술 좀 마시고 맛있는 저녁 먹고 '작별Auld Lang Syn'을 부를 시간은 충분해."

"넌 이미 생각을 다 해 놨구나."

"마지막 근무일에 땡땡이 좀 친다고 누가 뭐라고 하겠어. 그냥 집에 가서 필요한 것만 챙겨서 바로 출발해."

"이게 정말 잘하는 일일까?"

"우리 레이첼 일이야, 형. 다른 이유가 필요해?"

그랜트는 에버렛의 산장이 해발 1,600미터에 있다는 얘기를 굳이 꺼내지 않았다. 지금은 동생에게 놀림을 받고 싶지 않았기 때문이다. 단단한 땅 위에 집을 지었다고 에버렛이 귀에 못이 박히도록 말하지 않았던가.

결국 그랜트는 동생에게 그쪽으로 가겠다고 했다.

"잘됐다! 레이첼이 아주 기뻐할 거야." 에버렛이 말했다.

"그랬으면 좋겠다."

32

히스로 공항은 완전히 아수라장이었다.

택시를 타고 영국항공 터미널에 도착한 프랭클은 기나긴 줄에 서서 조바심치는 탑승객들을 지켜봤다. 시계가 자정을 가리키기 전에 세계 곳곳으로 날아가 파티를 하려는 사람들 같았다.

프랭클은 서둘러 뉴욕에 돌아갈 마음이 없었다. 술에 취한 사람 2백만 명과 타임스 스퀘어에 서서 공이 떨어지는 모습을 볼 계획이 있는 것도 아니니까. 가 봤자 끝나면 세계에서 제일 큰 규모의 인간 통조림에서 빠져나오려고 길바닥에서 몇 시간을 허비할 텐데.

프랭클은 새해 첫날을 어디서 맞을지 신경 쓰지 않았다. 그가 간절히 원하는 사람이 있는 마터호른산 아래의 스위스 마을이 아닌 이상, 비행기 이코노미 좌석에 끼어 앉아 대서양 위를 날아가는 도중에 새해를 맞이한다 해도 상관없었다.

운명은 이미 후자 쪽을 가리키는 듯했다. 끝이 보이지 않는 줄에 서서 보안 검사를 통과하고 게이트에 도착하니 시카고에서 장비에 문제가 생겼다며 그가 탈 비행기의 출발 시간이 4시간 지연된다는 안내 방송이 나왔다.

프랭클은 여덟 살 쌍둥이 남매의 옆자리에 털썩 앉았다. 머리카락이 옅은 황갈색인 깜찍한 영국인 남매는 각자 비디오 게임과 퍼즐 책에 푹 빠져 있었고, 부모는 교대로 아이들과 전광판을 주시했다.

프랭클은 공항 매점에서 산 생수를 쭉 들이켜고 노트북을 꺼냈다. 처음에는 공항 와이파이에 접속해 영국에 온 후로 열지 않았던 메일함을 확인하려고 했다. 메일이 잔뜩 쌓여 있어서 시간이 금방 갈 것 같았다.

그러다 다른 아이디어가 떠올랐다. 프랭클은 여행 가방에서 에버렛이 준 '바람과 함께 사라지다' DVD를 꺼냈다. 뒷면에서 러닝 타임을 확인했다. 3시간 41분. 서곡, 중간 휴식, 막간극(뭔지 모르지만), 퇴장 음악까지 합치면 3시간 54분이었다.

마음에도 없는 사람들에게 메일 답장을 하는 것보다는 백배 나았다. 프랭클은 디스크 드라이브에 DVD를 넣고 이어폰을 꽂은 다음 재생을 눌렀다. 스칼렛 오하라와 레트 버틀러의 이야기가 얼마나 대단한지 한번 보자 싶었다. 여덟 살 때인가 아버지 손에 이끌려 이 영화를 보러 뉴저지의 옛날 영화 전문 극장에 간 적이 있었다. 하지만 엄청나게 길었던 상영 시간과 클라크 게이블이 누군가에게 '내 알 바 아니오'라고 했던 대사 말고는 기억나는 게 없었다.

◇◇◇

그랜트가 마이다 베일 집으로 돌아와 짐을 싸기까지 5분도 채 걸리지 않았다. 높은 곳을 싫어하다 보니 겨울 스포츠를 즐기지 않았고, 따라서 가방에 파카나 스키복을 챙길 필요가 없었다. 5년 전 크리스마스에 앨리슨이 선물한 스웨터와 지금 입고 있는 코트면 충분했다.

에버렛의 빌어먹을 집 열쇠를 찾는 시간이 더 오래 걸렸다.

전화를 끊기 직전 에버렛은 가능하다면 햄스테드 집에 잠깐 들러 달라고 부탁했다. 어제 레이첼과 비행기 시간을 맞추려고 서둘러 출발하는 바람에 스키 부츠를 깜박하고 챙기지 못했단다. "커스텀 제작이란 말이야. 테니스화 신고 슬로프를 내려갈 순 없잖아." 에버렛이 부어터진 목소리로 말했다.

대체 왜 산 아래로 자기 몸을 던지는 건지 이해할 수 없었지만 그랜트는 에버렛과 쓸데없는 입씨름을 하지 않기로 했다. 그냥 집 열쇠를 찾고 햄스테드에 잠깐 들러 그놈의 신발을 들고 공항으로 가는 게 속 편했다.

에버렛은 부츠가 지하실 어디에 있는지 알려 주며 지하실에 내려간 김에 냉장고에서 96년산 돔 페리뇽도 꺼내 오라고 했다. 특별한 날을 위해 아껴 둔 술이란다.

"진심이야?" 그랜트가 물었다.

"97점짜리고 꽤 비싼 거야. 새해 종이 울리고 형의 은퇴를 기념할 때 아니면 언제 따겠어?"

싸워 봐야 입만 아프지.

그랜트는 오래전 에버렛에게 받았던 열쇠를 찾아 10분 동안 주방을 뒤지다가 열쇠를 서재 책상의 첫 번째 서랍에 뒀던 사실을 뒤늦게 떠올렸다. 한숨을 쉬고 서재로 가서 열쇠를 찾은 후 가방과 코트를 집어 들었다.

가족이니까 참는다.

그랜트는 마이다 베일 집의 문을 잠갔다. 그러고 나서 햄스테드에 있는 동생네 집에 가기 위해 택시를 타고 언덕을 올랐다

❖❖❖

프랭클은 일시 정지 버튼을 누르고 눈을 비볐다.

도입부가 정말 긴 영화였다. 1시간은 족히 지났건만 이렇다 할 사건 하나 일어나지 않았다. 남북 전쟁 영화 아니었나? 전투 장면은 왜 안 나오는 거야? 바닥에 시체가 쫙 깔린 사진이 DVD 뒷면에 있던데 그건 뭐고?

기다리는 전투 신은 나오지 않고 스칼렛이 애슐리 윌크스에게 목을 매는 장면만 나왔다. 심지어 자기 사촌 멜라니와 결혼한 남자였는데. 엄청난 스케일 어쩌고 하더니 영화는 엄청난 두통만 안겨 줬다. 프랭클은 가방에서 타이레놀을 찾아 입안에 털어 넣고 물을 마셨다. 그러다 고개를 돌리니 쌍둥이 중 여자아이가 그를 빤히 쳐다보고 있었다.

"아저씨 아파요?" 아이가 물었다.

"아니. 그냥 두통이 살짝 있어서."

"내가 아프면 우리 엄마는 마스크를 쓰라고 해요. 난 마스크 쓰기 싫은데."

"말 잘 듣고 착하네." 프랭클은 아이의 무릎에 놓인 책을 가리켰다. "그건 뭐니?"

"퍼즐이요."

아이는 빨간 펜으로 점을 이어 다양한 동물을 그리고 있었다. "점 잇기 하는구나. 아저씨도 너만 할 때 자주 했어. 이게 제일 좋아?"

"아니요. 난 숨은 거 찾기가 더 좋아요." 아이가 말했다.

"숨은 거 찾기?"

아이는 흰 바탕과 검은색 테두리로 이뤄진 영국 시골 정원 그림을 내밀었다. 종이 위에는 '숨은 글자와 숫자'라고 적혀 있었다.

"정원처럼 보이죠? 근데 안에 있는 게 글자랑 숫자예요." 아이가 눈을 동그랗게 떴다. "여기, K!"

정말로 나무껍질의 옹이 안에 알파벳 K가 보였다. 아이는 신이 나서 빨간 펜으로 동그라미 표시를 했다.

"그 옆은 거꾸로 된 7인가?" 프랭클도 퍼즐을 풀었다.

"정말이네!" 아이가 또 동그라미를 그렸다. "아저씨 잘한다."

"처음이라 운이 좋았어."

프랭클과 아이는 숫자와 알파벳 스물여섯 개를 찾기 시작했다. 대부분 어렵지 않게 찾을 수 있었고, 숫자는 특히 더 쉬웠다. 프랭클은 어린 소녀(이름이 클레어고, 옆에서 비디오 게임에 푹 빠진 오빠의 이름은 잭이라고 했다)가 주도해서 퍼즐을 풀 수 있도록 가끔 힌트만 줬다.

글자 몇 개—특히 T와 X—는 유독 까다로웠다.

"다른 거랑 착각하기 쉬워서 그래요." 클레어가 말했다.

두 글자는 마당에 숨어 있었다. 알파벳이 아니라 휘갈겨 쓴 낙서처럼 보였다.

머지않아 클레어 가족은 식사를 하러 간다며 일어났다. 부모의 재촉에 잭은 비디오 게임기를 겨우 손에서 놓았고, 클레어는 프랭클에게 퍼즐을 도와줘서 고맙다고 인사했다.

"나도 재미있었어." 프랭클은 터미널로 들어가는 일가족을 향해 말했다.

재미있게 기분 전환을 할 수 있어 좋았지만 한편으론 퍼즐을 풀면서 뭔가를 놓친 듯한 느낌을 강하게 받았다. 그런데 그게 뭔지 통 알 수가 없었다. 머릿속을 헤집을수록 기억은 더 멀리 빠져나갔다. 아무 행동도 할 수 없는 만 미터 상공에서 뒤늦게 떠오르기라도 할 건가.

프랭클은 다시 노트북을 집어 들고 한숨을 쉬었다. 빨리 전투가 벌어지고 스칼렛이 그만 좀 징징거리기를 빌었지만 꿈이 너무 큰 것 같았다.

◆◆◆

에버렛의 집에 도착한 그랜트는 주방으로 직행했다. 팬트리 옆쪽 문을 열고 그 옆의 조명 스위치를 켰다.

나무 계단에 불이 들어왔다. 계단을 내려가자 햄스테드 집의 절반 크기쯤 되는 커다란 지하실이 나왔다.

지나가다 몇 번 본 텔레비전 프로그램인 '호더스Hoarders(저장 강박으로 물건을 버리지 못하는 사람들을 도와주는 방송 - 옮긴이)'에 나가야 할 수준까진 아니었지만 온갖 잡동사니가 지하실에 가득했다. 에버렛이 수년간 수집한 책이며 문서, 신문이 똑같은 높이의 탑처럼 쌓여 있었다.

스키 부츠는 구석에서 쉽게 찾아냈다. 어디에 있는지 에버렛이 구체적으로 설명해 준 덕분이었다. 다음으로 벽 쪽에 위풍당당하게 서 있는 대형 냉장고로 향했다.

에버렛은 냉장고 위쪽에 선반을 설치하고 레드 와인을 쭉 진열해 자기만의 와인 셀러를 만들었다. 그리고 레드 와인과 함께 마시는 용도의 샤르도네 와인과 스파클링 와인은 냉장고에 차갑게 보관했다.

그랜트는 돔 페리뇽을 찾아 냉장고 문을 열었다.

❖❖❖

그랜트는 주방으로 올라와 휴대폰에 신호가 뜨자마자 전화를 걸었다. 딱 한 번 신호가 가고 에버렛이 전화를 받았다.

"3시 비행기 타야 하는 거 아냐?"

"레이첼 어디 있어?" 그랜트가 윽박질렀다.

"옆방에. 한 바퀴 돌고 방금 돌아왔어." 동생이 차분하게 대답했다. "돔 페리뇽이 없었나 봐."

"너 이 새끼 다 알고 있었지."

"뭘? 돔 페리뇽 대신 몬티 퍼거슨이라도 찾았어?" 에버렛이 말했다.

몬티 퍼거슨은 텅 빈 냉장고 안에서 그랜트를 쳐다보고 있었다. 목이 베이고 이마에 로마 숫자 IX가 새겨진 채로.

이보다 끔찍한 1년이 있을까 생각하던 그랜트는 그 무엇보다도 소름 끼치는 사실을 힘겹게 받아들여야 했다.

내 친동생이 바로 십계명 살인자다.

에버렛은 처음부터 그랜트를 손아귀에 쥐고 자기 뜻대로 이리저리 끌고 다녔다.

복도 저편에 있는 서재에서 체스를 두다가 본인이 저지른 살인 세 건의 연관성을 찾은 순간부터 지하실 냉장고에 〈데일리 메일〉 기자를 처박아 놓은 순간까지 쭉.

"퍼거슨은 왜 죽였어?" 그랜트가 다그쳤다.

뇌를 헤집고 다니는 수많은 질문 중에 그 질문이 가장 먼저 머리에 입력돼 입 밖으로 나왔다.

"'거짓 증언하지 마라.'" 에버렛이 아홉 번째 계명을 인용하며 답했다. "다른 사람 이야기를 함부로 지어내면 안 되지."

"프라이어 실버 인터뷰 말이야?" 그랜트는 그제서야 깨달았다. "기사는 퍼거슨이 쓴 게 아니었어. 네가 썼지!"

"이제야 알았나 보네." 에버렛이 빈정거렸다. "기사를 직접 쓰지 않았더라도 편집장에게 기사를 내보내라고 한 사람은 분명 퍼거슨이었어."

그러고 보니 마이클스는 퍼거슨이 겁먹은 목소리로 전화를 했다고 말했다. "네가 그러라고 협박했으니까."

"그때 내가 목에 칼을 들이밀고 있었을지도 모르지. 근데 싫다고는 안 했어." 에버렛이 말했다. "솔직히 말하면 형이 정답을 맞힐 뻔했어. 퍼거슨이 다 꾸며 낸 짓이고 실버를 자살로 위장해 죽였다고 생각했을 때 말이야."

"내 생각이 맞았네. 미친놈을 잘못 짚었을 뿐이지."

에버렛이 낄낄거렸다. 소름 끼치게도 동생은 부인하지 않았다.

"넌 정상이 아니야." 그랜트가 에버렛에게 말했다. "한물간 로커에, 자기 할 일을 했을 뿐인 신부에……."

"목적을 위한 수단이랄까."

"열 번째 피해자는?" 그랜트가 물었다.

"이런 말이 있지. X는 정확한 곳을 가리킨다."

"제발 누군지 말해!"

에버렛은 웃기만 했다. "이러다 비행기 놓칠라." 에버렛이 말했다. "여기 오는 길에 스위스 경찰을 부를 생각이라면 다시 생각하는 게 좋을 거야. 레이첼을 보고 싶다면. 못 만나면 얼마나 아쉽겠어. 형을 보면 레이첼이 얼마나 기뻐할지 생각해 보라고."

그랜트의 온몸이 차가워졌다. "에버렛, 네가 감히."

"어쩌지? 난 어쩔 수 없으면 임기응변으로 대처하는 편이라. 홀리 경사는 잘 알 텐데."

"레이첼 건드리면 내 손으로 네 놈 목을 따 버릴 줄 알아."

"내가 전에 말하지 않았나? 지킬 수 없는 약속을 하면 안 된다고, 총경님."

에버렛은 딸깍 소리와 함께 전화를 끊어 버렸다.

그랜트는 목청이 터져라 분노의 비명을 내질렀다.

❖❖❖

차가운 바람을 맞으며 운치 있는 체르마트 거리에서 산책을 하니 기운이 났다. 레이첼은 상쾌해진 기분을 만끽하며 삼촌의 산장으로 돌아왔다. 아빠와 프랭클을 떠나보내지 않겠다는 신년 계획 덕분에 다가올 새해가 희망차게 느껴졌다.

레이첼이 손님방 옷장에 파카를 걸고 운동복으로 갈아입은 후 거실로 가니 삼촌이 휴대폰 통화를 막 끝내고 있었다.

"누구예요?" 레이첼이 물었다.

"네 아빠."

"괜찮으시대요?"

"응. 완전."

삼촌의 눈에 장난기가 어려 있었다. "뭐예요?"

"뭐가?"

"나한테 숨기는 거 있죠?" 레이첼이 물었다.

"깜짝 선물인데 어차피 너도 곧 알게 될 테니." 에버렛이 과장된 손짓을 했다. "네 아빠가 새해 전야를 같이 보내기 위해 오고 있어."

"정말요?"

"내가 전화해서 오라고 했어. 삼촌이 잘못한 거 아니지?"

레이첼이 에버렛을 와락 껴안았다.

"역시 우리 삼촌이 최고야!"

"그렇다고 최고까지는 아니고." 에버렛이 말했다. "그나저나 윗방 준비 좀 해 놔야겠다."

"윗방이요?"

삼촌이 천장을 가리켰다. "다락. 형이랑 어릴 때 그 방을 썼거든. 형도 고향에 돌아온 기분이 들지 않을까 싶어서."

"너무 좋은 생각인데요." 레이첼이 말했다. "난 뭘 할까요?"

❖❖❖

프랭클이 중간 휴식 부분에서 다시 일시 정지 버튼을 누르고 근처 매점에서 생수를 사고 있을 때 휴대폰이 울렸다.

얼른 주머니에서 휴대폰을 꺼냈다. 제발 레이첼이기를.

레이첼은 아니었지만 그는 곧바로 전화를 받았다.

"오스틴 총경님?"

"운 좋으면 비행기 뜨기 전일 수도 있겠다 싶어 전화했어." 그랜트가 말했다.

"몇 시간 지연됐어요." 프랭클이 말했다. "무슨 일 있으세요?"

프랭클은 그랜트가 전하는 기가 막힌 소식을 반쯤 듣다가 의자에 앉았다. 충격이 너무 커서 다리가 몸을 지탱하지 못할 것 같았기 때문이다.

지금껏 찾던 범인이 다름 아닌 에버렛 그랜트라니.

언뜻 미친 소리 같지만 부정할 수 없는 사실들이 확실히 존재했다. 프랭클은 왜 이제서야 깨달았는지 자책하기 시작했다. 구약 성경과 살인 사건들의 연관성을 그랜트에게 알려 준 주인공이 다름 아닌 에버렛이었는데.

"체르마트에 같이 가겠나?" 그랜트가 물었다.

"그걸 말이라고 하세요?"

레이첼을 구하러 가야 했다.

휴대폰 너머에서 그랜트가 택시 기사에게 히스로 공항으로 빨리 가 달라고 하는 소리가 들렸다. "난 40분이면 도착해." 스위스항공 정보를 알려 주고 나서 그랜트가 말했다.

"저도 표 사고 게이트에서 기다릴게요."

"고마워, 존."

"무슨 말씀이세요. 당연히 가야죠." 프랭클이 말했다. "누구를 노리는지 단서 같은 거라도 말 안 하던가요?"

"특정 단서 같은 건 말 안 했어." 그랜트가 말했다. "'X는 정확한 곳을 가리킨다'는 말이 전부야."

X는 정확한 곳을 가리킨다. 프랭클은 생각했다.

뭔가 짚이는 구석이 있었다.

X는 정확한 곳을 가리킨다.

"존? 듣고 있어?"

프랭클은 듣고 있지 않았다. 별안간 1시간 전에 클레어와 퍼즐을 풀면서 자꾸만 거슬렸던 느낌이 되살아났다.

'숨은 글자와 숫자'.

"존……?"

눈앞에 갑자기 진실이 펼쳐졌다. 맙소사.

"금방 다시 전화드릴게요, 오스틴 총경님. 5분 후에."

그랜트가 뭐라 하기도 전에 프랭클은 전화를 끊고 노트북을 펼쳤다.

◆◆◆

레이첼은 새 시트, 담요, 베개를 품에 한 아름 안고 다락으로 가는 계단을 올랐다.

한 손으로 문고리를 돌리고는 수리한 지 한참 된 방으로 들어갔다. 방은 아빠와 삼촌이 사용하던 그대로였다.

창문의 블라인드가 내려가 있어 방 안은 무척 어두웠다.

레이첼이 조명 스위치를 켰다. 은은한 조명이 방을 비췄다. 레이첼은 헉 숨을 들이마시고 침구를 바닥에 떨어뜨렸다.

그러고는 흐느껴 울기 시작했다.

◆◆◆

오스틴 그랜트가 택시 뒷좌석에서 괴로워하며 프랭클에게 다시 연락을 해 봐야 하는 건가 고민하는데 프랭클이 문자 메시지를 보냈다.

문자에는 일주일간 잊고 지냈던 사진이 있었다. 파 로커웨이 도난 차량에서 발견한 후로 처음 보는 것이었다.

검은색 마커로 무수한 X표를 그려서 그랜트의 얼굴을 지워 버린 신문 기사 사진이었다.

사진을 빤히 보는데 휴대폰이 울렸다.

"사진 받으셨습니까?" 전화를 받자마자 프랭클이 물었다.

"응. 받았어. 근데 정확히 뭘 보라는 건지 잘 모르겠어."

"표식이요, 총경님. 사진을 얼핏 보면 미치광이가 분노를 억제하지 못하고 아무렇게나 낙서한 것처럼 보일 겁니다."

"이런 말하기 싫지만 지금 내 동생 얘기하는 거 맞지?"

"근데 그냥 낙서가 아니었어요. X였다고요."

X.

로마 숫자 10. 그랜트는 불현듯 깨달았다.

"하나씩 천천히 세 보세요." 프랭클이 말을 이어 갔다. "전부 열 개예요. 맨 위에 큰 게 하나 있고, 아래에 아홉 개가 있어요."

그랜트는 사진을 더 가까이 들여다보며 빠르게 숫자를 셌다. 프랭클의 말이 맞았다.

"다음 피해자는 총경님입니다. 처음부터 총경님을 노린 거였다고요."

그랜트는 열 번째 계명을 소리 내어 읊었다.

"'네 이웃의 소유는 무엇이든 탐내지 마라.' 내가 그런 짓을 했다고? 어떻게?" 그랜트가 물었다.

"직접 물어봐야죠." 프랭클이 말했다.

◆◆◆

다락은 엄마의 사진으로 가득했다.

수십 장은 돼 보였다. 10대 소녀일 때부터 세상을 떠날 때까지 모든 나이대의 앨리슨이 있었다.

그곳은 다락이 아니라 마치 죽은 사람을 기리는 사당 같았다.

레이첼은 아무 말도 못하고 하염없이 흐르는 눈물을 닦으며 다락 안으로 걸음을 옮겼다.

침대 옆 테이블에서 뭔가가 반짝거리고 있었다.

가슴이 저리도록 낯익은 유리 조각이었다.

레이첼이 유리 조각을 집어 들었다. 그 자리에서 기절할 것만 같았다.

유니콘의 머리였다. 중학생 때 엄마를 위해 만들었던 유니콘의 머리.

몇 년 전 마이다 베일 집 거실에서 깨졌던 그 유니콘이었다.

"내 여자였어."

레이첼이 홱 뒤를 도니 문가에 에버렛이 보였다. 에버렛은 아무 감정 없이 공허한 얼굴로 나무 상자를 손에 들고 있었다.

"다, 당신이었어?"

말을 다 뱉기도 전에 레이첼은 다시 흐느껴 울기 시작했다.

"원래 내 여자였는데 네 아빠란 작자가 뺏어 간 거야."

평생 사랑하는 삼촌으로 알고 살았던 괴물이 문을 닫고 레이첼을 향해 다가왔다.

The Last Commandment

톱 오브
더 월드

Top
of the World

I

에버렛 그랜트는 전화를 끊었다. 방금 형이 한 말이 믿기지 않았다. 무슨 소리를 하는 건지.

암이라고?

앨리슨이 폐암에 걸렸고, 담당 의사들 말로는 수술도 불가능한 암이란다.

형은 무슨 범죄 통계를 읊듯이 무미건조한 목소리로 그 소식을 전했다. 충격적인 상황에 대처하는 형 나름의 방법일 터였다. 눈에 명백히 보이는 진실만을 말하고, 자기가 얼마나 동요하고 있는지 절대 남에게 보이지 않는 것 말이다.

그렇다 해도 상관없었다. 에버렛이 두 사람 몫으로 괴로워했기 때문이다.

앨리슨과 사랑에 빠진 지 어언 30년이 흘렀다. 옥스퍼드대 도서관에서 처음 만났을 때부터였다. 가족에게 앨리슨을 소개시키려고 집에 데려갔다가 형이 눈앞에서 앨리슨을 빼앗아 갔을 때도 그의 마음은 변하지 않았다.

하지만 형은 다르게 말했다. 형은 사람들에게 에버렛과 앨리슨이 진지한 사이가 아니었다고, 그냥 친구였다고 떠들고 다녔다. 런던으로 돌아가 앨리슨이 술 한잔하자고 연락했을 때 자석 같은 끌림을 거부할 수 없었다고도 했다.

순 거짓말이었다.

에버렛이 안정적인 연봉을 받기 위해 교수 임용을 준비하는 동안 형은 앨리슨을 꼬셔서 불같은 연애를 시작했다. 교수가 돼서 앨리슨과 잘해 볼 마음으로 런던에 갔을 때 형과 앨리슨은 이미 결혼을 약속한 뒤였다. 에버렛은 한쪽 무릎을 꿇고 청혼할 기회를 박탈당했다.

에버렛은 형이 그의 마음을 알고 의도적으로 앨리슨을 빼앗았다고 확신했다. 에버렛의 꿈을 박살 낼 방법을 찾았던 것이다. 앨리슨의 마음을 사로잡을 만반의 계획을 세운 게 분명했다. 유년 시절부터 사춘기까지 뭘 하든 에버렛에게 지기만 했던 형의 복수였다.

에버렛은 그때부터 형에 대한 증오를 품어 왔다.

그렇지만 앨리슨을 사랑하는 마음은 여전했다. 어찌 보면 앨리슨이 아예 없는 삶보다 어떤 식으로든 곁에 있는 삶이 낫다고 생각했다. 형이 불순한 의도로 구애했다는 걸 알게 되더라도 앨리슨은 남편을 버리지 않을 것이었다. 의리와 지조가 있는 여자였으니까. 그리고 그런 점들 때문에 앨리슨을 향한 에버렛의 사랑은 변할 줄 몰랐다.

결국 그는 충실한 시동생 역할을 했고, 레이첼이 태어난 후에는 최고의 삼촌이 됐다. 언젠가는 에버렛이 더 나은 남자라는 사실을 앨리슨이 깨닫기를 바랐다. 사랑이 식어 형과 헤어지고 곁에 있는 에버렛에게 의지할 날만을 꿈꿨다.

형이 비극적인 사고를 당하는 즐거운 상상을 하며 그럴 때 어떻게 앨리슨을 도와줄지 시나리오를 구상했다. 하지만 어느 시나리오도 끔찍한 결말까지 이르지는 못했다. 앨리슨이 고통을 받는다는 생각만으로도 괴로웠기 때문이다. 앨리슨에 대한 에버렛의 사랑은 그만큼 깊었다.

그래서 마냥 기다렸다. 어차피 형이 먼저 죽을 테니까. 직업상 일을 하다가 사고를 당할 수도 있고, 과로 스트레스를 이기지 못할 수도 있었다. 설령 노인이 돼서 함께할 시간이 얼마 없다 해도 그는 앨리슨을 품 안에 받아 줄 것이었다.

그런데 끔찍한 병마로 인해 그 기회마저 놓치게 됐다.

형은 소식을 전하고 나서 수사차 스코틀랜드에 가야 한다고 말했다. 에버렛은 당장 앨리슨을 보러 가야 했다.

돌이켜 보면 마이다 베일 집으로 갈 때까지만 해도 속마음을 고백할 계획이 없었다. 하지만 어느 정도는 예감했던 듯싶었다. 그렇기에 형이 없는 동안 형 집에 간다는 말을 형에게 하지 않았을 것이다.

에버렛은 어느새 형 집의 거실 소파에 앉아 있었다. 앨리슨이 차와 스콘을 내왔다. 그는 갑자기 닥친 불행을 위로하며 이런 상황에서 으레 하는 말을 했다. 인생이 참 불공평하다고, 이 난관을 극복할 방법을 찾아 보자고. 앨리슨은 그의 손을 잡고 이제 희망이 없다고 했다. 그렇지만 자신이 떠나더라도 남은 가족은 괜찮을 거라는 말에 에버렛은 무너지고 말았다.

가슴이 찢어지는 고통을 느끼면서도 사랑하는 여자가 오히려 그를 위로하고 있었다. 불현듯 그 사실을 깨닫자 30년 동안 억눌렀던 모든 감정이 쏟아져 나왔다.

에버렛은 줄곧 앨리슨을 사랑해 왔다고 갑작스럽게 고백했다. 앨리슨을 위해서라면 무슨 짓이든 하겠다고, 처음부터 형이 아닌 에버렛과 함께였어야 했다고, 우리에게 아직 시간이 있다고 말했다.

앨리슨이 그의 손을 뿌리쳤다. "정신 차려, 에버렛."

"아니. 나 완전 멀쩡해." 에버렛은 앨리슨을 껴안고 비뚤어진 영혼을 다 바쳐 애원했다. "내가 옆에서 보살펴 줄게. 내가 돕게 해 줘."

앨리슨의 눈에 눈물이 고였다. "그만해, 에버렛……."

에버렛은 앨리슨을 계속 자기 쪽으로 끌어당겼다. "제발, 앨리슨……."

키스를 시도했지만 앨리슨이 고개를 돌렸다. "에버렛, 안 돼. 이러면……."

앨리슨이 품에서 벗어나려 버둥댔다. 그러나 에버렛은 힘을 풀지 않았다. 그럴 수 없었다. 이제야 이렇게 가까이 안아 보는데. "진심으로 사랑해, 앨리슨."

앨리슨의 목에 키스를 했다. 뺨에도. 옷을 벗기기 시작했다. 멈출 수가 없었다.

"하지 마!" 앨리슨이 소리를 지르며 그를 밀어냈다.

에버렛은 다시 앨리슨을 잡으려고 손을 뻗었다.

앨리슨이 그를 피하려다 소파 옆의 작은 테이블에 세게 부딪쳤다. 테이블이 흔들리면서 뭔가가 요란스럽게 깨지는 소리가 났다.

에버렛이 퍼뜩 정신을 차렸을 때는 앨리슨이 바닥에 쓰러져 몸을 둥글게 말고 있었다.

피가 보였다. 그녀가 테이블과 충돌하면서 넘어질 때 그 위에 있던 유니콘 유리 조각상도 같이 떨어져 산산조각 났던 것이다. 팔이 심하게 베였는지 피가 철철 흘렀다.

순식간에 잔혹한 현실로 돌아온 에버렛이 몸을 굽히고 앨리슨을 살폈다.

"앨리슨, 내가 정말 잘못……."

앨리슨은 됐다며 손을 내저었다. 피가 멈추지 않고 계속 나오고 있었다. "괜찮아."

에버렛이 손을 내밀었다. "내 손 잡아. 제발."

앨리슨이 고개를 세차게 흔들었다. "혼자 할 수 있어."

에버렛은 어쩔 줄 몰라 하다가 깨진 유리 조각을 집기 시작했다.

"그냥 둬, 에버렛. 제발 좀."

에버렛이 쓰러진 앨리슨을 내려다봤다. "내가 뭘 어떻게 할까? 제발, 말만 해."

앨리슨은 일어나서 냅킨으로 상처를 막았다. "가. 레이첼이 비행기 타고 오는 중이래. 금방 도착할 거야. 이런 모습 보이고 싶지 않아."

"앨리슨, 무슨 말을 해야 할지……."

"가라고. 좀."

앨리슨의 간절한 눈빛을 보자 어쩔 수 없었다.

에버렛은 언제나 앨리슨이 하라는 대로 했기에 그렇게 그 자리를 떴다.

집에 도착해서야 한쪽 주머니에 들어 있는 유니콘 머리를 발견했다. 유리를 줍다가 주머니에 넣었던 모양이다.

에버렛은 자리에 앉아 손바닥 위의 유리 조각을 물끄러미 바라봤다.

이제 그와 앨리슨의 관계는 예전으로 돌아가지 못할 것이었다.

그나마 남아 있던 심장마저 산산이 부서지고 있었다.

이후 며칠 동안 형이나 레이첼이 무슨 짓을 했냐고 따지러 오기만을 기다렸다. 그런데 둘 다 아무 말이 없었다.

앨리슨이 두 사람에게 말하지 않았다는 사실을 서서히 깨달았다.

몇 달이 지나 앨리슨이 준비한 형의 생일 파티에서 자신의 예상이 적중했다는 사실을 확신할 수 있었다. 다른 행사들은 초대를 받아도 거절했지만 형의 생일 파티는 그럴 수 없었다.

앨리슨이 케이크를 준비하는 동안 주방에 잠시 둘만 남았다. 눈에 띄게 앨리슨의 얼굴에 병색이 짙어졌다. 그럼에도 그녀는 언제나처럼 쾌활했다. 에버렛은 무시무시한 암이 앨리슨의 몸을 파괴하고 있다는 사실을 알 수 있었다.

"말 안 했어." 앨리슨이 말했다.

"그런 것 같았어." 에버렛이 물었다. "왜 말 안 했어?"

"형제잖아." 앨리슨이 대답했다. "나 없어도 서로 보듬으면서 살아야지."

그녀가 에버렛에게 케이크를 날라 달라고 부탁했고, 그것이 두 사람의 마지막 대화였다.

한 달 후 앨리슨은 세상을 떠났다.

II

에버렛은 체르마트 산장의 다락방에 서서 깨진 유니콘 조각을 손에 들고 유심히 들여다봤다.

형제잖아. 나 없어도 서로 보듬으면서 살아야지.

형은 이 세상에서 제일 운 좋은 남자였다. 에버렛의 소유였던 여자를 빼앗아 간 덕분이었다.

네 이웃의 소유는 무엇이든 탐내지 마라.

에버렛은 사랑하는 여자의 사진들로 장식한 방을 둘러봤다.

네 이웃의 아내를 탐내지 마라.

그래, 형을 확실하게 보듬어 주지. 하느님의 법칙을 위반한 죄인 아홉 명을 보듬어 준 것처럼.

에버렛의 시선이 바닥으로 향했다. 바닥에는 레이첼이 미동 하나 없이 누워 있었다.

침대에 올려놓은 나무 상자를 열어 그 안에서 행운의 칼 하나를 선택했다. 에버렛은 칼을 들고 한참을 가만히 응시했다. 조만간 다시 쓸 일이 생길 것이었다.

아직은 때가 아니었다.

에버렛은 칼을 상자에 다시 넣고 그 옆에 있던 물건을 꺼냈다.

오스틴 그랜트의 계명이 끝나기 전에 할 일이 남아 있었다.

III

"에버렛은 토요일인 14일에 JFK 공항에 도착했고 금요일, 그러니까 20일에 히스로행 비행기를 탔어." 그랜트가 경찰청에서 받은 문자를 읽으며 말했다.

"뭐라고 하면서 동생 비행 일정을 물어보셨습니까?"

프랭클은 얼른 방향을 틀어 스위스 A1 아우토반을 타고 동쪽을 향해 계속 차를 몰았다. 서쪽 산맥 뒤로 태양이 막 자취를 감췄다.

"연말 정산 때문이라고 했어." 그랜트가 대답했다.

IT 전문가는 그랜트가 뭐라고 둘러대든 간에 얼른 일 처리나 해주고 싶어 했다. 다른 날도 아니고 새해 전야 아닌가. 경찰청의 다른 직원들처럼 모로도 특별한 날을 맞아 갈 데가 있을 테고 그런 그를 뭐라 할 순 없었다. 누가 뭘 하든 연쇄 살인범, 그것도 친동생인 연쇄 살인범을 만나기 위해 스위스를 가로지르는 그랜트보다 최악은 아닐 것이었다.

헤르츠 렌터카의 직원은 심드렁한 얼굴로 여기서 체르마트까지

3시간쯤 걸린다고 말했다. 프랭클은 뉴욕 시내의 운전자로서 예상 시간보다 더 일찍 갈 수 있다고 자신하며 운전석에 올라탔다.

"뉴욕에 도착하자마자 신부를 죽인 거네요." 프랭클이 말했다. 뻥 뚫린 도로에서 가속 페달을 밟으니 속이 다 시원했다. "그런 다음 일주일 동안 티머시 리즈에 대한 정보를 입수해 영국 기자 행세를 하고⋯⋯."

"⋯⋯우리가 그 기자를 몬티 퍼거슨이라고 착각하게 만들었지." 그랜트가 덧붙였다.

"⋯⋯또 차를 훔치고, 리즈를 파 로커웨이로 유인하고, 폐원한 병원에서 리즈를 죽이고, 소나타에 총경님에게 바치는 연애편지를 남겼고."

"우리는 거기에 다 속아 넘어갔어." 그랜트가 한탄했다.

"뉴욕에 계실 때 런던의 에버렛과 전화 통화를 한 건요?"

"맨해튼에서 걸었겠지. 내가 런던 번호로 전화했을 때는 집 전화와 연결된 휴대폰으로 받았고. 나랑 같은 호텔에 처박혀 있었을지 누가 알아." 그랜트가 믿기지 않는다는 듯 고개를 저었다. "왜 까맣게 몰랐을까?"

"의심할 이유가 없잖습니까. 친동생인데."

"내가 알던 동생이 아닌 것 같아."

"가장 친한 사람들도 본색을 전혀 몰랐다던 사이코패스가 얼마나 많습니까? 똑같은 경우죠."

"뒤에서 우리를 얼마나 비웃었을지." 그랜트는 후회스러웠다. "더 군다나 난 녀석이 저지르는 살인에 관한 정보를 알아서 갖다 바치고 있었어."

프랭클은 시속 125킬로미터를 유지하며 빠르게 차선과 차선을 넘나들었다. "우리가 바로 옆에 있는데 레이첼에게 문자를 보내는 묘기까지 부린 거 보십시오."

그랜트는 그때 받았던 문자로 기억을 되감았다. 에버렛은 그로부터 몇 시간 전에 같은 내용의 문자로 협박을 했었다.

'지킬 수 없는 약속을 하면 안 되지, 총경님.'

불현듯 떠올랐다. 그때 동생은 겨울이라 손이 시리다며 내내 코트 주머니에 손을 넣고 있었다.

뻔뻔한 새끼.

그랜트와 프랭클은 비행기를 타고 오는 동안 에버렛의 요구 사항을 무시하고 런던 경찰청이나 스위스 경찰을 끌어들일지 의논했다.

모든 장단점을 따져 내린 결론은 매번 같았다. 그랜트는 동생의 요구를 따르기로 했다. 이유는 하나, 에버렛이 레이첼을 데리고 있었기 때문이다.

몬티 퍼거슨은 이미 죽어서 햄스테드에 있었다. 경찰이 24시간 후에 시신을 발견한다 하더라도 해를 입을 사람은 없었다. 〈데일리 메일〉의 스타 기자 타이틀도 어차피 살아생전의 얘기였다.

체르마트로 달려가는 두 형사는 한 가지 질문에 대한 답은 찾지 못했다. 그랜트가 대체 무슨 짓을 했기에 십계명 살인자 에버렛의 마지막 표적이 됐을까? 그랜트는 에버렛의 소유물을 탐낸 기억이 전혀 없었다. 막연히 갖고 싶다고 생각한 물건 하나 떠오르지 않았다.

에버렛은 분명히 이 시점까지 상당한 준비를 했다. 광란의 살인을 열 번이나 저지를 만큼(표식을 새긴 피해자 아홉 명에 홀리 경사까지).

제네바호의 북쪽을 돌아 체르마트로 직행하는 A9 도로에 오르며 그랜트는 그간 한 번도 가지 않았던 산장에 답이 있음을 깨달았다. 그렇지 않으면 에버렛이 왜 그곳으로 오라고 했겠는가.

그랜트의 생각을 들은 프랭클은 딱히 반기를 들지 않았다. 그랜트는 제한 속도까지 속도를 더 높일 수 있겠냐고 물었다.

"그럼요." 프랭클이 대답하며 속도계의 한계를 시험하듯 가속 페달을 밟았다. "경찰을 세울 수 있는지 어디 한번 보시죠."

IV

아무도 차를 세우지 않았다. 그들은 238킬로미터를 2시간 만에 주파했다. 프랭클은 장담한 대로 렌터카 직원의 예상 시간을 1시간 이나 앞당겼다.

프랭클은 체르마트 산장과 몇 블록 떨어진 곳에 차를 세우고 NYPD 권총이 권총집에 제대로 들어 있는지 확인한 후 차에서 내렸다. 그랜트도 차에서 내렸다. 그러고는 렌터카의 운전석 쪽으로 걸어가 마지막으로 한번 더 계획을 확인했다.

에버렛의 요구대로 스위스 경찰에 알리지는 않았지만 프랭클의 존재는 살인범을 자극할 가능성이 있었다. 그랬다가는 산장에 들어가지도 못하고 레이첼만 위험해질 것이었다. 두 사람은 산장 앞에 차를 세우고 그랜트 혼자 들어가야 한다는 결론을 내렸다.

프랭클은 산장이 정면으로 보이는 곳에 자리를 잡고 그랜트가 안으로 들어갈 때까지 대기하기로 했다. 그랜트는 레이첼이 다치지 않는 걸 전제로 에버렛을 명중할 기회가 생기면 팔이나 다리를 쏘고 그 후에 심문하자는 프랭클의 의견에 동의했다.

두 형사는 서로에게 조심하라고 말한 다음 각자의 길을 갔다.

잠시 후 프랭클은 고요한 체르마트의 거리를 터덜터덜 걸었다. 마을 사람들은 집에 모여 고이 아껴 둔 샴페인을 터뜨리거나 제삼의 장소에서 축하 파티를 벌였다. 산장 맞은편에 주차된 검은색 BMW 하이브리드 SUV가 프랭클의 눈에 띄었다. 필요할 때 방패로 사용하기 좋을 것 같았다.

그랜트가 렌터카를 세우고 운전석에서 내리는 모습이 보였다. 깊게 숨을 내쉰 듯했다. 영하에 가까운 날씨라 공기 중에 하얀 입김이 피어올랐다.

그랜트가 진입로로 걸어가자 프랭클은 권총을 뽑아 들고 SUV에 걸터앉아 사격 자세를 취했다.

그랜트가 문을 두드리고 영원과도 같은 시간을 기다렸다. 아무 일도 일어나지 않았다. 노크를 다시 해도 똑같았다. 20초 후 그랜트가 문고리를 돌리니 문이 스르륵 열렸다.

프랭클은 그랜트가 동생의 산장에 들어가는 모습을 속수무책으로 보고만 있었다.

고통스러운 10분을 더 견뎌야 했다.

갑자기 1층의 조명이 세 번 연속으로 깜박거리다 멈췄다. 얼마 있으니 켜졌다 꺼졌다 하는 패턴이 다시 시작됐다. 두 사람이 정한 신호였다. 그랜트가 안에 들어갔고 에버렛이 아무 데서도 보이지 않는다는 메시지였다.

프랭클은 총을 들고 거리를 내달려 산장 안으로 들어갔다.

그는 계단에 앉은 그랜트를 보고는 총을 내렸다. 착시 현상일지 모르나 둘이 떨어져 있던 10분 사이에 오스틴 그랜트는 몇 십 년은 늘어 버린 것 같았다.

"에버렛은요?"

"여기 없어." 그랜트가 속삭임에 가까운 목소리로 대답했다.

저러다 심장 마비 오는 거 아냐.

프랭클은 최악을 상상했다. 겨우 입 밖으로 질문을 뱉었다.

"레이첼은요?"

그랜트는 고개를 저으며 뒤쪽의 계단 위를 가리켰다.

프랭클은 계단을 두 칸씩 뛰어올랐다. 뒤에서 그랜트가 그를 따라오는 소리가 들렸다.

계단 꼭대기에 이르자 열려 있는 문 너머로 으스스한 불빛이 뿜어져 나왔다.

프랭클은 안으로 들어갔다. 예스러운 방으로 개조한 다락이었다. 스무 개가 넘는 촛불이 방 안을 밝히고 있었다.

그랜트의 사무실 책상과 마이다 베일 집에서 사진으로 봤던 앨리슨 그랜트의 사진 수십 장이 안을 가득 채우고 있었다.

"나랑 앨리슨이었어." 뒤에서 나타난 그랜트가 말했다. "그것 때문에 이런 짓을 벌인 거였어."

여러 장의 사진—특히 앨리슨과 그랜트가 함께 찍은 사진—에서 그랜트의 얼굴은 익숙한 검은색 마커로 지워 놓았다.

"총경님이 있는 사진은 딱 열 장이에요." 프랭클이 숫자를 셌다. "사진마다 커다란 X로 얼굴을 지워 놨네요."

순간 프랭클은 섬뜩한 갤러리 위에서 무언가를 발견했다.

초를 밝히고 그랜트의 죽은 아내를 기리는 사당에 정신이 팔려 위쪽 벽에 적힌 메시지를 이제야 발견했다.

"저게 무슨 말이에요?" 프랭클이 물었다.

"레이첼을 데려간 곳이야." 그랜트가 대답했다.

똑같은 검은색 마커로 휘갈긴 두 단어가 있었다.

'세상 꼭대기 top of the world'.

"저기로 오라는 거야."

V

얼음장처럼 차갑다.

의식을 차리고 뒤죽박죽이 된 머리에 처음으로 스친 생각이었다.

레이첼은 만화경 한가운데에 들어온 듯했다. 사방에서 은은한 자홍색, 매끈한 빨간색, 탁한 파란색, 쨍한 연두색이 빙글빙글 돌아갔다.

시야가 선명해지자 다채로운 빛깔이 어디서 나오고 있는지 보였다. 얼음으로만 만들어진 뿌연 인형의 집이었다. 끝이 보이지 않는 얼음 동굴의 일부인 빙벽은 눈처럼 새하얬고 그 벽에서 인형의 집이 튀어나와 있었다.

눈의 여왕만 있으면 완벽하겠네.

아직도 심한 어지럼증을 느끼며 레이첼은 푸른빛이 나오는 빙벽 사이의 좁은 길에 앉아 동화 속 공주들과 화려한 얼음 무도회장을 떠올렸다. 그러다 그곳이 어디인지 깨달았다.

마터호른산 정상에 있는 얼음 궁전이었다.

에버렛 삼촌이 크리스마스이브 만찬 때 말했던 곳.

에버렛 삼촌.

다락에서의 순간들이 파도처럼 밀려와 레이첼은 부르르 몸을 떨었다.

삼촌이 십계명 살인범이었어.

방으로 개조한 다락에서 엄마의 사진들에 둘러싸여 서 있었던 게 기억났다. 그때 삼촌이 나타났고.

레이첼은 뒷걸음질을 치다 발을 헛디뎌 침대로 넘어졌었다. 일어나려 했지만 에버렛이 가만히 있으라고 명령했다.

"내 말 들어, 레이첼. 너도 이해해야 해."

레이첼은 두려워서 손끝 하나 움직이지 못하고 침대 끄트머리에 그대로 앉았다. 에버렛이 한 말을 이해해 보려 노력했다. 하지만 하나부터 열까지 미친 소리에 지나지 않았다.

에버렛은 평생 엄마를 사랑했으며, 엄마가 아빠 말고 본인과 결혼했어야 했다고 말했다. 엄마를 빼앗아 가며 자기 인생을 망가뜨린 아빠가 이제는 가장 신성한 계명을 위반한 죄로 벌을 받아야 한다고도 했다.

"네 이웃의 아내를 탐내지 마라."

질투와 증오에 눈이 돌아 미쳐 버린 삼촌은 열 번째 계명을 몇 번이고 되풀이했다.

마이다 베일 집 거실에서 일어난 일의 진실을 들었을 때 레이첼은 그 자리에서 확 죽어 버리고 싶었다.

엄마가 이름을 대지 않으려 했던 사람, 아빠에게 절대 말하면 안된다는 맹세를 받아야 했던 사건의 범인은 바로 에버렛이었다.

이제야 이해가 갔다. 아빠가 알았다면 아빠는 당장에 삼촌을 목 졸라 죽여 버렸을 것이다.

레이첼이 큰 소리로 엉엉 울기 시작하자 에버렛은 나무 상자에서 주사기를 꺼내 레이첼을 찔렀다.

그 후로는 아무 기억도 나지 않았다.

자동차 조수석에서 처음 정신을 차렸을 때 삼촌은 몇 센티미터 옆에서 레이첼에게 칼을 겨누고 있었다.

"살아서 네 아빠를 다시 보고 싶으면 시키는 대로 해." 에버렛이 말했다.

에버렛은 '파티'라고 하며 '친절한 케이블카 직원'에게 미소를 지었다. 주사에 어떤 약이 있었는지 모르겠지만 약효가 아직 남아 있어 레이첼 귀에는 제대로 된 말로 들리지 않았다. 게다가 에버렛은 이번 달에 이미 여러 차례 사용된 칼이 언제든 레이첼의 목을 노릴 수도 있다고 말했다.

그러더니 '글래시어 파라다이스'라는 표지판이 붙은 케이블카 탑승장으로 레이첼을 끌고 올라갔다. 친절한 할아버지가 케이블카 옆에서 기다리고 있다가 에버렛과 작은 소리로 대화를 나눴던 기억이 떠올랐다.

잠시 후 레이첼과 에버렛은 케이블카를 타고 장엄한 마터호른산을 올랐다. 체르마트의 반짝이는 불빛과 멀어지기 시작했을 때 에버렛이 다시 주사기를 꺼냈다.

그러고 나서 눈을 뜨니 이곳 얼음 궁전의 바닥이었다.

"정신이 들었군."

고개를 돌리자 에버렛이 얼음 동굴로 들어오고 있었다. 레이첼은 기어서 도망치려 했지만 투명한 인형의 집이 길을 막았다.

"내가 널 해칠 생각이었다면 진작 그렇게 했겠지."

레이첼은 겨우 목소리를 찾았다.

"당신이 죽인 사람들한테도 그렇게 말했나 보지?"

에버렛이 고개를 저었다. "사실 그 사람들하고는 대화할 시간조차 없었어."

정말로 그랬을 것 같았다. 레이첼은 삼촌이 계속 이야기하도록 유도하는 방법이 최선이라고 판단했다. "프라이어 실버는? 실버랑은 무슨 말이 오고 갔잖아."

"프라이어 실버? 프라이어 실버는 멍청이였어."

에버렛이 껄껄 웃었다. 기분 나쁜 웃음소리였다.

"근데 멍청하지만 쓸모가 있는 놈이었지."

VI

완벽한 사람을 찾기까지는 오랜 시간이 걸렸다. 마침내 찾아낸 프라이어 실버는 말 그대로 하늘이 내려 준 선물이었다.

하느님의 열 가지 계명을 어긴 자들을 찾고 철저한 계획에 따라 복수하려는 에버렛의 행위를 대신 뒤집어쓸 사람으로 완벽했다.

앨리슨이 살아 있었다면 생일이었을 그날에 ("네 아빠는 그것도 몰랐어." 에버렛이 레이첼에게 말했다.) 감히 다른 신들에게 복종한 이교도 교수 라이어널 프레이를 첫 번째 죄인으로 처단했다. 복수는 오스틴 그랜트가 총경으로 보내는 마지막 날에 세상 꼭대기에서 최악의 죄를 저지른 죄인으로서 벌을 받으며 끝날 예정이었다.

실버는 에버렛이 필요로 하는 모든 조건을 충족했다.

그는 머리에 종교밖에 없는 남자였다. 과거에 범죄를 저지른 전과자였다. 회개를 간절히 원하며 구원의 길을 걷는 죄인이었다. 그리고 오스틴 그랜트 총경에게 불만을 가진 사람이었다.

사실 선택받은 남자에게 에버렛의 요구 사항은 많지 않았다.

프라이어 실버는 적절한 시간에 적절한 장소에 가 있으면 그만이었다. 즉, 살인 세 건이 처음 터졌을 때는 런던에 있다가 다음 두 건이 터졌을 때는 뉴욕에 있고 그런 다음 영국으로 돌아와야 했다. 저지르지도 않은 살인을 자백할 희생양으로 해치워 버려도 되겠다고 에버렛이 결심하는 시점까지 잘 따라오기만 하면 됐다.

다음으로 에버렛은 그 남자를 미국으로 데려갔다가 다시 영국으로 데려올 시나리오를 짰다. 그 과정에서 사소한 문제가 있었지만 필요할 때마다 대안을 찾는 능력도 갈수록 발전했다.

무조건 스탠퍼드 홀리에게 물어보면 됐던 것이다.

에버렛은 무작위로 보낸 듯한 이메일로 프라이어 실버에게 천천히 접근했다. 여기서 그는 가짜로 만들어 낸 '회개하는 영혼의 교회'의 창립자 디컨 제러마이어였다. 그럴듯한 웹사이트를 만들고 프라이어 실버에게 첫 메일을 보내기 직전에 웹사이트의 도메인을 연결했다.

이후 며칠 동안 디컨 제러마이어는 '회개하는 영혼의 교회'의 새로운 신도(유일한 신도라는 사실을 실버는 몰랐다)를 낚아 올렸다. 사실 어렵지 않았다. 새사람으로 태어나 회개를 갈구하는 광신도에게 부채질만 하면 그만이었다.

일대일로 문자를 주고받으며(에버렛은 대포 폰을 사용했다) 회개에 관한 성경 구절과 설교 들을 목표물에 주입한 결과, 실버는 디컨 제러마이어의 요청이라면 무엇이든 따를 준비가 돼 있었다.

그래서 12월 셋째 주 뉴욕시에서 열리는 '회개하는 영혼의 교회'의 첫 번째 대규모 연례 회의의 연설자로 선발됐음을 알렸을 때(초대권에 왕복 항공권과 호텔 숙박권도 포함돼 있었다) 실버는 망설이지 않았다.

에버렛은 실버 한 사람만 보는 웹사이트에서 가상의 달력을 최신 스케줄로 관리하고 실버가 히스로 공항에 도착하기 전까지 비행기 표를 준비했다. 그리고 애덤 피터스 신부가 세인트 패트릭 대성당에서 조물주를 만나러 가기 전날인 토요일 날짜로 뉴욕에 도착하게끔 일정을 짰다.

그때까지는 아무 어려움이 없었다.

하지만 회의가 취소됐다며 실버가 디컨 제러마이어에게 길길이 뛰는 문자를 보낸 월요일 아침부터는 일이 조금 까다로워졌다. 물론 에버렛은 대비를 했기 때문에 실버의 휴대폰으로 회의가 취소됐고 5월에 다시 열릴 예정이라고 알리는 메시지를 보냈다.

에버렛이 디컨 제러마이어로 가장하고 펜 호텔로 가서 그의 신도 프라이어 실버를 만난 건 그때였다. 당황하고 흥분했던 실버는 스승을 만나자 감격했다. 제러마이어는 1년 중 가장 성스러운 시기에 뉴욕에 왔으니 이 기회를 최대한 활용하라고 1시간 동안 실버를 타일렀다.

교회의 금고에 실버의 시간을 보상해 줄 돈은 충분하다고 말했다. 실버는 눈 깜짝할 새 에버렛의 손에서 천 달러를 낚아챘다. 속이 빤히 보여 재미있었다. 회개에도 한계가 있나 보다 싶었다.

한번 도둑은 영원히 도둑이지.

프라이어 실버는 하느님의 여덟 번째 법령을 위반한 대가를 치를 운명이었다. 아직 때가 아닐 뿐이었다.

주말에 티머시 앨런 리즈를 해치울 때까지 실버를 뉴욕에 붙잡아 둬야 했다. 영국으로는 그 이후에 돌아갈 수 있었다.

현금을 손에 쥔 프라이어 실버는 뉴욕에 남아 달라는 부탁을 냉큼 받아들였다.

그는 출소한 후로 늘 갖고 다니던 책자와 작은 나무 십자가를 집어 들고 기꺼이 하느님의 이름으로 자신의 임무를 계속하겠다고 말했다.

에버렛은 자신도 사람들에게 나눠 주고 싶다며 책자 몇 권과 십자가 몇 개를 줄 수 있냐고 물었다. 책자는 펜 호텔을 나가자마자 쓰레기통에 버렸다. 하지만 십자가들은 잘 보관해 놓았다.

하나는 파 로커웨이에 있는 폐쇄된 병원의 병실 벽에 걸렸고, 다른 하나는 펜 호텔에서 조금 전 체크아웃했는데 방에 물건을 놓고 왔다며 청소부를 설득해 들어간 방의 침대 위에 걸렸다.

레이첼과 홀리 경사가 예상보다 빨리 프라이어 실버를 찾아내고 그랜트에게 그 사실을 전했을 때는 다소 우려스럽기도 했다. 그러나 에버렛은 런던으로 돌아와 행운을 잡았다. 프라이어 실버가 자신의 이스트 런던 집을 에워싼 순경들을 발견하고 유일하게 신뢰하는 제러마이어에게 연락했던 것이다.

디컨 제러마이어는 두려워하는 실버를 달랬다. 경찰이 어떤 혐의로 실버를 찾는지 모르지만 착오가 있었을 거라며 위로했다. 옆 동네 윔블던의 이름 없는 호텔에 가명으로 투숙하도록 예약해 주고 상황이 진정될 때까지 남들 눈에 띄지 말고 있으라고도 조언했다.

결국 프라이어 실버의 이름이 언론에 공개됐고, 디컨 제러마이어의 유일무이한 신도에게 최후의 시간이 다가오고 있었다.

실버는 자신이 저지르지도 않은 살인 누명을 썼다고 겁에 질려 전화를 걸어 왔다. 제러마이어가 배후에 있다고 비난하기까지 했다.

에버렛은 설명하고 싶다며 이스트 런던에 있는 창고에서 만나자고 그를 설득했다. 그리고 그곳에서 본색을 드러냈다. 실버가 얼마나 어리석은지 일깨워 줬다. 오래전 하느님의 여덟 번째 계명을 수없이 위반한 죄로 벌을 받을 시간이 마침내 찾아왔다고 했다.

그전에 실버의 커피에 스트리크닌을 넉넉히 타 뒀다.

에버렛은 죽은 남자를 나무 상자에 포장한 후 몬티 퍼거슨에게 연락하고 그를 이용해 〈데일리 메일〉에 '인터뷰'를 실었다. 이제 복싱 데이에 형에게 상자를 보내고 기자를 냉장고에 넣으면 끝이었다.

런던 경찰청과 전 세계는 뒤늦은 크리스마스 선물로 거대한 리본을 단 십계명 살인자와 그의 자백을 받았다.

그리고 진실을 아는 유일한 사람은?

바로 처음부터 복수를 맹세한 에버렛이었다.

VII

그랜트는 눈을 감고 얼마나 더 버틸 수 있을지 자신이 없었다.

"아래쪽을 보지 마세요." 프랭클이 충고랍시고 한마디했다.

말이야 쉽지.

그랜트는 체르마트 산장의 다락 안에서 발견한 것들만으로도 이미 욕지기가 올라오기 직전이었다. 설상가상으로 프랭클과 단둘이 케이블카를 타고 마터호른산을 오르는 사이 그랜트의 고소 공포증이 발동했다. 겨우 산기슭을 오르는 중이었는데도.

"안 보고 있어."

그랜트가 가까스로 눈을 뜨고 프랭클에게 시선을 집중했다.

"스위스로 초대를 받았을 때 기대했던 파티는 이런 게 아니었는데요."

"하지만 그놈이 그때부터 계획한 건 이거였겠지." 그랜트가 대꾸했다.

파티.

20분 전 마터호른산 아래에서 케이블카를 관리하는 노인이 말했었다. "저, 게스트 한 분의 이름만 남겨 놓으셨는데요." 매크리리라는 이름의 관리인이 명단을 확인하며 말했다. "어느 분이 오스틴 그랜트예요?"

그랜트는 유효 기간이 아직 몇 시간 남은 런던 경찰청 신분증으로 자신의 신원을 밝혔다. 그런 다음 NYPD 1급 형사 존 프랭클을 소개했다.

"'게스트'라니 무슨 말씀입니까?" 그랜트가 물었다.

갑자기 초조해진 매크리리가 상황을 설명했다. 한 남자가 거금을 내고(정확히는 2만 유로) 조촐한 새해 전야 파티를 한다며 마터호른산 정상에 있는 글래시어 파라다이스를 빌렸단다. 흔한 일은 아니었지만 스위스 알프스산맥 중 가장 유명한 마터호른산에서 다양한 관광 명소를 운영 중인 업체는 뜻밖의 횡재에 마음이 약해져 별다른 질문 없이 그 요청을 받아들였다.

다만 매크리리는 게스트 명단에 올라와 있는 사람이 세 명뿐이라 조금 이상하다는 생각은 들었다. 하지만 스위스 국민이 암암리에 공유하는 신조가 하나 있는데 그건 바로 '돈은 어떻게 벌든 다 돈이다'라는 말이었다. 이 정신에 입각해 매크리리도 규칙에 구애받지 않고 자기 일에나 신경 쓰기로 마음먹었다고 했다.

문제의 남자도 이름이 그랜트였다는 사실을 확인한 뒤 혹시 젊은 여자와 같이 있었는지 물었다. 매크리리는 고개를 끄덕이며 여자의 상태가 좋아 보이지 않았다는 말을 덧붙였다. 그 남자는 여자가 고산증에 시달려서 그런 것뿐이라고 해명하고는 나중에 올 나머지 한 명의 이름이 오스틴 그랜트라고 했다.

어쨌든 레이첼이 아직 살아 있는 게 분명해. 그랜트가 생각했다.

그랜트는 매크리리에게 스위스 경찰에 신고하고 그와 프랭클이 산 아래로 돌아올 때까지 경찰과 여기서 대기하라고 했다.

"혹시 제가 뭘 잘못했나요?" 매크리리가 걱정스럽게 물었다.

"아니요." 프랭클이 고개를 저었다. "잘못은 저 위에 있는 남자가 했죠."

이어 두 사람은 45분 동안 케이블카를 타고 글래시어 팰리스까지 올라갔다.

"왜 하필 이곳일까요?" 그랜트가 다시 눈을 뜨고 자신을 보자 프랭클이 물었다.

"나도 그 생각을 하고 있었어." 그랜트가 대답했다.

속이 다시 뒤집혔다. 주의를 딴 데로 돌려 보기 위해 이 산에 처음이자 마지막으로 올라왔던 때를 회상했다. 크리스마스이브 저녁에 이야기했던 여행 장소가 바로 이곳이었다. 리버풀에 살던 어린 오스틴과 에버렛의 첫 해외여행.

어린 오스틴 그랜트는 상상 이상의 추위를 경험했고 꼭대기까지 올라오는 데 체감상 1년은 걸린 것 같았다. 형제는 얼음 동굴 안을 신나게 뛰어다니다 멈춰 서서 가족사진을 찍었다. 부모님을 졸라 동굴 밖으로 나오니 눈 덮인 고원이 끝도 없이 펼쳐져 있었다.

"세상 꼭대기다!" 그랜트가 외쳤다.

"세상 꼭대기다!" 형이 하는 말과 행동은 뭐든 따라 하고 싶어 했던 에버렛이 메아리처럼 반복했다.

형제는 눈사람을 만들었다.

눈을 굴려 커다란 공 두 개를 만들고 하나를 다른 하나에 쌓아 '눈

사람 아저씨'를 탄생시켰다. 그랜트는 눈밭에서 삐져나온 잔가지 몇 개와 눈, 코, 입으로 쓰기 적당한 돌을 찾아냈다. 그랜트가 눈사람 아 저씨의 얼굴을 완성했을 때 누군가가 그의 파카 소매를 잡아당겼다.

에버렛이 털모자를 들고 서 있었다.

"모자도 써야 돼." 동생이 말했다.

"어디서 찾았어?"

"바닥에서." 에버렛이 말했다.

그랜트가 모자를 눈사람 아저씨에게 씌워 주기 무섭게 한 여자아 이가 자기 엄마를 데리고 형제가 있는 쪽으로 달려왔다.

"내 모자야!" 소녀가 손가락질하며 악을 썼다. "얘네가 내 모자 훔 쳐 갔어!"

"아니야. 안 훔쳤어!" 에버렛이 외쳤다. "내가 찾은 거야!"

두 어린이 사이에 그들 나름으로는 격앙된 말싸움이 이어졌다. 소 녀는 계속해서 에버렛을 몰아세웠고 에버렛은 훔친 게 아니라고 항 변했다. 뒤늦게 형제의 아버지가 나타났다. 소녀의 어머니가 상황을 설명하자 아버지는 둘째 아들더러 소녀의 모자를 훔쳤냐고 물었다.

에버렛은 재차 결백을 주장했다.

아버지가 그랜트를 돌아봤다.

"네 동생이 이 친구 모자를 훔쳤어?"

그랜트는 아버지를 한번 본 다음 에버렛을 봤다. 동생은 동정을 바라는 마음과 애원이 뒤섞인 눈빛으로 자신을 올려다보고 있었다.

"어쩌면요." 그랜트가 대답했다. "모르겠어요. 전 눈사람 아저씨 얼굴을 만들고 있었어요."

고개를 끄덕인 아버지는 눈사람의 모자를 벗겨 소녀와 어머니에게 돌려줬다.

세 부자만 남게 되자 아버지가 에버렛의 따귀를 후려치고 그랜트가 난생처음 들어 보는 엄한 목소리로 에버렛을 꾸짖었다.

"물건을 훔치는 건 죄야, 에버렛! 하느님께서 죄인들을 벌하신다는 거 몰라?"

50여 년이 지난 지금, 그랜트는 다시 마터호른산으로 올라가는 케이블카에 앉아 있었다. 옛날에는 반대 방향으로 내려왔었다.

그때 에버렛은 내려오는 내내 훌쩍거렸다. 산 밑에 도착할 때까지 한마디도 하지 않았다.

"맨날 형만 갖고 싶은 거 다 가져. 난 아니고."

"난 그 모자 안 갖고 싶었는데." 그랜트가 동생에게 말했다.

에버렛이 그렁그렁한 눈으로 고개를 저었다. "형은 사람들이 다 형만 좋아하기를 원해."

그러고 나서 거의 일주일간 그랜트에게 말을 걸지 않았다.

"기억나는 건 이 정도야." 그랜트가 이야기를 마치며 말했다. "우리가 왜 여기 왔냐고 물었지? 이것 말고는 떠오르는 게 없어."

프랭클이 우뚝 솟은 마터호른산의 정상을 올려다봤다. "그날이 동생분 뇌리에 깊이 박혔나 봐요."

방금 그 이야기를 기억하고 프랭클에게 말하기 전까지 그날 동생이 얼마나 큰 충격을 받았는지 그랜트도 미처 몰랐다.

"아버님이 아주 독실하셨나 봅니다."

"가끔 지옥불에 떨어진다느니, 어쩐다느니 하셨지만 난 그런 말에 별로 영향을 받지 않았어." 그랜트가 말했다.

"에버렛은 아닌 것 같은데요." 프랭클이 그랜트의 말을 받았다.

"그러게."

이후로 침묵을 지키며 올라가는 시간은 정상에서 무엇이 그들을 기다리고 있을지 분명해지며 더욱 고통스럽게 변했다.

VIII

 프랭클은 불빛을 보고 아버지와 매년 애틀랜틱시티 보드워크로 여행을 갈 때마다 봤던 종이컵 빙수 기계를 떠올렸다.

 눈앞에서 무지개의 일곱 빛깔이 시럽을 뿌린 빙수처럼 소용돌이치며 솟아올랐다. 그와 그랜트는 푸른색으로 물든 좁은 길을 따라 마터호른산 정상 바로 아래에 있는 얼음산으로 깊숙이 들어갔다.

 코너를 돈 두 사람은 위급한 일로 이곳에 왔다는 사실을 잠시 잊고 감상에 젖어 글래시어 팰리스를 둘러봤다.

 형형색색으로 빛나는 아름다운 얼음 조각들이 동굴을 가득 채우고 있었다. 집, 동물, 차, 꽃은 거대한 빙하 얼음이 아니라 값비싼 크리스털을 깎아 만든 것처럼 보였다. 그야말로 동화 속 겨울 나라였다.

 "전에 오셨을 때도 이런 게 있었습니까?" 프랭클이 물었다.

 그랜트는 고개를 저었다. "무슨, 있었으면 내가 기억했겠지."

 계속 걷던 그랜트가 삐죽삐죽한 형태의 빙벽 앞에 멈춰 서서 말했다. "이건 기억나."

"저도 어디선가 봤던 기억이 납니다. 여기 온 적도 없으면서."

"크리스마스이브에 에버렛이 나한테 준 사진에 있었으니까. 바로 이 자리에서 찍은 사진이야."

"아." 프랭클이 짧게 탄식을 내뱉다 말고 뭔가를 깨달은 듯 외쳤다. "잠깐만요."

"왜?"

"우리가 받은 선물 말입니다." 프랭클이 말했다.

"선물이 뭐?"

"본인의 계획을 알려 준 겁니다. 우리 면전에 대고 조롱을 하고 있었다고요." 프랭클이 벽을 가리켰다. "방금 하신 말씀처럼요. 전부 여기서 시작됐다면서요. 에버렛은 결국 이곳으로 돌아올 거라는 말을 하려 했던 겁니다."

프랭클이 그랜트를 돌아봤다. "제가 받은 DVD와 책 있잖습니까?"

"바람과 함께 사라지다'." 그랜트가 말했다.

"스칼렛 오하라는 자기 사촌과 결혼한 남자 곁을 맴돌면서 통 그 남자를 못 잊잖아요."

그랜트의 입이 떡 벌어졌다. "기가 차는구먼."

"레이첼에게 준 사진에도 무슨 의미가 있었을 겁니다." 프랭클이 덧붙였다. "전 아무리 생각해도 그게 뭔지 모르겠지만요."

그랜트는 오래전 브라이턴 해변에서 찍은 사진을 생각하는 것 같았다. 그랜트의 눈이 갑자기 휘둥그레졌다.

"갖고 싶지만 가질 수 없었던 가족." 그랜트가 말했다. "내가 죽어서 땅에 묻히면 레이첼, 앨리슨, 자기만 남아서 셋이 행복한 가족이 되는 거지."

"아주 훌륭해요, 형사님들!"

뒤에서 에버렛의 목소리가 들렸다. 그랜트가 홱 뒤를 돌았다.

프랭클이 코트 속에 있는 총으로 손을 뻗었지만 두 개의 소리가 먼저 들렸다.

첫 번째는 레이첼이 있는 힘껏 외치는 소리였다.

"존!"

두 번째는 엽총을 발사하는 소리였다.

프랭클은 미처 상황을 파악하기도 전에 땅으로 쓰러졌고, 그의 손에서 떨어진 권총이 미끄러운 얼음 위에 나뒹굴었다.

프랭클이 어깨와 가슴 사이에 총을 맞았다.

그랜트가 프랭클을 돕기 위해 몸을 틀자 에버렛의 목소리가 동굴에 울려 퍼졌다.

"움직이지 마, 형."

땅에 쓰러진 프랭클은 간신히 고개를 돌렸다. 고통을 참을 수가 없었다. 에버렛은 길 한가운데에 서서 정확히 형의 가슴에 엽총을 겨냥하고 서 있었다.

어디선가 갑자기 레이첼이 나타났다. 레이첼은 황급히 달려와 프랭클의 옆에 무릎을 꿇었다. "존······!"

레이첼이 총상 부위의 출혈을 손으로 막으려 하자 프랭클은 고통에 몸부림쳤다.

"조심하라고 먼저 말해 주려 했는데." 레이첼이 그에게 말했다.

"괜찮아요." 프랭클이 앓는 소리를 내며 말했다. "당신은 괜찮은······."

레이첼이 눈물을 흘리며 고개를 끄덕였다. "난 괜찮아요." 레이첼이 속삭였다.

프랭클 앞에서 레이첼이 고개를 돌리고 삼촌을 올려다봤다.

"도와주세요." 레이첼이 애원했다. "이렇게 두면 안 돼요!"

하지만 에버렛의 시선은 사냥용 엽총과 그랜트에게만 고정돼 있었다.

"내가 분명 혼자 오라고 했을 텐데."

"너한테 다른 사람에게 이래라저래라 할 자격은 없어." 그랜트가 대꾸했다.

레이첼은 다시 프랭클 쪽으로 눈을 돌렸다. 수심이 가득한 눈빛이었다.

상태가 많이 안 좋나. 프랭클이 생각했다. 내 느낌에도 안 좋긴 한데.

"그만!" 에버렛이 위에서 호령했다.

에버렛은 형을 향해 엽총을 흔들었다. "레이첼을 끌어내!" 에버렛이 명령했다.

레이첼은 쓰러진 프랭클에게 더 가까이 몸을 굽혔다.

프랭클이 레이첼에게 고개를 끄덕였다. "시키는 대로 해요, 레이첼."

레이첼은 고개를 저으며 일어나기를 거부했다.

"그렇게 해요, 내 사랑." 프랭클이 애원했다. "제발."

그랜트가 나섰다. 프랭클은 그랜트가 딸을 부축해 일으키는 모습을 지켜보고 있을 수밖에 없었다. 에버렛이 두 사람에게 엽총을 겨누고 있었기 때문이다.

고통이 온몸을 관통했다. 프랭클은 인생 최고의 무력감을 느꼈다. 에버렛이 한 손으로 레이첼을 끌어당기고 엽총으로 그랜트의 등을 찌르는 모습을 보고만 있어야 했다.

"가자고." 에버렛이 뒤쪽으로 손짓했다. "어디인지 알 거야."

에버렛이 두 사람을 뒤로 데리고 가자 프랭클의 가슴에 경련이 일었다.

"사랑해요." 레이첼은 끌려가면서도 소리 없이 입 모양으로 말했다.

프랭클은 얼굴을 구기지 않으려고 애쓰며 부드럽게 대답했다.

"나도 사랑해요."

다음으로 기억나는 건 그들이 코너를 돌아 사라지는 모습이었다.

그러다 잠시 후 온 세상이 암흑으로 변했다.

IX

인적이라고는 눈곱만큼도 찾아볼 수 없는 새하얀 눈밭이 끝없이 펼쳐져 있었다.

분화구가 보였거나 별이 가득한 하늘에서 보름달이 빛나지 않았다면 달 표면에 와 있는 게 아닌가 싶은 생각이 들었을지도 모른다.

하지만 삼촌이라고 생각했던 미치광이 손에 이끌려 얼음 동굴 밖으로 끌려가는 레이첼에게 이런 풍경 따위는 눈에 들어오지 않았다. 레이첼의 귀에 들리는 소리라고는 자신의 비명뿐이었다.

여기서 수백 킬로미터 떨어진 곳까지도 레이첼이 미친 듯이 흐느껴 울면서 '살인자'부터 '미친놈'까지 욕설을 퍼붓는 소리밖에 들리지 않았다.

에버렛이 레이첼을 눈밭에 내동댕이치며 '그만! 닥쳐!'라고 외치기 전까지.

삼촌은 엽총을 레이첼에게 겨누고 방아쇠울에 손가락을 넣었다. 레이첼의 몸이 벌벌 떨리기 시작했다. 에버렛의 손가락도 떨리고 있었다.

"에버렛, 안 돼! 마음에 없는 짓 하지 마!"

에버렛이 뒤를 홱 돌아봤다. 그랜트가 동굴에서 나왔다.

총구는 여전히 레이첼을 향해 있었다.

"안 되는 이유를 하나 대 봐."

"네가 원하는 사람은 따로 있잖아." 그랜트가 양손을 들어 올렸다. "나."

한 걸음 더 다가간 그랜트는 에버렛이 그를 향해 총구를 돌리자 곧바로 멈춰 섰다.

"처음부터 날 원했던 거잖아."

"참 빨리도 알아냈군." 에버렛이 비웃었다. "위대하신 런던 경찰청 총경님, 번번이 잘도 속아 넘어가시더군요."

"나한테는 얼마든지 네가 하고 싶은 대로 해도 돼. 하지만 레이첼은 우리 일이랑 상관없잖아."

"아직도 모르겠어, 오스틴? 내가 애초에 왜 뉴욕으로 갔는지 궁금하지 않아?"

"알고 싶지 않아." 그랜트가 대답했다.

"레이첼을 데려오려고 간 거야."

뭐라고? 레이첼은 믿을 수 없다는 얼굴로 삼촌을 쳐다봤다.

"뒤에 남아서 모든 것을 한순간에 잃어버린 고통을 느낄 사람이 필요했거든." 에버렛이 레이첼에게 더 가까이 몸을 기울였다. "그게 너란다, 레이첼."

그러고는 그랜트에게 엽총을 휘둘렀다.

"네 아빠는 실패한 경찰이 됐어. 그리고 오늘 밤 죽을 거야. 저기 있는 네 소중한 프랭클 형사를 따라가겠지."

레이첼이 악을 쓰며 벌떡 일어났다.

"아니야아아아아아!"

에버렛이 엽총으로 레이첼의 배를 후려쳤다. 레이첼은 고통스러워하며 몸을 반으로 접었다. 에버렛이 엽총을 휙 던졌고 엽총은 눈밭에 묻혀 사라졌다.

그랜트가 동생에게 접근하기 시작했다.

그러다 멈췄다. 에버렛이 칼을 꺼내 레이첼의 목을 움켜쥐었기 때문이다.

"꿈 깨." 에버렛이 으르렁거렸다. 그는 레이첼을 더 가까이 끌어당기고 레이첼의 얼굴 앞에서 칼을 흔들었다. "레이첼이 왜 필요한지 이제 알겠지, 형?"

그랜트가 다시 양손을 들어 올렸다.

"레이첼이 왜 필요해. 내가 있잖아." 그랜트가 자신의 가슴을 치며 달래듯 말했다. "날 데려가."

"여생을 괴롭힐 사람이 필요해. 내가 그랬던 것처럼." 에버렛이 세차게 고개를 흔들었다. "형이 한 짓거리에 대한 대가를 애먼 사람이 치렀어!"

"앨리슨 얘기하는 거야?" 그랜트가 물었다.

"앨리슨 말고 누가 또 있겠어?" 에버렛이 외쳤다. "앨리슨은 원래 내 여자였어."

"너 지금까지 잘못 안 거야, 에버렛. 앨리슨은 널 사랑했던 적이 없어."

"거짓말!"

"내가 너에게서 앨리슨을 빼앗은 게 아니야. 네 이상한 머리가 너한테 뭐라고 세뇌시켰는진 모르지만."

"거짓말!"

그랜트가 에버렛 쪽으로 조금 더 접근했다.

"마지막 계명을 어긴 사람이 있다면 그건 너야, 동생아. 이웃의 아내를 탐낸 사람은 바로 너라고. 내가 아니라."

"아니야!" 에버렛이 비명을 질렀다.

레이첼은 아빠가 왜 그런 말을 하는지 알 것 같았다. 그랜트는 에버렛을 자극해 불안감을 유발시키려 했다. 홀리의 장례식에서 추도사를 했던 것처럼.

레이첼도 옆에서 거들 필요가 있었다.

"그럼 왜 엄마를 공격했어?" 레이첼이 외쳤다.

그랜트의 눈에서 한 번도 본 적 없던 분노와 지독한 배신감이 솟아올랐다.

"너야?" 그랜트가 외쳤다. "그 짓을 한 게 너였어?"

에버렛이 레이첼의 목에서 칼을 떼고 형을 향해 칼을 흔들었다.

"아니! 아니라고 레이첼에게 말했……."

그랜트가 에버렛을 덮쳤다.

그 바람에 레이첼이 옆으로 치이며 땅에 쓰러졌다. 어느새 형제는 저 멀리 사라졌다. 그들은 한데 뒤엉켜 치열한 몸싸움을 하며 눈밭을 나뒹굴었다.

에버렛이 포효를 내지르고 칼을 꺼냈다. 한 치의 주저함도 없이 날카로운 칼날을 형에게 휘둘렀다.

레이첼이 비명을 질렀다. "안 돼애애애애애!"

우뚝 솟은 알프스산맥에 한 발의 총성이 차가운 밤공기를 가르며 우렁찬 대포 소리처럼 메아리쳤다.

에버렛은 고개를 숙여 자기 가슴에 난 구멍을 내려다봤다.

칼을 떨어뜨린 그가 벌어진 상처를 움켜쥐었다. 피가 앞으로 분수처럼 솟구쳤다.

에버렛의 입술이 부르르 떨렸다. 이윽고 그의 눈에서 생명이 빠져나갔다.

충격으로 얼어붙은 그랜트가 에버렛의 시체를 눈밭에 내려놓고 딸을 불렀다.

"레이첼, 괜찮아?"

"네." 레이첼이 대답했다. "아빠는요?"

그랜트는 고개를 끄덕였다.

갑자기 소리가 나서 부녀가 동시에 뒤를 돌았다.

프랭클이 피를 뚝뚝 흘리며 하얀 눈밭에 큰대자로 쓰러졌다.

프랭클은 크게 외마디 한숨을 내뱉고는 방금 전 발사된 권총을 손에서 놓고 의식을 잃었다.

X

마터호른산의 남쪽 면을 절반쯤 내려왔을 때 그랜트가 통화를 끝냈다. 그는 케이블카의 좁은 통로 맞은편에 앉은 딸을 쳐다봤다. 프랭클은 아직도 정신을 잃고 레이첼의 어깨에 기대 있었다. 상처에서 흐르던 피는 멎었다. 그랜트와 레이첼은 추위를 막아 줄 최소한의 옷만 남기고 나머지 옷가지로 프랭클의 상처를 단단히 묶어 놓았다.

"의료진이 아래에 와 있어. 우리가 조치를 완벽하게 했대."

"기적이에요." 레이첼이 말했다.

"진짜 기적은 존이 동굴에서 기절했다가 굴러서 삐죽삐죽한 빙벽에 부딪힌 거지."

"사진에서 봤던 벽 말이죠? 에버렛이 아빠에게 준 사진."

그랜트가 고개를 끄덕였다. 산에 올라가면서 프랭클에게도 말했지만 그랜트는 부친의 깊은 신앙심을 물려받지 않았다. 그런데 살다 보면 누군가가 보살펴 주고 있다는 믿음을 부정하지 못하는 순

485

간들이 생기게 마련이었다.

오늘처럼. 빙벽이 출혈을 막아 준 덕분에 프랭클은 목숨을 부지했고 매서운 추위에 의식을 찾았다.

그 의식은 프랭클이 동굴 밖으로 비틀거리며 나와 에버렛의 가슴에 총을 한 발 쏠 때까지 유지됐다. 그래서 사랑하는 여자를 구하고 그녀 부친의 이마에 로마 숫자 10이 새겨지지 않도록 막을 수 있었다.

"새해 전야에 총상 치료를 하게 될 줄은 몰랐네요." 레이첼이 말했다.

생각해 보면 엽총을 가져간 일도 석연치 않았다.

레이첼은 에버렛이 엽총을 들고 산으로 올라가기에 놀라서 이유를 물었다. 에버렛은 레이첼이나 그랜트나 한 번이라도 체르마트로 그를 보러 왔더라면 이곳에 스키 시즌뿐만 아니라 사냥 시즌도 있다는 사실을 몰랐을 리 없다고 답했다. "준비가 철저해서 나쁠 것 없잖아." 에버렛이 말했었다.

"상상도 못했던 일들이 오늘 밤에 한꺼번에 일어났지." 그랜트도 같은 생각이었다.

레이첼이 애써 미소를 지어 보였다. "대단한 은퇴 기념식이었네요. 안 그래요?"

"믿기 힘들겠지만 난 경찰청에서 했던 송별회가 차라리 더 나았다."

레이첼은 모든 것이 끝나서 기쁠 뿐이라고 응수했다.

"그건 내가 할 소린데." 그랜트가 말했다. "넌 이제 기사 써야지."

"아, 맞다."

"어떻게든 끝낼 수 있을 거야."

"아마도." 레이첼이 말했다. "그래도 기사 제목은 정했어요."

"그래?"

"음, 사실은 아빠가 정한 거예요."

"정말?"

"위에 있을 때 아빠가 한 말이에요. '마지막 계명'. 어때요?"

그랜트는 잠시 그 말을 곱씹어 봤다.

세상 꼭대기에서 보냈던 최후의 순간도.

레이첼이 프랭클을 살펴보기 위해 달려가고 나서 그랜트는 죽은 동생과 단둘이 남아 있었다.

동생을 가만히 내려다봤다. 앞으로 평생 에버렛을 이 모습으로 기억하게 되리라.

자신의 손에 온통 동생의 피가 묻어 있다는 사실을 깨달은 것은 그때였다.

그랜트는 숨을 깊이 들이마셨다.

그러고는 에버렛의 피로 에버렛의 이마에 X자를 그렸다.

어차피 다음 눈이 내리면 사라질 글자였다. 스위스 경찰이 정상으로 올라가 그의 시신을 수습하고 내려오기 한참 전에 이미 사라질 것이었다.

그러나 그랜트는 언제까지나 그 자리에 있던 글자를 기억할 것이었다. 에버렛에게 아주 잘 어울렸다고.

고개를 돌려 케이블카 건너편에 앉은 딸을 봤다.

"완벽하다고 생각해."

레이첼이 뭐라 대답하기 전에 프랭클이 신음했고 눈꺼풀을 파르르 떨더니 눈을 떴다.

"정신이 좀 들어요?" 레이첼이 말했다.

"안녕." 프랭클이 중얼거렸다.

"잘 깨어났어." 그랜트가 말했다.

프랭클이 자세를 바꾸고 신음했다.

"움직이지 말아요." 레이첼이 잔소리하듯 말했다.

프랭클의 시선은 그랜트에게 꽂혀 있었다. "에버렛은요?"

그랜트가 고개를 저었다.

"잘됐네." 프랭클이 말했다.

몇백 미터 위에서 무슨 일이 일어났는지 진실을 깨닫자 그의 눈빛이 선명해졌다. "정말 유감입니다." 프랭클이 그랜트에게 말했다.

"고마워, 존." 그랜트가 대답했다. "진심으로."

프랭클은 레이첼에게 다시 기대어 눈을 스르르 감았다. 그러다 창밖에서 무언가를 발견했다.

"저기 봐요……."

레이첼과 그랜트가 프랭클의 시선을 쫓아갔다. 산 아래에서 불빛을 받아 반짝이는 체르마트 위로 폭죽이 피어올라 터지고 있었다.

"새해 복 많이 받아요." 레이첼이 말하고 다친 프랭클의 뺨에 부드럽게 키스했다.

"새해 복 많이 받아요." 프랭클도 작은 소리로 말하고 겨우 몸을 움직여 부드러운 키스로 보답했다.

레이첼이 통로 맞은편으로 몸을 기울였다.

이번에는 아빠의 볼에 입을 맞추고 아빠를 껴안았다. 부녀는 서로를 놓치기 싫다는 듯 더 꼭 끌어안았다.

"새해 복 많이 받으세요. 아빠." 레이첼이 그랜트의 귀에 대고 속삭였다.

"너도 새해 복 많이 받아, 레이첼." 그랜트도 속삭였다.

잠시 후 레이첼이 다시 프랭클 옆에 자리를 잡았고 세 사람은 잠시 동안 불꽃놀이를 감상했다.

문득 레이첼의 얼굴에 미소가 스치더니 레이첼이 그랜트를 돌아봤다.

"왜?" 그랜트가 물었다.

"무슨 뜻인지 알죠?" 레이첼이 물었다.

그랜트는 고개를 끄덕였다.

드디어 은퇴했다.

앞으로 뭘 하고 살아갈지 전혀 생각해 보지 않았다.

그렇지만 문제 될 건 없었다. 원하는 모든 게 그의 옆에 있었으니까.

- 끝

감사의 말

우선 오토 펜즐러에게 열정적으로 훌륭히 지도해 줘서 고맙다는 말로 시작하려 한다. 그 덕분에 내 책도 미스터리 프레스의 모든 작품처럼 이 세상에 태어날 수 있었다. 오래전 나는 56번가에 있는 미스터리 서점의 단골이었다. 나선형 계단을 따라 2층으로 가면 언제나 서점 운영자인 오토가 옴니버스 신작을 열심히 편집하고 있었다. 바쁜 와중에도 짬을 내서 나와 최신 미스터리 소설에 관한 생각을 공유했고, 나는 보석 같은 작품 몇 권을 들고 기쁘게 서점을 나오곤 했다. 몇 시간이고 페이지를 넘기며 읽었던 이 책들은 나에게 소중한 보물이 됐다. 중간에 그와 연락이 끊겼다가 많은 세월이 흘러 우연한 계기로 오토와 다시 만났다. 얼마 전 오토가 한 얘기처럼 나도 "아름다운 우정의 (재)시작을 위해 건배."라고 말하고 싶다.

캘리포니아에 있는 출판사 담당자 롭 로스먼, 버네사 리빙스턴, 에이미 시프먼에게도 감사 인사를 전한다. 동료 이전에 친구로서 책을 쓰는 내내 아주 큰 힘을 줬다.

베니 나우어 역시 이 소설에 말로 다 할 수 없는 도움을 줬다. 처음 논의를 했을 때부터 단 한 번도 굳은 믿음을 버리지 않았다. 베니도 이 책의 결과물을 보며 나와 같은 자부심과 만족감을 느끼리라 생각한다.

절친한 친구 댄 파인에게도 뒤늦은 감사 인사를 전한다. 댄 덕분에 더 나은 작가가 됐고 처음 만난 순간부터 지금까지 변함없이 댄에게 커다란 영감을 받고 있다.

신디 매크리리에게는 어떤 말로 고마운 마음을 표현해야 할지 모르겠다. 신디는 이 책이 나오기까지 모든 순간을 함께했다. 같이 학생들을 가르칠 때도, 할리우드를 정복하려 함께 노력할 때도 언제나 의지할 수 있는 지지자가 있어 행복했다.

원고를 먼저 읽고 아이디어와 응원을 보내 준 친구 시빌 잭슨, 로드니 펄먼, 데이비드 레인펠트, 코니 태블, 톰 워너에게도 감사를 전한다. 영국 문화를 가르쳐 준 리처드 미카엘리스에게서도 정말 큰 도움을 받았다. 냉동고가 아니라 냉장고를 써야 한다던 브루스 블레이클리의 조언 역시 고맙다.

마지막으로 홀리에게 영원히 변치 않는 사랑을 보낸다.

모든 시작과 끝에 항상 당신이 있었습니다. 당신의 절대적인 믿음은 제 삶의 원동력입니다.

살인자의 숫자

1판 1쇄 인쇄	2023년 7월 1일
1판 1쇄 발행	2023년 7월 22일

지은이	스콧 셰퍼드
옮긴이	유혜인

발행인	황민호
본부장	박정훈
책임편집	강경양
기획편집	김순란 김사라
마케팅	조안나 이유진 이나경
국제판권	이주은 한진아
제작	최택순

발행처	대원씨아이㈜
주소	서울특별시 용산구 한강대로15길 9-12
전화	(02)2071-2094
팩스	(02)749-2105
등록	제3-563호
등록일자	1992년 5월 11일

ISBN	979-11-7062-664-0 03840